U0909550

博雅文丛

汤显祖与晚明戏曲的嬗变

（增订版）

程芸 著

人民文学出版社

图书在版编目(CIP)数据

汤显祖与晚明戏曲的嬗变:增订版/程芸著.—北京:人民文学出版社,2020
(博雅文丛)
ISBN 978-7-02-015666-5

Ⅰ.①汤… Ⅱ.①程… Ⅲ.①汤显祖(1550—1616)—戏剧文学—文学研究 Ⅳ.①I207.37

中国版本图书馆 CIP 数据核字(2019)第 188192 号

责任编辑 徐文凯
装帧设计 黄云香
责任印制 王重艺

出版发行 人民文学出版社
社　　址 北京市朝内大街 166 号
邮政编码 100705
网　　址 http://www.rw-cn.com

印　　刷 三河市鑫金马印装有限公司
经　　销 全国新华书店等

字　　数 290 千字
开　　本 880 毫米×1230 毫米 1/32
印　　张 13.5 插页 2
版　　次 2020 年 6 月北京第 1 版
印　　次 2020 年 6 月第 1 次印刷

书　　号 978-7-02-015666-5
定　　价 49.00 元

目　录

原　序

去年岁末，程芸学棣寄来他的学术专著《汤显祖与晚明戏曲的嬗变》，问序于我；今年春天，又寄来修定稿，并说此稿系交付中华书局之最后定稿，再次嘱我写序。无奈我有约在身，四五月间应邀赴吴中和鄂渚讲课。六月上旬返京后，燠暑旋至，火伞高张，却又气压低闷，湿热蒸人，北地罕见，执卷阅读竟也汗流不止。程芸学棣此稿，虽说是博士学位论文《〈玉茗堂四梦〉与晚明戏曲文学观念》的增订稿，但改动实多，我花了不少时日，方才读毕。今日执笔，虽不致耽误出版，却也为推迟交卷而感惶恐。

记得程芸学棣当初提出把汤显祖戏曲作品研究作为毕业论文的内容时，我说这是一个挑战性的"难题"，因为人们已经说得很多，固然稽式可参，却不易出新，但也不妨迎难而上，因为汤作研究中确也存在不少问题，深入钻研，如能获得新识，乃有创获，就很有价值和意义。我自知所云只是泛泛的鼓励之言，感到欣慰的是，程芸对这个选题信心十足，而且他对有关重要问题，诸如"四梦"与当时戏曲创作和理论实际诸背景，还有汤氏的思想、文学观念等都已做了比较充分的调查研究，有比较踏实的准备，所以写作过程比较顺利。

大凡我阅读博士生的论文，总是分三个阶段，一是边写边读，他(她)们写出一章或一个部分，我就阅读并提意见；二是全文合拢后通读并提意见,成为修改稿;三是抽读我认为需要再读的部分修改稿。就程芸的论文而言,我记得在第一阶段我们之间的讨论很多,全文合拢后的讨论倒并不多。正是在第一阶段,我就发现程芸有不少新的思考和见解。我只是叮嘱他补充材料,兼作正反思考,使论述更趋圆到。论文答辩时,得到了专家们的鼓励和好评。转瞬六年,现在经过增订,更见丰富与提高。

正如本书绪论所说的,这部学术著作选择了三个基本问题——汤显祖文学理念的多重性、“汤沈之争”及其影响和汤显祖戏曲的声腔与声律——来展开论述,既强调文献材料的考辨与分析,也重视文本意义的发掘与阐发,同时试图通过这一个案研究来凸显晚明文艺思潮的某些特征。程芸所选择的三个基本问题的“特质”与既有研究现状,其实各不相同,譬如“汤沈之争”与声腔声律问题,就它们的“特质”与研究现状来说,在很大程度上要进入传统曲学领域,并要做诸多实证研究。程芸原来是学文学批评史专业的,相对而言长于理论思维和逻辑论说。他考入中国社会科学院研究生院后,选择了古代戏曲文学专业,并正式开始学习与钻研传统曲学中的若干专门学问。他长时间地投入到资料海洋中,仅仅为了调查南调〔二犯江儿水〕如何“讹变”为北调(即所谓〔北二犯江儿水〕),他览读和翻阅了明清两代的数十种戏曲文献。最初他只是从汤显祖剧作中发现此调作北调使用,与沈璟坚持〔二犯江儿水〕为南调说的不同。虽然只是一个个例,他还是锲而不舍地钻研,终于发现此调“讹变”的大致时段,也就是由始变到流行,恰好与新兴昆腔的崛起在时间上正趋一致,而在弋阳腔系统的演出中,这〔二犯江儿水〕未曾讹变为北调。因此,古今研究家视汤氏戏曲作品为“弋阳土曲”或与昆腔截然有异的“宜黄腔”,在这一“个案”上就发生了抵牾。我也曾向程芸提出，这类“孤文单证”或许只能提供一种怀疑，尚须其他佐证。在我的记忆中，周育德先生较早指出“四梦”并不是专为某种戏曲声腔而作，他认为汤显祖及其同时代作家们写出的只是传奇文学剧本，并不专为某种声腔而作，付诸演唱时还要经过声腔定谱的工作，海盐腔可唱昆山腔也能唱。我认为这是符合戏曲史基本实际的论断，但这并不排斥确也有专门声腔的剧本，因此具体论证某些剧本非属何种声腔，宜乎有较多论证。果然，程芸进一步以五则曲牌（〔一江风〕、〔香柳娘〕、〔绵搭絮〕、〔锁南枝〕和〔水底鱼儿〕）为例，联系当时曲家“尚古”“从今”之议，抉出汤显祖剧作在这五个曲牌的使用上体现出“从今”的倾向，也就是与昆腔演唱趋于一致，这就对“四梦”是“宜黄腔”剧本的判断提出了更进一步的怀疑。程芸行文至此，似乎欲罢不能，于是他又从研究曲韵着手，吸收、借鉴前人论说，提出了这样的质疑：“事实上，我们很难判定，汤显祖戏曲中哪些犯韵、出韵、通押现象，是万历年间‘宜黄腔’剧本继承南戏韵律而来，却为新兴昆腔曲家已经或试图回避的。”我很惭愧，没有研究过这个专门问题，但对程芸投入传统曲学的学问中，实感欣慰。我推荐他读我的业师赵景深教授的一些文章，其中有他早年撰写的两篇——《琵琶记的用韵》和《昆曲的鱼模韵》，前者指出该剧中有家麻与歌罗不分现象，偶尔还把属车蛇韵的字渗入歌罗韵。景深师会说宁波话，他说若用宁波话读，十九可通。在后一篇文章中，景深师指出《紫钗记·折柳阳关》和《邯郸记·扫花三醉》中把支时韵和机微韵的字与鱼模韵混用。景深师所据的当是通行本，所说《扫花三醉》又称《度世》，其间〔醉春风〕曲中把“齐”字与“腑”“数”“蜀”字通押；虽不属典型，因为此曲第五句可用韵，也可不用韵，但《折柳阳关》中的〔解三醒〕曲中把“儿”“思”混入鱼模韵,分明就是犯韵出韵之例。由此我们也可发现,当年臧懋循讥弹汤显祖以家麻韵混押歌戈韵,其实正是《琵琶记》这类早期南戏共有的现象。而《紫钗记》中的犯韵现象,也没有超出王骥德《曲律》中指出的早期南戏混韵的特点之一:“如支思之于齐微、鱼模”。

总之,无论从“四梦”运用若干曲牌的趋向、犯韵“规律”和明清时代一些著名曲学家的评论中,都得不出它们是为“弋阳土曲”或是其他某种特定声腔而作的结论,所以我赞成程芸的说法——汤显祖“四梦”在文体形式上并没有表现出声腔、剧种的明显特质,而是更多地反映了晚明文人传奇的一般规律,即以宫调统辖曲牌,注重曲牌之间的声情搭配;区分南、北曲使用的场合,主要使用南曲,北曲或用来联套,或用于过场小戏;遵循曲牌的一般格律,大抵以《中原音韵》为用韵准绳。据此,“四梦”更类乎作为“文章之事”的“文本”,而与为特定声腔剧种写作的“脚本”有较明显的差异。

当然,我们也要考虑到汤显祖同时代人的一些看法。如果说凌濛初《谭曲杂札》中“江西弋阳土曲”云云只是指出汤氏受弋阳腔影响,那末臧懋循对汤氏的批评就有所不同了,此公在“四梦”改本中一再针砭“弋阳语”,所谓“当是弋阳腔误人”“又作弋阳语”等等。我认为,臧氏的实意还是说汤氏剧作受弋阳腔的若干影响,程芸的判断则更为明晰:臧懋循对“四梦”“弋阳语”的批评,主要针对其文本语言(曲辞、宾白)风格而言,并没有发现其文体形式上的典型特征(如加滚、帮合)。我想,如果根据清初刘廷玑的说法,带白滚唱是弋阳腔主要特征,“旧弋阳腔”中就未必有帮唱。

我还真不知道是谁说过“四梦”最初即是昆山腔剧本的话,

前人似乎只是说到清初钮少雅《格正还魂》,核其宫调,为作集曲,不易原文而被之管弦。还有说乾隆年间叶堂不改"四梦"原词而定曲谱,径自演唱。所以晚近戏曲史家常说到"四梦"可用昆腔演唱。而在明清以来的剧坛上,"四梦"中的若干出戏已被视为昆腔的著名折子戏。钱南扬先生《汤显祖戏曲的腔调问题》则指出汤作"四梦"曲调的若干特点,如同调叠用、异调间列等,"大都合乎昆山腔规律"。事实上,"四梦"中的某些"联套"现象还曾对明末清初的剧本产生过不小的影响呢!但这也不能引申为"四梦"即是专为昆山腔而作的昆腔剧本。

昆腔从产生到广泛流行,使得"吴歈"身价大增,于是也引出后人不少误解。把沈璟正律、正音行为说成是为了维护昆腔的独尊地位和推广水磨昆腔,即是一种误解。

其实,沈璟"合律依腔"也就是他正律正音的内容、目的和意义,应当联系到元曲大繁荣后《中原音韵》的应运而生,成为总结和规范化的论著,来作比较、解释。沈璟以《中原音韵》为丰臬,这并不能仅仅从尊崇"北谱""北音"来解释,实是体现着南曲空前大繁荣,所谓诸种声腔纷起后的历史要求——规范化,而《中原音韵》正是沈璟从事这一历史性工作的一个榜样,一种范式。如同程芸文中所说:正是周德清和朱权对规范北曲声律细则所取得的足以嘉惠后人的实绩,促成了沈璟将"合律依腔"主张推衍为一项对于南曲作家而言同样具有普遍意义的创作原则,而"周韵""朱谱"因之而来的典范地位也为他编撰《南九宫十三调曲谱》、辑录《南词韵选》以规范南曲创作的意图,提供了一定的精神支撑。

那么,沈璟的正律正音,是否仅是维护魏良辅、梁辰鱼等人所革新的南曲即水磨调昆腔呢?论者纵然有此说法,却大可商榷。其实问题并不复杂,嘉靖年间蒋孝《南九宫十三调词谱》是悉依昆腔的词谱吗？如果认为是的,则大悖于历史事实。沈璟的《南九宫谱》正是在蒋谱的基础上增订续补的。沈氏在《南词韵选·凡例》中说他“决不敢苟且趋时,以失古意”,王骥德《曲律》中说沈氏“斤斤返古”,这些都是误断“沈氏只为促进昆腔繁荣而努力”之类说法的反证。

王骥德在《曲律》中推崇周德清《中原音韵》和朱权《太和正音谱》“阙功伟矣”,同时,却又批评周德清说:“其所谓韵,不过杂采元前贤词曲,掇拾成编,非真有晰于五声七音之旨,辨于诸子百氏之奥也。”王氏的这番批评,意谓周氏之作无非是归纳时贤曲家的创作实例而得之,非于音韵学本身有真正的造诣。周氏其人是否学识浅薄,王氏所为是否狂妄攻击,姑且不说。至于从时贤词曲中采录为例证,也就是从创作实践中总结出范式,归总成韵例,这其实正是学术惯习。朱权正谱,沈璟正律,都是如此,与“浅士”云云,并不相涉。事实上,沈璟正是采纳“新旧诸曲”来编纂《南九宫谱》的。因此,他去世以后受到了两面夹攻。程芸文中对此也有论说:沈璟“合律依腔”理论主旨,以及带有明显复古倾向的价值判断,在晚明清初的文人戏曲界虽然赢得广泛赞赏或回响,但有一点可能是违背他制谱初衷的:新兴昆腔唱曲的大量惯例或通行规范,同样需要曲学家的认同并做出总结,以“斤斤返古”为价值取向的声律研究必然胶柱鼓瑟,滞后于戏曲文本创作和舞台演出的客观实际。因此,尽管明末清初昆腔之盛已非其他南曲声腔剧种所能比拟,这期间既出现了以所谓“元谱”或“元人传奇”为依据去纠正沈璟“误断”以至指责他“返古”尚不彻底的徐于室、钮少雅《南曲九宫正始》,也有以“从今”“通变”相标榜、正视嘉隆以来新兴昆腔实际状态的沈自晋《南词新谱》。

沈璟所谓"返古",实际是要继承并总结南曲传统,同时加以规范并光大,因此,如果作皮相了解,就无法解释他为什么坚持韵依《中原》。《中原音韵》标韵分部以官话区的语音为基础,同时也有顾及南方古音的成分,只要再恢复入声,就能适应南曲传奇的需要。沈璟和他的朋友们曾为编纂一部传奇韵书而努力,从另一方面说,沈璟和他的朋友们也为未曾出现一部权威的传奇韵书而遗憾。但沈璟的重要功绩是竭力坚持传奇用韵遵依《中原音韵》,"南北一法",由此而被曲作家们认同。虽然凌濛初和臧懋循颇有微词,凌氏《谭曲杂札》云:"而越中一二少年,学慕吴趋,遂以伯英开山,私相服膺,纷纭竞作,非不东钟、江阳,韵韵不犯,一禀德清……",臧氏《元曲选序》中云:"而况以吴侬强效伧父喉吻,焉得不至河汉,此则音律偕协之难",但是,沈璟之见,实为大势所趋。直至清初,李渔《闲情偶寄》中还在说:"予谓南韵深渺,卒难成书,填词之家,即将《中原音韵》一书,就平上去三音之中,抽出入声字,另为一声,私置案头,亦可暂备南词之用。"李渔只是认为,个别韵部(如鱼模韵)亟须调整。

我国较早的韵书出现于魏晋以后,如李登的《声类》、吕静的《韵集》、夏侯咏的《四声韵略》等,但这些私家著作不能起到统一押韵标准的作用。隋代刘臻与陆法言等九人商讨,而由陆氏执笔编成《切韵》,其命运就不同了,因为唐代孙愐根据《切韵》刊定《唐韵》,遂成为官定的韵书,成为权威韵书。《切韵》的语音系统是综合了古今的读音和南北的读音,加以整理决定的,和当时任何一个地区的实际语音都不完全吻合。作诗押韵既然要以它为依据,自然就离开了口语的实际情形,这是古典诗歌用韵的一大变化。到了宋代,陈彭年等奉诏作了一部《广韵》,它的语音系统基本上根据《唐韵》。宋淳祐年间平水刘渊增修《壬子新刊礼部韵略》,即所谓“平水韵”,既成为科举考试的依据,也成为人们写诗的规范。这个《切韵》系统韵书的最后一本官书,就是清代的《佩文诗韵》。学者常说历代韵书分两大类,自《切韵》至《佩文诗韵》为一类,《中原音韵》为另一类,它是曲韵书,自不得与诗韵书平起平坐。一直到20世纪40年代,有一部《中华新韵》“仿前朝成例明令公布”,它的序文中说:“《中华新韵》这部书,是代表民国时代‘审音正韵’的一部‘官书’。它所祖述的是六百多年以前为通俗戏曲而作的《中原音韵》。”按照这篇序文的说法,《中原音韵》系统的韵书也只是在几十年前才第一次成为“官书”。这篇序文中对《中原音韵》的定位是“曲韵”,早先《四库全书》中也就是这样定位的,所以序文又说:“在清代的《四库全书》里,是附列在集部词曲类的,并不能跟经部小学类《广韵》一系下来的韵书摆在一起。”那末,《中原音韵》这部韵书的最大荣耀,要在20世纪40年代方能获得。

其实,产生于元代泰定年间的《中原音韵》对元代的杂剧创作是否起过重大作用与影响,是大可怀疑的。因为那时元杂剧的高峰期已过,它的指导作用或许体现在元末明初的戏曲创作上。而且,作为反映与总结元曲大繁荣的《中原音韵》的韵部分划(如鱼模不分),是否完全反映了中原语音实际?沿袭平水诗韵中的闭口韵部的独立存在,或许也并不符合北杂剧实际,而是适应早期的南音。闭口韵虽被一些著名戏曲家视为不容讨论,但实是存在疑问。如关汉卿《调风月》中,庚青(开口韵)和侵寻(闭口韵)是通押的。《西厢记》中也有这种现象,王骥德校注《西厢记》时,还为此作难,于是曲为之辩,如该剧一本一折〔赚煞〕第三句作“透骨相思病染”(今见明弘治刊本加衬后作“空着我透骨髓相思病染”),“染”字属廉纤韵,也即闭口韵,但本折采用的是先天开口韵,分明开闭口通押,于是王骥德校本改“染”为“缠”,却又在《曲律·论韵第七》中说:“古词惟王实甫《西厢记》终帙不出入一字,今之偶有一二字失韵,皆后人传讹。”王氏此举,到底是“为贤者讳”呢?还是拉大旗为自己壮声势呢?宜乎后代有“明人校古书而古书亡”的说法。

沈璟和王骥德都维护《中原音韵》把闭口韵单列分部的格局,并亟力主张在南曲传奇中也坚守这一押韵“范式”。沈璟的《正吴编》今已佚失,但沈宠绥《度曲须知》中提到沈璟讲究闭口韵时,多有援引。《出字总诀》云:“十七寻侵,闭口真文;十八监咸,闭口寒山;十九廉纤,闭口先天。此诀出词隐《正吴编》中。”又《收音总诀》云:“音出寻侵,闭口讴吟。廉纤监咸,口闭依然。”又《音同收异考》云:“昔词隐谓廉纤即闭口先天,监咸即闭口寒山,若非声场鼻祖,焉能道此透辟之言乎?”

周德清所处的时代,官话中是否还保存着大量闭口音字,论者有不同的看法。但周氏坚持区分开、闭口韵,未必与当时语言的实际情况就完全相符,这犹如今人写绝句、律诗,严格地按早已与今日语音不甚相符的“平水韵”来押韵、调平仄,同时也要严格地讲究普通话中早已不存在的入声一样;对此种坚持“古”格之习,人们也难以做出了然的解释。

沈璟和王骥德都主张在南曲传奇中也要严守开闭口韵不能通押的“古”格,这一主张与“南曲之祖”《琵琶记》开始的、明代前期大量传奇作品中不乏见到的开闭口韵通押现象,是大相径庭的,但直至晚近王季烈、吴梅等曲学家也都谨守此格,反对开、闭口韵通押。近代曲学家们都知道,闭口音是古音,除闽、粤一带犹能分辨外,华夏大部分地区已经失传,但他们却依旧坚持在昆曲演唱时予以区分，或许着眼于演唱的抑扬动听。但先师赵景深教授在《昆曲的闭口音》一文中曾说，昆曲演唱中闭口音并不一味悦耳。看来，古格之习的沿袭，并不是总有充分理由的。

作为曲韵的《中原音韵》在明初影响当很大，弘治年间出现承继周韵而来的《中州全韵》和《中州音韵》，可见端倪。因此，沈璟和他的朋友们推尊周韵，如果就明初戏曲状况而言，是属推波助澜；如果就明中叶以后的传奇创作而言，是为影响扩张。于是，这部被人称为“北韵”的书在明代传奇创作中成了标准和法度，从而使一部私家韵书发生了巨大作用，可称史无前例。作为一位曲学家，沈璟诚然是有历史功绩的，不妨说，沈璟的历史地位就是由一位曲学家、学者的成就奠定的。即使他缺乏文学才情，也不愧为一位杰出研究家。

汤显祖则不同，他是一位才华横溢的大作家，在元明清三代的戏曲作品中，《西厢记》可以与《牡丹亭》媲美，但就它们体现的文学思想而言，王实甫或许难以和汤显祖并肩。在明清时代，最欣赏汤显祖其人其才的或许是王夫之。他诋李贽“以佞舌惑天下”，斥李梦阳、何景明、李攀龙、王世贞、钟惺、谭元春等人“方立一门庭，则但有其局格，更无性情，更无兴会，更无思致”，还抨击茅坤、唐顺之等人论古文之陋，乃至说“有八大家文抄而后无文”，而被他推重、赞扬的人中，汤显祖几乎什么都好，绝句好、书法好、经义好、长行文字好、艳诗也好。推重的核心则是“灵警”、脱俗、“亭亭独立”，甚至又说：“非此字不足以尽此意，则不避其险。用此字已足尽此义，则不厌其熟。言必曲畅而伸，则长言而非有馀。意可约略而传，则芟繁从简而非不足。嵇川南、汤义仍诸老所为独绝也。”如此评论，也可称“无微不至”。而王夫之并没有从理学学理层面来评论汤显祖，在诗话著作中或许也不宜有这类评论。但我们知道王夫之有“人欲之各得，即天理之大同”的著名论断，他在《读四书大全说》中说：“圣人有欲，其欲即天之理。天无欲，其理即人之欲。学者有理有欲，理尽则合人之欲，欲推则合天之理。于此可见，人欲之各得，即天理之大同”，在《周易外传》和《周易内传》中还反对“早自贬损”人欲和背理“杜塞”人欲。正是在此类重要认识上，王夫之与汤显祖相似相近，若视为“同道”，也自可理解。

论者尝概括汤显祖有两个明显特性：一是深受罗汝芳影响，二是坚守“情真”文学观。大凡研究汤显祖的学人都能发现这两个特性，而这两者之间的关系，也就是说，汤显祖“情真”的文学思想与心学思潮存在怎样的关系，才是论说关键。因此，近二十年来，这方面展开的探讨，可谓崇论宏议，见仁见智，正是汤显祖研究深入发展的一个重要标志。也正是这种研究，逐渐引出了新的描绘：汤显祖又是一位思想家或准思想家。这些新的描绘，较之四十年前出现的封汤显祖为思想家的牵强之说，既近事实，又见深入。

惟是有如此学术背景，程芸学棣这本论著中的上篇几乎都是论述和探讨这类问题的。也惟有如此学术背景，才有启发和观照，才有同与不同的申述与新见。无论在程芸和我的讨论过程中，还是这次阅读中，我比较爱读的是这上篇的第三、第四章，其中分析了文人价值观的矛盾，文学创作的新旧矛盾和雅俗矛盾。我不认为非得找一个或多个角度，以使这种种矛盾能有“统一”的解释，我认为比较充分地展开分析，可能比生硬地找出联结点更为重要。在这方面，俄国革命民主主义者的文学批评论著是伟大的榜样。

我曾对程芸说：如果我们不得不批评先贤和前辈学者，那或许是他们千虑一失,而如果我们把获得称许视为只是愚者一得所致,那么真是所谓“大造化”了。这是我与程芸学棣经常共勉之处。再说,这本论著涉及理学、文学与曲学诸多方面,接触大量历史和现状资料,纵然我们力求严肃治学,慎重走笔,但或许也隐埋着这样那样的欠缺和差错。人们常说错误难免,不尽是掩饰,而是表实情;人们也常说欢迎匡正,不尽是谦虚,也是表实情。程芸也具这种实情。我想,如果真的引出批评,倒是大幸事。程芸当也作如是想。

以上云云,权为序。

邓绍基

2005 年 9 月 6 日

绪　论

汤显祖是中国文学史、戏曲史上值得全方位综合研究的重要人物，本书选择三个基本问题——汤显祖文学理念的多重性、“汤沈之争”及其影响、汤显祖戏曲的声腔与声律——展开论述；既强调文献材料的考辨与分析，也重视文本意义的发掘与阐发，同时试图通过这一个案研究来凸显晚明文艺思潮的某些特征，尤其关注晚明戏曲创作、曲学观念、舞台风尚之间的互动关系。

一、研究方法：“问题”与“对话”

“晚明文学思潮”之于整个中国文学史的独特意义，“五四”以来一直为学人所重视，这不仅是古典文学研究者的一个重要对象，思想史、美学史和文化史的研究者也经常涉足相关领域。汤显祖就是一典型个案，他曾吸引了来自多个学科的视角，20世纪80年代甚至有构建“汤学”体系的呼吁。经过几代学人的创造性阐释，人们已经习惯于从一个文学家或戏曲家的汤显祖那里，去发掘某些最能折射晚明时代精神的特质，于是一个“思想启蒙者”的文化形象日益凸显出来。

在“汤学”比较闹热的20世纪后半叶，研究者对上述三个问题的考察一直存在明显分歧，甚至一度形成学术争鸣的热点。

然而,不管是与汤显祖有关的文学事件的梳理,还是其人其作文学史、文化史“意义”的阐发,都有待更进一步的深入思考。之所以如此,一方面是缘于研究对象本身的复杂、多变,以及相关材料的缺失或不足;另一方面,也受到特定学术精神的广泛影响。有研究者指出,晚明文学思潮是在“20世纪中国新文化运动视野的观照和阐释中大放异彩的”①,“在许多研究中,对于价值判断的关怀远远超出而且先于对于历史真相的追求”②。这一判断总体而言是比较准确的,但我们不能顺势将其移用过来描述“汤学”的历史与现状,因为事实上,徐朔方、蒋星煜、吴书荫、邓长风、郭英德等先生有关晚明曲家的基础性研究,恰恰是能够体现出这一领域“消解意识形态的偏见,走向实事求是之学”的代表性成果③;另一方面,毋庸讳言的是,我们依稀也可以从许多研究中,抽绎出一种具有普遍性的逻辑思路:从经济生活的“资本主义萌芽”,到思想史的“左派王学”“市民意识”,再到文学层面的个性主义和浪漫主义。之所以形成这一局面,我以为可能与“西学东渐”之后中国现代学术强调“阐释”和“意义”的取向有关——“五四”以来西方现代启蒙话语的引入、白话文学传统的梳理、平民文艺观念的强化、对“形式主义”的厌弃,以及新中国成立后唯物史观指导地位的确立、辩证法的深入人心,这些20世纪人们习以为常的思想观念,早已熔铸为研究者进入“晚明”这一特定时空对象时难以规避的先在的知识背景;如此一来,既给研究者提供了多向度阐释的可能,也容易形成一些制

① 吴承学、李光摩《20世纪晚明文学思潮研究概述》,见吴承学、李光摩编《晚明文学思潮研究》,第1页,湖北教育出版社2002年版。

② 吴承学、李光摩编《晚明文学思潮研究》,第47页。

③ 吴承学、李光摩编《晚明文学思潮研究》,第47页。

约后来者的典范性的论说框架。

本书虽然力图淡化上述“模式化”论说逻辑的影响，以微观的文本分析和文献考辨为研究基础，但依然重视“意义挖掘”和“逻辑重构”，这不仅仅是因为任何研究都不可能无视先行者所奠定的依然有着广泛影响的学术范式，更主要的是我以为，“历史真相的追求”可能更多的只是一种必须坚执和维护的学术理想，而难以具体化为“消解意识形态偏见”的写作策略。事实上，我们所面对的文本总是被时间淘洗、筛选过的，若干文献之间经常留下某些难以用史实来填充的空白或断裂地带，不足以重现文学史的所有过程和细节，于是，个体性的、“主观的”阐说就在所难免了。按照当代解释学的观点，理解与阐释其实是在不断地与文本进行对话，解释者“重新获得一个历史过去的概念”的同时，“也包括了我们自己的概念在内”①；这是一个不断挖掘意义的过程，“对于同一部作品，其意义的充满正是在理解的变迁之中得以实现，正如对于同一个历史事件，其意义是在发展过程中继续得以规定一样。”②只要文本没有消失，它需要被理解，阐释者就在“视界融合”的历史过程中，不断地提出“问题”，又不断地重构“问题”。本书之所以选择如上三个“问题”，因为它们都是“汤学”史上早已存在着的，也是研究者面对相关文献时无从回避的，而“某个流传下来的本文(按，或译“文本”)成为解释的对象，这已经意味着该本文对解释者提出了一个问题”③，要理解这个文本，就必须理解这一“问题”，因此，阐释者

① ［德］汉斯-格奥尔格·加达默尔著，洪汉鼎译《真理与方法——哲学诠释学的基本特征》，第481页，上海译文出版社1999年版。

② 《真理与方法——哲学诠释学的基本特征》，第479—480页。

③ 《真理与方法——哲学诠释学的基本特征》，第475页。

在接受文本提问的同时,又必须重新构设“问题”。

基于对如上学术理念的粗浅把握,本书在继续这三个传统“问题”时,也对它们做了一些更细微的拆解,以期能寻获到“重构问题”的可能性。因此,某些不为一般研究者所重视的文献材料,得以进入这三个“问题”的考察视野中,而某些为人所熟知的文献材料其特别的意义与价值,也得以彰显出来;此外,有些材料与观点之间的逻辑关系,则完全出于笔者个人的“独断”。或许它们并不足以为“问题”的解决提供完整而准确的答案,但重构“问题视域”,显然是我们探索“历史真相”时必须经历的一个环节。同样基于如上学术理念,本书也力求贯彻“对话”的策略:与基本文献“对话”,与新见材料“对话”,与耆宿贤达的学术见解“对话”。而后一层面的所谓“对话”,其实并非单纯的批评或辩难,更不是径自地提出不同看法,很多时候,其实是在认同前辈学者的基点上延展与伸发“问题”,其目的同样是试图尽可能地迫近“历史真相”。

本书对相关材料的考辨、分析,以及有关汤显祖“意义”的发掘,主要是以明代中晚期戏曲文学观念、舞台审美风尚“与世推移”过程中的具体特征或一般规律为论说目标。这是一个相对“中观”的议题,虽然由于研究对象本身的典型性,或可据此进入到一些更宏阔的思想文化观念的考察,但这并非本书所企及的。因此,笔者“悬置”了“资本主义萌芽”“市民意识的崛起”“启蒙文化思潮”等因素之于晚明文学、晚明戏曲的影响,但这并不表明就完全拒绝相关的论说逻辑;之所以采取这一“悬置”策略,仅仅是为了避免缠绕或过度阐释,以集中笔墨于文献本身所蕴涵的文学史或戏曲史意义。有关“左派王学”问题,思想史、哲学史的研究者颇有异议,这也并非我所能深入的,但又不能存而不论，故大抵遵循如下策略：寻找其中有可能与具体的文艺观念、文艺创作相勾联的议题，只在文学与美学的层面作“适度阐发”。因此，本书使用相对学理化的“泰州学派”或“泰州之学”，而摈弃意识形态色彩较为浓厚的“左派王学”这一概念。至于相关理解是否准确、阐释是否“适度”，则期待读者的批评与指正。

二、历史身份：明清文献中的汤显祖形象

汤显祖是晚明思想文化界独具风韵的“这一个”，明末以来其身份的多样性便引起注意。从正史、方志、谱牒到杂说、传记、艺文，明清文人为我们描摹出一幅幅各具特点的汤显祖画像。它们或对立，或互补，或交叉，从不同侧面烘托出一个相对完整的立体的个体形象，但也或多或少激发了我们对“历史真相”的疑虑。

先看官方的描述。明万历十九年(1591)闰三月彗星入娄，神宗皇帝先敕令群臣反省修德，后又下诏指责六科十三道言官说：“天垂星变，群奸不道。汝等职司言责，何无一喙之忠以免瘝旷之罪？”①闰三月二十五日，时任南京礼部主事的汤显祖从邸报中看到上谕，随即上《论辅臣科臣疏》，矛头直指首辅申时行，并涉及对皇帝本人的批评，引起最高统治者的愤怒。神宗谕示内阁说：“汤显祖以南都为散局，不遂已志，敢假借国事攻击元辅。本当重究，姑从轻处了。”②汤氏随即被降徐闻县典史添

① 见《明实录·神宗实录》卷二三四。

② 见《明实录·神宗实录》卷二三六。

注。我们注意到,《明史》主要是因为汤显祖这一举措而将他入传的,至于其文学活动,则甚为忽视。《明史》卷二百三十汤氏本传只有"少善属文,有时名"寥寥几字,而卷二百八十五《文苑传序》虽有云,"李攀龙、王世贞辈,文主秦汉,诗规盛唐。王李之持论,大率与梦阳、景明相倡和也。归有光颇后出,以司马、欧阳自命,力排李何,而徐渭、汤显祖、袁宏道、钟惺之属,亦各争鸣一时,于是宗李何、王李者稍衰",肯定了他在反复古的文学革新思潮中的地位,但对其赋、曲、时文的写作未予关注,并不足以彰显汤氏之于晚明文学的独特意义。与此相映衬的是,汤氏交游中袁宏道、屠隆、李维桢、焦竑等人则被归入"文苑传",这表明,正史编撰者显然更为推重汤显祖政治活动的影响,而没有将他视为一纯粹的"文学之士①"。

但是,清初名位不显的文人曲家李渔的价值取向却恰恰相反,其《闲情偶寄》"词曲部·结构第一"有云:"汤若士,明之才人也。诗、文、尺牍俱有可观,而其脍炙人口者,不在尺牍、诗、文,而在《还魂》一剧,使若士不草《还魂》,则当日之若士已虽有而若无,况后代乎?是若士之传,《还魂》传之也。此人以填词而得名者也。"李渔这一论断有其私心,主要是为了抬升戏曲文学在整个社会文化系统中的品位,也表明他对汤氏其人其作缺

① 清初万斯同所著《明史》卷三百二十六汤显祖本传有云:"少以文章自命,其论古文,则谓本朝以宋濂为宗,李梦阳、王世贞辈,虽气力强弱不同,等赝文耳。识者韪之。"但清修《明史》最后刊修颁行时,则删除了这些描述,或可见出时世移易与汤显祖历史形象之间的微妙关系。按:朱端强《万斯同与〈明史〉修纂纪年》(见第26至27页,中华书局2004年6月版)指出:"万斯同先后实际参与了《明史》徐稿(已佚)、《明史》熊稿(或即北图藏所谓《明史》万稿)、王鸿绪《明史·列传》稿的刊修工作。而这三个前后相续的本子正是后来《明史》修纂成书的基础。"

乏完整把握。李渔并没有注意到汤显祖“常自恨不得馆阁典制著记,余皆小文,因自颓废”的遗憾,也不重视他改写《宋史》的举措,对于汤氏“仆非衰病,尚思立言”的理想①,李渔显然没有任何思想情感上的认同。稍后于李渔的尤侗却有些不一样,他说:“明有两才子,杨用修、汤若士是也。二子之才既大,而人品亦不可及。…(义仍)在南礼曹抗疏论劾政府,以致罢官,其出处甚高,岂得以《四梦》掩其生平乎!”②尤侗也是清初的著名戏曲作家,但他一生仕宦艰难,并不以曲体文学的写作为人生要义,“岂得以《四梦》掩其生平乎”云云,既反驳了李渔的论调,也是自我价值观念的一种投射。

汤显祖一度染有明中后期文人才士盛行的傲诞之风,又写了肯定自然情欲的《牡丹亭》传奇,去世不久随着“师讲性,某讲情”传闻的流播,一个礼教反叛者的形象便出现在文人笔下。晚明曲家朱京藩的《风流院》传奇在演绎“小青故事”时,即以柳梦梅、杜丽娘为风流院院仙,而以汤显祖为院主;这迅速招致了坚守传统士大夫立场的祁彪佳的不满,他在《远山堂曲品·逸品》中讥评说:“传得汤若士粗夯如许,大煞风景。”清人蒋士铨在乾隆年间再次选择汤显祖作为戏曲文学的主人公,作有《临川梦》传奇,此时他依然要感叹世人对汤氏“一身大节”的无知。于是,蒋士铨《临川梦自序》首先从政治伦理的角度,将汤显祖论定为“忠孝完人”。蒋氏的戏曲观念中有重实录、黜虚构的倾向,《临川梦》敷演汤显祖生平大行时,更多地依据前人史传、相关文本和汤氏诗文;但另一方面,他对汤氏精神气质的把握其实

① 汤显祖《答张梦泽》。本书所引汤显祖著述除另有说明者,均以徐朔方笺校《汤显祖全集》(北京古籍出版社 1999 年版)为据,不另注。

② 见《西堂全集·艮斋杂说》卷三。

也相当地主观化。如蒋士铨又撰《玉茗先生传》①,既强调汤显祖“平生以天下为己任”的入世追求,又将“四梦”传奇的主旨解说为“洗荡情尘,销归乌有,作达观空”,这一见解显然掺糅了陈继儒《牡丹亭记题词》、钱谦益《列朝诗集》汤氏小传的看法,同时也折射出蒋氏自身坎坷的仕宦生涯和由入世趋于遁脱的思想转变。

蒋士铨突出了汤显祖政治伦理性的历史角色,但事实上,据汤显祖暮年所作《负负吟》诗序,他一生都踯躅于思想探险与文艺创作之间,“道学”与文学都是汤氏不能忘情的人生追求。汤显祖最高的写作理想,是寄寓人生“不朽”这一价值关怀的“立言”,但汤氏的“古人文字”却以序、记、说、铭等应酬文字为主,关涉“三教原委”的并不多见,因此对于这些“古人文字”能否“不朽”(《答张梦泽》),汤显祖其实相当怀疑。他在《宜黄县戏神清源师庙记》中大力张扬戏曲艺术以“情”为本的特征,认为它体现了与天地万物、宇宙人生相通的生生不已的“大道”,但同时,汤显祖又和晚明许多文人曲家一样卑视戏曲,以其为笔墨游戏,甚至说:“词家四种,里巷儿童之技。”(《答李乃始》)晚明清初的传奇戏曲已经成为体现这一时期精神文化走向的“一代之文学”,但汤氏“四梦”的成就是不可能得到正史认可的,《明史·艺文志》只有“玉茗堂文集十五卷,诗十六卷”的著录,这多少反映了传统文学观念转型的艰难。虽然汤显祖自信其“韵语”必将长存下去,但有一点是他无法料想到的:“四梦”中某些以宾白形式出现的词作,被后人辑录出来编纂成《玉茗堂词》。这位并不擅长以长短句来抒发个人日常情性、人生大志的“词

① 见《临川梦》卷首。

家”，及其所谓“玉茗堂词”，竟然成为清代词学“复兴”背景中具有典型意义的个案①。“道学”与文学的不能两全，反映了汤显祖在理性与感性、伦理与情感之间的彷徨，这也是那个时代许多文人共有的精神特质，而“立言”理想与实际文学活动之间的距离，则更加凸显出汤显祖文化身份的多重性。我们在汤氏著述中，既可以体味到感性的纷发与理性的深邃，也能感受到他对个体生命意义的焦虑、对社会世俗伦理的重视，这些是支撑起汤显祖戏曲长远历史价值和艺术魅力的基石。

汤显祖仕途蹇涩，思想动态复杂多变，今人往往强调他“重情”乃至“以情反理”的倾向。事实上，汤氏一生推重“礼义”，他写的几篇探讨儒家“性命之说”的论说文，甚至得到高攀龙这样的理学名流的褒扬。虽然黄宗羲《明儒学案》并没有为汤显祖留下一席之地，但在清代的地域儒学传统中汤显祖却占有重要位置——直至清代后期，广东徐闻县士人依然将汤显祖与宋代名儒周、张、程、朱等人相提并论，以至享受追荐同祀的殊荣。清道光十三年（1833）徐闻县重修贵生书院，将《院规条》勒石，第十二款有云：“书院设斋夫二名，每月朔望伺候四夫子、汤先生香烛。”②咸丰三年（1853）贵生书院立《五夫子宾兴条例芳名碑》，又云：“自明汤义仍先生来徐，创建书院，而徐盖知向学。当时，沐其教者掇巍科登朊仕，后光辉映，文风称极。或为岁久荒废。道光辛巳，邑侯赵公商同绅士卜地重建，仍其名曰贵生书院。中祀宋五夫子暨汤义仍先生牌位，□□尊宗师教，追极本始

① 参看拙文《汤显祖与明清词坛》，《武汉大学学报》（人文社会科学版）2001年第5期。

② 转引自周育德《汤显祖论稿》，第298页，文化艺术出版社1991年版。

也。”①如此殊荣，在古代戏曲作家中可谓独一无二。汤显祖好友刘应秋在《徐闻县贵生书院记》中这样描述汤氏的贬居生活：“乃又知义仍所繇重海内，不独以才，于是学宫诸弟子争先北面承学焉。义仍为之抉理谭修，开发款启，日津津不厌。诸弟子执经问难靡虚日，户履常满，至廨舍隘不能容”②。远离两京、吴越等文华昌盛之地的汤显祖，在徐闻时俨然一“经师”形象。

汤显祖遗存的文字从数量讲，在晚明时期并不特异突出，但明清文人所给予的关注却是多种多样的。有限的文本和多视角的阐说，为后人提供了有关汤显祖的多重历史身份和文化形象，有些接近于今人的认识，有些则有相当大的偏差。这与其归因于“阐释”的主观性，不如说，是缘于对象本身所蕴涵着的复杂性。我们今天试图穿越有限的文本进入古代文人的精神世界时，既要遵循“知人论世”的路径，同时，这也是一个重新建构逻辑和发掘意义的过程。一方面，古人所生活的时代、个人的经历，赋予其人其作以特殊而具体的历史文化语境，脱离这一语境必然缺乏“了解之同情”；而另一方面，我们既不可能寻找到每一对象“之所以如此”的所有因素，也很难在每一因素与研究对象之间确定必然的因果关联。因此，所谓“重构逻辑”和“挖掘意义”，一般而言，总是有所选择或有所偏重的，这很大程度上受制于研究者自身的“问题意识”。本书将“问题意识”聚焦于晚明戏曲雅俗嬗变过程中，个体与群体、观念与创作、文本与舞台之间的复杂关系，特别关注曲体文学的形式规律及其历史意义，以期能藉此重新评估一些

① 周育德《汤显祖论稿》，第299页。

② 刘应秋《徐闻县贵生书院记》，《刘大司成文集》卷四。

“汤学”史上有广泛影响的论断或思路。因此，本书所提供的汤显祖形象或身份，也只能说是笔者在试图接近“历史真相”，它同样期待着更多的对话和反思。

三、曲运隆衰：明代中后期南北曲的替兴

明代前期上层社会和文人士大夫中，依然延续着元人喜爱北曲的审美风尚[①]，南曲戏文主要是在乡村和市井阶层中流播着，很难得到主流意识形态的认同。明初的最高统治者甚至还试图将已经非常文人化的《琵琶记》，改编为北曲来加以欣赏，据《南词叙录》记载[②]：朱元璋非常推重《琵琶记》，“日令优人进演，寻患其不可入弦索，命教坊奉銮史忠计之。色长刘杲者，遂撰腔以献。南曲北调，可于筝琶被之。然终柔缓散戾，不若北之铿锵入耳也。”“弦索”在明代最初只专用于北曲，它与北曲规整、严密的宫调系统相互匹配，南戏《琵琶记》以宫调散漫的南方曲调为主，故难以谐调美听。虽然元代后期散曲中已出现了南北合套的尝试，元末明初的贾仲明还在杂剧《吕洞宾桃柳升仙梦》中使用了四个南北合套，但要将南戏作品完全变成北调

① 本书是在较宽泛的意义上使用“南曲”“北曲”的概念，一般兼指曲牌体的散曲和戏曲，包括文人雅集时的清唱和广义的戏场演出，必要时则加以区分。

② 《南词叙录》一向传为徐渭作，通行本（见《中国古典戏曲论著集成》本前言）题署嘉靖己未年（1559），骆玉明、董如龙两先生据上海图书馆藏抄本，认为当署“嘉靖乙未”（1535），并对作者身份提出异议。相关研究可参看骆玉明、董如龙《〈南词叙录〉非徐渭作》，《复旦学报》（社会科学版）1987年第6期；郑志良《关于〈南词叙录〉的版本问题》，《戏曲研究》2010年第1期。

来演出，仅仅曲调上的融合是难以奏效的。色长刘杲的“撰腔以献”，不可能只是改造《琵琶记》既有南曲曲调的音乐特色，应当也有一些文辞上的改动或增减，这样才有可能适应宫廷北曲雅俗并用的功能。据《明史》卷六十一《志第三十七·乐一》，明太祖保留了隶属礼部的教坊司，大朝贺、大宴飨之时皆须设中和韶乐，又“设大使、副使、和声郎、左右韶乐、左右司乐，皆以乐工为之。后改和声郎为奉銮”，“殿中韶乐，其词出于教坊俳优，多乖雅道。十二月歌，按乐律以奏，及进膳、迎膳等曲，皆用乐府、小令、杂剧为娱戏”，可见明初北曲不但被用来满足宫廷贵族的日常娱乐，也要参与一些更为隆重的仪式性的礼乐活动。洪武年间这一次不成功的戏曲改革表明，明初南北曲的差异不仅仅意味着音乐曲调、风格特色的分野，更体现了二者在整个社会文化系统中品位的距离。

朱元璋不但自己喜爱铿锵豪壮的北曲，还在皇亲贵戚中加以推广。明嘉靖年间人李开先的《张小山小令后序》有云：“洪武初年，亲王之国，必以词曲一千七百本赐之。”①所云不知有无实据，但谈迁《国榷》（卷十二、卷十九）有建文四年、宣德元年朝廷赐诸王乐户的记载，可知李开先的说法并非空穴来风。藩王府北曲杂剧之盛，是明代前中期戏曲史引人注目的现象，这显然与最高统治阶层有意识的引导有关。中上层社会这一推赏北曲的风尚，从太祖洪武年间一直延续到不晚于武宗正德时期，并终于形成了某种极盛。张羽在嘉靖丁巳年（1557）的《西厢掬弹词序》中回顾说：“国初词人，仍尚北曲，累朝习用，无所改。更至

① 李开先《张小山小令后序》，见路工辑《李开先集》，第370页，中华书局1959年版。

正德之间特盛。毅皇帝御制乐府，率皆北调，京师长老，尚能咏歌之。近时吴越间士人，乃弃古格，改新声，若《南西厢记》及公余漫兴等作，鄙俚特甚，而作者之意微矣，悲乎！”①这里“新声”似包括两种所指，一是《南西厢记》这样可供舞台实践的文人南曲戏文，而“公余漫兴等作”则或是指可用于清唱的文人南散曲。散曲清唱与故事性的戏曲演出在技艺方面可相互促进、补充，它们的共同繁荣才有可能推荡出明中期舞台风尚由北曲极盛向南曲渐兴的这一转变。

张羽说直至“近时”也就是嘉靖后期，吴越士人才开启了这一推重南曲的新风尚，但事实上，民间戏曲格局的易动要迅速得多。早在成化、弘治年间，南戏已经在浙江某些地方露出待兴的苗头，陆容《菽园杂记》（卷十）有云：“嘉兴之海盐，绍兴之余姚，宁波之慈溪，台州之黄岩，温州之永嘉，皆有习为倡优者，名曰戏文子弟，虽良家子不耻为之。”②而此时上层统治者依然热好北曲，故李开先又云：“人言宪朝好听杂剧及散词，搜罗海内词本殆尽；又武宗亦好之，有进者即蒙厚赏。”③两相比较，可知整个社会的戏曲风尚正孕育着新变的契机。张羽说北曲至正德年间而“特盛”，其实这也只是就中上层社会的一般风尚而言，此时民间南戏的迅猛崛起，早已形成了对北曲独尊格局的强有力的

① 张羽《西厢挡弹词序》，见蔡毅编著《中国古典戏曲序跋汇编》，齐鲁书社1989年版。

② 陆容是宪宗成化二年（1466）进士，卒于孝宗弘治九年（1496），《菽园杂记》（中华书局1985年版）卷十有成化末年事，卷十三有“成化丙戌科至弘治辛亥，二十六年间”云云，可推知《菽园杂记》大约成于明弘治前期。

③ 李开先《张小山小令后序》。按：武宗所好，或并非全是北曲，南巡时候曾观看沈龄（寿卿）所撰《四喜》传奇而“喜甚，问谁所为，一清以龄对，召见行在，欲官之”，事见《嘉庆安亭志》卷一七《人物二》。

冲击，祝允明《猥谈》对此有所透露，有云："自国初来，公私尚用优伶供事。数十年来，所谓南戏盛行，更为无端，于是声乐大乱。……今遂遍四方，辗转改益，又不如旧……愚人愚工，徇意更变，妄名余姚腔、海盐腔、弋阳腔、昆山腔之类，变易喉舌、趁逐抑扬，杜撰百端，真胡说耳。若以被之管弦，必至失笑。而昧士倾喜之，互为自谩尔。"祝允明是吴中人，一生仕宦经历只在南方，这里所描述的，当是弘治后期至正德年间长江下游一带地域戏曲文化格局的易动；祝氏本身擅写南散曲，之所以对"余姚"诸腔充满了偏见可能有两个原因：一是缘于文人尊崇北曲的文化传统；二是祝氏虽然鄙视俚俗的搬演性的南戏，但偏爱以文本性的南散曲来抒发个人情兴。南戏大约兴起于两宋之际①，虽然元末明初曾出现了《琵琶记》这样文人化的作品，但作为一种根植于民间社会和草根阶层的艺术形式，南戏在相当长时间内不能聚合起文人士大夫们的关注。祝允明说南戏盛行已有"数十年"，那么，至少在弘治后期东南一带民间社会中已经出现了南戏对北曲杂剧独尊地位的挑战②，到了祝允明的时代，这一冲

① 祝允明《猥谈》说："南戏出于宣和之后，南渡之际，谓之'温州杂剧'。余见旧牒，其时有赵闳夫榜禁，颇述名目，如《赵贞女蔡二郎》等，亦不甚多。"徐渭《南词叙录》则说："南戏始于宋光宗朝，永嘉人所作《赵贞女》《王魁》二种实首之，故刘后村有'死后是非谁管得，满村听唱蔡中郎'之句。或云'宣和间已滥觞，其盛行则自南渡'。"前者似根据成熟戏文，后者还注意到初级形态（按，所引刘后村诗当为陆游《小舟游近村舍舟步归》："斜阳古柳赵家庄，负鼓盲翁正作场。死后是非谁管得，满村听说蔡中郎。"描述的是鼓词而非戏曲），具体时间虽有所出入，但恰恰显示出艺术品类发生、发展的一个过程，故并不形成根本性矛盾。

② 陆容《菽园杂记》所述"戏文子弟"事还只局限于浙江一省，也没有注意到声腔的分化，与祝允明《猥谈》四大声腔"遂遍四方"的描述形成明显反差，这恰恰反映了南戏壮大的一个侧面。祝氏卒于嘉靖丙戌年（1526），《猥谈》"数十年"云云，至少可上溯到弘治后期。

击已经相当强烈，以至于依然尊崇北曲的文人不能不注意到其声腔剧种的分化。

虽然南戏在英宗天顺（1457—1464）时期曾进入北京，但受到禁压，不能稳固立足①，北曲依然被上层社会特别是皇室贵族视为正宗，事实上直至万历时期，内廷演出才确立了搬演“弋阳、海盐、昆山”等所谓“外戏”的正规体制②。但另一方面，在广大文人阶层和市井社会中，其审美趣味、舞台风尚的改变则要比宫廷中迅速而广泛得多。早在成化（1465—1487）年间，北京书肆永顺堂就有刊刻南戏《白兔记》的举措，这或许说明，此时南戏已经在北方也有一定的市场需求③；到了嘉靖时期，南曲逐退北曲已经呈现出一种无法逆转的态势，于是文人化的海盐腔

① 都穆撰、陆采编次《都公谈纂》卷中有云：“吴优有为南戏于京师者，锦衣门达奏其以男装女，惑乱风俗。英宗亲逮问之，优具陈劝化风俗状。上令解缚，面令演之。一优前云：‘国正天心顺，官清民自安’云云。上大悦曰：‘此格言也，奈何罪之？’遂籍群优于教坊。群优耻之，驾崩，遁归于吴。”“耻之”“遁归”云云，从表面看似乎是说苏州艺人以陪侍宫廷为耻，但细究之却也表明：俚俗的南戏要在以擅演北曲的宫廷教坊中长久立足，仅仅依赖最高统治者的个人偏好，是难以奏效的，它需要等待整个社会审美风尚的改变。

② 沈德符《万历野获编·补遗卷一》“禁中演戏”条有云：“内廷诸戏剧俱隶属钟鼓司，皆习相传院本，沿金元之旧，以其事多与教坊相通。至今上始设诸剧于玉熙宫，以习外戏，如弋阳、海盐、昆山诸家俱有之。”

③ 1964年出土于上海嘉定的明成化年间《新编刘知远还乡白兔记》大量使用方言俗语，有研究者认为属于苏南吴语，当是嘉定地区的演出本，然而这一地域性的演出本却刊刻于北京书肆。参看赵景深《明成化本南戏白兔记的发现》，见《曲论初探》，上海文艺出版社1980年版；廖奔《中国戏曲声腔源流史》，第24—25页，台北贯雅文化事业有限公司1992年版。

成了士大夫们阶层的新兴时尚①,它不但在东南的长江下游一带占有统治地位,也形成了对北曲杂剧的巨大冲击。杨慎《丹铅摘录》中有这样一段文字,集中反映出当时南北曲不同的历史命运:

> 《南史》蔡仲熊云:"五音本在中土,故气韵调平。东南土气偏诐,故不能感动木石。"斯诚公言也。近世北曲,虽皆郑卫之音,然犹古者总章北里之韵。梨园教坊之调,是可证也。近日多尚海盐南曲,士夫禀心房之精,从婉娈之习者,风靡如一。甚者,北土亦移而耽之,更数十世,乃其后北曲亦失传矣。②

舞台审美风尚的流迁虽然有时极为迅速,但尊崇传统的文化心理并非能在短时间内彻底改变,文人士大夫尤其如此。

---

① 关于海盐腔的来历,元姚桐寿《乐郊私语》有云:"州少年多善乐府,其传多出于澉川杨氏……以故杨氏家童千指,无有不善南北歌调者。由是州人往往得其家法,以能歌名于浙右云",这里"杨氏"指与北曲名家贯云石、鲜于去矜交好的杨梓,因此,明清人在谈及海盐腔的渊源时,常将其与善音律的文人联系在一起。如明李日华《紫桃轩杂缀》卷三甚至将海盐腔的始祖推溯到南宋人张鎡,有云:"尝来吾郡海盐,作园亭自恣,令歌儿衍曲,务为新声,所谓海盐腔也。"清王士禛《香祖笔记》则认为:"今世俗所谓海盐腔者,实发于贯酸斋。"以上所云,虽陷于精英主义的历史观,但亦可见出海盐腔的崛起、发达与士大夫阶层的努力有密切关系。

② 相关文字见于杨慎《丹铅摘录》卷六,亦见于《丹铅总录》卷十四,后为何良俊《四友斋丛说》卷三十七"词曲"部引录,文字略有差异。据《四库全书总目提要》:杨慎有"《余录》十七卷,《续录》十二卷,《闰录》九卷",后"自为删薙,名曰摘录,刻于嘉靖丁未(1547)。后其门人梁佐裒合诸录为一编,删除重复,定为二十八类,名曰总录,刻之上杭,是编出而诸录遂微。"据此可知,海盐腔成为明代士大夫时尚的年代,至迟也在嘉靖中期。《中国古典戏曲论著集成》第四册收入何良俊《曲论》时,点校者视"近日多尚海盐南曲"云云为何良俊之语,将海盐腔流行年代推后,显谬。

因此到了隆庆、万历之际，随着南曲昆山腔的异军突起，北曲的衰微虽然从趋势上讲已不可挽回，但依然有人留恋着它的光辉。何良俊《四友斋丛说》（卷三十七）便明显地流露出对旧时风光的怀恋，他说："元人乐府，称马东篱、郑德辉、关汉卿、白仁甫为四大家……郑德辉杂剧，《太和正音谱》所载总十八本，然入弦索者，惟《㑇梅香》《倩女离魂》《王粲登楼》三本。今教坊所唱率多时曲，此等杂剧古词，皆不传习。三本中独《㑇梅香》头一折〔点绛唇〕尚有人会唱，至第二折'惊飞幽鸟'与《倩女离魂》内'人去阳台'、《王粲登楼》内'尘满征衣'，人久不闻，不知弦索中有此曲矣。"何氏又有云："余家小鬟记五十余曲，而散套不过四、五段，其余皆金元人杂剧词也。南京教坊人所不能知。老顿言：'顿仁在正德爷爷时，随驾至北京，在教坊学得，怀之五十年。供筵所唱，皆是时曲，此等辞并无人问及。不意垂死遇一知音。'是虽曲艺，然可不谓之一遭遇哉。"顿仁是南都教坊乐工，武宗南巡金陵时受到赏识，后随驾到北京教坊学习北曲演唱技法，为时人所称羡，岂料几十年后竟有知音难觅的感慨①。余怀《板桥杂记》上卷"雅游"条中也有一段文字，可以和何良俊的记载相互补充，足以见出南教坊中北曲地位的衰落，有云："教坊梨园，单传法部，乃威武南巡所遗也。然名妓仙娃，深以登堂演剧为耻。若知音密席，推奖再三，强而后可。歌喉扇影，一座尽倾，主之者大增气色，缠头助采，遽加十倍。至老顿琵琶，妥娘词曲，则祇应天上，难

① 《四友斋丛说》初刻于隆庆三年（1569），三十卷，据张仲颐《重刻本序》万历癸酉年（1573 年）何良俊又续撰了八卷；"词曲"部为万历七年（1579）重刻本第三十七卷，所反映的当是万历初期及此前的戏曲风尚。参看中华书局 1959 年版《四友斋丛说》（元明史料笔记丛刊）之"出版说明"。

得人间矣。”据《明史·乐志》，教坊司隶属礼部，“掌宴会大乐”，明成祖迁都北京以后，南教坊御前承应的功能相应地要淡化，甚至消失，东南一带戏曲风尚的改变已无可避免，但像这样知音难觅、不习北剧甚至耻于演唱的现象在明中叶以前却是难以想象的。到了万历中后期，随着传承北曲精华的顿仁的湮没无闻①，另一精通北曲的艺人马四娘去世，以及工北曲的南教坊艺伶傅寿“誓不教一人”，北曲已经被人视作“广陵散”了②。

北曲的衰微、南曲的隆兴，对晚明文人曲家而言这不仅仅只是戏曲舞台风尚的与世推移，同时还隐寓着某些更为复杂的文化观念的变化。南曲诸声腔剧种勃兴的背后，可能支撑有文人士大夫南散曲创作兴趣的高涨，但对于整个明代文学观念的嬗变而言，北曲杂剧从创作到演出的全面衰微其实具有更多的象征意义，因为它反映出一种沿袭已久的“典范美”信念的动摇乃至轰塌，同时也预示着新的曲学观念的整合与重建。而这也是我们考察汤显祖、沈璟、王骥德、吕天成等人戏曲创作与戏曲理

① 沈德符《万历野获编》卷二十五“词曲·弦索入曲”条有云：“嘉、隆间度曲知音者，有松江何元朗，畜家僮习唱，一时优人俱避舍，然所唱俱北词，尚得金元蒜酪遗风。予幼时犹见老乐工二三人，其歌童也，俱善弦索，今绝响矣。何又教女环数人，俱善北曲，为南教坊顿仁所赏。顿曾随武宗入京，尽传北方遗音，独步东南，暮年流落，无复知其技者，正如李龟年江南晚景。”沈氏自序作于万历三十四年(1606)，由顿仁地位的陡落，可见出嘉隆以后北曲的衰微。

② 沈德符《万历野获编》卷二十五“词曲·北词传授”条有云：“今南教坊有傅寿者字灵修，工北曲，其亲生父家传。誓不教一人。寿亦豪爽，谈笑倾坐；若寿复嫁以去，北曲真同广陵散矣。”但事实上，北曲声势虽已衰微，然其演唱技法并未灭绝，一方面在弦索调中得到保存(沈宠绥《弦索辨讹》可为证)，另一方面又为昆腔新声所延续。

论时，不能忽视的一个重要背景。

四、时曲新声：东南戏曲文化格局的变易

何良俊的“时曲”是相对于主要使用北曲的“杂剧古词”而言，可能仅仅指如杨慎所描述的作为文人士大夫新兴时尚的“海盐南曲”，但是，南曲之所以能够取代北曲的统治地位，并非只是一种声腔剧种在起作用。明中后期南北曲的隆衰兴替、与世推移，是以余姚腔、海盐腔、昆山腔、弋阳腔这“四大声腔”，以及杭州腔、乐平腔、徽州腔、青阳腔等总共大约十五种腔调的争奇斗艳为表征的。这些南曲腔调的繁兴，主要是在长江中下游的江西、安徽、江苏、浙江四省，也深入到福建、广东一带，甚至波及了西南某些地区，但已有源与流的差异，这可能与特定区域的方言基础有关①。从时间上讲，南曲诸声腔之间因为激烈竞争也呈现出代兴的特征，虽然诸腔并奏的情形在特定区域内有可能较长久地存在着，但总体而言，士大夫阶层更加关注其间体现文人趣味的“时曲”“新声”，先是海盐腔，然后是昆山腔。虽然在若干戏曲选本中，弋阳腔系统的青阳腔、徽调、滚调等民间戏曲也被标举为“天下时尚”的“新调”或“雅调”，但根据其相对粗疏的刊刻情形来推测，它们受到了士大夫阶层更多的轻视与忽视。

吴中昆腔新声“水磨调”的崛起，更是晚明时期最引人注目的戏曲史现象，魏良辅、梁辰鱼、沈璟、沈自晋等昆腔名家的出现，对于舞台风尚由“尚北”而“尚南”的逆转而言，具有最终决

① 相关研究可参看廖奔《中国戏曲声腔源流史》，第39—40页。

定性的意义。大约在嘉靖中后期,以魏良辅为代表的一批唱曲名家对民间昆腔进行了精心的改良①,改良之后的昆腔唱曲在音乐曲调上形成一种更加文人化的风格,明末沈宠绥《度曲须知·曲运隆衰》是这样描述它的特点:"调用水磨,拍捱冷板,声则平上去入之婉协,字则头腹尾音之毕匀,功深熔琢,气无烟火,启口轻圆,收音纯细。……要皆别有唱法,绝非戏场声口,腔曰'昆腔',曲名'时曲'。"而清初余怀《寄畅园闻歌记》则有云:"良辅初习北音,绌于北人王友山,退而镂心南曲,足迹不下楼十年。当是时,南曲率平直无意致,良辅转喉押调,度为新声。疾徐高下清浊之数,一依本宫,取字齿唇间,跌换巧掇,恒以深邈助其凄唳。吴中老曲师如袁髯、尤驼者,皆瞠乎自以为不及也。"②据以上文字,改良后的昆腔"时曲"明显地发扬了文人曲唱技艺的精华,即"依字声行腔"。所谓"依字声行腔",大抵是依据文辞字句的平仄、阴阳和声调等的巧妙搭配,使之转化为一定的乐音从而构成旋律,这是讲究音律之学的文人和有一定文化修养的艺人所擅长的③,在明代文

① 关于魏良辅的身份、时代,学界有争议,相关研究可参看徐朔方《晚明曲家年谱》(浙江古籍出版社 1993 年版)第一卷之《梁辰鱼年谱》。按,明张丑《真迹日录》二集据文徵明写本著录魏良辅《南词引正》,有嘉靖二十六年丁未(1547)金坛曹含斋跋语,这里"引正"云云,或可以理解为对昆山旧腔的改良,但昆腔新声取得"时曲"地位的时间当更后一些,已在嘉靖后期至隆庆时期。

② 见于张潮《虞初新志》卷四,《古本小说集成》本,上海古籍出版社 1994 年版。

③ 相关研究可参看洛地《词乐曲唱》,人民音乐出版社 1995 年版;李昌集《中国古代曲学史》,华东师范大学出版社 1997 年版。

人北曲中已有充分体现，也是明中叶以后海盐腔的主导性特点①。改良后的昆腔“水磨调”之所以能得到文人士大夫们的追崇，显然与其融合北曲演唱技法同时也继承、发扬了海盐腔的某些特色有关。

梁辰鱼的《浣纱记》传奇被认为是第一部采用这种“调用水磨，拍捱冷板”的新腔调来演出的剧本②，思想内容、艺术形式皆产生了较广泛影响，许多文人士大夫受到鼓舞，纷纷参与到这种新兴昆腔的剧本文学创作潮流之中，因此到了万历年间，东南地区戏曲舞台上的昆腔“新声”不但排挤了北曲杂剧的独尊地位，也基本上取代了海盐腔的“时曲”地位③。相关记载屡屡出现，代表性文字如沈德符《万历野获编》卷二十五“词曲 · 北词传授”有云：“自吴人重南曲，皆祖昆山魏良辅，而北词几废。”顾起

① 明末人姚旅《露书》卷八“风俗”有云：“歌永言。永言者，长言也，引其声使长也。所谓逸清响于浮云，游余音于中路也。故古歌也，上如抗，下如坠，曲如折，止如槁木。倨中矩，勾中钩，累累乎端如贯珠。按今惟唱海盐曲者似之，音如细发，响彻云际，每度一字，几尽一刻，不背于永言之义。”

② 关于《浣纱记》的写作年代，学界有争议，列举几种有代表性看法：(1)徐朔方主张为作者早年作品，定于嘉靖二十二年(1543)前后，参看《晚明曲家年谱》第一卷之《梁辰鱼年谱》；(2)吴书荫认为大约在嘉靖四十二年(1563)左右，参看《〈浣纱记〉的创作年代及版本》，见华玮、王瑷玲主编《明清戏曲国际研讨会论文集》，台北达雯印刷有限公司 1998 年版；(3)郭英德则主张为梁辰鱼的后期作品，定为隆庆四年至万历元年之间(1570—1572)，参看《明清传奇综录》，河北教育出版社 1997 年版。

③ 郑振铎先生《明代的时曲》(见《郑振铎文集》第六卷，人民文学出版社 1988 年版)有云：“所谓时曲，指的便是民间的诗歌而言。凡非出于文人学士的创作，凡‘不登大雅之堂’的小曲，明人皆谥之曰‘时曲’。”本书在运用“时曲”概念时，上承明何良俊、沈宠绥等人的观念，着眼于南、北曲的代兴和南曲自身的嬗变，主要指成为新兴时尚的声腔或剧种，而不及市井小曲。

元《客座赘语》卷九“戏剧”则说：“南都万历以前，公侯与缙绅及富家，凡有讌会，小集多用散乐，或三四人，或多人，唱大套北曲……若大席，则用教坊打院本，乃北曲四大套者……后乃变而尽用南唱……大会则用南戏，其始止二腔，一为弋阳，一为海盐……后则又有四平，乃稍变弋阳而令人可通者。今又有昆山，较海盐又为清柔而婉转，一字之长，延至数息。士大夫禀心房之精，靡然从好，见海盐等腔，已白日欲睡。至院本北曲，不啻吹篪击缶，甚且厌而唾之矣。”王骥德《曲律·论腔调第十》有云：“世之腔调，每三十年一变，由元迄今，不知经几变更矣……旧凡唱南调者，皆曰海盐，今海盐不振，而曰昆山。”以上所述，都反映出明嘉靖、隆庆、万历时期，舞台审美风尚由北而南、由海盐而昆腔的这一变易、转捩的总体趋势。当然，昆腔新声的勃兴，很大程度上是以吸收、融会北曲尤其是文人北曲的技法为基础的，而海盐腔在昆腔兴盛之后也并没有灭迹，南北曲之间的争胜和南曲诸声腔剧种之间既竞争又交流的过程，并非一种纯然的彼消此长的态势，这点在民间社会和市井阶层中可能表现得尤为明显、长久。

昆腔新声的崛起，不但促进了南曲表演艺术的日益精进，也加速着文人阶层观念的分化，卑视戏曲、视其为倡优之末技的正统偏见依然存在，但也有不少文人从儒家的礼乐传统、“乐教”理想和“正声”观念中，寻求到了从事戏曲活动和戏曲创作的价值依托。这使得原本主要流行于吴中一带（《南词叙录》有云“昆山腔止行于吴中”）、或许仅仅用于清唱的民间昆腔①,迅速地在中上社会阶层中流布开来,成为一种既能娱悦一己之性情的新兴舞台时尚,又能够寓教于乐、发挥高台教化功能的工具。到万历后期王骥德作出"世之腔调,每三十年一变"(《曲律·论腔调》)的总结性论断时,戏曲舞台上从北曲杂剧的衰微到"海盐时曲"的流行,再到吴中"水磨调"的崛起,中间经历了一个多世纪。审美风尚由北而南的与世推移,南曲诸声腔的演化替嬗,文人曲家的推波助澜,以及其他多种历史因素(如物质生产的丰富、商业经济的繁荣、"心学"的流播,等等)的相互作用,促成了明嘉靖、隆庆之后传奇戏曲的文本创作、舞台实践、理论批评和声律研究的全面繁荣。

作为文学文本的"传奇"与"戏文",它们的主要差异体现在形式体制和声律规范方面,其间经历了从形式到内容、情趣、风格等多方面的雅俗嬗变,这显然得力于文人士大夫阶层对海盐

① 关于昆山腔何时运用到演戏,学界颇有分歧,列举几种代表性的意见:(1)钱南扬认为,"魏良辅的昆山腔,虽说'盛于明时',然始终停留在清唱阶段……及梁辰鱼的《浣纱记》出,始把昆山腔搬上舞台",参看《戏文概论》,第55页,上海古籍出版社1981年版;(2)蒋星煜认为,"任何记载都没有说当时只有余姚、海盐、弋阳是戏曲声腔,唯独昆腔不是,而属于清唱",参看《中国戏曲史钩沉》,第36页,中州书画社1982年版;(3)胡忌、刘致中认为,"明代中叶以前,昆山腔即是一种演戏的声腔,决不只是单纯的清唱",参看《昆剧发展史》,第27页,中国戏剧出版社1989年版;(4)曾永义认为,"明初之前,南戏用昆山腔来演唱的可能性是相当大的","昆山腔在魏良辅创新为水磨调之前,既已能用来歌唱《王仙客无双传奇》",参看《从腔调说到昆剧》,第204页、第212页,"台北国家出版社"2002年版。

腔、昆腔新声的浓厚兴趣①。明万历以后的文人传奇固然不能等同于昆剧之舞台“脚本”,但不可否认,传奇创作在晚明的繁盛与昆腔新声的广泛流布之间,事实上存在着某种相辅相成、互为因果的密切关系。虽然“万历新岁”刊行的《鼎雕昆池新调乐府八能奏锦》中,就已经收录了张凤翼《红拂记》、梁辰鱼《浣纱记》等所谓“新传奇”的散出,但更多的则是早期戏文或其明人改本②,而到了万历后期吕天成撰《曲品》,就主要著录嘉靖中后期以来文人士大夫的手笔了,其中所谓“新传奇”,至少在 180 种以上③。

当然,我们不能将改良后的昆山腔上升为全国性剧种的时间想象得太早,也应注意到某些特定区域内余姚腔、海盐腔持久存在的可能,更不能漠视晚明时期弋阳腔系统的进一步繁兴。由于中下社会阶层中弋阳腔系统南曲的盛行,这就使

---

① 关于“戏文”与“传奇”的区分,学界亦有分歧。本书不直接讨论这一问题,行文中大抵视“戏文”为民间下层文人的创作,而视“传奇”尤其是吕天成《曲品》所著录的“新传奇”为中上层文人士大夫的作品;其间有一个较长的模糊时段,大致以嘉靖后期为最后的断限。因此,本书在使用这两个术语时,一般重在强调其“文学文本”层面的形式特征,而在涉及偏重于舞台演出这一“二度创作”问题时,则通常使用“南戏”和“传奇戏曲”的概念。

② 《八能奏锦》卷末书牌署“皇明万历新岁爱日堂蔡正河梓行”,故以往一般认为刊于万历元年(1573),这个说法近年受到质疑,有研究者认为大约刊行于万历三十五年(1607)或三十六年(1608),相关研究可参看郭英德、王丽娟《〈词林一枝〉、〈八能奏锦〉编纂年代考》,《文艺研究》2006 年第 8 期。

③ 据吴书荫先生考察,“1613 年的增补本,戏曲作者增至九十五人,南戏和传奇作品增至二百一十二种(在品评剧目部分,尚有南戏、传奇和杂剧三十五种,未统计在内)”,不计其中“旧传奇”29 种,“新传奇”至少在 180 种以上。参看《曲品校注》(中华书局 1990 年版)“附录”之《吕天成和他的作品考》。胡忌、刘致中认为,“《曲品》所载‘新传奇’是以昆山腔演唱的剧本”,约为嘉靖二十九年(1550)后的创作,参看《昆剧发展史》,第 83 页。

得今人在判定某一传奇文本的声腔归属时,面临着更为复杂的情形。就地域而言,晚明文人曲家以苏浙两省最为丰出,其次是安徽和江西。这一戏曲生态格局的形成,既与海盐腔、昆腔新声在南曲诸声腔系统中相对强势、相对尊贵的地位(所谓"官腔")有关;同时,多少也折射出弋阳腔系统的民间戏曲的强大影响力。因此,有关万历年间以后昆腔新声("水磨调")与弋阳腔、徽调、青阳调等所谓"杂调"的关系,也是我们考察汤显祖等文人士大夫的戏曲观念及其文本写作时,必须关注的一个重点①。

汤显祖是江西临川人,虽然在江苏、浙江一带有较长的生活经历,但他与一些在诗文领域把持着"话语权",或在戏曲领域主导其倾向的吴地士人,维持着明显而微妙的心理距离。这既缘于汤氏耿介、孤傲的人格气质,也与他对江右一带文化传统的自信有关。

其间有两个因素值得重视:其一是江西的儒学传统。从南宋的王安石、陆九渊到明前期以杨士奇为代表的馆阁诸臣,再到黄宗羲《明儒学案》所标举的"江右学案",这些江西籍的文人士大夫虽然对儒家义理有不同理解,但大体都以发扬、体察"圣贤"精神和人格为论学要义。汤显祖说"吾江以西固名理地也"(《揽秀楼文选序》),应证了这一传统,又师从名儒罗汝芳问学,结交诸多论学之士。晚明"道学"的深刻熏染,使得他既体现出

① 后世"昆曲""昆山腔""昆剧"的概念在内涵和外延上都有偏重,本书大体袭用胡忌、刘致中《昆剧发展史》(第2页)的用法——"着重表达戏曲声腔时用昆山腔,表达乐曲、尤其是脱离舞台的清唱时用昆曲,而将指表演艺术的戏曲剧种,则称作昆剧。"同时,为了凸显昆腔衍变的戏曲史意义,本书将魏良辅等人改良后的昆腔,称为"新兴昆腔"或"昆腔新声"。

形而上的超越精神，也有立足于世道民生的现实关怀，一方面他张扬个性主义的情感欲求，同时也重视社会性、群体性的伦理规范，其思想的主要根基正是儒家“性命之学”。其二是江西悠久的戏曲文化传统。南宋中后期，南戏已流行于赣东北地区，当代考古工作者曾在景德镇和鄱阳的南宋墓葬中，发现了一定数量的戏俑，足以见出该地南戏的繁盛①，而到了度宗咸淳（1265—1274）时期，甚至赣东南的南丰也盛行着从浙江传来的“永嘉戏曲”②。元代江西籍或暂住、寄居于江西的北曲作家不在少数，还出现了周德清这样的曲学名家；江西吉安人罗宗信为周氏《中原音韵》所作序中有云，“吾吉素称文郡，非无赏音，自有乐府以来，歌咏者如山立焉，未有如德清之所述也”，可以反证元代江西北曲之盛。这必然对明初的戏曲文化格局发生某些影响，改封南昌的宁献王朱权就是明代藩王府邸杂剧的代表人物，所作《太和正音谱》和周德清《中原音韵》一并成为明人北曲的指导性用书③。直至明中期，藩王府邸的江西曲师依然擅长北

① 墓葬时间分别为南宋淳祐十二年（1252）和景定五年（1264），相关研究可参看唐山《江西鄱阳发现宋代戏剧俑》，刘念兹《南宋饶州瓷俑小议》，见《文物》1979 年第 4 期。

② 南宋遗民刘壎《水云村稿》卷四之《词人吴用章传》有云：“吴用章，名康，南丰人。生宋绍兴年间……用章殁，词盛行于时……至咸淳，永嘉戏曲出，泼少年化之。而后淫褻哇盛，正音歇，然州里遗老犹歌用章词不置也。”相关研究可参看胡忌、洛地《一条极珍贵资料的发现——“戏曲”和“永嘉戏曲”的首见》，见《艺术研究》（浙江艺术研究所编）第 11 辑。

③ 朱权《太和正音谱》影印洪武间刻本有题署“时岁龙集戊寅”自序，一般认为作于洪武三十一年（1398），然据周维培考察，现存全本的许多内容是永乐元年（1403）改封南昌以后补入的。参看周维培《曲谱研究》，第 51—53 页，江苏古籍出版社 1999 年版。

曲的演唱，甚至能纠正勾栏名伶的谬误①。此外，明代江西也是海盐腔、弋阳腔、青阳腔等重要南曲声腔的主要流行地区，在广大农村还盛行着与宗教祭祀活动相纠缠的民间傩戏。② 作为士大夫阶层中坚者的汤显祖，其戏曲修养是多方面的，既隐约延续着中上层社会推重北曲的传统，也受到吴越一带新兴舞台时尚的熏染，同时他还热情地参与到江西当地的民间戏曲活动之中。

名家辈出的文学史体现着“若无新变，不能代雄”的规律③，但所谓“新变”并非一味地割弃传统，它往往与发扬传统、尊奉典范、重塑规则等倾向交织在一起。明万历年间文人曲家所置身的历史文化语境相当复杂，以下一些因素是本书考察汤显祖的文学理念和戏曲创作时将予以特别重视的：王阳明“心学”对士大夫价值观的影响，诗文领域复古与反复古思潮的双向渗透，戏曲舞台审美风尚的多样性，戏曲文学传统的雅俗嬗变，曲学研究与文本创作、舞台演出之间的互动，戏曲形式规范的突破与重

---

① 清人焦循《剧说》卷六引旧籍有云：“江斗奴演《西厢记》于勾栏，有江西人观之三日，登场呼斗奴曰：‘汝虚得名耳！’指其曲谬误，并科段不合者，数处。斗奴恚，留之，乃约明旦当来。而斗奴不测，以告其母齐亚秀。明旦，俟其来，延坐，告之曰：‘小女艺劣，劳长者赐教，恨老妾瞽，不及望见光仪。虽然，尚有耳在，愿高唱以破衰愁。’客乃抱琵琶而歌，方吐一声，亚秀即曰：‘乞食汉，非齐宁王教师耶？何以给我？’顾斗奴曰：‘宜汝不及也。’客亦大笑。命斗奴拜之，留连旬日，尽其艺而去。”此事又见于陆采《冶城客话》，但指客为“济宁王”府北曲教师。据《明史》卷一百四，济宁安僖王，成化十七年封，正德七年故。相关研究可参看林锋雄《李开先与元杂剧——兼论明代嘉靖隆庆年间元杂剧之演唱与流传》，见台北《汉学研究》第6卷第1期（1988年6月）。

② 相关研究可参看龚国光《江西戏曲文化史》，第二、三章，江西人民出版社2003年版。

③ 见《南齐书》“列传第三十三·文学”，第908页，中华书局1972年版。

整。虽然汤显祖有更高远的人生理想和文学抱负,并不以“四梦”为“立言”,但其人其作曾经是晚明清初曲学争鸣的一个焦点,因此当我们以汤显祖为个案性的考察对象时,就有可能对明中后期直至清初戏曲发展、流变的一般规律、特征有所触及,反过来,有关这一时段内戏曲史规律、特征的研究,也将有助于深化我们对其间诸多曲家个体的考察。

上篇　汤显祖的思想及其文学理念

汤显祖主要活跃于明万历时期，他的哲学思想、宗教意识既与文学理念相互影响、相互缠绕，也往往有各自的关注焦点。本篇大抵遵循如下思路：对文本作较细致的辨析和适当的阐释，发掘其深层次的意义内涵；同时，联系晚明若干文人的相关言辞，既彰显汤显祖“问题意识”的独特性，也努力寻找他们共通的理论逻辑。

第一章 世俗伦理与终极关怀

——汤显祖的“道学”思想

王阳明心学的崛起,对以朱熹理学为代表的正统意识形态造成巨大冲击,不但影响了明中后期学术思潮的衍变大势,也促成了士人心态的根本性转变。晚明诸多文学艺术家都浸染于心学思潮中,汤显祖即是一典型个案。

朱熹建构了一个庞大而复杂的理学体系,但在多个向度上都蕴藏着深刻的矛盾,仅就价值哲学而言,则明显地体现出一种基本倾向:张扬理性原则、崇尚经典权威,认为理性规范具有普遍性、超越性,而个体意识、情感意欲则被置于更次要的位置。朱熹将“天理”(形而上的理性规范)与“我”(个体的感性的人)视为对峙的两极,他是这样规定“天理”意义的——“至于天下之物,则必各有其所以然之故,与其所当然之则,所谓理也”①。“天理”具有普遍性、超越性,是“所当然”与“所以然”的高度统一,是万物的存在依据。对于人类社会中的个体而言,“天理”又表现为必须遵从的伦理秩序。朱熹说:“天道流行,造化发育,凡有声色貌象而盈于天地之间者,皆物也。既有是物,则其所以为是物者,莫不各有当然之则,而自不容已,是皆得于天之

① 《大学或问》上,见朱傑人等主编《朱子全书》第六册,第512页,上海古籍出版社、安徽教育出版社2002年版。

所赋,而非人之所能为也。……又次而及于身之所接,则有君臣、父子、夫妇、长幼、朋友之常。是皆必有当然之则,而自不容已,所谓理也。”①这样一种高悬着外在的、普遍的理性权威,忽视、排斥内在的个体意志的学说,自然很容易成为专制体制的思想基础,同时也埋伏着巨大危机。

活跃于明王朝由盛转衰的正德、嘉靖时期的王阳明,受到禅宗“明心见性”“吾性自足”等主体性学说的影响,敏锐地觉察到正统理学在调整普遍的理性规则与个体的情感意志之间关系时,隐藏着自身难以克服的缺陷。他将作为普遍规范的“天理”与作为主体意识的“人心”勾通起来,主张“心即理”,“天理”虽然具有普遍性、超越性,但也是普遍之理与个体意识相互融合的结果。在朱熹那里,道德伦理对于个体而言,具有一种由外向内的强制性,“仁者天之所以与我,而不可不为之理也。孝弟者天之所以命我,而不能不然之事也。但人为物诱而忘其所受乎天者,故于其不能不然者,或忽焉而不之务,于此不务,则于其所不可不为者,亦无所本而不能以自行矣”②,因此,伦理道德就有可能表现为一种外在的、异己的力量;而在王阳明看来,道德伦理其实不能外在于主体的个人意识,他说,“此心无私欲之蔽,即是天理,不须外面添一分。以此纯乎天理之心,发之事父便是孝,发之事君便是忠,发之交友治民便是信与仁。只在此心去人欲、存天理上用功便是”③,只有通过主体本源于一己之心的自觉自愿的体察与践履,普遍的理性规范、道德伦理才有可能转化

① 《大学或问》下,见《朱子全书》第六册,第526—527页。

② 《论语或问》卷一,见《朱子全书》第六册,第613页。

③ 《传习录》上,见吴光等编校《王阳明全集》,第2页,上海古籍出版社1992年版。

为具体的个人行为。他以“致良知”来取代朱熹的“格物”,又云“心者身之主也,而心之虚灵明觉,即所谓本然之良知也”①,因此,“致良知”就更加强调了主体本质的自我实现。相对于正统理学,王阳明心学更多地张扬了主体精神,也更多地肯定了个人意识,蕴涵着一种超越世俗的精神指向和独立自由的人格境界,这是“嘉隆而后,笃信程朱不迁异说者,无复几人矣”的重要原因②。

王阳明并非一个纯粹的书斋学者,他积极用世、追求事功、聚徒讲学、推行教化;心学虽然有很强的思辨色彩,以内在心性的辨析为焦点,围绕着生命价值、人生意义这一“终极关怀”而展开,但并没有脱离传统儒家关注日常生活、民生疾苦和天下治乱的入世路向。王阳明曾有云,“夫圣人之心,以天地万物为一体,其视天下之人,无外内远近,凡有血气,皆其昆弟赤子之亲,莫不欲安全而教养之,以遂其万物一体之念”③,“夫人者,天地之心。天地万物,本吾一体者也。生民之困苦荼毒,孰非疾痛之切于吾身者乎?不知吾身之疾痛,无是非之心者也”④,个人心性的完善、自我价值的实现、对圣人境界的体察,既要超越世俗的日常生活和伦常秩序,又必须以其为支点。因此,心学虽然强调个人意识、主体精神的觉醒,但同时也内含着一种热切的世俗关怀,这点在王门后学泰州学派那里表现得尤为明显,也是晚明文人走近心学的另一个重要原因。

王阳明心学虽然以正统理学为论辩对象,但本身也存在着

① 《传习录》下,见《王阳明全集》,第47页。

② 《明史·儒林传序》,见《明史》卷二百八十二。

③ 《传习录》中,见《王阳明全集》,第54页。

④ 《传习录》中,见《王阳明全集》,第79页。

“内在的张力”。王阳明晚年以“四句教”为其论学宗旨，已经蕴涵着心学分化的契机；王阳明以后，心学也有个发展、衍化或统合的过程，不但学派纷呈、形态各异，有些还表现出向正统理学的回归，或向禅学的延伸。事实上，心学也属于广义的宋明理学的范畴，不管是正统的朱熹理学还是王门心学，其基本的“问题意识”并没有改变，有研究者指出，“较之近代西方哲学以分而论之的方式处理认识界限、道德实践、终极关怀以及人的存在与本质等问题，理学表现的是不同的立场：它在某种意义上将以上诸项化约为一个问题，即如何成圣（达到圣人之境）。”①宋明时期的这种以成就圣贤（大人）人格境界为旨趣的思想学说，被现代学者归结为“希圣之学”，心性的辨析和人性的研讨是其中的重要内容，尤其专注于人的存在本质、依据及其意义、价值等问题。这也是儒家的一个传统，在《中庸》《大学》等经典文献中已有所体现，道教兴起、佛教东传之后，儒、释、道三家相互渗透，都极力发扬“性命之微”，主体“人”对有形（有限）生命的价值如何体现又如何实现这一形而上的终极关怀，也被引向了人在现实生活中具体行为方式、生存原则的取舍。

汤显祖一生与诸多理学名儒交游、亲善，还留下了一些探讨儒家圣贤之“道”的文字；宋明“道学”的入世传统②，尤其是王阳明以来心学张扬主体精神和关切世道民生这两个相辅相成的倾向，制约了汤氏一生言行的基本方向，也是其“立言”理想和

① 杨国荣《心学之思——王阳明哲学的阐释》，第1—2页，三联书店1997年版。

② 冯友兰先生指出：“韩愈提出‘道’字，又为道统之说。此说孟子本已略言之，经韩愈提倡，宋明道学家皆持之，而道学亦遂为宋明新儒学之新名。”见冯友兰《中国哲学史》下册，第803—804页，中华书局1961年版。

重“情”的文学理念得以多向度展开的思想基础。

一、“性命如何”：问学于罗汝芳

汤显祖对少年时代的老师罗汝芳(1515—1588)尤为尊崇，曾有云：“如明德先生者，时在吾心眼中矣。”(《答管东溟》)罗汝芳是泰州学派的重镇，在汤显祖的思想历程中有两件事直接与罗氏有关。

第一件事大约发生于万历十一年(1583)。这一年汤显祖进士及第，观政北京礼部，他为罗汝芳讲学事业能取得合法地位作了奋力抗争。汤氏《奉罗近溪先生》有云：

> 受吾师道教，至今未有所报，良深缺然。道学久禁，弟子乘时首奏开之，意谓吾乡吏者当荐召吾师，竟尔寥寥。知我者希，玄地所贵。云南进士张宗载时道吾师毕节时化戢莽部，于羽泮宫之颂不诬矣。京师拥卧无致，小疏一篇附往。①

“道学久禁”或许有些过甚其言，但也基本合乎历史事实：张居正当权后极力反对聚众讲学，万历三年(1575)上疏请求禁止“别创书院”“群聚徒党”②；万历七年(1575)，张居正又拟旨诏毁天下书院，“各省直有私建的，著遵照皇祖明旨，都改为公解衙门，田粮查归里甲，再不许聚徒游食，扰该地方”③。明中叶以后儒家思想日益世俗化、平民化，一个突出表现是讲学活动的活

① 据徐朔方笺校《汤显祖全集》，北京古籍出版社 1999 年版。以下所引汤显祖文辞除另有说明者，皆以此书为据，不另注。

② 张居正《请申旧章饬学政以振人才疏》，《张太岳集》卷三十九。

③ 见《万历邸钞》万历七年己卯卷。

跃，王阳明及其后传弟子都以讲学为“本分内事”。张居正初入仕途时，也曾与倡导心学的聂豹、罗洪先、罗汝芳、胡直、周友山、耿定向等人交游，但高据权位后出于对现实政治的考虑，转而极力反对士人聚众问学，有广泛声誉的罗汝芳成为一个重要的排挤目标。万历五年(1577)，罗汝芳奉贺入京，事毕移寓城外广慧寺，终日以讲学为事，士大夫多有从之者，给事中周良寅弹劾他“事毕不行，潜住京师”，“遂勒令致仕”[①]，背后可能有张居正的唆使。

毁弃书院、禁压讲学，表面看是试图将学术活动纳入体制化的管理，符合当权者的政治逻辑，如张居正所辩解的，“今人妄谓孤不喜讲学者，实为大诬。孤今所以佐明主者，何有一语一事背于尧舜周孔之道？但孤所为，皆欲身体力行，以是虚谈者无容耳”[②]；但讲学是否为“虚谈”，建立书院是否必然扰害地方，则有可能只是出于当政者的一己之好，在专制体制下，禁压讲学其实质就是钳制思想自由。汤显祖“乘时”云云，既指万历十年(1582)张居正病逝后陡然逆转的政治形势——原先那些维护纲常秩序，因反对张居正以“夺情”名义恋居相位而罹祸的官吏纷纷平反，可能也与好友邹元标有关——万历十一年(1583)，邹元标上疏请复天下书院，岳麓书院、白鹿书院等随即纷纷恢复[③]。初入仕途的汤显祖第一个为“道学”奏请开禁，这表明他

① 黄宗羲《明儒学案》卷三十四“参政罗近溪先生汝芳”，第760页，中华书局1985年版。

② 张居正《答宪长周友山明讲学》，《张太岳集》卷三十。

③ 邹元标《重新岳麓书院》(见《愿学集》卷五)有云：“癸未起家，奏言旧毁天下书院，伤道化、蔑名教，非所以维风淑世。上报可。而岳麓则首报可。……予又忆当议复时，予谒大宗伯语曰：‘天下诸名书院，如岳麓、白鹿、嵩阳、睢阳诸胜境，今幸一新。’”

迅速地感知到了某种普遍的社会情绪，并率先表达出来，其真实意图或并不只在于罗汝芳一人的进退，但亦足以看出他们师生情谊的深厚①。

第二件事发生在万历十四年（1586）。这一年汤显祖任南京太常寺博士，是夏罗汝芳自江西游历至南京，多次讲学或举会于永庆寺、兴善寺、凭虚阁等地，在士大夫中引起了轰动，汤显祖也躬逢其盛。虽然十三岁时汤显祖就"从明德先生游"，但真正走近罗汝芳的思想世界、领悟其学说的大义精髓，则是这一次的师生重逢。汤显祖甚至重新反思以往的人生道路，如《秀才说》所云：

> 或曰："日者士以道性为虚，以食色之性为实；以豪杰为有，以圣人为无。"嗟夫，吾生四十余矣。十三岁时从明德罗先生游。血气未定，读非圣之书。所游四方，辄交其气义之士，蹈厉靡衍，几失其性。中途复见明德先生，叹而问曰："子与天下士日泮涣悲歌，意何为者，究竟于性命何如，何时可了？"夜思此言，不能安枕。久之有省。知生之为性是也，非食色，性也之生；豪杰之士是也，非迂视圣贤之豪。

① 关于《奉罗近溪先生》，徐朔方先生笺校《汤显祖诗文集》（上海古籍出版社1982年版）、《汤显祖全集》（北京古籍出版社1999年版）定于"万历十一、二年，成进士观政北京礼部"，《晚明曲家年谱》第三卷之"汤显祖年谱"则云"作年不详"，姑系于万历十四年。然据《明实录·神宗实录》（卷一三五）：万历十一年三月张居正被追夺官阶；《明实录·神宗实录》（卷一五五）：万历十二年十一月准沈鲤、申时行疏，王阳明、陈白沙等人从祀孔庙；《明实录·神宗实录》（卷一五九）：万历十三年三月贬斥上疏丑诋"新建伯不宜从祀"的唐伯元；可见情势早已逆转，若汤显祖"乘时首奏开之"，似不应迟至万历十四年。

《秀才说》作于遂昌任上，“中途复见明德先生”指的就是万历十四年的这一次师生重逢。罗汝芳以“性命”相究问，这极大地扰乱了汤显祖的心境，“夜思此言，不能安枕”，仿佛重新寻获到人生的真谛。据赵志皋《罗近溪先生全集序》，罗汝芳兴善之会所讲多“性命之理”，而据《盱坛直诠》，他在凭虚阁则“讲《中庸》费隐章义”。为什么罗汝芳“性命如何、何时可了”的诘问，会给汤显祖如此大的震撼，以至于他要调整自己的思想路径？

罗汝芳的师承较为驳杂，但其思想主旨和论学逻辑则大抵导源于王阳明心学的框范。黄宗羲《明儒学案》（卷三十四）是这样勾勒罗汝芳的学说——“先生之学，以赤子良心、不学不虑为的，以天地万物同体、彻形骸、忘物我为大。此理生生不息，不须把持，不须接续，当下浑沦顺适。”这一张扬“赤子良心”的学说，并没有逸出宋明儒家“希圣之学”的传统逻辑。罗汝芳又云，“据我看，《孟子》此条（“大人不失赤子之心”），不是说大人方能不失赤子之心，却是赤子之心自能做得大人。若说赤子之心止大人不失，则全不识心者也”，“欲求希圣希天，不寻思自己有甚东西可与他打得对同，不差毫发，却如何希得他？天初生我，只是个赤子；赤子之心，浑然天理，细看其知不必虑，能不必学，果然与莫之为而为，莫之致而至的体段，浑然打得对同过。然则圣人之为圣人，只是把自己不虑不学的见在，对同莫为莫致的源头，久久便自然成个不思不勉而从容中道的圣人也。”在罗氏看来，“赤子之心”的本来状态就是圣贤的人格境界，因此人人皆可为圣贤，但是，不是由“赤子之心”扩充开来以成就大人、圣贤，而是任其自然流行、随处流布，因为“赤子之心”本身就是无所不能、无所不适的。这种带有自然主义倾向的人性论可能受到禅宗“作用是性”理论的影响，容易引起误解，杨时乔弹劾罗汝芳时即指责他“倡为见性成佛之教”(《明史》卷十九《杨时乔传》),但罗汝芳的弟子们却并不视近溪之学为禅学,恰恰相反,他们一再强调罗氏关切世道民生的入世精神和以天下为己任的担当意识。

事实上,罗汝芳特别重视现实的人伦关系的维系,强调个人内在的道德完善并非“性命之学”的最终目的,而是要以为契机推广到“家国天下”。据《盱坛直诠》(卷下),罗氏曾有云:“《大学》明德亲民,止于至善。许大的事也,只是立个身。盖丈夫之所谓身,联属家国天下而后成者也。如言孝,则必老吾老以及人之老,天下皆孝而其孝始成;有一人不孝,即不得谓之孝也。如言悌,则必长吾长以及人之长,天下皆悌而其悌始成;苟有一人不悌,即不得谓之悌也。是则以天下之孝为孝,方为大孝;以天下之悌为悌,方为大悌也。”王阳明心学内在地包含着对世俗伦理的重视,罗汝芳将这一精神接续过来,并以此为其论学的宗旨,《明儒学案》(卷三十四)记载了这样一段对话——有人对其“孝悌慈”之说是否切实可行,提出疑问:“古今学术,种种不同,而先生主张,独以孝弟慈为化民成俗之要,虽是浑厚和平,但人情世习,叔季已多顽劣。即今刑日严,犹风俗日偷,更为此说,将不益近迂乎?”罗汝芳则回答说:“由一身之孝弟慈而观之一家,一家之中,未尝有一人而不孝弟慈者;由一家之孝弟慈而观之一国,一国之中,未尝有一人而不孝弟慈者;由一国之孝弟慈而观之天下,天下之大,亦未尝有一人而不孝弟慈者。”可见,罗汝芳顽强地坚持儒家传统的社会理想,只是他将这一理想的实现,更多地寄托于个体的道德自觉,及其在日常生活中的践履,而非教条主义式的说教或制度性的强迫。

罗汝芳的“希圣之学”也以心性论和人性论为中心,穷究性命之根本，以促使问学者先能明了安身立命的大义，进而关切世道民生，这是罗汝芳论学的基本取向。回到汤显祖《秀才说》，汤氏有云："久之有省，知生之为性是也，非食色性也之生；豪杰之士是也，非迂视圣贤之豪。""生之为性"与"豪杰之士"这两个儒学传统话题关涉到对汤氏中年以后价值观的理解，有必要作进一步阐析：

其一，关于"生之为性"命题。

据《孟子·告子上》，"生之为（谓）性"是先秦告子的学说；所谓"生之谓性"，即将人凡生而即有的欲望认定为人的本性，而这些欲望中尤以食色为最典型、最强烈，故告子又说"食色性也"。告子看到了人具有生物性的本能，这并不为过，但他把人性等同于人的生理性欲望，则不被孟子认同。孟子反对"生之谓性"的说法，他区分了人的生物性生命与精神性、伦理性的存在，将属于自然法则的肉体生命视作"生"，而将属于精神性、伦理性存在的"四端"（恻隐、羞恶、辞让、是非）提升为"性"①。尽管孟子作了这些辩难，但告子"生之为性"说将人的自然生命与人性本质相联系的思路，依然得到了后世思想家的重视。如宋儒朱熹将"性"规定为"人之所得于天之理"，"生"则是"人之所得于天之气"，既对孟子的观点作了疏解，也给后人留下了发挥余地；王阳明就进一步解释说："生之谓性，'生'字即'气'字，犹言气即是性也。气即是性，人生而静以上不容说，才说气即是性，即已落在一边，不是性之本原矣。孟子性善，是从本原上说，然性善之端须在气上始见得，若无气亦无可见矣。恻隐羞恶辞让是非即是气。程子谓'论性不论气不备，论气不论性不明'，

① 参看葛兆光《中国思想史》第一卷，第258页，复旦大学出版社1998年版。

亦是学者各认一边,只得如此说。若见得自性明白时,气即是性,性即是气,原无性气之可分也。"①"气"与"性"不可分离又不可混同,这就是主张既不能混同人的生物性、肉体性的存在与精神性、伦理性的存在,又反对脱离个体生命来谈论普遍性的道德法则。万历十四年汤显祖从罗汝芳那里接受来的"生之谓性"说,也是这种经过历代儒家改造的,既重视个体肉体生命也张扬道德本体的人性论思想。

其二,关于"豪杰之士"命题。

在王阳明看来,成就圣贤人格的前提是自我的实现和完善,每个人都内在地蕴含着成圣的可能性,关键是按照不同的自性、才质去就势引导,而不能用抽象的普遍理性去限制。他说:"圣人教人,不是个束缚他通做一般:只如狂者便从狂处成就他,狷者便从狷处成就他。人之才气如何同得?"②儒家有推重"狂狷"的传统,孔子认为"狂者进取,狷者有所不为"(《论语·子路》);狂狷者最可贵的是坚持内在自我的真实,而豪杰之士也往往表现出一定的狂放气象,因此,王阳明对豪杰极为推崇,有云:"非夫豪杰之士,无所待而兴起者,吾谁与望乎?"③他晚年甚至以"狂者"自命,"我在南都已前,尚有些子乡愿的意思在。我今信这良知真是真非,信手行去,更不着些覆藏。我今才做得个狂者的胸次,使天下之人都说我行不掩言也罢。"④当然,豪狂并不是儒者所希求的最终的或最高的人格境界,但却是成就圣贤人格的一个必要环节,王阳明曾有云:"狂者志存古人,一切纷

① 《传习录》中,见《王阳明全集》,第61页。
② 《传习录》下,见《王阳明全集》,第104页。
③ 《传习录》中,见《王阳明全集》,第57页。
④ 《传习录》下,见《王阳明全集》,第116页。

嚣俗染不足以累其心，真有凤凰于千仞之心，一克念，即圣人矣。"①这是因为豪狂之士志向高洁，拒斥尘俗的熏染，极力张扬主体内在心灵的主动性、积极性和超越性，充分体现了成就圣贤人格过程中自我的无限可能。

泰州学派的思想家大多性格狂放，授业讲学、为人行事与拘泥于文本章句的一般儒者有明显差异，黄宗羲《明儒学案》（卷三十二）曾有论曰："泰州（王艮）之后，其人多能以赤手搏龙蛇，传至颜山农、何心隐一派，遂复非名教之所能羁络矣。"黄宗羲受学于重新肯定理性规范、试图矫正王学流弊的刘宗周，对泰州学派否定"天然之则"的倾向有所不满，曾讥讽罗汝芳"先生真得祖师禅之精者"，但他对罗氏论学的风格、境界却极为推赏，故又云："所触若春行雷动，虽素不识学之人，俄顷之间，能令其心地开明，道在现前。一洗理学肤浅套括之气，当下便有受用，顾未有如先生者也。"（卷三十四）汤显祖被罗汝芳以"性命如何"相究问，幡然觉醒，领悟到豪杰气象与圣贤人格的内在关系，既足证罗氏讲学魅力之人，也表明他真正接近了罗汝芳的思想世界；对于汤氏个人而言，其间还隐含着某种象征意味：从恃才使气、睥睨前贤的青年文士，向一个穷究生命意义的自觉的"思想者"的转变。

汤显祖的幡然省悟，使我们联想到袁宏道为吴县令时的感叹——"吴中人无语我性命者，求以明先生一毛孔不可得，甚哉法友之难也"②。宏道对"性命之学"的热衷，可能受其兄袁宗

① 《传习录补遗》，见《王阳明全集》第，1168 页。

② 袁宏道《王以明》，《袁宏道集笺校》卷五，第 223 页，上海古籍出版社 1981 年版。

道的影响，中郎尝有云：“迨先伯修既以中秘里旋，首倡性命之说，函盖儒、释，时出其精语一二示人，人人以为大道可学，三圣人之大旨，如出一家。”①这里“首倡”二字，用于袁氏兄弟及其若干文友可能是恰当的，若用于整个晚明士人阶层，则显然言过其实。即便是袁氏兄弟，对“性命之学”的理解也是多向度的。他们曾一度偏重于从佛教特别是禅宗中去寻求生命的意义，试图以禅诠儒，但是万历三十七年(1609)袁宏道主持陕西乡试时，他又以一种更为正式的文字形式(“策问”)，或多或少地表示出向儒家世俗伦理的回归，有云：“彼以为治世之外，别有一种性命之学，其说莽荡而无归，而稽之实用，若觅鸟迹于空，而求风痕于水也。其懒慢不耐世故者，则又曰吾姑且为二氏……二氏之学虽偏，然亦何尝舍人以为仁也？夫舍人以为仁，则就其舍之时而心已枯，是犹欲种桃而先焦其核者也。”②游移于儒释之间，左右逢源、为我所用，这是晚明文人一种普遍的精神状态，尽管汤显祖在万历十四年(1586)以后，主要依托于儒家传统人生哲学特别是罗汝芳的“道学”，去思考生命之本质、依据、价值等问题，但另一方面他也经常能从佛学那里寻求到精神支撑。

二、“蒸蒸大道”：《贵生说》与《明复说》

贬官徐闻期间，汤显祖写了《贵生书院说》和《明复说》，这是他较有系统地研讨心性论、人性论的文字，颇引为得意之作，曾寄给好友刘应秋和理学家高攀龙，得到他们的称许。刘应秋

① 袁宏道《募建青门庵疏》，《袁宏道集笺校》卷四十，第1201页。

② 袁宏道《策·第三问》，见《袁宏道集笺校》卷五十三，第1516—1517页。

读后的评价是:“读文《贵生》《明复》二说,近况已蒸蒸大道矣。”①而高攀龙惊异之余,更是褒奖有加:“及观赐稿《贵生》《明复》诸说,又惊往者徒以文匠视门下,而不知其邃于理如是!……门下诸篇迥别时说,何胜为吾道之幸。”②然细究起来,这两篇“道学”气息极为浓厚的文章都体现了罗汝芳学说的影响。

关于《贵生书院说》,其大略有云:

> 天地之性人为贵。人反自贱者,何也?孟子恐人止以形色自视其身,乃言此形色即是天性,所宜宝而奉之。知此则思生生者谁。仁孝之人,事天如亲,事亲如天。故曰:“事死如生,孝之至也。”……大人之学,起于知生。知生则知自贵,又知天下之生皆当贵重也。……破坏世法之人,能引百姓之身邪倚不正也。凡此皆由不知吾生与天下之生可贵,故仁孝之心尽死,虽有其生,正与亡等。

“贵生”思想体现了对人自然性的肉体生命的重视,其端倪可以追溯到先秦诸子那里。如《老子》有云:“民之轻死,以其上求生之厚,是以轻死。夫唯无以生为者,是贤于贵生。”虽然提出了超越生命有限性的问题,但没有向下落实到个体的社会化存在,故不为儒家所取;《吕氏春秋》中的《贵生》《重己》《情欲》《本生》诸篇,大约反映了杨朱一系的思想,其“贵生”思想与“重己”“节欲”等观念相互缠绕,“生”主要是指人在现世的肉体生命,所突出的是对个体欲望的推重,对儒家所张扬的社会规范表现

① 刘应秋《与汤若士》,《刘大司成文集》卷十四。
② 高攀龙《答汤海若》,《高子遗书》卷八。

出相当多的漠视。汤显祖的《贵生说》强调“事亲”、抨击“破坏世法之人”,认为弃绝了伦理道德(“仁”“孝”)的自然生命是没有任何意义的,它与死亡等值,“故仁孝之心尽死,虽有其生,正与亡同”,这一结论与杨朱“贵生”思想中利己主义倾向划清了界限,体现出传统儒家的论说逻辑。

汤显祖所倡言的“贵生”,有一前提是“知生”,即对个体生命意义和价值的自觉自明,其根据则是希求圣贤境界的“大人之学”。在汤显祖看来,正因为普通人都应该持有这一志向,“知生”而“贵生”才有切实的落脚点,这就是人伦道德;反之,个体倘若于“大人之学”懵懵然无所知,不明了自身在现实的社会关系中的责任、义务,那么,就有可能轻率地放弃生命。可见,汤氏所贵重的“生”,既依托于个体的自然生命(“形色”),但绝不局限于此,而是人的社会性、精神性的存在与自然性、肉体性存在的紧密结合。因此,汤显祖又在《与汪云阳》中明确指出了《贵生说》的写作目的,有云:“其地人轻生,不知礼义,弟故以贵生名之。”高扬“人”在宇宙、天地、万物中的主体性地位,这是孔孟之后儒家学说继续展开的一个基点,《中庸》肯定人“可以与天地同参”,《孝经》更是明言“天地之性人为贵”,这句话因被汉儒董仲舒视作孔子之言而得到广泛认同;汤显祖也不例外,《贵生书院说》第一句话出自《孝经》,这表明汤氏对个体自然生命的重视,虽然应和了那个时代某些新思想因素的脉动(特别是个体性原则的凸显),但总体而言,其论说逻辑依然局限于传统儒家学说的框范之内。

汤显祖将“贵生”落实到人的社会化存在,又将“贵生”视作成就大人、圣贤人格的前提,他说:“大人之学,起于知生。知生则知自贵,又知天下之生皆当贵重也。”在《明复说》中,汤氏又云:“吾人集义勿害生,是率性而已。”即认为保全自然生命与加强人伦修养,都是人性的本来要求,这些论断都显示出他对儒家传统论学理路的熟悉。这一点汤氏好友刘应秋也有敏锐的发现,他在《徐闻县贵生书院记》中进一步发挥说:“余言何以加于义仍,独慨夫所称知生者,盖难言之矣。……孔子不云乎:‘人之生也直’;直心之谓悳。孟氏亦曰:‘至大至刚,以直养而无害’;无害焉之谓贵。此所谓生,非六尺之躯之谓也,此所谓贵,亦非独六欲各得其宜之谓也。”①刘应秋所着重发掘的,是汤显祖“贵生”思想与早期儒家“直养”说之间的关联,或可谓汤氏的知音了;但另一方面,我们仍有必要重视心学传统的滋养,特别是罗汝芳的影响。

罗汝芳大力张扬天地万物、宇宙人伦皆“生生不已”的观念,他说:“孔门《学》、《庸》,全从《周易》‘生生一语’化得出来。盖天命不已,方是生而又生,生而又生,方是父母而己身,己身而子,子而又孙,以至曾而且玄也。故父母兄弟子孙,是替天命生生不已,显现个肤皮;天命生生不已,是替孝父母、弟兄长、慈子孙通透个骨髓。直竖起来,便成上下今古,横亘将去,便作家国天下。孔子谓‘仁者人也’、‘亲亲为大’,其将《中庸》、《大学》已是一句道尽。孟子谓‘人性皆善’、‘尧舜之道,孝弟而已矣’,其将《中庸》、《大学》亦是一句道尽。”②罗氏的“生生不已”之学,是以《周易》“生生之谓易”思想为根本依据的,在他看来,从孔孟到《中庸》的“天命之性”、《大学》的“明德亲民”,其主旨都可以用“生生不已”来统括——生生不已之“仁”是宇宙的最高

① 刘应秋《徐闻县贵生书院记》,《刘大司成文集》卷四。

② 黄宗羲《明儒学案》,第783页。

法则，也是社会的存在依据，更是个人生命意义的直接体现；既然个人负载着“生生之仁”这一天地、万物之“大道”，在自然生命的繁衍过程中，就必然体现出孝、悌、慈等道德伦理。对于恩师论学这一要义，汤显祖也有清醒的体认，《春秋辑略序》作于罗汝芳去世之后，有云：“吾师明德先生，时提仁、孝之绪，可以动天。”据此可知，《贵生说》将“贵生”的宗旨落实到礼义、仁孝等道德规范的践履，也是他从万历十四年(1586)“走近”罗汝芳这一知识背景中，生发出来的一个合乎逻辑的结论：既然肯定了“生之为性”的合理内核，又否定了“食色性也”的偏颇，那么汤显祖就不会如告子一样仅仅强调人在生物意义上的自然属性，而必然要将其与人的社会性存在联系在一起加以考察。

《明复说》中，汤显祖对一个传统的理学命题进行了再探讨：人之所以为人，又何以为圣贤。汤氏有云：

> 天命之成为性，继之者善也。显诸仁，藏诸用，于用处密藏，于仁中显露。仁如果仁，显诸仁，所谓“复其见天地之心”，“生生之谓易”也。……吾人集义勿害生，是率性而已。夫子循循然善诱人，引人知性也。……何以明之？如天性露于父子，何以必为孝慈。愚夫愚妇亦皆有此，止特其限于率之而不知。知皆扩而充之，为尽心，为浩然之气矣。……知天则知性而立大本，知性则尽心而极经纶。……吾儒日用性中而不知者，何也？“自诚明谓之性”，赤子之知是也。“自明诚谓之教”，致曲是也。隐曲之处，可欲者存焉。致曲者，致知也。

这段文字集中反映了汤显祖的人性论，我们从中依然可以看到儒家传统学说的深刻影响。《明复说》首句“天命之成为性”，次句“继之善也”，脱胎于《周易·系辞》《中庸》，所表述的则是儒家的主流观念：人性禀受于天命，与天地之“大道”相互贯通，每一个人都有成为圣贤（大人、君子）的内在可能。

“天命之性”的思想在西周初期已经露出端倪，一方面重鬼神的原始宗教逐渐退隐，重人伦的道德法则逐渐成为维系个体之间相互关系的主要标准，人文精神日益彰显；而另一方面，对社会关系中的人性、道德及其基本性质的把握，又是从对天、地运行现象的长期体察中导引出来的，“从天地的现象中，而看出何者是其本性，即可引发从人的生活现象中，追求何者为人的本性。”①到了孔子的时代，“天”已经负载着更明显的伦理意味，孔子排斥人格化的鬼神，“敬鬼神而远之”（《论语·雍也》），但却极其敬畏“天命”或“天道”。更为后人重视的则是《周易·系辞》和《中庸》。《中庸》直言“天命之谓性，率性之谓道”，《周易·系辞》则云“一阴一阳之谓道，继之者善也，成之者性也”——“天”具有生生不已的仁德（“天地之大德曰生”），人的生命本性也根源于此，人禀受天地之仁德所成就、实现的，就是真正的人性。反之，人性既然本原于天命，那么从逻辑上讲，每一个体都内含着成为圣贤的可能性。但事实却不尽然，现实社会总是奸邪并存、善恶有别的，对此《周易·系辞》有进一步的阐述，“仁者见之谓之仁，知者见之谓之知。百姓日用而不知，故君子之道鲜矣”，这是因为普通人（“百姓”）对其本性缺乏自觉、自省的能力。因此，儒者的重要使命就是要促成普通人本性的自觉与自省，即所谓“明复”。

---

① 参看徐复观《中国人性论史》（先秦篇），第 51 页，上海三联书店 2001 年版。

汤显祖《明复说》在阐述"知性"为明复前提这一观念时,多次截取或活剥《中庸》《周易》和《孟子》字句,逻辑反不如《贵生说》那样明晰,这表明汤显祖尚无力构建属于他自己的儒学"话语体系"。但是,《玉茗堂选集》的辑录者沈际飞却盛赞此文,有云:"其别解处却是正解。"①"别解"云云,可能是针对汤显祖对"日用性中而不知"的解释。汤氏《明复说》又云:"'自诚明谓之性',赤子之知是也;'自明诚谓之教',致曲是也。"但这几句,其实也没有脱离心学的思路,可以看出罗汝芳"赤子之心"说的影子。罗汝芳的"生生不已"是天地的自然法则,更是人伦社会的本质和个体存在的根据,而最能体现这一"生生不已"特性的,则是"赤子之心"的那种本然状态。他说:

> 天性之知,原不容昧,但能尽心求之,明觉通透,其机自显而无蔽矣。故圣贤之学,本之赤子之心以为根源,又征诸庶人之心,以为日用。②

圣贤人格固然是个人所希求的最高道德境界,但这一境界不是从外向内所强加于人的,它根源于个体的赤子之心;人初生时,其赤子之心没有受到过世间物欲杂念的熏染,它浑沦顺适、自然天成,既是"天命之性"最充分而完整的直接体现,也就是人们所追求的那种圣贤境界。赤子的耳目视听、手足摸索之间,并不存在着一个"孝弟慈"的目标,却天然地于视听言动、手足摸索之间表现出爱亲敬长的道德意识。要回复到这一纯然至善的"赤子"状态,不能依赖任何外在的戒律或束缚,只有顺其本心,在日常生活中自觉地贯彻"孝弟慈"等仁爱之心,才是成就圣贤

---

① 徐朔方笺校《汤显祖全集》,第 1228 页。

② 黄宗羲《明儒学案》,第 771 页。

人格的正途。罗汝芳所谓童子"日用捧茶"即圣人之道的说法，就是强调在日常生活中正面地开导、发掘人内在的道德资养。

这一标举赤子之心、自然天成的伦常学说，也为汤显祖所接受并体现在他的《明复说》中。汤氏认为，孝、慈等人伦规范乃是从"天命"处禀受而来，与"赤子之知"在逻辑上是能相互勾通的；赤子之心虽有被蒙蔽、遮掩的可能，但高明者循循善诱，从正面引导对方就着人性的本然状态去行动，即可实现孝、慈等社会性规定，这就是"天命之性"的明觉与回复。汤显祖也承认人性禀受于"天"，为天命所赋予，故又称之为"天性"，父子之间的孝慈即为其具体体现。可见，汤显祖这里不但完全排斥了人性中的"食色"因素，甚至与万历十四年(1456)还残存着告子影响的"'生之为性'是也"划清了界限，对自然生命避而不谈，而是将"问题意识"聚焦于人之所以为人的社会性存在。

《贵生说》《明复说》作于贬职徐闻期间，理论的归宿皆在于倡明"礼义"、维护人伦，仔细推究，并没有过多的特异之处，为什么高攀龙却有"迥别时说""吾道之幸"的盛誉？这并非单纯的恭维之词。我们注意到，高攀龙《答汤海若》又有云："龙尝读圣贤书，见孔子言仁便说复礼，孟子言浩然之气便说集义。夫仁者与万物为一体，浩然之气塞乎天地，可谓大矣，而拈出一礼义字，便分毫走做不得，其严如此。"高攀龙与王阳明以来的心学思潮虽然有千丝万缕的联系，但他受学于试图复兴朱熹"格物"说的顾宪成，对王门后学过于关注内在自我、忽视道德理性的倾向是有所不满的，故又特别重视学术的经世致用取向；汤氏《明复说》一再宣讲礼义、慈孝，又将"天命之性"的明觉与回复落实到现实的人伦关系的维系，这种论说理路，既坚持了其师罗汝芳论学"以孝弟慈为化民成俗之要"(见《明儒学案》卷三十四)的基本精神,也与东林学派为学、为文都强调经世致用的价值取向能相互呼应,为高攀龙所推赏也就可以理解了。

三、“绝学梯航”:与程朱理学的关系

王阳明心学的兴起极大地冲击了明代士人对正统的程朱理学的认同,为时代潮流所裹挟,汤显祖的儒学命题也主要是在“王学”的逻辑框范内展开的,但据汤氏《宋儒语录钞释序》,他可能也曾留意宋代理学家的学说。这篇序文作于遂昌任上,有云:

> 自孔孟没而微言湮,越千百载而宋四子续。四子之于道也,其几乎?余独于茂叔、伯淳窃有慕焉。盖尝读《太极说》《定性书》而知其学,读风月玉金之赞而知其人矣。他如正叔、张、朱无不少逊,而名言非乏。总之,逊心圣道而窥其藩焉者。往予欲删辑诸子遗言,以为绝学梯航,而卒未暇也。

这篇序文对宋儒的成就有所厚薄,推重周敦颐(茂叔)、程颢(伯淳),而对程颐(正叔)、张载、朱熹则略加贬抑,有必要予以关注。晚明文人大多服膺王门心学,但对宋儒“四子”(或称“五子”)也并非全然的一概否定,而是针对其学脉源流和特色成就,形成不同的评价。例如,高攀龙是这样分疏宋明理学流变的谱系:“自古以来,圣贤成就,俱有一个脉络。濂溪(周敦颐)、明道(程颢)与颜子一脉,阳明、象山(陆九渊)与孟子一脉,横渠(张载)、伊川(程颐)、朱子(朱熹)与曾子一脉,白沙、康节与曾点一脉,敬斋、康斋与尹和靖、子夏一脉。”①焦竑则有言:“宋儒

① 高攀龙《会语》,《高子遗书》卷五。

如周元公、程伯子、邵尧夫、陆子静诸公，皆于道有得，仆所深服。至伊川、晦庵之学，不从性宗悟入，而以依仿形似为工，则未得孔孟为之依归也。”①以上见解，表现出一个共同的倾向，即区分程颢、程颐的不同，将伊川（程颐）与朱熹归并为一路，这与汤显祖的看法颇有能切近之处，既表明汤氏对宋明二代儒学衍变的逻辑脉络有一定的了解，也大略地体现了王阳明以来心学家们的共识，王阳明曾作《朱子晚年定论》，其序言开首即云：“洙泗之传，至孟氏而息；千五百余年，濂溪、明道始复追寻其绪；自后辨析日详，然亦日就支离、决裂，旋复湮晦。”②

现代学者牟宗三认为，以《论语》《孟子》《中庸》《易传》为主，还是以《大学》为主，是识别宋明儒家“正宗”“大宗”和“歧出”的一个基本标准；因为《论语》等“是孔子成德之教（仁教）中独特的生命智慧方向之一根而发，此中实见出孔门师弟相承之生命智慧之存在地相呼应，是儒家本质之所在。至于《大学》则是开端别起，只列出一个综括性的、外部的（形式的）主客观实践的纲领，只说出其当然，未说出其所以然”；据此，他严辨二程思想的不同，以孔孟为儒学正宗，以濂溪、横渠、明道为传承孔孟的大宗，因为他们根植于《论》《孟》《中庸》和《易传》，而伊川、朱子以《大学》为中心，乃歧出者；尽管朱熹一贯被正统意识形态视为儒学的正宗，其实乃是“别子为宗”③。汤显祖对宋明

① 焦竑《答钱侍御》，见《澹园集》卷十二，李剑雄点校，中华书局 1999 年版。但联系焦氏《答耿师》（卷十二）、《答友人问》（卷十二）、《程子序》（续集卷一）、《明道书院重修记》（续集卷四）等，焦竑对二程的看法前后并不一致，这从一个侧面体现了晚明士人思想倾向的复杂性和多变性。

② 见《王阳明全集》，第 127 页。

③ 相关研究可参看罗义俊《宋明理学的几个问题与牟宗三的通释》，见牟宗三《从陆象山到刘蕺山》附录，上海古籍出版社 2001 年版。

理学当然不可能有这样清晰、严密的统系观念，但据《宋儒语录钞释序》来看，他显然领悟到了正统理学的内部差异，而这一差异，恰恰也是他所浸润的王阳明心学得以生发、繁荣的一个基点。至于程颐、朱熹等人何以“少逊”，汤显祖语焉不详，但汤氏服膺罗汝芳以《周易》融摄《中庸》《孟子》的“生生之学”，这或正是他称赏程颢《定性书》和周敦颐《太极说》的一个思想前提。

这里“《定性书》”，即程颢的《答横渠张子厚先生书》，对后世儒家学者产生过广泛影响。程颢《定性书》认为，人心为外界客观之物所触引必然激发出喜怒等经验性情感，完全地遏制它们是不现实的，因此只能以理性来制衡、疏导情感，有云：“夫人之情，易发而难制者，惟怒为甚。第能于怒时遽忘其怒，而观理之是非，亦可见外诱之不足恶，而于道亦思过半矣。”又云：“天地之常，以其心普万物而无心；圣人之常，以其情顺万物而无情……圣人之喜，以物之当喜，圣人之怒，以物之当怒。是圣人之喜怒，不系于心而系于物也，是则圣人岂不应于物哉？”所谓“定性”，据朱熹解释，指的是“定心”①，主要讨论通过哪一种修养方法来实现个人心性的平定，以切近于对圣贤境界的体察。程颢的“圣人无情”可能吸收了道家“无情以顺有”、禅宗“无所住而生其心”等观念的影响，这体现了唐宋以来思想史的合流趋势，但并不能等同于佛家否定情感、欲望的“明理灭情”；在程颢看来，人无法回避与外在世界的接触，必然产生喜、怒等情感，常人不懂得情感与理性之间的平衡，而圣人则“以其情顺万物而无情”，因此刻意压抑情感的抒发是不可能的，而应使其表达既有一定的限度，又能顺合外在世界的自然规律。

① 见《朱子语类》卷九十五，中华书局1986年版。

汤显祖对《定性书》的称赞，可能也与罗汝芳有关。据《盱坛直诠》（卷下），罗汝芳曾有云："孔门之教，主于求仁；程伯子以识仁为学者所先，最为确论。……定性之言，与识仁之论，正互相发明者也。"当然，由于缺乏更多的材料，我们对汤显祖与程朱一系正统理学之间的关系尚难做更全面、细致的辨析，但据《宋儒语录钞释序》来推测，他大抵服膺程颢（明道），而对程颐（伊川）、朱熹有所訾议，这是因为汤氏的"道学"思想主要受到王阳明以来所谓"心学"传统的滋养；而程颢《定性书》持一种相对稳重、平衡的情理观，这也与汤显祖一生对于"情—理"关系较为通达的理解也能相互贯通。

四、"童子之心"：与李贽的异同

万历二十六年（1598），汤显祖向吏部告假归乡，不久《牡丹亭》问世。挂职闲居后的汤显祖逐渐偏离了对"性命之学"的理论兴趣，不再像在徐闻、遂昌时那样专心于"天性""大人之学"等时尚议题的探究。此后，他笔下的"道学"二字，往往流露出贬损意味。如《答凌初成》有云："不佞生非吴越通，智意短陋，加以举业之耗、道学之牵，不得一意横绝流畅于文赋、律吕之事"，而《答岳石帆》又曰："《狂狷辨》极中当今假道学之病。"这里的《狂狷辨》，可能就是李贽万历早期的著作《狂狷论》[①]。李贽文笔犀利尖锐，言谈怪异惊俗，对以儒家思想为主干的传统文化表现出强烈的质疑态度，一生充满多种矛盾。作为晚明士林

① 据铃木虎雄《李卓吾年谱》"补遗"，万历四年李贽从天中山寄给焦竑的第五书中，有"《读史》数十篇、《解老》一卷、《狂狷论》一篇"，见《李贽研究参考资料》（第一辑），第172页，福建人民出版社1975年版。

中极具争议的焦点人物,李贽必然要为汤显祖所关注,南京为官时汤显祖曾听过李贽的讲学,《答管东溟》中有“见以可上人(达观)之雄,听以李百泉(李贽)之杰,寻其吐属,如获美剑”的美妙回忆,但这只是汤氏的应承文字,印象深刻却不一定表明已认同其学说。值得注意的是万历十八年(1590),汤显祖致书苏州知府石崑玉,有云:“有李百泉先生者,见其《焚书》,畸人也。肯为求其书寄我骀荡否?”(《寄石楚阳苏州》)这是汤显祖试图主动切入李贽思想世界的另一次尝试,但效果如何也不得其详。汤显祖视李贽为“畸人”,“畸人”出自《庄子·大宗师》:“子贡曰:敢问畸人。(孔子)曰:畸人者,畸于人而侔于天。故曰:天之小人,人之君子;人之君子,天之小人。”唐成玄英疏云:“畸者,不耦之名也。修行无有,而疏外形体,乖异人伦,不耦于俗。”①四年前(万历十四年,1586),汤显祖受到罗汝芳的强力震撼,“如明德先生者,时在吾心眼中”,此后几年中他虽对佛家学说产生过一定兴趣,但没有遁世之思,相反,一直关切世风世习、民生疾苦,这一点相关诗文中有明显反映,万历十九年(1591)汤氏又奋然上《论辅臣科臣疏》,直接干预朝政。因此,南京为官时期的汤显祖之于“不耦于俗”、已有逃禅倾向的李卓吾,更有可能只是人格精神的仰慕,而非思想观念上的认同。

又据徐朔方先生考察,万历二十七年(1599)李贽曾来临川,并为汤氏亡儿撰写了正觉寺《醒泉铭序》②,这是目前可知的两人唯一的私人交往,按常理而言,汤显祖至少应有一些应承文字,但今存汤氏文集中并没有留下相关记载,令人生疑。万历三

① 郭庆藩《庄子集释》,第273页,中华书局1961年版。

② 参看徐朔方《晚明曲家年谱》第三卷,第386页。

十年(1602)李贽系于狱被迫自杀后,汤显祖写了《叹卓老》等多首诗文,但也只是对卓吾之死表示空泛的哀悼或遗憾,看不出推重其学说的迹象,也没有提及三年前的来往。

虽然就事实层面而言,李贽之于汤显祖的"影响"尚需存疑,但这并不表明他们就缺乏精神沟通、思想交流的前提。汤显祖和李贽之间,完全有相互认同的性格基础(个性耿介、拒斥流俗、肯定自我)和心理基础(仕途不顺、不偶于世,都遭遇过子女夭折之痛,中年以后心境皆偏于落寞);更重要的是,李贽学说的批判性、反思性及其发端于王门后学"泰州之学"的内在学理,更有可能拉近两人的思想距离。

有关李贽对汤显祖的"影响",我们有必要在两个问题上作更细致的辨析:一是他们对"道学"的基本态度;二是关于"童心"说。

李贽一生读书驳杂,出入儒释而不为其所拘囿,尤以对儒家正统观念的批判最为犀利。他认为尧舜孔孟是真儒,颜子之后则多追求富贵利达之徒,汉宋诸儒更不足论,因多穿凿附会之言,其流弊所及,则是当世那些"阳为道学,阴为富贵;被服儒雅,行若狗彘"的假道学①;又云:"道学其名也。故世之好名者必讲道学,以道学之能起名也。无用者必讲道学,以道学之足以济用也。欺天罔人者必讲道学,以道学之足以售其欺罔之谋也。"②出于对"假道学"的深恶痛绝,李贽又将笔锋指向了"假道学"所依据的经典文献,"然则《六经》、《语》、《孟》,乃道学之口实,假人之渊薮也。"③晚明时代抨击、排挤"假道学"的言论

① 李贽《三教归儒说》,《续焚书》卷二。

② 李贽《道学》,《初潭集》卷二十。

③ 李贽《童心说》,《焚书》卷三。

并不鲜见，但像这样彻底否定前圣今贤和传统经典的批判精神，实属特异卓绝。

不过，李贽虽然严厉地批判"假道学"，心中其实也曾高悬着一理想的儒家典范，也有他认可的儒学统系，这就是王学中的泰州学派。李贽师事王艮之子王襞，又曾问学于罗汝芳，他视泰州之学为王学的正传，有云："阳明先生门徒遍天下，独有心斋为最英灵"，而从创始者王艮到颜山农、罗近溪、何心隐、钱怀苏、程后台等人，更是"一代高似一代"①。晚年李贽愈加愤世嫉俗、超脱名利，对泰州学派亦有所非议，但终其一生，对王阳明弟子王畿则无所讥弹，甚至称其为"圣代儒宗"。王畿（龙溪）与泰州学派的罗汝芳（近溪）论学旨趣接近，是为"二溪"，"二溪"论学虽有所差异，但从学术思想发展的大趋势看，都是心学中的良知现成派，主张道德理性的直接显示，反对后天经验的掺入，代表了王门中的狂放一路②。"二溪"讲学风格和学术宗旨都为李贽所继承，事实上，李贽并不擅长建构细密、谨严的理论体系，他的那些"颠倒千万世是非"的文字主要是以正统观念、教条化的主流意识形态为标靶，进行直接地批判、否定，因此其结论往往痛快淋漓、解人饥渴，"学人喜其便利，趋之若狂"③；以汤显祖的气质才性、人生经历，完全有可能对这种轰动士林的"李贽现象"发生强烈的兴趣。

晚明文人尤好意气相争，要具体地指证李贽和汤显祖所排斥的"假道学"，并非易事，但可以认为，他们都有自己所推重的"真道学"，这就是将心学中重视个体意志的理论倾向和平民化

① 李贽《为黄安二上人三首》，《焚书》卷二。

② 参看张学智《明代哲学史》，第 264 页，北京大学出版社 2000 年版。

③ 顾宪成《当下绎》，《顾端文公遗书》卷十四。

的讲学风格，进一步发扬、壮大的那些儒者。王阳明曾说："与愚夫愚妇同的，是谓同德；与愚夫愚妇异的，是谓异端。"[①]王艮则云："圣人之道无异于百姓日用，凡有异者，皆谓之异端。"[②]罗汝芳甚至认为"捧茶童子"皆是圣贤之道，李贽则进一步发挥说："穿衣吃饭，即是人伦物理，除却穿衣吃饭，无伦物矣；世间种种，皆衣与饭类耳。"[③]这些"真道学"拒绝心性、伦常的空谈、说教，不满于道德伦理成为一种强迫性的外在规定，而主张将道德伦理、普遍理性落实为个体在日常生活中自觉自明、自然天成的践履，并以此为契机去实现生命之意义和价值。李贽曾明确地主张："凡为学者皆为穷究自己生死根因，探讨自家性命下落。"[④]虽然他对"性命之学"的关切也是立足于反思与批判，不同于那些从正面立论、聚焦于概念辨析的儒家学者，但在"性命下落""生死根因"等所谓"终极关怀"这一价值向度上，依然存在相互沟通的可能，这也是汤显祖、"三袁"等晚明文人"走近"李贽的重要原因。

但汤氏之于所谓"异端"李贽，毕竟主要是个性的认同，而非思想学说上的师承或同道。这点在"童心"问题上，表现尤为明显。李贽"童心"说被认为是晚明最重要的一个文论命题，这是他读到龙洞山农（焦竑）《叙西厢》末句（"知者勿谓我尚有童心可也"）后所写的一篇感发之辞，有云：

> 童心者，真心也。若以童心为不可，是以真心为不可也。夫童心者，绝假纯真，最初一念之本心也。若失却童

① 王阳明《传习录》下，见《王阳明全集》，第107页。

② 王艮《语录》，《王心斋先生遗集》卷一。

③ 李贽《答邓石阳》，《焚书》卷一。

④ 李贽《答马历山》，《续焚书》卷一。

> 心，便失却真心；失却真心，便失却真人。人而非真，全不复有初矣。①

有研究者认为："李贽所谓童心，实际上主要不是一个哲学的观念，而是一个文学的观念。李贽并不认为他所说的童心是如佛教所谓'清静自性'，而是现实的人心。现实的人心是感觉、智识、意志等心理内容交织的总体，即使童心没有王龙溪所说的天赋良知的内容，它也不是一块能够长久不被刻画的白板。由此，人们只能保持文学上的童心——真心，不能保持哲学上的童心——白板。"②就具体的言说语境而言，"童心说"所讨论的重点确实偏于读书、著文，在李贽看来，失却本真自我的童心是"天下之至文"少而又少的根本原因，所以必须推本溯源、返其童心——"天下之至文，未有不出于童心焉者也。苟童心常存，则道理不行，闻见不立，无时不文，无人不文，无一样创制体格文字而非文者。"但另一方面，晚明有感而发的文论命题，往往发端于更加纯粹思辨的哲学的或宗教的命题，《童心说》虽为"至文"立论，其潜在的逻辑依然要归结到明中叶以来心学和佛学的嬗变。

李贽的"童心"与王阳明的"良知"、王畿的"初心"、罗汝芳的"赤子良心"等概念之间，存在着一定的理论关联，同时也明显地反映了禅宗心性学说的渗透；就知识界的精神动向而言，这又关涉到明中晚期文人普遍关注的一个议题：普遍理性原则的消融与个体自我意识的凸显。王阳明以"无善无恶"规定心之"体"，"吾心"成为判断是非、善恶的基本标准，"学贵得之心，求

① 李贽《童心说》，《焚书》卷三。

② 张学智《明代哲学史》，第303页。

之于心而非也，虽其言之出于孔子，不敢以为是也”[1]，因此相比于正统理学，王学更多地肯定了个体意识的意义，但“心即理”的前提，也使他的“良知”不可能完全剔除被绝对化了的普遍理性（“天理”）的制约，乃至主导。李贽继承这一思路，但他的“童心”说更强调本真自我的完整显现，不但排斥任何从外向内、因“多读书识义理”而获得的“闻见道理”，甚至避而不谈王学所内蕴着的天赋道德意识，将王艮以来泰州之学张扬个体性原则的理论倾向发挥到了一个新的高度。

汤显祖也曾数次谈论到“童心”的保持或泯灭，与李贽的“童心”说则颇有异同。汤氏《光霁亭草叙》有云：

> 童子之心，虚明可化。乃实以俗师之讲说，薄士之制义，一入其中，不可复出。使人不见泠泠之适，不听纯纯之音。

李贽的“童心”拒斥任何道德观念的掺糅，“童心”体现在创作中，便是剔除了外在的伦常道德、普遍理性的自然情性，“童心”真实、完全的发露之处便是道德、理性的呈现之时，如其所云：“自然发于情性，则自然合乎礼义，非情性之外复有礼义可止也。惟矫强乃失之，故以自然之为美耳，又非于情性之外复有所谓自然而然也。”[2]可见，“真”是李贽“童心”的根本特征，汤显祖的“童心”也具有“真”的这一属性，但就思想脉络而言，则更明显地受到罗汝芳学说的影响。近溪所标举的“赤子之心”至少有两个向度上的规定：一是不学不虑、当下顺适，二是纯然至

---

① 王阳明《传习录》中，《王阳明全集》，第76页。

② 李贽《读律肤说》，《焚书》卷三。

善,有天然之乐趣;总之,体现出“生生之仁”的无限生机和本然状态。在汤显祖看来,纯然至善、本性至乐的童心之所以会泯灭,完全是功利主义的世俗教育造成的一个恶果;就其批评所向,《光霁亭草叙》批驳讲说、制义,这与李贽《童心说》排斥“多读书识义理”,在价值层面是可以相互沟通的。但“俗师”云云,显然与罗汝芳无涉,恰恰相反,“中途复见明德先生”(《秀才说》)是汤显祖重新认识到“童心”不可失的重要契机。罗汝芳的学说导源于王阳明心学,“赤子之心”也内在地包含着对道德意识、理性前提的肯定,故罗氏论学以“孝弟慈”等世俗关怀为旨归,这是“赤子之心”与李贽“童心”最重要的界限,也是汤显祖“童心”有别于李贽“童心”的一个前提。

汤显祖《太平山房集选序》又云:“盖予童子时,从明德夫子游,或穆然而咨嗟,或熏然而与言,或歌诗,或鼓琴,予天机泠如也。后乃畔去,为激发推荡歌舞诵数自娱。积数十年,中庸绝而天机死。”序文为好友、理学家邹元标而作,极力推重邹氏“奏议传赞书论诗歌”,认为“大抵皆言均天下国家蹈白刃辞爵禄之事,而未尝不出乎道中庸之意”,又深刻反省自己当年背离罗汝芳的教导,片面张扬一己之个性以至于“中庸绝而天机死”。《太平山房集选序》中,成年人的“道中庸”和保持童子之心“天机泠如”状态,是在同一个逻辑层面上立论的,故汤氏又有云,“中庸者,天机也,仁也。去仁则其智不清,智不清则天机不神”,并称赞积极入世、干预朝政的邹元标“公其天机胜”。在汤显祖看来,“道中庸”或保持童子之心,都是对生生不已之“仁”的坚执,对“天机”自然抒发的尊重,而人的道德意识、社会责任感已经先天地内含于“天机泠如”的“童心”之中,这后一点恰恰是为李贽《童心说》所排斥的。

邹元标的“道中庸”，用汤显祖的话来描述，就是“正而不羁，旁而不离。发愤讥切大臣之事，讪然而止，余多以大雅宽然之思感动主上……与学道人酬答，常治其偏至”。这里“正而不羁”云云，是化用宋儒的思想。《中庸》有云：“仲尼曰：君子中庸，小人反中庸；君子之中庸也，君子而时中；小人之（反）中庸也，小人而无忌惮也。”朱熹《中庸章句》解释说：“中庸者，不偏不倚、无过不及，而平常之理，乃天命所当然，精微之极致也。惟君子为能体之，小人反是。”①所谓“中庸”，并非无原则的妥协、调和，而是在日常生活中对于天理、伦道这样的“平常之理”的坚执。可见，在“道中庸”问题上，汤显祖也接受了一些正统理学的影响；但朱熹的“道”或“理”，乃是从外向内的天命之“所当然”与“所以然”的先在原则，而非个体内在的自发性的伦理情感，这无疑是浸染于王阳明以来心学思潮中的汤显祖所难以认同的。

① 据《（宋元人注）四书五经》，中国书店1985年11月第2版。

第二章　遁世、醒世与救世

——汤显祖的宗教意识

晚明诸多文人一方面汲汲于仕途的功名，同时也常以僧人道士为师友，甚至追随、模仿他们的行迹。所谓“三教合一”，不但体现为义理上的会通、融合，儒、佛、道“同源同根”之说喧嚣一时，还表现为一种类乎群体性社会习尚的实践行为：士大夫阶层为政问学的同时，也迷恋于登坛说法、广结莲社或醮斋炼丹、求仙寻药。在人生的特定阶段，他们也有可能反思自己的宗教行为，质疑自己的佛道情结，但终其一生，很难彻底根除佛道意识的影响。辞世前不久汤显祖作《诀世语七首》，要求家人做到免哭、免僧度、免牲、免冥钱、免奠章、免崖木、免久露七件事，不但拒绝了宗教性的死亡仪式，也对儒者所遵从的建立在血亲伦理观念基础上的丧葬之礼的存在价值提出了质疑。但事实上，汤氏这种“达人返虚，俗礼繁窒，怪之，恨之”（《诀世语七首》诗序）的心理诉求，也是他一生熏染于佛道二教“诸色皆空”“返虚归真”等学说的结果。

汤显祖曾与诸多僧人、道士交游，“玄宫梵馆，一再周旋。少年早抱长生之诀，衰年乃就无生之意”（《答孙公哲》），可能也偶然接触过西方传教士①；对天主教这种全然不同于中土文化

① 汤显祖有诗《正觉寺逢竺僧，自云西来访罗夫子不及》，徐朔方先生考证“竺僧”为利玛窦，参看《晚明曲家年谱》第三卷，第358页。

传统的外来宗教，汤氏没有留下有意义的评论，至于佛、道二教，他一生既有义理学说、精神追求上的契合或怀疑，也有实践、技法层面的认同或反思。

一、关于达观的影响

被尊为“晚明四大高僧”之一的达观（紫柏，1543—1603）也曾扮演了汤显祖精神导师的角色，晚年汤显祖回答门生的询问时这样总结自己的人生道路：“吾师明德夫子而友达观，其人皆已朽矣。达观以侠故，不可以竟行于世。天下悠悠，令人转思明德耳。”（《李超无问剑集序》）而达观则极力张扬两人之间的“五遇”机缘①。在与达观相处期间，汤显祖是否遗弃了儒家“性命之说”的基本精神，这是我们需要作特别辨析的。

万历十八年（1590）十二月汤显祖初会达观于南京，达观仿照《法华经·五百弟子授记品》中佛为五百罗汉授记的仪礼，在雨花台为汤显祖授记，以示汤氏将来必定成佛；此后，汤显祖和达观一起参加了当地士大夫的一些盛大的佛教活动，次年春又因为疟疾而向达观寻求心理治疗的方法②。疾病所造成的肉体苦痛及其精神折磨，固然是一个人接近宗教的重要机缘，但这个阶段的汤显祖并没有沉溺于宗教情绪之中，万历十九年（1591）闰三月二十五日汤氏从邸报中读到上谕后即愤然上《论辅臣科

① 达观《与汤义仍》，《紫柏老人集》卷二十三。

② 参看汤显祖《报恩寺迎佛牙夜礼塔，同陆五台司寇、达公作》《再礼佛牙绕寺》《天界寺塔下印经》《高座陪达公》《达公过奉常，时予病滞下几绝，七日复苏，成韵二首》《苦疟问达公》《苦滞下七日达公来》等诗，见徐朔方笺校《汤显祖全集》第九卷。

臣疏》,笔锋直指内阁首辅并论及万历皇帝的失政,仕途由此益加蹇涩。

万历二十一年(1593)汤显祖赴任遂昌,先扩建书院、建尊经阁、劝勉儒生,以振兴当地儒学,次年又重建报恩寺的钟楼。大约在万历二十三年(1595),达观和尚来访。这次晤谈在今存汤氏诗文集中没有留下明显痕迹,达观则是这样记述的:“及寸虚上疏后,客瘴海,野人每有徐闻之心,然有心而未遂。至买舟绝钱塘,道龙游,访寸虚于遂昌。”①达观还作诗《还度赤津岭怀汤义仍》,有云:“踏入千峰去复来,唐山古道足苍苔。红鱼早晚迟龙藏,须信汤休愿不灰。”②这里“汤休”即唐末禅月大师贯休,俗姓汤,据说曾在遂昌唐山寺静修十四年,诗明显地为汤显祖而作;汤显祖则答以七律一首:“归去侵(青)云生赤津,瘦籐高笠隐精神。只知题处天香满,紫柏先生可道人。前身那拟是汤休,紫月唐山得再游。半偈雨花飞不去,欲疑日暮碧云西。”③对自己能否如达观所期待的表示怀疑。据以上只言片语大抵可推知,达观的遂昌之行可能是为了实现接引汤显祖的夙愿,但被汤氏婉拒了。

万历二十六年(1598)汤显祖告归回到家乡临川,八月幼子西儿不幸早殇(遂昌期间,幼女詹秀、七女先后夭折),心境颇为惨淡;和疾病一样,丧亲之痛也有可能促使一个人走近宗教,据达观《与汤义仁》,汤氏曾写“悼西儿名序”(今佚),寄往达观。这一年冬十二月,达观从庐山来临川,岁末除夕汤显祖陪达观往

① 达观《与汤义仍》,《紫柏老人集》卷二十三。

② 《紫柏老人集》卷七十七。

③ 见清光绪年间《遂昌县志》卷一,转引自徐朔方《汤显祖年谱》,第203页,上海古籍出版社1980年版。

南城从姑山哭吊罗汝芳，次年正月十五日别达观于南昌。达观这次短暂的临川之行并非专门造访汤显祖[①]，却在汤氏的精神世界中激起了巨大的波澜——据汤氏《梦觉篇》诗序，二月望夕，汤显祖梦到达观以“色触”之事相告诫，信末有“大觉”二字，又手书“海若士”；诗中又有“骷髅半百岁，犹自不知死。顶礼双足尊，回旋寸虚子”云云。这表明，此时佛教的出世思想对汤氏的影响愈加明显。然而我们注意到，就在万历己亥（1599）这一年，汤显祖作为发起者之一，与临川邑绅舒化、高应芳、陈文遂、曾如春、黄廷宝等人一起，创建了崇儒书院，又邀请理学家罗大纮在此讲学多日[②]。可见，即便在人生的低谷处，汤显祖也没有完全沉溺于佛教氛围中，他依然保持着对儒学话语的敏感和热情。

万历二十八年（1560）春达观决计北上，又特意来临川与汤显祖作别，三月汤显祖远送达观至南昌。据汤氏《别达公》《归舟重得达公船》《江中见月怀达公》《离达老苦》《再别仲文》等诗可知，此行两人曾就情理、有无、迷觉、空色等佛学义理展开深入的研讨，这些义理既契合汤显祖当时的心境，又使他充满了出处两难的疑惑，以致思想上极为矛盾，其影响最明显的便是完成于这一年夏至日的《南柯梦记题词》。在《南柯梦记》中，汤显祖一方面精心建构了一个“梦了为觉，情了为佛”（《南柯梦记题

---

① 达观《与汤义仍》（《紫柏老人集》卷二十三）有云：“今临川之遇，大出意外。何殊云水相逢，两皆无心，清旷自足，此五遇也。”可知并非应汤显祖约请而来。

② 罗大纮《崇儒书院列祀先贤记》（见《临川县志》卷二十八）有云：“己亥予过临汝，与诸君会讲于书院浃日。”参看徐朔方《晚明曲家年谱》第三卷，第381页。

词》)的佛理性的整体叙事结构,以佛教义理和仪式为依据来反思个体自然情欲、生命欲求和世俗功名理想的诸多弊端;同时另一方面,又以冷峻犀利的社会批判(如第二十五出)和热情洋溢的儒家仁政理想(如第二十四出),来凸显他对世道民生的世俗关怀。

对于儒、道两种思想传统,以及佛教自唐宋以来的各宗各派学说,达观主张采取为我所用、兼容并取的开放心态,顾仲恭《跋紫柏尊者全集》称其"不以释迦压孔老,不以内典废子史。于佛法之中,不以宗压教,不以性废相,不以贤首废天台"。一方面,达观的心性论、特别他对"心—性""情—理"关系的看法,主要是在以"空""无"为核心范畴的佛学体系之内展开的;而另一方面,达观又往往借用文人熟悉的理学命题和儒家经典文献中的现成语句,来作阐发或引申,这就使得其学说既能暗合读书人普遍的知识背景,在表述上也显得更为通俗、亲切,容易理解,从而与士大夫阶层有了更多深入交流的可能,入室弟子中甚至有宰官居士。

在"心统性情"命题的阐说上,达观以佛理来融合、会通理学的思路表现得尤为明显,有云:

> 爻乃虚位,忽吉忽凶,皆情之所至,故曰吉凶以情迁。设一心不生,六虚不游,则应物而累,与无累者全矣。全则谓之卦,卦则无我而灵者寓焉,爻则有我而昧者寓焉。心则又寓乎卦爻之间,故可以统性情。统者,通也。盖善用其心,则情通而非有,性通而非无。①

① 达观《解易》,《紫柏老人集》卷二十二。

“心统性情”是宋代以来的传统理学命题，由北宋名儒张载提出后，受到朱熹特别的重视，视之为构建理学体系的一大基石，有云：“伊川‘性即理也’，横渠‘心统性情’，二句颠扑不破。”①朱熹结合程颐“心兼体用”思想，对“心统性情”命题作了进一步的阐发，他说：“心统性情，性情皆因心而后见。心是体，发于外谓之用。”②这里“统”，有主宰的意思，正因为心为本体，性、情皆出于心，因此心能“统”之。达观《解易》的基本思路，是以佛理来解说《周易》，但其所谓“心统性情”并非如张载、朱熹一样是为了确立“心”的本体地位，而是重在强调“通”，也就是佛教心性论中的由迷而悟、由昧而觉——情虽昧，通则为性，性虽灵，昧则为情；是迷还是悟，完全在于个人一己之心。

因此，达观的“心统性情”虽然借用了理学的话语体系，但理论的归结点依然是佛学的“灭情复性”“真心一无”。达观又云：

> 夫理，性之通也；情，性之塞也。然理与情而属心统之。故曰：心统性情。即此观之，心乃独处性情之间者也。故心悟，则情可化而为理；心迷，则理变而为情矣。若夫心之前者，则谓之性；性能应物，则谓之心；应物而无累，则谓之理；应物而有累者，始谓之情也。…无我而通者，理也；有我而塞者，情也。而通塞之势，自然不得不相反也。③

以上文字亦显示出晚明儒、释会通与合流的迹象，但是，就正统理学而言，“心统性情”的逻辑指向并不同于达观的发挥。朱熹

① 《朱子语类》卷五。

② 《朱子语类》卷九十八。

③ 达观《法语》，《紫柏老人集》卷一。

尝有云："妙性情之德者心也，所以致中和立大本而行大道者也，天理之主宰也"①。因此，一方面"心统性情"逻辑地导向了以普遍化的理性原则来统合、辖制个体性的情感欲望；但另一方面，理学家们并不完全否认情感欲望存在的某些合理性。情感的伦理化是为了赋予普遍理性以形而上的至高地位，从而确立"天理"的本体意义，而不是以回复到"无我"状态为目的。朱熹曾有云："旧看五峰说，只将心对性说，一个情字都无下落。后来看横渠'心统性情'之说，乃知此话有大功，始寻得个'情'字着落。"②又云："论心必兼性、情，然后语意完备。……性固天下之大本，而情亦天下之达道，二者不能相无。而心也者，知天地宰万物而主性情者也。"③总之，在朱熹理学那里，性与情、情与理其实是互为条件、不能相无的。为此，朱熹曾严厉批评唐人李翱说："李翱复性则是，云'灭情以复性'，则非。情如何可灭！此乃释氏之说，陷于其中不自知。"④朱熹之后，理学家对"情—性""情—理"关系的解说虽然各有侧重，但大抵而言，"情如何可灭"是宋明理学区分于佛学的一个基本标准；佛家以"情"为人生之累，而理学的"心统性情"说在肯定"性""情"不能相无的同时，也为"情"留了一个不可或缺的重要位置。

对于"情""理"的关系，达观的看法也非常明确：为了"无我"境界的实现，必须彻底排斥主体情感欲望的意义；尝有云："重重历煅，无明煅尽，而妙觉始圆，亦不出'以理折情'四

① 《太极说》，《朱文公文集》卷六十七。

② 《朱子语类》卷五。

③ 《胡子知言疑义》，《朱文公文集》卷七十三。

④ 《朱子语类》卷五十九。

字。"[①]这"以理折情"的实质，其实就是明理灭情，并不同于以朱熹为代表的正统理学。朱熹以为，"性即理"，"天理"禀赋于人，是为人之"性"，"情"和"欲"则为"性"之发用、表现，他作比喻说："心如水，性犹水之静，情则水之流，欲则水之波澜。"[②]因此，"情"并非万恶，与"性"是体、用的区分，二者都为"心"所统摄。而达观则说："应物而无累，则谓之理；应物而有累者，始谓之情也。……无我而通者，理也；有我而塞者，情也。"因此，"情"为万恶，"理"的明复必须以消除"情"为前提，以"真心"的回复为目的。在达观的思想体系中，"情"与"理"被视作两个相互对立、不能转换的范畴，这既有别于正统理学，更遑论王门心学对个体情感、意志的张扬了。

达观的《紫柏老人集》充满了这一类引述儒家经典以论证佛理的言论，鲜明地体现出晚明僧人学者的一般思路，如黄宗羲所论："自来佛法之盛，必有儒者开其沟浍……明初以来，宗风寥落，万历间，儒者讲席遍天下，释氏亦遂有紫柏、憨山因缘而起，至于密云、湛然，则周海门、陶石篑为之推波助澜，而儒释几如肉受串，处处同其义味矣。"[③]唐宋以来儒、释两家虽然在心性论、人性论上一直有相互融会、互为贯通的倾向，但其最终的逻辑指向毕竟是有重要区别的，更存在着传承谱系上的不同，因此，像汤显祖这样一个屡次受到理学家"大道见属"(《负负吟》诗序)的文人士大夫阶层的中坚者，对于佛家的"空""无"思想和"情""理"相峙的观念，就不能不有所怀疑。

---

① 达观《法语》，《紫柏老人集》卷一。

② 《朱子语类》卷五。

③ 黄宗羲《张仁庵先生墓志铭》，见陈乃乾编《黄梨洲文集》，第233—234页，中华书局1959年第1版。

达观临川之行后曾给汤显祖去信，对汤氏提出了“灭情复性”的期待，他在《与汤义仁》中说：“真心本妙，情生即痴；痴则近死，近死而不绝，心机顽矣……夫近者性也，远者情也。昧性而恣情，谓之轻道……理明则情消，情消则性复，性复则奇男子能事毕矣，虽死而何憾焉！”①然而，心境惨然、思想彷徨的汤显祖依然没有完全认同其主张，汤氏《寄达观》很有可能就是对达观来函的答复，有云：

> 情有者理必无，理有者情必无。真是一刀两断语。使我奉教以来，神气顿王。谛视久之，并理亦无，世界身器，且奈之何。……迩来情事，达师应怜我。白太傅苏长公终是为情使耳。

起首两句（“情有者理必无，理有者情必无”），如研究者所指出的，是汤显祖在转引达观原话，而非汤氏自己对于“情—理”关系的阐说②。尽管汤显祖肯定了达观“情—理”相抗、相无的思想对自己的强烈震撼，但他更为强调的，则是不能放弃对“情”的肯定与认同。“迩来情事”云云似有特定所指，可能既指汤氏《梦觉篇》诗序中“夜梦床头一女奴，明媚甚，细取画梅裙著之”一类的“色触”（男女交接）之事③，也包括写作张扬“至情”的《牡丹亭》、流连于檀板红袖之间这一类与佛家“复性灭情”教旨不相容的文艺活动。事实上，汤显祖并不认为个体的信佛、事佛

① 《紫柏老人集》卷二十三。

② 相关研究可参看袁震宇、刘明今《明代文学批评史》，上海古籍出版社 1991 年版；杨忠《汤显祖心目中的情与理——汤氏“以情抗理”说辩正》，《中国典籍与文化》1993 年第 3 期。

③ 此处承徐朔方先生赐教。参看徐朔方《答程芸博士对我汤显祖研究的批评》，见《外语与外语教学》2001 年第 3 期。

与维持包括情欲在内的自然情性之间，就必然地构成一组矛盾。他在《溪上落花诗题词》中曾借友人为例阐明了这一看法：尽心事佛的虞长孺、虞僧孺兄弟在世人看来，当是“不绮语人也”，僧儒甚至“早断婚触，殆欲不知天壤间乃有妇人矣”，然而，他们却擅长作绮语，“诸诗长短中所为形写幽微，更极其致”，为此，汤氏进而感叹说：“世云，学佛人作绮语业，当入无间狱。如此，喜二虞入地当在我先。又云，慧业文人，应生天上。则我生天亦在二虞之后矣。”这种张扬自然情性、内在欲望的人生哲学虽然在狂放一路的禅宗传统中可以找到一些依据，但对于志在革除禅林疏狂陋习、重新确立佛教救世精神的达观紫柏而言，必然是要被排斥的。

至于“白太傅苏长公终是为情使耳”，语意中夹杂着遗憾与认同，颇有些微妙。白居易、苏轼“文学范型”地位的确立是明中叶以后不同文学观念、艺术旨趣和人生态度相互交锋的结果，其间则存在一个沟通媒介，即晚明文人士大夫共有的佛学兴趣；白、苏诗文有散淡、放逸、自适的一面，又与佛禅有深厚的因缘，这是晚明文人标举白、苏的一个重要原因①。公安派文人尤具代表性，袁宗道酷爱白、苏，至以“白苏斋”为书斋名，袁中道则作《白苏斋记》，揭示宗道心契白、苏的原因：“乐天、子瞻，虽现宰官之身，皆契无生之理，而伯修参访既久，偷心久绝，是其学同也。”②晚年袁宏道亦尝有云：“诗文是吾辈一件大事，去此无可度日者，穷之极变，舍兄不极力造就，谁人可与此者？如白苏二

① 相关研究可参看黄卓越《佛教与晚明文学思潮》下篇第七章，东方出版社1997年版。

② 袁中道《白苏斋记》，见钱伯城点校《珂雪斋集》卷十二，上海古籍出版社1989年版。

公，岂非大菩萨？”①另一方面，白、苏虽然信佛、礼佛乃至佞佛，但究其一生，并没有放弃对于世道、民生的现实关怀，更没有灭绝个人的情感欲望，这种形而上的精神信仰与形而下的世俗热情并存、并重的生活方式，也是为晚明文人所心仪的。据憨山德清《达观大师塔铭》②，达观“晚得苏长公《易解》，大喜之，室中每示弟子，必令自参以发其悟，直至疑根尽拔而后已”，苏轼之于达观，主要是精神生活上的某些契合，而汤显祖“白太傅苏长公终是为情使耳”云云，则是巧妙地以白苏向佛、礼佛却又耽于情欲为托词，来回拒、质疑达观的“情—理”相无、相抗的佛学理念。

达观没有明确的师承、宗派，其佛教思想虽以禅宗为根底，但已较为庞杂。除了调和儒释，他还兼修净土宗，反对禅宗末流滥逞机锋、胡乱棒喝的恶习，主张认真研读经书，这些都能得到汤显祖的认同。据汤显祖《蜀大藏经序》，汤氏游学南京期间曾努力研习过佛经，而据《续栖贤莲社求友文》《袾宏先生戒杀文序》等又可知，汤显祖对净土宗也产生过一定的兴趣，晚年尤甚。浸染于晚明“三教合一”的思想文化潮流之中，汤显祖对于亦师亦友的高僧达观，固然有义理上、信仰上的某些契合，但更主要的，则是为达观勇猛刚进的人格精神、以身殉道的宗教热情所感染，这至少体现在两个方面：

其一，达观关切世道民生，与一般避居山林的僧人不同，用世之心甚为急切。据憨山德清《达观大师塔铭》，达观曾有云：“老憨不归，则我出世一大负；矿税不止，则我救世一大负；《传

① 袁宏道《黄平倩》，《袁宏道集笺校》卷三十四，作于万历三十二年（1604）。
② 见《紫柏老人集》卷首。

灯》未续，则我慧命一大负。若释此三负，当不复走王舍城矣。”这种以天下为己任的“出位之思”虽然违反明代僧人不得久居城镇的禁令，却体现出明中后期正直文人士大夫普遍的心理动向，也应和了王门后学泰州学派的思想志趣，因此，与汤显祖的人格精神也能相互呼应。

其二，达观认同世俗的政治伦理秩序，他要求世人作“佛眷属”，更要作“忠孝种子”。憨山德清《达观大师塔铭》评价达观有云：“义重君亲忠孝之大节，如佛殿见万岁牌必致敬。”这显然是达观缓解佛教“出世”信仰与世俗秩序、人伦传统之间紧张关系的一个方便法门。晚明的居士佛教之所以能形成一种潮流，与以达观、憨山等“四大高僧”为代表的佛教徒对世俗伦理的认同，有一定关系。因此，达观一直试图接引汤显祖，可能主要是劝汤氏作一专心礼佛的居士，而非诱其废弃人伦、躲入空门①。

有关汤显祖对于道教的态度，这里也略作分析。

汤显祖少年时代即受到道教思想的熏染，《和大父游城西魏夫人坛故址·诗序》有云：“家大父蚤综籍于精黉，晚言筌于道术。捐情末世，托契高云。家君恒督我以儒检，大父辄要我以仙游。”这在早期诗集《红泉逸草》中有所反映，其中不少访道慕仙、采药飞升一类的内容。道教的“性命之学”更重视物质性的肉体生命的永存、长生，这与儒家和佛教重在心性的辨析、以内

① 某些研究者认为达观和李贽一样，走上思想启蒙者的“殉道之路”，或有过誉之处。明末沈德符曾说：“紫柏得罪，亦以交通禁掖，遂不免于死”（《万历野获编》卷二十七《释道·憨山之谴》），这是点题之论；达观并非因思想问题而罹祸，这与李贽确实被某些正统士人目为“异端”不同，其入狱和瘐死主要是因为在“妖书”一案中卷入最高权力阶层的派系斗争。参看樊树志《晚明史》第五章，复旦大学出版社2004年版。

在的精神超越为旨趣有所不同，尽管汤显祖对斋醮祈禳、炼丹采药等道教行为也曾有一定的兴趣，但事实上，他并不笃信所谓“长生”之术，曾有云：“秀才念佛，如秦皇海上求仙，是英雄末后偶兴耳。”（《答王相如》）另一方面，道教与奇山异水、仙境梦境相联系的丰富的神话传说，既能激发人潜在的想象力，也往往成为古代文人超越日常生活、批判社会黑暗的思想武库。汤显祖成年之后，遵循父亲的督导走上了一般读书人所追逐的仕途，但少年时代与道教结下的因缘是难以割弃的，特别是当他陷入仕途的低谷或遭遇人生、家庭的不幸时，道教和佛家一样也就成为慰藉其心灵的重要手段。

汤氏《邯郸梦记》写于“贫病交连”之时①，情节结构正是立足于道教“度脱”观念之上，进一步发扬了《南柯梦记》“人生如梦”的宗教情绪。人生如梦、世事虚幻的观念，在明清时代的思想先行者那里，往往转换成对主流意识形态和官方话语所认可、推崇的价值体系的批判；否定、遗弃现世的宗教哲学的虚无观，则有可能转变为一种向往彼岸世界的醒世、救世的精神，因此，也就有可能从另外一个角度，导引出一条社会批判的途径。汤显祖曾说：“‘二梦记’殊觉恍惚。惟此恍惚，令人怅然。无此一路，则秦皇汉武为驻足之地矣。”（《寄邹梅宇》）这种“人生如梦”乃至梦醒之后依然无路可走，只有遁入佛门或道境的虚无思想，就汤显祖个人而言，是他历经仕途坎坷、人生困顿之后对个体存在意义、生命价值的深刻反省；就整个文人士大夫阶层而言，则或多或少地凸显出封建社会后期普遍的精神危机。

---

① 汤显祖《答张梦泽》有云：“问黄粱其未熟，写卢生于正眠。盖唯贫病交连，故亦啸歌难续。”据徐朔方《晚明曲家年谱》第三卷之《汤显祖年谱》，此函作于万历二十九年（1601）。

二、“师讲性，某讲情”传闻辨析

晚明以来多种文献记载了汤显祖与其师的“对话”，即所谓“师讲性，某讲情”传闻。据现存材料，最早可能见于冯梦龙《古今谭概》，有云：“张洪阳相公见《玉茗堂四记》，谓汤义仍曰：君有如此妙才，何不讲学？汤曰：此正吾讲学。公所讲是性，吾所讲是情。”①最为研究者所熟悉的文字则见于陈继儒《王季重批点牡丹亭题词》，有云：

> 张新建相国尝语汤临川云：“以君之辩才，握麈而登皋比，何渠出濂、洛、关、闽下？而逗漏于碧箫红牙队间，将无为青青子衿所笑！”临川曰：“某与吾师终日共讲学，而人不解也。师讲性，某讲情。”张公无以应。②

陈继儒的这篇《题词》是为“王季重批评”（“王山阴批评”）《牡丹亭》而作的，这一版本也就是著名的清晖阁本。清晖阁本刊于天启四年（1624），而王思任的《批点玉茗堂〈牡丹亭词〉叙》则作于前一年，因此陈继儒的题词当作于这两年之内③。“张洪阳”（或“张新建”）即江西人张位，万历年间曾官居礼部尚书，后又入阁预机务；汤显祖游学国子监时，张位为司业，与汤氏有师生之谊。

明末以后，类似“师讲性，某讲情”的记录并不少见，学界多有对其真实性不加质疑者，并往往以此为据去论证汤显祖与理

① 《古今谭概》今存万历庚申春（1620）序。

② 见《牡丹亭》清晖阁本卷首。

③ 清晖阁本刊于明天启四年（1624），卷首依次有汤显祖《题词》、王思任《叙》、陈继儒《题词》以及“著坛主人张弘毅羺父”作《凡例》七条（据国家图书馆原吴梅藏书）。

学家之间的思想对立。这里之所以将汤氏“师讲性,某讲情”的言论定性为一则“传闻”,首先是因为我们没有看到汤氏有类似的记叙,而汤氏交游中也没有更可靠的记载;冯梦龙、陈继儒与汤显祖都没有直接的来往,是否确有依据,先需存疑①。后世文献中关于汤显祖以“讲情”替代“讲性”的记录虽然还不少,如朱彝尊的《静志居诗话》、周亮工的《因树屋书影》,以及某些戏曲序跋中对此事都各有说法,但基本可以确定皆为转相引述,来源更不可靠②。因此,今人论及汤显祖思想时一般都以陈继儒《题词》为据,但仍然出现了分歧:那位与汤显祖有着明显志趣差异的“吾师”,应该是谁?确定这位老师的具体身份,对于辨明“师讲性,某讲情”传闻的可靠性,以及解读汤显祖的整个思想体系,都并非小题大做。

万历年间僧俗两界的讲学活动都很盛行,但张位并非其间以“讲性”而著称的理学名家,这是让研究者产生怀疑的一个原因。早年汤显祖与张位关系并不密切,在国子监时似没有“终日共讲

---

① 清人王应奎在《柳南随笔》中批评陈继儒“好著书以欺天下,多见其不知量也”,或嫌偏激,但也表明有必要谨慎使用这则与汤显祖相关的材料。王思任虽与汤显祖有文字往来,但交谊并不深厚,其《批点玉茗堂牡丹亭叙》中关于汤显祖与徐渭关系的描写就显然有误,徐朔方先生已辨其非,参看《玉茗堂传奇创作年代考》,见《晚明曲家年谱》第三卷《汤显祖年谱》附录。

② 转录于此:(1)《牡丹亭》曲本,尤极情挚。人或劝之讲学,笑答曰:“诸公所讲者性,仆所言者情也。”(《静志居诗话》卷十五)(2)汤义仍《牡丹亭》剧初出,一前辈劝之曰:“以子之才,何不讲学?”义仍应声曰:“我固未尝不讲也!公所讲性,我所讲情。”王渼陂好为词曲,客谓之曰:“太上立德,其次立言,公当留心经世文章。”渼陂应声曰:“公独不闻‘其次治曲’耶!”一时戏语,颇见两公机锋。(《因树屋书影》第八卷)(3)“张洪阳谓汤若士曰:君有此妙才,何不讲学?若士答曰:此正是讲学!公所讲者是性,吾所讲者是情。盖离情而言性者,一家之私言也,合情而言性者,天下之公言也。”(北京大学图书馆藏程允昌重定本《南九宫十三调曲谱》序)

学”的可能。万历二十六年(1598)汤显祖告假归乡,同年六月张位去职,两人距离有所拉近,但据汤显祖诗文考察,他们直接的来往也只有一次:万历三十五年(1607)三月汤显祖往游南昌,与丁此吕等人陪同张位宴赏观玩,但是,并不以讲学为重。

曾有研究者将“吾师”指认为高僧达观。就学说大略而言,达观在心性论上坚持“消情”“明理”“复性”,不同于汤显祖高倡人“情”;但以汤显祖与达观交谊之深,他虽不能认同达观的思想,却也不至于以一种抑彼扬己的口吻谈及他一向敬重的这位高僧;而且,在张位以“濂、洛、关、闽”诸前代硕儒相期许时,很难想象汤显祖会以一禅林中人来作搪塞。作这种理解显然有悖于陈继儒行文的本意。

另有一种意见认为“吾师”当指罗汝芳。就罗近溪与汤显祖的师生关系而言,作这一理解当然并非全然无据,但也背离了为汤氏一再强调的心路历程。考察二人经历,如果陈继儒笔下“终日共讲学”确有所指,那么,当在万历十四年(1586)“中途复见明德先生”,但据上文分析,这一次师生会谈的结果恰恰是促成汤显祖深刻的反省。

罗汝芳曾师事泰州学派的颜均(1504—1596),据《明儒学案》卷三十二《泰州学案序》,颜钧曾有云:“吾门人中,与罗汝芳言从性,与陈一泉言从心,余子所言,只从情耳。”这几句话与“师讲性,某讲情”传闻有某些相似之处,拙见以为值得重视。今人编辑的《颜钧集》中未见到相关记载,但一首《讽答近溪》有云:“性海无波荡漾清,情湖有雨霎时新。我心何事经纶别,自是流行万化仁。”[1]或与黄宗羲所记之言有关。“性”“情”之辨

① 黄宣民点校《颜钧集》卷八,中国社会科学出版社 1996 年版。

是明中后期儒学语境中的一个常见课题，因此，冯梦龙、陈继儒笔下有关汤显祖与其师的这则“传闻”，或许是捕风捉影、以讹传讹的结果？

事实上，清初以后某些文人对汤显祖与罗汝芳的师生关系已不是很清楚。如康熙年间人吴作梅为《长生殿》作跋时，有云：“汤临川游罗念庵之门，好为词曲，念庵每以相规。临川曰：‘师言性，弟子言情。’至今艺林传之。”①显然将王阳明同时的另一理学名儒罗洪先（1504—1564）误认作了汤显祖的老师。不过，除了罗汝芳曾经以“道学”劝勉过汤显祖，确实还有另一罗姓理学家也曾作过这种努力。汤氏《答罗匡湖》有云：“市井攒眉，忽得雅翰。读之，谓弟著作过耽绮语。但欲弟息念听于声元，倘有所遇，如秋波一转者。夫秋波一转，息念便可遇耶？可得而遇，恐终是五百年前业冤耳。如何？二《梦》已完，绮语都尽。敬谢真爱。”这里的“罗匡湖”，即汤显祖在《负负吟》诗序中所提及“大道相属”的罗大纮；罗氏“过耽绮语”的批评，可能不仅仅是对汤显祖沉溺于传奇戏曲有所不满，汤氏早年诗文即以绮丽藻饰见长；“秋波一转”几句则是规劝汤显祖摈弃世俗之乐，多多留意于“性命之学”的研究（“秋波一转”为《西厢记》语，明代文人常以此来代指参禅、悟道）。罗洪先、罗汝芳、罗大纮三位理学家都是江西籍人士，年代相连或接近，于明代理学无所专攻的清代文人的确容易将他们相互混淆②。

① 吴作梅《长生殿跋》，见清光绪十六年上海文瑞楼刻本《长生殿》之附录。

② 《牡丹亭》三妇合评本有“或问：若士复罗念庵”云云，犯了和吴作梅同样的错误。“三妇”为吴舒凫先后三位妻子，吴舒凫与《长生殿》作者洪昇交好，曾为《长生殿》作序，而吴作梅则是洪昇的门人，曾“从稗畦先生游”（见吴作梅《长生殿跋》）。

陈继儒《题词》基本上是在佛学语境和理路之内阐述《牡丹亭》思想主旨的，因此，虽然他一方面将《牡丹亭》确定为一部宣讲自然情欲的杰作，但另一方面，他又以佛教的“空无”“觉迷”等观念为依托，对个体自然情欲的合理性作了最终否定。陈继儒《王季重批点牡丹亭题词》又云：

> 夫乾坤首载乎《易》，郑卫不删于《诗》，非情也乎哉。不若临川老人括男女之思而托之于梦，梦觉索情，梦不可得，则至人与愚人同矣；情觉索情，情不可得，则太上与吾辈同矣。化梦还觉，化情归性，虽善谈名理者，其孰能与于斯。

由于陈继儒在晚明清初江南知识分子阶层中的一时盛名，他的这篇《题词》实际上就产生了两个相互矛盾的效果：一是肯定“情”（特别是男女之情）抒发的自然、正当，这点得到了诸多戏曲作家、评论家的进一步发扬；二对自然情欲的抒发，提出了佛理层面的“复性”“明理”的期待。明末清初的钱谦益在《列朝诗集》汤氏小传中就进一步发挥陈继儒的后一思路，对汤显祖“四梦”的思想倾向作了更加片面的阐说，有云：“《四梦》之书，虽复流连风怀，感激物志，要于洗荡情尘，销归空有，则义仍之存略可见矣。”这就基本上漠视了“四梦”炽热的世俗情怀和冷峻的社会批判。

事实上，尽管汤显祖一生都未放弃对佛、道两教的理论兴趣，对于一些宗教科仪、习俗他也时常亲身实践之，挂职乡居后从佛道思想中寻求精神体验和心理慰藉的倾向愈加明显，这些既可以从晚明“三教合一”的历史文化语境中找到说明，也与他的个人气质、人生经历、乡邦文化传统有着更直接的关系；但是，需要强调的是，在汤显祖复杂而多变的思想世界中，居于支配地位的终究是以希圣希贤、经世致用为旨趣的儒家学说。对于亦师亦友的高僧达观汤氏虽十分敬重，然而始则怀疑其说，最终又对其行为作了“不可以竟行于世”(《李超无问剑集序》)的结论。

“三教合一”是唐宋以后思想史的基本走向，晚明儒、释、道三家在义理、学说上进一步表现出沟通、融合的状态，也都以“性命之学”作为接引后学的便利津梁，如万历年间的道教文献《性命圭旨·大道说》所云：“三教圣人以性命学开方便门，教人熏修，以脱生死。儒家之教，教人顺性命以还造化，其道公；禅宗之教，教人幻性命以超大觉，其义高；老氏之教，教人修性命而得长生，其旨切。教虽分三，其道一也。”然而另一方面，这三种思想传统对个体生命价值及其存在依据、意义等所谓“终极关怀”问题的解说，也体现出基本的差异。就儒者而言，一般不会脱离个人与他者、社会之间的现实关系这一向度，去片面地追问个体的意义、价值，人伦秩序、社会规范、纲常道德是儒家“性命之学”的题内要义，“世俗伦理”与“终极关怀”内在地组合在一起。王阳明曾批评佛家虽然也谈论心性，但是“外人伦，遗事物，以之独善或能之，而要之不可以治家国天下”①，可见作为一种精神哲学，王阳明“心学”所谈论的个人德性的完善，是以经国济世、服务于人伦社会为指向的。王阳明以后，泰州学派的某些哲人虽然更多地与禅学相互缠绕，但终究有所区别，因为在心学家那里，“天地万物一体之仁”既是个体存在的依据，也是个体价值的最终归宿，内在

① 王阳明《重修山阴县学记》，《王阳明全集》，第257页。

的主体精神的超越不可能废弃外在的人伦规范和社会责任。这些既是汤显祖所服膺的晚明“道学”(儒家)有别于佛学与道家的根本所在,也是汤氏“立言”理想及其情感理论得以多向度展开的一个前提。

第三章 “大道”“文词”与“立言”

——汤显祖的文体意识

万历丙辰年(1616),或许是自觉生命之旅已趋近终端,汤显祖写了一首《负负吟》绝句:“少小逢先觉,平生与德邻。行年逾六六,疑是死陈人”。“先觉”“德邻”云云,是指那些曾以“文章”或“道学”相期许的儒士,没有提及所曾交往的佛道两教中人,这点在诗序中有清楚的交代:

> 予年十三,学古文词于司谏徐公良傅,便为学使者处州何公镗见异。且曰:“文章名世者,必子也。”为诸生时,太仓张公振之期予以季札之才,婺源余公懋学、仁和沈公楠并承异识。至春秋大主试余许两相国、侍御孟津刘公思问、总裁余姚张公岳、房考嘉兴马公千乘、沈公自邠进之荣伍,未有以报也。四明戴公洵、东昌王公汝训至为忘形交,而吾乡李公东明、朱公试、罗公大纮、邹公元标转以大道见属,不欲作文词而止。睠言负之,为志愧焉。

暮年的汤显祖为一种无从排遣的内在的心理张力所困扰,这就是“大道”与“文词”不能两全的苦恼。是究心于圣贤之道,还是徜徉于文艺之途,汤氏一直未能做出一个断然的选择;然而,汤显祖晚年又曾有云:“某学道无成,而学为文;学文无成,而学诗赋;学诗赋无成,转而学道。终未能忘情所习也。”(《答陆君启孝廉山阴》诗序)可见,“道”与“文”、“思”与“诗”都是他无法忘情的[1]。通观汤氏文集,他所标榜的“道”,通常与儒家成就大人、圣贤人格的思想学说联系在一起。

一、“思”与“诗”的张力

汤显祖一生徘徊于“大道”与“文词”之间,虽没有构建自己的“道学”体系,但又为儒家以内在精神超越为主旨的“性命之学”所震撼,并不甘心作一纯粹的文墨之徒。这并非汤显祖个人的矛盾,明中后期随着官方所认同的带有强制性的正统意识形态逐渐失去统辖力,“道”“圣”“文”之间相对稳定的三角关系被动摇,文人士大夫在思考文艺的现实功用、文人的存在价值等问题时,也发生了观念的分化。“生死情切”“性命根本”是晚明知识者普遍的心理焦虑,以宣叙才情而非理性思辨见长的文词之士在思考“人”的价值、意义时,往往陷入一种两难的困惑:对于有限的个体生命而言,思想追求(“学道”)与艺术追求(“为文”“诗赋”),何者才是人生价值最终的寄托?

文人之间存在着气质才性、思维结构的差异,再加上个人处境、心境的不同,即便是高扬主体精神、肯定个体意识的王门心学,也不可能为每一个体的价值关怀提供具体答案,因此个人总是有所取舍、有所偏废的。到了万历年间,有人进一步强化了传统“士先器识而后文艺”的理念,以道学、气节为本而以文辞为

① 汤显祖《与陆景邺》又云:“学道无成,而学为文。学文无成,而学诗歌。学诗赋无成,而学小词。学小词无成,且转而学道。犹未能忘情所习也。”具体表述略有不同,但隐寓着同样的矛盾。

末,如汤显祖的友人、理学家邹元标①。汤显祖毫不掩饰不能两全的困惑,而在同样深受泰州学派影响的李贽、焦竑和公安"三袁"那里,其取舍从表面看似乎相对明确,或以思想批判见长,或偏爱于文史之学,或因文学创作而留有盛名,但细究起来,依然体现出这一内在的心理焦虑。

李贽曾劝勉焦竑不应执迷"文章草圣",而忘却了"生死念头"的德业,他严词告诫说:"他年德行不成,文章亦无有,可悲也!夫文学纵得列于词苑,犹全然于性分了不相干,况文学终难到手乎?"②但另一方面,李贽并不全然排斥文艺,他对文学艺术宣导情感、调剂心灵的作用也做了充分肯定,有云:"且夫世之真能文者,比其初皆非有意于为文也。其胸中有如许无状可怪之事,其喉间有如许欲吐而不敢吐之物,其口头又时时有许多欲语而莫可所以告语之处,蓄极积久,势不能遏。一旦见景生情,触目兴叹,夺他人之酒杯,浇自己之垒块,诉心中之不平,感数奇于千载。"③正缘于此,李贽又认为,只有那些真正特异卓绝的文学之士,才是他在现实生活中唯一有可能寻获到的知己:"游心

① 焦竑《赠欧阳献之序》(《澹园续集》卷三)评价邹元标,有云:"世之知尔瞻者,以其气节、文章云尔。然慕其气节、文章而忘其所以,虽得其近似而戾于道者,往往有之;未见戾于道而能有立者也。知道者,于心无所苟,于物无所蔽。惟无苟然后能外成败,而自信其守;无蔽然后能撤氛嚣,而穷性命之秘。"此外,汤显祖谪适徐闻前,邹元标在《汤义谪朝阳尉序》(见《存真集》卷四,转引自徐朔方《晚明曲家年谱》第三卷第316页)中曾以"性命之学"相勉励,有云:"余独喜者,义志性命之学,兹固坚志熟仁之一机也哉。"又云:"若夫跳叫际晓,登高赋诗,自写其抑郁无聊之气,非余所知也。"以上反映出同一种思路,即推扬道学之于个人根底的意义,而视文辞为余事。

② 李贽《与弱侯焦太史》,《续焚书》卷一。

③ 李贽《杂说》,《焚书》卷三。

于翰墨，蜚声于文苑，能自驰骋，不落蹊径，亦可玩适以共老也。”①李贽一生充满了新与旧、观念与行动、理想与现实的多种矛盾，而深受李贽影响的公安“三袁”，后世多视其为抒写性灵的文墨之徒，但他们自己却多次声称，并不以文词之事为根本。相关议论在他们的文章中曾一再出现。例如，袁宗道曾批评禅社的社友们“可惜发卖(志)向诗文草圣中去”，以至“耳根恐遂不闻性命二字”②，他早年甚至在一篇馆阁之文中提出“君子者，口不言文艺，而先植其本”的口号③。而中郎袁宏道则声称，“至于诗，则不肖聊戏笔耳……仆自知诗文一字不通，惟禅宗一事，不敢多让”④，又尝有云：“游惰之人，都无毫忽人世想，一切文字，皆戏笔耳，岂真与文士角雌较雄邪？至于性命之学，则真觉此念真切，毋论吴人不能起余，求之天下无一契旨者。俗士不知，又复从而指之，可笑哉！……学问中事，岂宜令文人墨士观哉。”⑤袁中道也曾说过：“予等逐逐世缘，并镂画世间文字，皆切泥相也。追思中郎，谢去尘嚣，高卧柳浪，于贝叶内研究至理，是真善用其利刀者耳。”⑥诸如此类卑视文辞写作、张扬思想探索的言论，在晚明文人中应有一定的代表性。

与袁氏兄弟因熏染于佛家“性命之学”，而对文学的现世价值产生怀疑有所不同，汤显祖更主要是立足于宋明儒家“希圣

① 李贽《李生十交文》，《焚书》卷三。

② 袁宗道《陶编修石篑》，见袁宗道著、孟祥荣笺校《袁宗道集笺校》卷七，第264页，湖北人民出版社2003年版。

③ 袁宗道《士先识器而后文艺》，《袁宗道集笺校》卷十五，第131页。作于万历十四年(1586)至万历十六年(1588)间。

④ 袁宏道《张幼于》，《袁宏道集笺校》卷十一，第501—503页。

⑤ 袁宏道《徐崇白》，见《袁宏道集笺校》卷十一，第495—496页。

⑥ 袁中道《宗镜摄录序》，见《珂雪斋集》卷十一。

之学”的历史文化语境中，去叩问自我的存在意义，并进而获得对文学创作价值的认同。一方面，理学名流的“大道见属”是以体察圣贤人格、实现主体精神的内在超越为旨趣；另一方面，“文章名世”“季札之才”的期许也或多或少地要体现出个体意志的发扬，这两种人生追求有无根本性的抵牾？为什么在汤显祖、李贽等晚明文人那里，思想探险与文学创作之间表现出如此强烈的张力？

儒家一直有“诗教”“乐教”的传统，但是，其逻辑指向并不是个体天分、才情的自由发抒，理论的归宿恰恰在于主体德性的完善和人伦社会的和谐。孔子说“兴于诗”“成于乐”（《论语·泰伯》），又云“游于艺”（《论语·述而》），强调了审美的愉悦对于个体成长的重要意义，但这是有条件的，必须与“立于礼”（《论语·泰伯》）和“志于道”“据于德”“依于仁”（《论语·述而》）相结合，因此，在早期儒家那里，个性化的审美活动并不是为了追求纯粹的自由之境，而是要以其为手段、中介，将外在的强制性的人伦规范转换为内在的自觉自乐的心理欲求；这样一来，个体性的情感欲望就有可能与社会性的伦理道德达成统一，并最终促进个人与社会、主体与他者之间的全面平衡。早期儒家就这样用文学、艺术，在外在的伦理规范与内在的情感欲求之间，搭建下了一座沟通的桥梁。晚明心学的一个基本理念是强调伦理规范、圣贤德性内在于每个个体的自我意识之中，因此，心学家以及浸染于心学的文士虽然追究“性命”与“文词”孰轻孰重的问题，但一般而言，他们不会断然否定人的审美创造力和感受力的培养，只是在不同的表述场合或言说语境中，将有所偏废。这不仅仅是因为感性的文学艺术与思辨的“性命之学”倚赖着不同的智力结构、情性偏好，更重要的还在于，“文章”“诗赋”与“道学”的张力背后，长期以来隐寓着不同的人生取向和价值评判；对于个人而言，“诗”（文艺追求）与“思”（思想追求）之间并非总能完美地和谐共处。

以王阳明为例，他少年时代即将“读书学圣人”确立为人世间“第一等事”，但“龙场悟道”之前，也曾怀抱着一个普通文士的追求。弘治九年（1496）王阳明会试落第，回到家乡余姚后与一帮文友在龙泉山组织了诗社；弘治十二年（1499）王阳明进士及第，受到活跃于京师的文人集团“前七子”的影响，参与其间，与李梦阳、何景明等人相互唱和，“以才名争驰骋，学古诗文”①。中年以后，王阳明的人生志趣转向了“道学”，又为事功所牵系，远离了文坛中心，但吟咏性情、意气奋发的诗歌并不少见。总体而言，王阳明不但有较为特异突出的文学才华（《四库全书总目提要》称其“为文博大昌达，诗亦秀逸有致，不独事功可称，其文章亦自足传世也”），而且比较重视文学艺术在磨砺人的道德心性过程中的作用，曾有云：“艺者，义也，理之所宜者也，如诵诗、读书、弹琴、习射之类，皆所以调习此心，使之熟于道也。”②但是，希圣、希贤的人生“第一等事”迫使他不能不淡漠了文学的兴趣，因此，中年以后其诗歌的“道学气”逐渐加重。《明儒学案》卷十二“浙中王门学案”中有这样一段记述：“弘正间，京师倡为词章之学，李何擅其宗，先师更相倡和。既而弃去，社中人相与惜之。先师笑曰：使学如韩柳，不过为文人，辞如李杜，不过为诗人，果有志于心性之学，以颜闵为期，非第一等德业乎？”这是一段回忆性的文字，或有可能已经掺揉了王畿自己的价值取

① 黄绾《阳明先生行状》，见《王阳明全集》，第1407页。

② 《传习录》下，见《王阳明全集》，第100页。

向，但基本上符合王阳明的思想历程，也足以彰显出明中后期身处“希圣之学”语境中的读书人一种普遍的心理紧张。

事实上，尽管汤显祖终其一生也未能两全，但“学道”与“为文”（“诗赋”“小词”）这一内在的心理张力并没有制约他在特定人生时段的选择，关注“性命之学”也没有导致他对文学艺术价值的彻底否定，而当他倾心于文词之事的时候，“性命之学”内在的理论倾向、潜隐的“问题意识”就又自然而然地转换成其文学作品的哲理底蕴。感性的纷发与理性的执着，对于汤显祖而言并非不可调和，这是因为，在以成就圣贤人格为期待的“道学”和倾其一生才华而为之的“文词”之间，汤显祖总在试图找到一个平衡支点：将对人生意义的思考，转换成寄寓着“不朽”这一价值期盼的“立言”。

二、“馆阁大记”与“尚思立言”

——汤显祖的古文理想

明中后期的正统文学领域内流派纷呈，理论争鸣异常激烈，复古与新变的双向互动显示出明人高度自觉的文体意识。汤显祖的诗文观念既与以王世贞为代表的复古派形成明显对立，也与努力突越常规、张扬内在性情的公安派有所不同。在一封《答张梦泽》中，汤显祖详细阐明了他的古文观念和立言理想，有云：

> 丈书来，欲取弟长行文字以行。弟平生学为古人文字不满百首，要不足行于世。其大致有五…弟既名位沮落，复往临樊僻绝之路。间求文字者，多村翁寒儒小墓铭时义序耳。常自恨不得馆阁典制著记。余皆小文，因自颓废。不

> 足行三也。不得与于馆阁大记，常欲作子书自见。复自循省，必参极天人微窈，世故物情，变化无余，乃可精洞弘丽，成一家言。贫病早衰，终不能尔。时为小文，用以自嬉。不足行四也。…嗟夫梦泽，仆非衰病，尚思立言。兹已矣！微君知而好我，谁令言之，谁为听之。极知知爱，无能为报，喟然长叹而已。

“仆非衰病，尚思立言”，极显悲痛之情。显然，汤显祖并不认为一切文字写作都可以被视作“立言”，自己所写“小墓铭”“时义序”不过是名位沮落后的应酬之作，又如何能体现个人对于生命价值和意义的思考？在《答李乃始》中，他又颇有些无奈地辩解说：“仆极知俗情之文必朽，而时官时人，辄干之不置，有无可如何者。偶而为之，实未尝数受朽人之请为朽文也。然思之，亦无复能不朽者。”据以上文字，“长行文字”（或“古人文字”）事实上寄托了汤显祖的“立言”理想，其背后所隐寓的则是精神性、伦理性生命可以“不朽”的信念。先秦以来“立言”就与对生命价值和意义的思考联系在一起，《左传·襄公二十四年》有云：“古人有言曰：死而不朽，何谓也。……穆叔曰：……豹闻之，大上有立德，其次有立功，其次有立言。虽久不废，此之谓三不朽。”然而时世变易、历史无常，“三不朽”对于晚明文人尤其是名位不显者而言，真正切实可行的只有“立言”了。

据《答张梦泽》，汤显祖曾持有一宏大的“立言”理想，这就是“馆阁典制著记”，即参与朝廷制度、典章文献的写作。实现这一理想必须有一先决条件，即仕宦生涯的某种成功；而汤显祖个性耿介、仕途蹇涩，万历十一年（1583）进士及第后拒绝了执政者的笼络，失去进入翰林院的机会，万历二十九年（1601）又被朝廷以“浮躁”之名黜去，因此事实上他终生都没有实现这一理想的机会。晚年的"自恨"固不能等同于对这些傲岸行为的反悔,但也隐约可看出汤氏内心的某种遗憾。于是,他只好退而求其次,"常欲作子书自见"。

在某些晚明文人那里,博览诸子百家、成"一家之言"并非纯粹的书斋学问,他们往往存有一重整古今知识谱系、服务于人伦社会的用世目的。比汤显祖年长的戏曲家张凤翼即是这样规划的,尝有云:"仆自弱冠即有意用世。占毕之暇,每索《阴符》《六韬》《孙》《卫》诸书,究其端绪。"①然而,终其一生未能如愿。又如,焦循曾称许与汤显祖交游的理学家广东安察司佥事管东溟说:"平生锐意问学,意将囊括三教,镕铸九流,以自成一家之言,其志伟矣。"又云:"平生之学,载所为书甚具……其言闳博逶迤,词辩蜂涌,大归冀以西来之意密证《六经》,东鲁之矩收归二氏。以是行于己,亦以是言于人。"然而,管氏大志亦不为时人所理解,"公为人取独立行一意,而或至以违众骇世讥焉"②。汤显祖一生泛观博览,兴趣广泛,时人称其"诸史百家而外,通天官、地理、医药、卜筮、河籍、墨、兵、神经、怪牒诸书矣"③,写作《明复说》《贵生说》等理学文章之外,他还精研过佛、道二教的经典;晚年汤显祖还试图在史学方面有所贡献,作过重修《宋史》的规划④。以这样

① 张凤翼《与徐侍读公望书》,《处实堂集》卷五。

② 焦循《广东安察司佥事东溟管公墓志铭》,《澹园续集》卷十四,见李剑雄点校《澹园集》,中华书局1999年版。

③ 邹迪光《汤义仁先生传》,《调象庵稿》卷三十三。

④ 参看杨忠《论汤显祖的历史观和史学成就》,《北京大学学报》1999年第5期。按:万历二十一年(1593)礼部尚书陈于陛上疏请修本朝正史(事见《明实录·神宗实录》卷二六四),大约四年后因故而止,但已在士大夫阶层中产生广泛影响,汤显祖交游中包括刘应秋、焦竑、袁宗道、王一鸣等人皆曾参与其事,这或许也是汤显祖有意撰史的一个原因。相关研究可参看李小林《万历官修本朝正史研究》,南开大学出版社1999年版。

广博的知识背景和兴趣，是有可能“成一家言”的，但汤氏却以此为奢望，这既与他对自己才性识见、知识结构的清醒认识有关，也为仕途蹇涩、谪适边野、偏居江右等客观条件所限制，最终不得不放弃这一理想。

汤显祖对自己的古文写作并不满意，《答董嘉生》又云：“不佞极不喜为人作诗古文序”，然而事实上，汤氏文集中此类文字占有相当大的比重。那么，又如何通过“长行文字”这种代表着立言理想的写作形式，赋予人生“不朽”的价值和意义？汤显祖在《答李乃始》中曾作了明确阐说，有云：

> 独自循省，为文无可不朽者。汉魏六朝李唐数名家，能不朽者，亦或诗赋而已。仆于诗赋中，所谓万有一当为丈不朽者，过而异之。文章不得秉朝家经制彝常之盛，道旨亦为三氏原委所尽，复何所厝言而言不朽？

“不朽”之文必须满足两方面的要求，首先是客观的写作条件，所谓“秉朝家经制彝常之盛”。然而，安定繁盛的朝政这一时代背景并非写作者能做自我选择的，再加上个人经历的偶然性，于是，所谓“不朽”只能出现在特定的历史时段，为特定的历史人物所体现了。另一方面汤氏又认为，为文者即便满足了这一客观条件，也不一定能写出“不朽”的传世之作，不朽之文必须满足第二个要求，即思想内涵的独创性——对儒、佛、道“三氏原委”有所发展、有所丰富。当世那些身兼理学名家的馆阁重臣，原本最有可能满足这两个条件，但汤显祖对“馆阁之文”并不满意，接下去他又批评说：“仆观馆阁之文，大是以文懿德。第稍有规局，不能尽其才。久而才亦尽矣。然令作者能如国初宋龙门（宋濂）极其时经制彝常之盛，后此者亦莫能如其文也。”（《答

李乃始》)

推重宋濂是汤显祖参与晚明文学论争时的一个旗帜鲜明的主张,他在《答陆君启孝廉山阴》诗中曾极力颂扬宋濂的贡献:"何(景明)李(梦阳)色枯薄,余子定安有?国初开日月,龙门(宋濂)实维斗。"《答张梦泽》中汤氏又认为,有明一代的古文创作近乎"每况愈下",唯独宋濂的贡献不可抹杀,"我朝文字,宋学士而止。方逊志(方孝孺)已弱,李梦阳而下,至琅邪(王世贞),气力强弱巨细不同,等赝文尔。"《玉茗堂选集》的辑刻者沈际飞敏锐地注意到了这一点,有云:"咄咄,临川独推崇宋景濂先生,以其文质而古,不描头画角也。"①但是,这一阐释只道出了浮现在表层的一些原因。

汤显祖中年以后,为文黜落繁华、趋于质朴,宋濂文章"文质而古",确也能迎合汤氏对于"古人文字"某些审美期待,但综观汤显祖言论,其实他并非简单地以质朴、古奥为尚。在汤显祖看来,质朴是一种自然天成的本真之美,并非刻意追求的结果,如《答陆景邺》所云:"谈文字之病,非于有余,而于不足……古文、赋,秦西汉而下,率以不足病,无有余者……文之质,生而已成。""质"与"文"的关系简而言之,就是如何稳当地实现内容意蕴与文辞形式之间的平衡、互动,对此汤显祖大抵持一种相互倚重的观念,《与张异度》有云:"气质为体,既写理以入微;音采为华,复援情而极变。"宋濂为文朴质而古奥,固然是得到汤显祖推重的一个因素,但更重要的是,这与宋濂独特的历史地位有关。明人视宋濂为"开国文臣之首",其文则被视作"有明文章

① 参看徐朔方笺校《汤显祖全集》,第689页。

正宗”①，他的文坛大宗师身份（汤氏所云“维斗”）、身为帝王师的政治地位（洪武二年宋濂除翰林学士，后官至学士承旨知制诰）、对有明一代典章制度的贡献、任《元史》总裁官的荣耀，这些都足以使宋濂成为晚明士大夫理想的人生典范。此外，宋濂也是明初重要的居士，他熟悉佛家经典，主张将佛家的心性学说与儒家的孝道理论相互贯通，以实现“化民归俗”“使人趋于善道”的政治伦理目的②，这与汤显祖对“三教”的看法也有能相互切近之处。显然，推重“极其时经制彝常之盛”的宋濂及其文章，与汤氏“不得馆阁典制著述记”（《答张梦泽》）的遗憾是能相互贯通的。

我们还注意到，宋濂曾张扬一种尊崇宋文的观念，有云：“自秦汉以来，文莫盛于宋，宋之文莫盛于苏氏。”③这也与汤显祖的文学理想之间存在着某种契合。汤氏对明中叶以来标举汉唐的复古主义文学思潮持严厉的批判态度，在南京时不但回避与文坛领袖王世贞兄弟的往来，还曾“标涂”王世贞“文赋中用事出处，及增减汉史唐诗字面处”（《答王澹生》）。他认为“汉宋文章，各极其趣者，非可易而学也。学宋文不成，不失类鹜；学汉文不成，不止不成虎也”（《答王澹生》），宋代的文章之学相比于汉唐时期更为发达，“长行文字”对于法度、规矩的追求已经从感性的自觉上升到了理性的自为，初学者以宋文为规摹对象，

① 这是就明人的“文学史观”而论，与当代学者的评价有差异，参看郭预衡《“有明文章正宗”质疑》，《文学遗产》2000 年第 1 期。

② 相关研究可参看潘桂明《中国居士佛家史》第十章第二节，中国社会科学出版社 2000 年版。

③ 宋濂《苏平仲文集序》，《芝园续集》卷六，见《宋濂全集》，第 1575 页，浙江古籍出版社 1999 年版。

尚有径可寻,较之于直接取法于秦汉古文,当更容易入手。钱谦益《汤义仁先生文集序》引汤氏自述,称其“氾滥词曲,荡涤放志者数年,始读乡先正之书,有志于曾王之学”①,所言应有依据,乡邦意识或许是汤显祖推重曾巩、王安石的一个重要因素;但更主要的是,曾巩、王安石的古文总体而言重理致、黜情趣,这与汤显祖要求“不朽”的“古人文字”在“道旨”方面能发扬、丰富“三氏原委”,体现出一脉相承的逻辑思路。汤显祖推重宋濂,这对晚明清初文风的转移产生过一定的作用,钱谦益文学观念的转变就得益于汤氏的启发。汤显祖曾经致函钱氏劝勉他:“本朝勿漫视宋景濂”②。钱谦益自己则声称:“余之从事于斯文,少自省改者有四……午未间,客从临川来,汤若士寄声相勉曰:‘本朝文自空同已降,皆文之舆台也。古文自有真,且从宋金华(即宋濂)著眼。’自是而指归大定。”③

围绕着对宋濂其人其文的推重,汤显祖就这样巧妙地从外部条件和意旨内涵两个向度,完成了其“立言”理想的相关阐述;既对当世“以文懿德”的馆阁之文作了强烈批判,又在馆阁之文这种独特的文字形式中,寄予着人生“不朽”的价值期待。

仔细推究,汤氏所欣羡的“馆阁典制著记”并非纯文学的范畴,更类乎传统的泛文学或杂文学意义上的“文章”;而所谓“馆阁大记”,也可以与那些为许多文人所轻视的“台阁体”联系在一起。明中后期不管是主导文坛复古主义这一主流话语的“七子”派作家,还是提倡抒写内在自我、以革新姿态冲击主流文坛

① 钱谦益《汤义仁先生文集序》,《初学集》卷三十一,见钱仲联标校《钱牧斋全集》,上海古籍出版社2003年版。以下所引钱谦益语均出于此,不另注。

② 钱谦益《答山阴徐伯调书》,《有学集》卷三十九。

③ 钱谦益《读宋玉叔文集题辞》,《有学集》卷四十九。

的“性灵派”作家，雍容醇雅、平易典则的“馆阁之文”一般而言，都是他们力图排挤的对象，然而，汤显祖却明确地表示他以“与于馆阁大记”为人生一大理想。这种独特的文学抱负，既体现了汤显祖不偶于俗、特立独行的人格气质，也与江右地区的历史文化传统有关。

浑厚、醇正的馆阁文风初兴于明洪武时期，与最高统治阶层有意识的提倡有关①，宋濂就是其中的一个重要人物；永乐后期至宣德、正统年间，馆阁文风大盛，出现了以“三杨”为代表的一批“台阁体”作家。台阁体作家许多出身于翰林院，而且反映出一定的地域性特征，钱谦益《列朝诗集小传·乙集》“周讲学叙”条有云：“国初馆阁，莫盛于江右，故有‘翰林多吉水，朝士半江西’之语。”汤显祖出仕之后，或显或隐地流露出维护江右地域文化传统的意识，与领袖群伦的吴地文人存在一定矛盾②，这或许是他自恨“不得与于馆阁大记”的一个潜在心理依据；而另一方面，明前中期以江右人为主体的台阁体作家并非纯粹的文墨之徒，他们秉持朝政、掌控文运，推赏宋人欧阳修、曾巩的文风③，又大多受到朱熹理学及其后传的影响，从某种意义上讲，体现了儒家“政统”“道统”与“文统”三重理想的合一性。尽管汤显祖对所谓“台阁体”并没有明显的褒扬之辞，其“道学”理念也与正统理学有较大的差异，但以一个“儒者”关切世事的担当

① 黄佐《翰林记》卷十一有云：“国初文体承元末之陋，皆务奇博，其弊遂浸丛秽，圣祖思有以变之。凡擢用词臣，务令以浑厚、醇正为宗。”

② 相关研究可参看崔洛明《汤显祖的江西意识及其与吴文人的矛盾》，《戏剧艺术》2001年第1期。

③ 董其昌《重刻王文庄公集序》（见《容台文集》卷一）有云：“自杨文贞而下，皆以欧、曾为范，所谓治世之文，正始之音也。”

意识和传统“立言”理想的熏染，对“馆阁大记”寄予厚望是不难理解的。事实上，汤显祖对当代“以文懿德”的“馆阁之文”(《答李乃始》)并不满意，倘若他能进入翰林院，或也能如袁宗道、黄辉、陶望龄等人一样，对古文领域的“翰林体”和“王李之学”有所改造或更新①。

王阳明“心学”重新高扬人的超越精神和自我意识，这既为晚明士人摆脱正统意识形态的约束提供了思想基础，也导引出一股片面崇尚主观、偏离规范、空疏冶荡的流弊。据有学者研究，罗汝芳虽然坚持着王学的基本精神，但另一方面，他的学说中也内蕴着一种博学通史、讲求制度、考察文献的倾向性②，这对于晚明傲诞、空疏的士风和文风而言，或多或少地已经有所反拨了。汤显祖乡居后，将“立言”理想寄托于“馆阁典制著记”，又推崇宋濂、考究宋史，这些既体现出他对传统儒家理想的某些回归，也与罗汝芳及其后学焦竑表现出趋近的学术动向③，我们据此或可进一步管窥晚明思想动向和文学观念的多重性。

---

① 钱谦益《列朝诗集小传》丁集“黄少詹辉”有云：“尔时馆课文字，皆沿袭格套，熟烂如举子程文，人目为‘翰林体’。及王、李之学盛行，则词林又改步而从之，天下皆诮翰林无文。平倩入馆，乃刻意为古文，傑然自异馆阁课试之文，颇取裁于韩欧，后进稍知向往。古学之复，渐有端倪矣。”

② 龚鹏程先生认为，罗汝芳学说中有一种“通过博古传今、斟酌损益以蕲于至善”的动向，“这便是博学于文的工作，也须考史。阳明学发展至此，乃开出博古及讲史学考制度的路向。近溪之后，有焦竑这样的人物，是不足为奇的。明代末年那种博学考文证史讲制度的风气，虽或起于王学之反动，或另有渊源脉络，然罗近溪、焦弱侯亦有以启之。”参看龚鹏程《罗近溪与晚明王学的发展》，见吴光主编《阳明学研究》，上海古籍出版社2000年版。

③ 焦竑《书愧郯录》(《澹园集》卷九)有云：“士大夫学问，以国朝制度典章为第一。”

三、“大者不传，或传其小者”

——汤显祖的戏剧价值观

汤显祖在《答张梦泽》中，以一种独特的理想主义式的文学价值观，排斥了“长行文字”（“古人文字”）抒写个人化、生活化情感的这一世俗功用；他主张，既为古文，便寄寓着写作者“不朽”的人生哲学，其内容意旨也就应切近“三氏原委”。虽然汤显祖对自己的“古人文字”能否“不朽”充满了怀疑，但是，就在这封《答张梦泽》中汤氏又云：“名亦命也，如弟薄命，韵语自谓积精焦志，行未可知。”语意相当微妙，包含着谦虚、自信、无奈等多种复杂而矛盾的心态。

《答张梦泽》中“韵语”与“长行文字”对应着使用，且多次出现，主要指韵文形式的诗、赋，但联系汤氏相关言论，不妨推而广之，也包括用韵的曲体文学（即所谓“小词”）。另一封《答李乃始》（见卷四十六）中有一段文字与《答张梦泽》立意接近，可以相互释读，有云：

> 弟妄意汉唐人作者，亦不数首而传。传亦空名之寄耳。今日佹得诗赋三四十首行，为已足。材气不能多取，且自伤名第卑远，绝于史氏之观。徒蹇浅零碎，为民间小作，亦何关人世，而必欲其传。词家四种，里巷儿童之技，人知其乐，不知其悲。大者不传，或传其小者。制举义虽传，不可以久。皆无足为乃始道。

汤氏认为，一个文人即便留下盛名，也不足以说明其人生因此而不朽，反而有可能为“空名”所误；又声称自己的作品“亦何关人世”,这当然是谦辞,但也表明汤显祖推崇关切世道、着意于民生的有为之作。对于“四梦”,汤显祖自信它们必将世传下去,不过,这毕竟不符合他的理想,“里巷儿童之技”云云清楚地表明,在汤氏看来传奇戏曲更多的只是类乎“游戏”笔墨,而非寄托了“不朽”价值期待的“立言”。因此,他又有“人知其乐,不知其悲,大者不传,或传其小者”的感慨:一方面,汤氏意识到“四梦”将给他带来长久的荣誉,但“词家四种”毕竟并不是承载其人生理想的文体样式;而另一方面,汤显祖在这种品位相对低俗的文体中,也寄托了他对社会历史、世道民生、人性人情等多方面的感悟与思考,如果世人只是痴迷于戏剧性场景的表层的闹热,必将忽视“四梦”真实的写作主旨,更不能明了作者内心的失落。《玉茗堂选集》辑刻者沈际飞解说“词家四种”四句时,有云:“四种极悲乐二致。乐不胜悲,非自道不知。”①似乎仅仅着眼于“四梦”的美学风格,没有深入到汤氏精神世界的矛盾和困惑之处。

至于八股文,汤显祖的态度也是相当矛盾的。汤氏“制义”在当时享有盛名、广泛流播,时人甚至有云:“制义以来,能创为奇者,义仍一人而已。”②出于求取功名、显身荣祖的传统士人心态,汤显祖对幼弟、子侄的八股文也寄予了厚望,曾“取国朝省会诸元作,定为‘正清’‘侧清’之目”(《汤许二会元制义点阅题词》),以此来督导后辈。但另一方面,汤显祖一生发扬才情、标举创新,中年以后更是服膺尊重自然人性、张扬个体意志的泰州之学,他从切身经历中深刻体会到八股文对灵性的戕害,故又有云:“童子之心,虚明可化。乃实以俗师之讲说,薄士之制义,一入其中,不可

① 参看徐朔方笺校《汤显祖全集》,第1411页。

② 汤宾尹《四奇稿序》,《睡庵稿》卷四。

复出。使人不见泠泠之适,不听纯纯之音。”(《光霁亭草序》)“童子之心”本来无瑕无渍、灵动活泼、本色自然,形诸创作,必然是纯真而纯美的文字,却因为世俗的功名心所熏染,以至于主体性情被桎梏、被扼杀,这实在是人生的不幸。他曾经非常有感触地说:“天下大致,十人中三四有灵性,能为伎巧文章,竟伯什人乃至千人无名能为者”(《张元长嘘云轩文字序》),尽管汤氏以弘扬“三氏原委”为人生理想,但八股文这种代圣贤立言的功利性的程式化写作,必然要对个人的自然灵性、真实情感有所戕害。因此在《答李乃始》中,汤氏又云“制举义虽传,不可以久”,从而对八股文写作的最终意义作了否定的回答。

这些无可奈何的苦恼既是汤显祖个人的,也相当典型地体现出晚明文人曲家的一种普遍的精神困境。明中叶以后,以戏曲、小说为代表的传统意义上的低俗文体,虽然在事实上已进入到了文坛疆域的中心地带,以至于如王世贞这样的文人领袖也不能不予以理论上的观照,但正统的文体尊卑观念也是难以彻底扭转的。即便是某些曾倾心于戏曲创作、竭力张扬曲体文学价值的文人,其潜在的心理境遇也相当微妙。例如,徜徉词曲、喜好新声的屠隆在为梁辰鱼《鹿城诗集》作序时,是这样描述梁辰鱼这位对昆腔崛起做过开创性贡献的著名曲家的“转变”,有云:“伯龙少时好为新声,是天下之绝丽,余闻而太息。以彼其才,令力追大雅,上可东阿、萧统,下不失为王江陵、李王孙,而胡乃自比都尉,侈为艳歌?是以龙骧捕鼠也。近始得其古近体,俊才丰气,往往合作,益大欣赏,其始一何皮相也。”[①]然而事实上,

① 屠隆《梁伯龙鹿城集序》,见吴书荫编集校点《梁辰鱼集》,第35页,上海古籍出版社1998年版。

据《昆山人物传》等文献可知，梁辰鱼晚年犹好词曲，甚至有“载酒放歌，绕城一匝”的风雅之事①，屠隆这里显然是以传统的文体观念和文人理想为依据，有意识地对梁辰鱼的文学活动做了有所选择的“过滤”。又如，深谙曲学的王骥德在《曲律·自序》中假借主客问答，反对卑视词曲，有云：“客曰：‘子言诚辩，抑为道殊卑，如壮夫羞称，小技可唾何？’余谢：‘否，否，驹隙易驰，河清难俟。世路莽荡，英雄逗留，吾藉以消吾壮心；酒后击缶，灯下缺壶，若不自知其为过也。’”以上文字分明透露出许多的牢骚、愤懑，王氏一生未有功名，“消吾壮心”云云乃有感而发，这里“游戏笔墨”的戏剧价值观显然也是出于无奈。

晚明时期此类大谈“曲道”却又等闲视之，乃至自轻自贱的言论，并不鲜见。虽然曲体文学尤其是以付诸舞台实践为目的的戏曲文学，可以包容古代诸多不同文体的因素、功能，还可作出“场上之曲”和“案头之曲”的区别，而且，晚明时期曲体文学已经分担了诗文“言志”“载道”的功能，但是，视曲体为小道、末技的偏见非但没有消亡，反而与尊崇诗文的传统思想之间，愈加鲜明地体现出价值观的分疏。对于那些卑视曲体，又苦心为自己这一兴趣作辩护的文人曲家而言，舒缓这一矛盾的最普遍的方式就是视其为“游戏笔墨”。如此一来，曲体文学既因为可以淋漓尽致地展现才情而获得了存在的意义，个人据此也获得了徜徉此道、乐此不疲的心理依据。

但是，晚明曲体尊卑观的背后，毕竟隐寓着正统文学理想与文学实际、文人风尚之间的巨大落差。明嘉靖以后，随着以昆山腔为代表的舞台表演艺术的日益精细，曲体文学的写作总体而

① 参看吴书荫编集校点《梁辰鱼集》之“附录”。

言也愈加雅致，这其间文人士大夫的广泛介入发挥了重要作用。形式多样、音律活泼、声韵自由的民间小曲不为一般的文人士大夫所留意，“本无宫调，亦罕节奏”的南戏大体完成了雅俗嬗变的进程，北曲杂剧和散曲也日益式微，于是杂糅了南、北曲调的体制化、规范化的文人传奇成为曲体文学的主流样式，也为士大夫染指“韵文”时提供了一种更加时尚性的选择。汤显祖曾经对“有韵之文”与“长行文字”之间的差异作过某些描述，《答马仲良》有云：

> 不佞少颇能为偶语，长习声病之学，因学为诗，稍进而词赋。想慕古人之为，久之亦有似者。总之，有韵之文，可循习而似，至于长行文字，深极名理，博尽事势，要非浅薄敢望。时一强为之，辄弃去，诚自知不类昔人之为也。

这里“有韵之文，可循习而似”，着眼的主要是作为形式规范的格律、声韵，在汤氏看来“长行文字”却不需要受到这些“声病之学”的拘限，这就为实现个性化的、有思想深度的写作，提供了更多可能。因此，作为一种形式规范相对宽松、随意的文体样式，“长行文字”（“古人文字”）无疑更有利于汤显祖实现他接续、发扬“三氏原委”的立言理想。

“长行文字”（“古人文字”）从唐宋以来，即隐寓着儒家“道统”与“文统”之间既对立又统一的谱系观念。总体而言，汤显祖没有明确的“文以载道”意识，尽管他曾推举宋文，但几乎回避了“文”“道”关系这一传统问题的研讨，而且事实上，汤显祖更侧重于考察“文”自身的内在规律性。汤氏在不少篇章中曾对“文”的情感性、灵动性、个体性特征作了淋漓尽致的描述，甚至有云“拘儒老生不可与言文”（《合奇序》），不过另一方面，对于“古人文字”的价值功用、思想内涵，汤显祖也寄予了比一般文人要高远得多的理想，即“立言”和“不朽”。这样一个坚持“立言”姿态、关切民生疾苦、探究人生意义的儒家知识分子，是不可能完全抛弃传统文学理念的影响的。汤显祖的好友、安徽籍的文人曲家梅鼎祚，其人格心态便与汤显祖颇为相近。曹学佺曾这样评价梅氏曰：“盖不欲以词章自好，而以儒者为己任；不欲为一时之名，而褒然举千百世而嗣续之者也。禹金所著有《鹿裘石室》诸篇，其为诗文若干，又所裒辑《古乐苑》《文纪》《书记洞诠》等书，夫岂无意哉。”①在曹氏看来，梅鼎祚所著诗文、所辑诸书，绝非仅以一己之自适为目的，其潜在的心理预设其实是经世致用、有裨于时。事实上，“词章”与“儒者”的关系，并非如曹学佺所理解的那样，只是简单的二元对立。虽然“词章自好”所追求的主要是文字“为己”的自适，而“以儒者为己任”则倾向于“为他”的用世目的，但二者之间也有相互沟通的可能，并非对峙的两种写作模式。明初的馆阁重臣们曾主张“经义、文章，不可分而为二”②，不过，到了晚明时期某些文人却刻意地加以区分，这既反映了明中叶以后价值观念的多元，纯文学独特的审美品性得以重新彰显出来，从另一个角度看，其实也是“文统”与“道统”合一的传统谱系观念同时也得以强化的一

① 曹学佺《赠梅禹金序》，《石仓文稿》卷二。

② 《元史·儒学传序》有云：“前代史传，皆以儒学之士，分而为二，以经艺颛门者为儒林，以文章名家者为文苑。然儒之为学一也，《六经》者斯道之所在，而文则所以载夫道者也。故经非文则无以发明其旨趣，而文不本于六艺，又乌足谓之文哉。由是而言，经艺文章，不可分而为二也，明矣。元兴百年，上自朝廷内外名宦之臣，下及山林布衣之士，以通经能文显著当世者，彬彬焉众矣。今皆不复为之分别，而采取其尤卓然成名、可以辅教传后者，合而录之，为《儒学传》。”

个显证。

“道学”的纷争融合、文人价值观的多元互补、文学创作的新旧矛盾、戏曲文体的雅俗嬗变,明中叶以后的这些相对宏大的思想文化动向都聚合于汤氏一人,为其所濡染、所感知;汤显祖并没有实现古典文学理念的转型,但真实地记录了他个人的矛盾、困惑,也就为后人留下了管窥晚明思想文化动态的重要窗口。

第四章　理性、情感与形式

——汤显祖情感学说的多向度展开

汤显祖对“不朽”之文提出了弘扬“三氏原委”的期待，相应地也就将“长行文字”（“古人文字”）的主要功用限定为阐说义理、记叙事状，至于情感的表达，则不能不有所忽略；事实上，汤氏古文主要也是以序、记、说、铭、疏、解、题词等应用性写作为主，所重在于理致、观念、判断，间及一些事主的生平大略，较少抒发他在日常生活中偶发的喜怒爱乐。就表达方式而言，主要采用议论与记叙，较少运用起兴、比喻、想象、拟人、夸饰等情感意味相对突出的手法。

但是，汤显祖的“有韵之文”（诗、赋、传奇）却充盈着细腻、绵长而真挚的个性化情感，他还经常直接地以“情”字入诗，“四梦”甚至被认为是有关晚明心性论的形象化、故事性的呈现形式。另一方面，“长行文字”虽然较少被用来抒发个人情兴，但却是汤显祖阐述其情感理论的主要载体，这些论“情”文字大致可分为三类：一是在儒学或佛学语境中，思考“心”“性”“情”“理”等范畴的相互关系，如《寄达观》《复甘义麓》等；二是对文艺本体情感性特征的体察与描述，如《调象庵集序》《耳伯麻姑游诗序》《宜黄县戏神清源师庙记》等；三是以“情”“理”等心性概念为中介，转向社会历史现象及其规律的考察，如《弋说序》《青莲阁记》等。

以下对汤显祖情感理论的分析,集中于文学与美学这一向度。当然,以上归类也是相对的,多向度展开是汤显祖情感理论的一个鲜明特征,而文学与美学上的倾向性也往往受制于特定的哲学观念和社会认知。汤显祖的涉"情"文字不乏相互矛盾、似是而非的内容,这些既与晚明文人思想的复杂、多变有关,也可能是缘于不同时期写作心态的差异,但另一方面仔细推究,可以发现它们背后隐藏着两条相互支撑、互为补充的逻辑主线:中国古典情感学说历时态展开的延续性,以及汤显祖个人一以贯之的价值追求。

一、"缘境起情,因情作境"

——情感的生发与表现

汤显祖《宜黄县戏神清源师庙记》(以下简称《庙记》)有云:"人生而有情。思欢怒愁,感于幽微,流乎啸歌,形诸动摇。或一往而尽,或积日而不能自休。盖自凤凰鸟兽以至巴渝夷鬼,无不能舞能歌,以灵机自相转活,而况吾人。奇哉清源师,演古先神圣八能千唱之节,而为此道。"《耳伯麻姑游诗序》又云:"世总为情,情生诗歌,而行于神。天下之声音笑貌大小生死,不出乎是。因以憺荡人意,欢乐舞蹈,悲壮哀感鬼神风雨鸟兽,摇动草木,洞裂金石。其诗之传者,神情合至,或一至焉;一无所至,而必曰传者,亦世所不许也。"高倡情感是明中后期文学思潮的一个突出特征,这两段文字既体现了汤显祖情感理论的独特性,也折射出晚明文学新变、转型过程中的某些痕迹,有待进一步发掘其意义。

汤显祖首先明确了"情"是文艺的本原与根据。他认为,喜怒哀乐等情感为人生而所有、人生而所不免的，发之于啸歌，形之于动作，诉之于文辞，便产生了诗歌、音乐、舞蹈、戏剧等文艺样式。因此，“情”便从艺术发生学的角度，与文艺本体之间建立了具有因果意义的逻辑关联。这种以“情”为文艺之本原、根据的观念，可以上溯到《礼记·乐记》（“凡音者，生人心者也。情动于中，故形于声。声成文，谓之音”）和《诗大序》（“情动于中而行于言，言之不足故嗟叹之，嗟叹之不足故咏歌之，咏歌之不足，不知手之舞之，足之舞之也”）等儒家早期经典文献，秦汉以后随着儒家独尊地位的确立，也成为古典美学特别是诗文理论的一个重要传统，与“言志”和“载道”的观念相互补充。到了明代中后期，“言志”与“载道”的正统诗文观面对思想领域和文学领域内日益活跃的新质素，已经丧失了理论更新的活力，由于心学思潮中主体精神、个人意识和内在情性被重新高扬，文艺本体的情感性特征也得到了更加明确的肯定。即便是在以复古为尚的前后“七子”那里，高倡情感的必然性与合理性，也是他们师法汉唐、重构古典审美理想时重要的一面旗帜①。汤显祖早年追摹六朝，中年时代标举宋文，乡居以后则推重宋濂、心慕“馆阁大记”，其文学理想一直与复古派形成对立，曾贬斥李梦阳、王世贞等人的作品“等赝文尔”（《答张梦泽》），意旨较为明确；然而另一方面，汤氏对文艺情感特征的体察和描述则要相对复杂一些，既包含了李梦阳以来文学复古思潮所难以兼容的新内涵，也体现出理论逻辑上的某些承继或互补关系。

汤显祖《临川县古永安寺复寺田记》有云：“缘境起情，因情

① 相关研究可参看廖可斌《明代文学复古运动研究》，上海古籍出版社 1994 年版。

作境。”这里，他并非专门谈论艺术创作，但却可以引申开来："情""境"关系，涉及创作者（主体）、物象（客体）与形式（艺术本体）三者互动过程的两个重要环节，即情感的生发与情感的对象化。在《庙记》文和《耳伯麻姑游诗序》中，汤显祖虽然从艺术发生的角度，确立了"情"的本原意义，但他所关注的重点其实并非情感的生发，而是聚焦于情感生发之后，也就是主体情感如何形之于表现这一对象化、形式化的过程。在汤氏看来，单纯的"思欢怒愁"等情感并不是人审美的对象，只有将其转换成体现一定形式规律的感性的文艺作品，生理性的情感才有可能获得美感的效应，成为人的审美对象；而这又必须具备两个条件：一是生理性的情感因素依托于一定的感性形式，以文字、动作、声音等为媒介表现出来（"流乎啸歌，形诸动摇"）；二是这一表现过程的无障无碍、神妙自然（"以灵机自相转活""行于神"）。因此，情感虽然是文学艺术的根据、本原，反过来讲，文学艺术固然以表现情感为内容、目的（"情生诗歌"），但这只是一个基本前提，是文学艺术之所以具有长久魅力的一个必要条件；而另一方面，那些流传百世的作品，既充盈着情感的因素，更重要的则是因为，创作主体在情感形诸形式表现的这一对象化过程中，将主体之情表现得极其神妙自然、了无痕迹（"其诗之传者，神情合至"）。简而言之，在"情"与文艺的关系上，汤显祖隐约意识到：文学艺术固然以情感为根据，但情感却并非天然地具有审美的意义，对于创作者而言，更为关键是如何以具体可感的形式神妙自然地表现情感的因素。

"人生而有情""世总为情"，这是汤显祖重表现的情感学说的立论前提，在汤氏看来，其合理性是无须特意推证的，故语意决绝。至于主体为什么会产生情感、情感又如何产生，汤显祖在上引两段文字中没有作明确说明。《耳伯麻姑游诗序》基本上是避而不谈,《庙记》则只有一句话:"思欢怒愁,感于幽微。""感于幽微"云云,大抵明确了情感生发过程的微妙、幽晦、不可言传。恰恰是在这一环节上,汤显祖与复古派的情感理论之间,表现出既对立又互补的双重关系,也是他超越了明中后期诸多倡"情"理论家的高妙之处。

我们注意到,"前七子"的诗学也体现出一种以"情"为本的倾向。关于情感的生发机制,他们基本上延续着传统"感物说"("物感说")的逻辑路径,主张情感并非人性本然自足的状态,而是人心为外物所触引、所感应而激荡不已的结果。如李梦阳是这样阐说其见解的,有云:

> 情者,动乎遇者……故遇者物也,动者情也。情动则会心,会则契神,契则音所谓随寓而发者也……故天下无不根之萌,君子无不根之情。忧乐潜之中而后感触应之外,故遇者因乎情,诗者形乎遇。①

在李梦阳看来,情感虽然潜隐于人心,但其向外生发却是有条件的,即客体之"物"的触引、拨动,从而引起了主体("君子")内在心灵的感应;也就是说,情感固然不可压制、更不可灭绝,但其生发则是有条件的,存在着一个由外而内、由客体指向主体、为"物"所触动、为"人"所感应的过程。在复古派那里,感物之"物",并非简单地指客观的自然物象,也包括人事、时世,如李梦阳又有云:"天下有窍则声,有情则吟。窍而情,人与物同也。然必春焉者,时使之也。"②人事、时世虽然是主体人的历史实践

① 李梦阳《梅月先生诗序》,《空同先生集》卷五十。
② 李梦阳《鸣春集序》,《空同先生集》卷五十。

的产物，但相对于个体而言，它们也是外在于一己之心的客观的存在物。

作为一种文艺发生学，“感物”说在儒家早期文献《荀子·乐本》《礼记·乐记》和《诗大序》中就已有所体现，魏晋南北朝时期随着“人的自觉”与“文的自觉”的双向展开，陆机、钟嵘、刘勰等文论家对为“物”所“感”的这一情感发生机制的规律，作了更加完整的阐述。陆机《文赋》指出，创作者投篇援笔之前存在着一个激发情志的过程——“遵四时以叹逝，瞻万物而思纷；悲落叶于劲秋，喜柔条于芳春。”刘勰《文心雕龙》则进一步肯定了情感的发生，是缘于主体对外物的变化有所感应，有云：

> 春秋代序，阴阳惨舒，物色之动，心亦摇焉。…岁有其物，物有其容；情以物迁，辞以情发。（《物色》）
>
> 诗人感物，联类不穷；流连万象之际，沉吟视听之区。写气图貌，既随物以宛转；属采附声，亦与心而徘徊。（《物色》）
>
> 人禀七情，应物斯感，感悟吟志，莫非自然。（《明诗》）
>
> 原夫登高之旨，盖睹物兴情，情以物兴，故义必明雅；物以情观，故词必巧丽。[①]（《诠赋》）

如果说陆机、刘勰的“感物”说还只是将物象与人心、客体与主体直接地勾连在一起，至于人“心”何以能为“物”所感，他们并没有作明确的说明，那么，稍后的钟嵘就更加重视这一环节了。钟嵘《诗品序》有云：

> 气之动物，物之感人，故摇荡性情，形诸舞咏。照烛

① 据范文澜《文心雕龙注》，人民文学出版社 1958 年版。

三才，晖丽万有，灵祇待之以致飨，幽微藉之以昭告。动天地、感鬼神，莫近于诗。①

“气”是天地万物动荡不已、发生变化的根据，这些变化为人心所感知、触动，于是人产生了内在情感的激荡和进一步向外表达的欲望，“舞咏”（文学艺术）正是这种因“气”而起的不能自已的心灵状态的表现。“气”总在天地之间生生不已的流荡着，是运动性和变化性的体现，对于古人而言这是一个不言而喻的理论前提，因此，天地与人便有可能产生主客体之间的互动和感应；钟嵘的“感物”说就这样以“天人合一”的“气”论为哲学基础，在客观物象与主体情感之间建立起“使然”与“所以然”的对象性关系，从而将“感物”的文艺发生说推向了一个新的理论高度。

我们注意到，汤显祖也有若干以“气”论文的言论，如《答刘子威侍御论乐》有云：“凡物气而生象，象而生画，画而生书，其嗷生乐。”这里汤氏也明确了“气”是客观之“物象”成为一种具体可感的审美形式的内在根据，但语焉不详，难以详究其与传统“感物”说的关系。但汤氏另一篇“长行文字”则不一样，论述较为充分，《调象庵集序》有云：

万物当气厚材猛之时，奇迫怪窘，不获急与时会，则必溃而有所出，遁而有所之。常务以快其蓄结。过当而后止，久而徐以平。其势然也。是故冲孔动楗而有厉风，破隘蹈决而有潼河。已而其音泠泠，其流纡纡。气往而旋，才距而安。亦人情之大致也。情致所极，可以事道，可以忘言。而

① 据何文焕《历代诗话》本，中华书局1981年版。

终有所不可忘者，存乎诗歌序记词辩之间。固圣贤之所不能遗，而英雄之所不能晦也。

这一段关乎文艺发生机制的文字，可以分解出两个逻辑层次：一是以厉风、潼河的势不可挡为喻，指出“气”使得万物变化不拘、突破常态，是主体之情得以激发的根据；二是指出为“气”所鼓荡的天地万物、主体性情，其变动、发抒都有一个渐趋和缓的过程。在汤显祖看来，后者其实是更重要的一个环节——物之“气”渐趋平和、柔缓，万物由此而获得了一种独特的、宁静安详的审美形态（“泠泠”“纡纡”）；人之“情”的发抒渐趋和缓，寄寓于“诗歌序记词辨”等文字形式之中，人“情”由此获得了与“道”相通的意义。汤氏所标举的“道”，既是天地万物的根本规律，联系其相关文辞，也就是人“童子之心”的本来状态。汤显祖认为，人保持“童子之心”，就是遵循天地万物之“道”，而人若保持了这一“童子之心”，必然蕴涵着无限的真情，如《睡庵文集序》所云：“道心之人，必具智骨；具智骨者，必有深情。”因此，人之“情”是与天地万物、宇宙人伦之“道”相通的，其表达、发抒其实就是“童子之心”的自然体现，而非物象由外而内的刺激、触引的结果，所谓“天机泠如也”（《太平山房集选序》）；而文艺这一寄寓人“情”的感性的形式，由此也获得了纯真绝美、与“道”相通的特质，所谓“泠泠之适”“纯纯之音”（《光霁亭草叙》）是也。

前文曾有论云：汤氏《宜黄县戏神清源师庙记》和《耳伯麻姑游诗序》的理论重点在于情感的表现即其对象化、形式化过程，而非情感的生发；《调象庵序》虽以“气”论情、论文，其实这一倾向性表现得更为突出，也就显示出与秉承着传统“感物”说的复古派文学理念的微妙差异。

明中叶的复古派诗学强化了那种为“物”所感、“动乎遇者”的情感生发理论，以徐祯卿《谈艺录》为例，有云：“情者，心之精也。情无定位，触感而兴。既动于中，必形于声，故喜则为笑哑，忧则为吁戏，怒则为叱咤。然引而成音，气实为佐；引音成词，文实与功。盖因情以发气，因气以成声，因声而绘词，因词而定韵，此诗之源也。”①对比汤显祖的《调象庵集序》，二者理论重心的差异是较为明显的。首先，徐祯卿重在“情感的生发”这一环节的考察：天地、万物为“气”所鼓动，呈现出一派活跃激荡的状态，人“心”先前澄静、单纯的本然状态为此所触动，转化为喜怒哀乐等情感因素，这是一个必然的过程；至于生理性的“情”如何转换为审美的对象，则是这一前提之下更为次要的问题，徐氏语焉不详，这恰好与汤显祖的论说逻辑形成反差。其次，汤显祖也强调“气”是物动的原因，但并没有明确地主张“情”是人心对于外物变动的感应，人“情”与外“物”二者之间不存在一种主客体间的对象性关系；相反，在汤显祖看来，“情”之动与“物”之动都是“气”的直接的产物。而“气”变幻无端、无形无状、难以言喻，因此他又说：“思欢怒愁，感于幽微”——情感的生发过程是难以用理智和逻辑去分析的，不存在一个从外（“物”）而内（“心”）的“使然”与“所以然”的因果过程。

汤显祖的情感学说，既体现了他对传统以“气”论文思路的熟悉，也反映了王阳明以来“心学”在文艺理论中的深刻渗透。情感的生发及其在审美形式中的体现，与心学家们对“心”“物”“情”关系的辨析有一定的逻辑关联。《传习录》记录了王阳明的一次论学：“先生游南镇，一友指岩中花树问曰：‘天下无心外

① 徐祯卿《谈艺录》，据何文焕《历代诗话》本。

之物，如此花树，在深山中自开自落，于我心亦何相关？'先生曰：'你未看此花时，此花与汝心同归于寂。你来看此花时，则此花颜色一时明白起来。便知此花不在你心外。'"①"心—物"之辨，关涉到主体人与作为客体的外在世界之间的对象性关系；王阳明认为"心外无物"，外物只有进入了主体的意识世界中，才显示出存在的意义，而且唯其如此，外在的客体之物才呈现出审美的意义。因此，在心学家那里，美感其实根源于人心。汤显祖认为：情感的生发"感于幽微"，而情感的对象化则是一"以灵机自相转活"的过程；对于文学艺术而言，后一环节更为重要，文学艺术特别是戏剧，更多地体现了人内在的心灵欲求，而非外"物"使之然的客观反映。如果说复古派情感理论的关注焦点是外在于一己之心的"物"（或"时"），在情感生发的问题上有"他为"的倾向，那么，汤显祖则大大加强了对情感内在性、主体性和能动性的体察。从理论逻辑上讲，这既体现出明嘉靖至万历年间文艺情感学说的细微变异，恰恰也表明：复古与新变的文学理念之间，其实维持着一种内在的互补关系。

汤氏这一重"表现"的文艺发生说，不但可与复古派的"感物"说相互补充，与"公安派"所标举的"性灵"说之间，也显示出逻辑与历史的双重关联。据江盈科《敝箧集叙》，袁宏道曾有云：

> 诗何必唐，又何必初与盛？要以出自性灵者为真诗尔。夫性灵窍于心，寓于境。境所偶触，心能摄之；心所欲吐，腕能运之。心能摄境，即蝼蚁蜂虿皆足寄兴，不必《雎鸠》、《驺虞》矣；腕能运心，即谐词谑语皆是观感，不必法言庄什

① 《传习录》下，见《王阳明全集》第108页。

> 矣。以心摄境,以腕运心,则性灵无不毕达,是之谓真诗,而何必唐,又何必初与盛之为沾沾!①

其笔锋所指,也是以师法汉唐为圭臬的复古派。袁宏道强调文学创作不是因外物而起兴,更不是对前人作品的摹仿,而是以一己之内在性灵为出发点,经由着一个由内而外、以心灵统摄物境的过程。据研究者考察,唐以前的刘勰、张融、谢灵运、颜之推、庾信等人已经以"性灵"论文学,晚明大规模使用这一概念并对袁宏道产生影响的则是屠隆,而且,晚明文学思潮中的"性灵"往往与"自性""童心""真心""灵气""虚灵"等概念交织着使用,形成"密集的概念网络",其若干基础含意"都与对佛教思维的吸收有关"②。汤显祖笔下类似"性灵"说的文字也不少见,如其有云:"予谓文章之妙,不在步趋形似之间。自然灵气,恍惚而来,不思而至。怪怪奇奇,莫可名状,非物寻常得以合之。"(《合奇序》)又云:"天下文章所以有生气者,全在奇士。士奇则心灵,心灵则能飞动,能飞动则下上天地,来去古今,可以屈伸长短生灭如意,如意则可以无所不知。"(《序丘毛伯稿》)自然、奇妙,这是"灵气"的两个突出特征,其前提是真实、无伪,出自个体的一己之心。因此所谓"灵气",也就是汤氏一直引以为豪的"真气"(《答余中宇先生》)。

虽然难以判定汤显祖的"灵气""真气"与屠隆、袁宏道的"性灵"之间确切的相互影响,但汤氏"自然灵气"与"童子之心"相互缠绕,这可能更直接地发端于罗汝芳的"赤子之心"一说。晚明诸多文人都从王门心学中吸取了同一种倾向,即高扬

① 江盈科《敝箧集叙》,钱伯城《袁宏道集笺校》附录三,第1685页。

② 参看黄卓越《佛教与晚明文学思潮》下篇第三章,东方出版社1997年版。

主体精神、肯定个体的内在欲求,“性灵”“灵机”“灵气”“灵心”等等,都是主体内在生命欲求的流荡,体现了天地万物之本然特性(“大道”),如屠隆有云:“夫道生天地,天地生万物;道者,天地万物之所以生也。万物灵矣,人于万物尤灵矣。夫万物之灵,人于万物之为尤灵者,道也。匪道则块然之形也,物之无情者,则无灵。道不在在乎无情而有主,则其所以生者,道也。”①因此,“性灵”和“灵气”一样,也是与人的情感相勾通的,人无性灵则无真情。

在袁宏道那里,根源于一己之心的“性灵”,其本身也不是审美的对象,和汤显祖所标举的“情致”一样,“性灵”也存在着一个形式化、对象化的环节。“心能摄境”与“腕能运心”相辅相成,“以心摄境”与“以腕运心”前后依存,共同完成艺术创作的整个过程。因此,不管是主张“以灵机自相转活”的汤显祖,还是标举“出自性灵者为真诗”的袁宏道,他们都有可能再向前深入一步,考察各各有别的人格精神、气质才性与文本的形式美之间的关系。袁宏道又尝有云:“文章新奇,无定格式,只要发人所不能发,句法字法调法,一一从自己胸中流出,此真新奇也。”②在他看来,文学的体格形式是主体性灵从内而外自发地流荡、衍生而成的一种凝结物,性灵的差异决定了形式的差异,而真实无伪的性灵必然体现为新颖奇妙、超越凡俗的艺术形式。这一观念是可以在汤显祖那里找到理论共鸣的,汤氏《张元长嘘云轩文字序》有云:“天下大致,十人中三四有灵性。能为伎巧文章,竟伯什人乃至千人无名能为者。则乃其性少灵者欤?”

① 屠隆《刘鲁桥先生文集序》,《白榆集》卷一。

② 袁宏道《答李元善》,《袁宏道集笺校》第786页。

文体形式千篇一律、无所创新的原因，就在于自然灵性的匮乏，而对于那些禀赋着自然灵性的人而言，其内在而真实的生命欲求一旦发抒出来，便有可能形成一种典范性的文体风格，如其又云："谁谓文无体耶？观物之动者，自龙至极微，莫不有体。文之大小类是，独有灵性者自为龙耳。"

这里，我们隐约看到了刘勰《文心雕龙》（特别是"体性""定势""风骨""养气"诸篇）以来传统文体学的一个基本逻辑，即立足于主体这一维度去考察作为情感对象化结果的形式美的成因，肯定主体情性与文体形式、作品风格之间，存在着某种逻辑上的因果关联。这或许表明，汤显祖的情感说和袁宏道的性灵说虽然体现出试图"解构"传统的新变精神，但其基本的"问题意识"依然是在古典文艺美学的框范之内展开并提升的。

二、"至情"与"名教"

——情感的自为性与社会性

汤显祖《牡丹亭记题词》作于万历二十六年（1598）秋，这是理解汤氏思想及其文学理念最重要、也容易被"误读"的一则材料。节录大略于下：

> 天下女子有情宁有如杜丽娘者乎。……如丽娘者，乃可谓之有情人耳。情不知所起，一往而深，生者可以死，死可以生。生而不可与死，死而不可复生者，皆非情之至也。梦中之情，何必非真。天下岂少梦中之人耶？……嗟夫，人世之事，非人世所可尽。自非通人，恒以理相格耳。第云理之所必无，安知情之所必有邪？

“题词”是否如某些学人所理解的，以批判宋明理学“以理制情”“以理灭情”观念为意旨，这颇值得斟酌。《牡丹亭》完成于汤氏返乡之后的几个月内，据现有材料，此前汤显祖对“道学”大抵持一种敬仰或追随的态度。自万历十九年（1591）上疏抨击朝政至万历二十六年（1598）弃官，这期间汤氏非但没有和理学家有过直接的思想交锋，反而多次受砺于刘应秋、邹元标、高攀龙等人，甚至也没有留下抨击“假道学”的文字。前文已有论，汤氏不但从王阳明心学及其后传泰州学派那里，寻获到了为政、论学的思想资源，而且，他并没有全然否定朱熹一系“正统”理学的意义。“反理学”之说，既违背了汤显祖晚年对道学“终未能忘情所习”（《答陆君启孝廉山阴》诗序）的自述，也与汤氏前几年所撰若干“古人文字”（《贵生说》《明复说》《秀才说》等）明显地凿枘不合，形成了一巨大反差。联系《牡丹亭》写作前后汤显祖的思想和交游，拙见以为，题词中“理无”“情有”云云，当是佛学语境中的有感而发之辞，与“道学”（宋明理学）无涉，其言说的焦点则在于文艺的虚构性。

万历二十一年（1593）三月汤显祖赴任遂昌知县，二十六年（1598）春告假还乡，同年秋他在临川为《牡丹亭》写了题词。遂昌时期，汤氏推行振兴儒学的措施，又与诸生一起探讨儒家心性之说，其间他多次经历失去亲人的悲痛，又由于迟迟不得外调，汤显祖的政治热情迅速衰退，终至挂冠而去。接连而来的不幸和坎坷，虽然激发了他的虚无感和失落感，但遂昌期间汤显祖依然保持着一个儒者对世事、民生的敏感，这点在其诗文中有充分表现。然而，高僧达观一直存有接引汤氏皈依佛学的愿望，在汤氏抑郁不得志期间，达观还特意来遂昌拜访，并以唐末禅月大师贯休相期许，但被汤显祖婉拒了。以上是我们考察《牡丹亭记题词》时，有必要重视的几个背景性事件①。

汤显祖在《寄达观》中，质疑了佛教“情”与“理”对峙、相抗的观念，此信或作于万历二十八年(1600)冬达观临川之行以后，即《牡丹亭题词》完成两年多之后，但也为我们理解《牡丹亭》写作前后汤显祖的思想逻辑提供了线索。佛家倡导“空”“无”之说，认为世间万物万象皆是因缘所生，并无所谓实体，人由于不能超越“物”(对象世界)、“我”(主体世界)的分别，往往在自我意识中产生各种“情障”。“情障”的存在，遮蔽了人对终极真理的把握，因此，必须破除“情障”，回复“本心”。达观虽然援儒入佛，但在认识论上依然坚持着这一立场，尝有云：“万物皆心也。以未悟本心，故物能障我，知悟本心，我能转物矣。”②达观的“本心”也就是“真心”，临川之行后达观在《与汤义仁》中告诫汤氏说：“真心本妙，情生则痴；痴则近死，近死而不觉，心几顽矣。”绝灭世情是回复本心(“真心”)的一个逻辑前提。达观又认为“祸福、死生、物我、广狭、古今、代谢、清浊、浮沉”等等，在世俗观念看来是客观存在、不可回避的，而在佛家看来，其实是“情有而理无者也”；“理无”是真、是本来，“情有”为假、为虚幻，因此，只有破除“祸福”“生死”等各类“情郭”，为对象世界所蒙蔽之人心，才能回复到本真的状态，所谓“情根一拔，则

① 研究者中有一种观点认为《牡丹亭》成于遂昌任上，徐朔方先生《玉茗堂传奇写作年代考》已驳其论证牵强(见《晚明曲家年谱》第三卷)。但《题词》“自非通人，横以理相格耳”云云，似是有感而发(“通人”又见于《谢邹愚公》《与幼晋宗侯》《调象庵集序》等，皆为感发之辞，这是汤显祖欣羡的一种人格类型)，当有一定的“写作背景”。拙见以为，遂昌期间汤显祖可能已开始构思《牡丹亭》。

② 《法语》，《紫柏老人集》卷十。

向之祸福人我之事，皆渐渐化为妙用矣”①。

“消情—明理—复性”，这是达观真心一元的心性论的主要逻辑，相关文字在《紫柏老人集》中不断出现。如其又云：“大概立言者根于理，不根于情，虽圣人复出，恶能驳我！若根于情不根于理，此所谓自驳……理无我，而情有我故也。无我则自心寂然，有我则自心汩然。寂然则感而遂通天下之故，汩然则自心先浑，亦如水浑，不见天影也，况能通天下之故哉？圣人知理之与情如此，故不以情通天下，而以理通之也。”②这里，达观主要是以朱熹的“情—理”观为辩难对象，恰恰显示出佛教徒与理学家在这一问题上的基本差异。以朱熹为代表的正统理学家虽然高扬理性的权威，但并不全然否定“情”的意义，而达观则明确地主张存“理”废“情”、以“理”制“情”；在正统理学那里，“情”与“理”互为前提、不能相无，而在达观那里，“情”与“理”是不能相互转换的，二者截然对立，如其又云：“夫玄黄无咎，咎生于情，情若不生，触目皆道。故情有理无者，圣人空之；理有情无者，众人惑焉。”③我们注意到，汤显祖在《寄达观》中已明确地表示，他难以彻底认同达观的这一思想主张。

《牡丹亭》中的“至情”，首先表现为“人”作为个体其内在的生理性欲望；它可以突破社会规范、人伦秩序的拘囿，显示出对传统礼教社会的巨大冲荡力。正视“人”在生物学维度上的存在意义，这是汤显祖思想超越传统理学的高明之处；但另一方面，情感与伦理的对峙、冲突并非汤氏关注的焦点。超越生死、

① 达观《大悲菩萨多臂多目解并铭》，《紫柏老人集》卷二。

② 达观《皮孟鹿门子答问》，《紫柏老人集》卷二十一。

③ 达观《法语》，《紫柏老人集》卷四。

阴阳的界限,体现宇宙万物"生生不已"的无限可能,这才是"至情"更本质的特征。"梦"则是"至情"得以生发和实现的条件,汤氏在《牡丹亭》第十出("惊梦")借花神之口道出了这一层意旨,有云:"单则是混阳蒸变,看他似虫儿般蠢动把风情搧,一般儿娇凝翠绽魂儿颤。这是景上缘,想内成,因中见。"人的生理性情欲是以梦境为契机才发露出来的,也只有在梦境中,它才有自然、完整实现的可能。汤显祖又说:"梦中之情,何必非真"(《牡丹亭记题词》),以反诘的语气强调了二者的关系——"至情"就是"真情",梦在认识论的维度上折射出实体世界的客观性、真实性。这也反映了他与高僧达观的思想差异。在达观看来,梦是"真心"为"情障"所遮蔽的表现,"推梦之所自,则由昼想所成;推昼想之所自,则耳目无待,声色无根,所谓当处出生,随处灭尽。圣人岂欺我哉。乃众人闻生则喜,闻死则悲,又有失常者,闻死则喜,闻生则悲,是皆闭于情,未达于理故也。圣人设教难以尽同,达本忘情,则千途一致"①,痴迷于梦境和不能忘却生死之情一样,都是人"本心"不明的具体表现。

当然,尚没有材料可以证实汤显祖《牡丹亭记题词》是以达观为直接的辩难对象,以上仅是就其写作背景所做的辨析。事实上,汤氏对"道学",尤其是对罗汝芳"生生之学"和"孝弟慈"观念的既有接受,也是我们阐释其情感理论的重要依据。因此,尽管"至情"说更有可能是立足于佛学语境的感发之辞,但我们同样不宜将《牡丹亭记题词》视作一篇"反佛学"的理论宣言。作为一篇为戏曲文本而写的"题词",它大抵可归入汤显祖深感愧疚的所谓"小文"之列,并不像《明复说》《贵生书院说》之类

① 达观《法语》,《紫柏老人集》卷二。

的“古人文字”（“长行文字”）那样，以弘扬“三氏原委”为宗旨。从这个角度看，“至情”云云只是有感而发的文论命题，而非汤氏寄寓了人生“不朽”期盼的“立言”，因此，其立论，或许并不依赖于严密的逻辑，而更在于一时的感发。也就是说，汤氏题词的末句（“第云理之所必无，安知情之所必有邪”）其实是借佛学（兼涉理学）的时兴议题，来表述他关于文艺虚构性、想象性特征的一般理解——围绕着“至情”而展开的入梦、寻梦、还魂等故事情节，在常人看来已嫌虚妄、不经，对于佛禅论者而言更有可能阻碍“真心”的回复，然而，这些都是人的自然天性、生命欲求的表现和延伸，又何必强求它们是否与“理”相契合呢？这里的“理”，主要是指佛家认识论上与“情障”相对立的指向“无我”“本心”的绝对理性，而非儒家道德本体论上与普遍规则、天道自然相联系的纲常伦理。

事实上，汤显祖虽然在《牡丹亭记题词》高扬了个体情感的自为性，但在一些更直接地表达其思想追求的“长行文字”中，“情”的宣泄、发抒、表达往往是与“理”的疏导、制衡联系在一起的。例如，汤氏《弋说序》有云：“今昔异时，行于其时者三：理尔，势尔，情尔。……是非者理也，重轻者势也，爱恶者情也。三者无穷，言亦无穷。”前文曾指出，陈继儒、钱谦益等人认为“四梦”在表层的叙事结构背后，支撑着一个“化梦还觉、化情归性”的内在的意义结构。其说虽然忽视了“四梦”炽热的世俗关怀和冷峻的社会批判，但也触及汤显祖情感学说的另一个层面：“情”与“理”（或“性”）并非截然对立、相互抗衡，在一定条件下“理无”与“情有”是可以转换、贯通的。“至情”超越生死、阴阳的界限，突破现实与梦境的区隔、界限，因此，它也是普遍理性的另一种表现形式。《牡丹亭记题词》重“情”的文学理念，固然是佛学语境中的感发之辞，但其深层的思想依据，却不可不归结到晚明张扬个体意志、肯定情感欲望的“道学”。汤氏《调象庵序》又尝有云：“情致所极，可以事道，可以忘言。”《睡庵文集序》则有曰：“道心之人，必具智骨；具智骨者，必有深情。”在汤显祖的“道学”那里，个体的情感欲望与普遍的理性规范被紧密地联系在一起，人伦秩序、道德伦理是汤氏论学的潜在前提，而非刻意否定的对象，而这也体现出王阳明以来心学的基本思路。

晚明许多文人游弋于儒、佛之间，罗汝芳“早岁于释典玄宗，无不探讨”，意在“取长弃短，迄有定裁”，因此晚年宣讲“《大学》孝弟慈之旨，绝口不及二氏”①。汤显祖浸润于佛学，受知于达观，但他在接受佛教义理时，似乎并没有这样一种自觉的融会、贯通意识，主要是视之为人生困境中的精神慰藉；而另一方面，佛学的深刻熏染也没有导引出一条从根本上质疑儒家“希圣之学”的思路，恰恰相反，因为不能忘情于“道学”，汤显祖常常又回到了对社会问题、世俗伦理的关切。《宜黄县戏神清源师庙记》就是一个文人士大夫“眼光向下”的文字，充篇洋溢着浓烈的世俗关怀，相比于《牡丹亭记题词》，其立论主旨明显体现出一个思想者“问题意识”的转移，写作时间当更后一些②。

汤显祖这里既主张文学艺术以“情”为本，又认为个体情感的发抒其最终目的是维护良善的社会秩序和人伦道德，《宜黄县戏神清源师庙记》有云：

> 使天下之人无故而喜，无故而悲。……可以合君臣之

① 黄宗羲《明儒学案》，第 762—763 页。

② 徐朔方先生定其作于万历二十六年（1598）后，三十四年（1606）年前。参看《晚明曲家年谱》第三卷之《汤显祖年谱》，第 409 页。

> 节，可以浃父子之恩，可以增长幼之睦，可以动夫妇之欢，可以发宾友之仪，可以释怨毒之结，可以已愁愦之疾，可以浑庸鄙之好。然则斯道也，孝子以事其亲，敬长而娱死；仁人以此奉其尊，享帝而事鬼；老者以此终，少者以此长。外户可以不闭，嗜欲可以少营。人有此声，家有此道，疫疠不作，天下和平。岂非以人情之大窦，为名教之至乐也哉。

《牡丹亭记题词》的“至情”，首先是与人的生命本能、生理冲动相联系的情欲，它质疑了佛家以“空”“无”观念为依据的绝对理性，这里“情”之于“理”的否定意义较为单一、明确；然而，《庙记》文中“情”与“理”的关系则要相对微妙一些，体现出从佛学向“道学”的视角转移。汤氏认为，主体性的文学艺术虽然本原于个体之情，然而其最终价值却又必须落实到社会性的“名教”，即儒者所倡导的秩序、规范和纲常。这种既张扬个体情感生发的内在性、自为性，又以一种外在性的、“为他的”现实目标来规范个体情感的观念，其实秉承着儒家传统“乐教”说的逻辑思路。

儒家的“乐教”（或曰“诗教”，先秦诗、乐一体）理想在先秦时期已呈现出较为完备的理论形态，秦汉以后更发展为一种功利主义导向的政教文艺观。孔子有曰：“诗可以兴，可以观，可以群，可以怨。迩之事父，远之事君，多识于鸟兽草木之名。”（《论语·阳货》）他既重视文艺之于人情感、意志上的感发作用，也强调文艺对于人的智识、理性的培养，同时还突出其外在的社会功能。荀子一方面肯定了人的各种感性欲望的必然性，有云：“夫人之情，目欲綦色，耳欲綦声，口欲綦味，鼻欲綦臭，心欲綦佚；此五綦者，人情之所必不免也。”（《荀子·王霸》）另一方面，荀子又特别强调后天的磨砺，以期个体感性欲望的表达能够顺乎社会规范的要求,故又有云:“君子知夫不全不粹之不足以为美也,故诵数以贯之,思索以通之,为其人以处之,除其害者以持养之,使目非是无欲见也,使耳非是无欲闻也,使口非是无欲言也,使心非是无欲虑也。及至其致好之也,目好之五色,耳好之五声,口好之五味,心利之有天下。”(《荀子·劝学》)以此为基础,荀子对文学艺术的价值、功用提出了更为明确的社会性指向——以“乐”为桥梁,将个体的情感欲望引导至一条合乎礼义的途径。为此,荀子批评了宋子、墨子等人的寡欲、非乐的思想,指出“声乐之入人也深,其化人也速”,“可以善民心,其感人深,其移风易俗易”(《荀子·乐论》)。《礼记·乐记》基本上体现了荀子一系的美学思想①,有云“乐者,音之所由生也,其本在人心之感于物也”,“乐者,通伦理也”,“声音之道,与政通”。这些既是以“情”为本的“感物”说的重要理论资源,也成为后世政教文艺观的基本依据。

源远流长的儒家功利主义的政教文艺观,折射出一种“礼乐同一”“美善合一”的伦理性的社会政治理想,既对文艺的价值有充分肯定,同时文艺的功用也被不适当地夸大和扭曲了。所谓“礼乐同一”,并不是说“礼”“乐”具有同样的社会功能,恰恰相反,“乐合同,礼别异”(《荀子·乐论》)、“乐者为同,礼者为异”(《礼记·乐记》)——“礼”促使着个人从社会关系的角度,去正面认同各种差异,而“乐”则从心理情感的角度,引导着个人去消弭试图否定这些社会性差异的意念。如《荀子·乐论》有云:“乐在宗庙之中,君臣上下同听之,则莫不和敬;闺门

① 相关研究可参看李泽厚、刘纲纪主编《中国美学史》第一篇第十章,中国社会科学出版社1984年版。

之内,父子兄弟同听之,则莫不和亲;乡里族长之中,长少同听之,则莫不和顺。故乐者,审一以定和者也。”《礼记·乐记》则云:“同则相亲,异则相敬。礼义立,则贵贱等矣;乐文同,则上下和矣。”因此,先王制“乐”其实和定“礼”一样,最终目的都是维护儒者理想中的社会良俗、伦理秩序,而非个体情感一任自然、无所限制的发抒。汤显祖的《庙记》明显继承了这一传统思路,他甚至直接地化用儒家经典中的文句——“岂非以人情之大窦”云云,即脱胎于《礼记·礼运》的“礼义者……所以达天道顺人情之大窦也”,从而在坚持以“情”为本的感性的艺术发生学的同时,又赋予了文学艺术一种偏于理性的“美善合一”的价值观。我们注意到,汤氏暮年所作《负负吟》诗序曾回忆说:“太仓张公振之期予以季扎之才。”“季扎观乐”典故见于《左传》(襄公二十九年),所记叙的并非超然、无功利的艺术欣赏活动,而是如杜预、孔颖达所指出的,乃是借“周乐”的评价来探究为政、治国之道①。总之,汤显祖推崇“清源祖师之道”,虽然体现了对个体情感的肯定,但更主要的是从早期儒家礼乐同一、美善合一的“乐教”思想中寻求理论支撑,以张扬民俗性、大众化表演活动的戏曲艺术的社会意义。

这在戏曲理论史上并非第一次。明前期的朱权(1378—1448)在《太和正音谱序》中曾有云:“礼乐之盛,声教之美,薄海内外,莫不咸被仁风于帝泽也…夫礼乐虽出于人心,非人心之

① 据《春秋左传正义》(李学勤主编《十三经注疏》标点本,北京大学出版社1999年版),杜预注有云:“季札贤明才博,在吴虽已涉见此乐歌之文,然未闻中国雅声,故请作周乐,欲听其声。然后依声以参时政,知其兴衰也。闻《秦》诗,谓之夏声;闻《颂》曰‘五声和,八风平’,皆论声以参政也。”孔颖达正义有云:“听音而知治乱,观乐而晓盛衰。”

和，无以显礼乐之和；礼乐之和，自非太平之盛，无以致人心之和也。”①朱权所从事的戏曲活动带有贵族色彩，与汤显祖所熟悉的“宜伶”彰显了不同的思想追求、审美意趣，但他们两人都依托于儒家经典文献去立论，其思想脉络基本一致，也体现了有明一代文学艺术观念内在逻辑上的某些连贯性。晚明时期，文学艺术的主体性、情感性和个体性的特征得到了普遍张扬，但同时，儒家传统文艺思想的社会性取向也被更加明确地肯定，这一微妙状态在文人士大夫的戏曲观念中，体现得尤其明显。即便是“异端之尤”的李贽，也陷入这一矛盾之中，虽然《童心说》剔除了任何先在的、理性的价值预设，但是，当他将眼光转向《拜月亭》《红拂记》时，却又以儒家的忠孝节义等观念作为衡量作品优缺的标准②。汤显祖的时代及其生前、身后，不断出现重复这一思路的曲家，文人士大夫徘徊于传统与新变之间的复杂心态于此可见一斑：一方面，戏曲激荡人情、陶冶性情的接受效果往往比诗文更直接、显豁，受众面也更广泛、多样，这多少迎合了文人们所习染过的传统美学理想；但另一方面，尊卑有别的文体观念以及传统礼乐理想自上而下的教化意图，也是难以彻底根除的，这就使得他们在寻求“今之曲犹古之乐”这一理论依据时，不可能完全秉持着超然的、无功利的审美态度③。

---

① 见《太和正音谱》卷首，《中国古典戏曲论著集成》本。

② 参看李贽《拜月》，见《焚书》卷四；《红拂》，见《焚书》卷四。

③ 王阳明肯定“今之戏子，尚与古乐意思相近”（见《传习录下》），李贽则说“今之乐犹古之乐”（《红拂》，《焚书》卷四），王骥德亦认为“今之曲即古之乐”（《曲律自序》），此类观念都发端于《孟子·梁惠王下》，以功利主义的“与民同乐”的伦理政治为目的，而非审美的态度。

三、“性田”与“情田”

——情感学说的“道学”基础

汤显祖重“情”的文艺思想,主要是在儒家“美善合一”的政教理想中展开的。出于一个艺术家感性的情感欲求,《庙记》张扬了戏曲“使天下人无故而喜,无故而悲”的审美效应;出于一个“学道”者的理性思维,汤氏又必然进而肯定戏曲有裨“名教”的社会功能。此外,晚明情感理论在文学与美学向度的展开,也往往受到特定哲学思潮、宗教意识的影响。汤显祖曾云“性无善无恶,情有之”(《复甘义麓》),“心”“性”“情”“理”的辨析,涉及如何理解成就圣贤人格的过程中人的普遍本质与个体性的情感经验、感性欲求之间的关系,这是宋明理学的一个核心问题,也是阐释汤显祖情感学说时不能回避的理论预设。

程朱一系的理学家虽然肯定圣人不能“无情”,但其归宿点则是强调以普遍性的伦理规范来引导、制约、统纳个体性的情感欲望。朱熹认为“圣贤千言万语,只是教人存天理,灭人欲”①,“天理”从形而上的层面将人的普遍本质与个体意识对峙起来,凸显了人的精神性、伦理性存在的意义,必然对个体生理性、自然性的情感经验、感性欲求有所忽略。但王阳明在思考这一问题时,表现出不同的思路,他说:“喜怒哀惧爱恶欲,谓之七情。七者俱是人心合有的,但要认得良知明白……七情顺其自然之流行,皆是良知之用;不可分别善恶,但不可有所着;七情有着,

① 《朱子语类》卷五。

俱谓之欲,俱为良知之弊。"①又说:"尔那一点良知,是尔自家底准则。尔意念着处,他是便知是,非便知非,更瞒他一些不得。尔只不要欺他,实实落落依着他做去,善便存,恶便去。"②虽然王阳明在肯定情感欲望时也标举了一个主宰即"良知",但"良知"本身是内蕴于个体一己之心的"准则"和"意念",其先在性、绝对性、普遍性就要大打折扣了,因此相比于正统理学,王阳明更重视人的主体精神,更多地肯定了个体感性欲求的合理性。王学的这一倾向,也被泰州学派所发扬,如罗汝芳标举"生生之仁"和"赤子之心",又有云:"喜怒哀乐出焉自然,与预先有物横其中者,天渊不侔矣,岂不中节而和哉。"③因此,"情"为"心"所固有,不待外物之触引、感应,它自然天成,与"生生之仁"同一。

另一方面,罗汝芳也强调个人在日常生活中对"孝弟慈"等人伦道德的践履,并强调以此为契机推及"家国天下",以使天下人都过上一种既天性自然又合乎礼法的伦理生活。罗汝芳特别重视"礼"的意义,他甚至以"能自复礼"来重新解释先儒的"克己复礼"。有研究者指出,"近溪之学已从呼吁发显主体良知的逆觉体证之路,逐步走向讲究考察礼文、遵守礼法的道路",体现出一种"经世"的路向④,以此反观汤显祖,我们发现罗氏"道学"经世致用、切实践履的取向在汤显祖的情感学说中也有切实的反馈。

汤显祖的人性论、心性观主要受砺于罗汝芳,他对情感欲望与理性本质、个体意志与社会规范等问题的理解,不但在思路上

① 王阳明《传习录》下,见《王阳明全集》,第111页。
② 王阳明《传习录》下,见《王阳明全集》,第92页。
③ 黄宗羲《明儒学案》,第783页。
④ 参看龚鹏程《罗近溪与晚明王学的发展》。

体现了近溪之学的影响,甚至在语言表述上也有某些因袭痕迹。例如,在《南昌学田记》中汤显祖以耕田为喻,有云:

> 圣王治天下之情以为田,礼为之耜,而义为之种。然非讲学,亦无以耨也。于是乎穫而合之仁,安之乐,至于食之肥,而天下大顺。

这几句似乎正是在发扬罗汝芳的学说,据《明儒学案》卷三十四"近溪语录",罗氏曾有云:"吾人此身与天下万物,原是一个。其料理自身处,便是料理天下万世处。故圣贤最初用功,便在日用常行。而日用常行,只是性情好恶。我可以通于人,人可以通于物;一家可通于天下,天下可通于万世。故曰:人情者,圣人之田也。"又据《盱坛直诠》(卷下),罗汝芳与弟子曾有这样一番对谈:

> 思泉黄君乾亨问:"讲学者多云当下,此语如何?"子曰:"此语为救世人学问无头,而驰求闻见,好为苛难者,引归平实田地,最为进步第一义。故曰:人性者,圣人之田,然须又许多仁聚礼耨家数,方可望收成结果也。"

在罗汝芳和汤显祖那里,不管是以"人性"为田,还是以"人情"为田,个体在成就"圣贤人格"的过程中对心性情理的辨析、对人性本质的体察、对情感欲望的张扬,都只是一中间环节而非根本旨趣;立足于"孝弟慈"等伦理性情感,从推行礼义的一己出发,促成一个人人都体现礼义的"天下家国"的实现,这才是儒者讲学、习道的最终目的。因此,汤显祖虽然对达观"情""理"相抗的主张有所怀疑,但他并不认为个体性的情感欲求就可以无限制地发抒、宣泄,恰恰相反,个体之情固然不可以废弃,也不可能废弃,但它终究是需要用"礼""义""仁"等伦理规范来约束、引导和制衡的。

“性无善无恶,情有之”(《复甘义麓》),这是汤显祖“学道”历程中合乎逻辑的一个结论。在早先的《明复说》《贵生书院说》等正式的“长行文字”中,汤显祖论证了人的普遍本质秉承于“天”的形而上的先验性,称之为“天性”;伦理道德是作为“天性”的人的普遍本质的最重要内涵,它无善无恶,但是对于个体性、经验性的情感欲望而言,却又必须区分其“善”与其“恶”。从这个角度看,汤显祖的情感学说依然坚持着宋明理学的一个基本逻辑,即“性情不相无”——脱离“性”谈“情”,或者脱离“情”谈“性”都不能成立,必须将这二者结合起来考察。正缘于此,汤氏在高倡以“情”为本的文艺发生学的同时,必然顺着这一逻辑转向另一个议题的思考:主体之“情”的理性化与社会化。既肯定个体在生物学意义上的物质性存在,张扬与生命本能、生理冲动相关联的“至情”,又重视个体之情的理性化与社会化,将“至情”最终的逻辑指向确定为个体的社会性存在,这是汤显祖情感学说的基本思路,也是“四梦”独特而复杂的思想内涵的哲理基础。

中篇　“汤沈之争”考论

“汤沈之争”曾是晚明戏曲研究的焦点问题，学界对其背景、起因、过程、实质、意义等做过热烈而丰富的探讨；虽然有研究者着眼于史实的存疑、辨伪，对这一命题能否成立提出过异议，但“汤沈之争”依然成为近几十年来学人回顾、解说晚明戏曲文学史和戏曲理论史时最为通行的一种叙述范型[①]。通观相关研究，所谓“汤沈之争”大致可分疏为三个层面的子问题：

其一，史事的原委——明万历年间的两大戏曲名家汤显祖和沈璟之间是否发生过理论的交锋？若更具体一些，则可提出如下一些疑问：沈氏《唱曲当知》和“串本《牡丹亭》”等著述对于触发或激化“矛盾”起过什么作用？是否存在“其吕家改的”《牡丹亭》？吕玉绳在汤、沈之间曾经扮演了什么角色？王骥德

① 在肯定“汤沈之争”确有其事的前提下，阐述其理解的论文主要有：吴新雷《论戏曲史上临川派与吴江派之争》（出处见本书参考文献，不另注，下同）、史延《明代戏曲史上的一场儒法斗争》、邵曾祺《论吴江派和汤沈之争》、黄天骥《戏曲史上的“汤沈之争”》、赵景深《临川派与吴江派戏曲理论的斗争》、俞为民《重评汤沈之争》、金宁芬《我国戏曲史上的“吴江派”与“临川派”》、黄仕忠《明代戏曲的发展和汤沈之争》等；重要著述则有：徐朔方《论汤显祖及其他》和《汤显祖评传》、成复旺等《中国文学理论史》、敏泽《中国文学理论批评史》、袁震宇和刘明今《明代文学批评史》等。而对这一命题本身提出疑问的代表性论文则有：周育德《也谈戏曲史上的“汤沈之争”》和《汤显祖研究若干问题之我见》、叶长海《沈璟曲学辩争录》等。

在其《曲律》中是否“张冠李戴”?

其二,即便汤、沈之间的“理论交锋”在史实上尚存在疑问,但现有文献亦足以表明,在如何认识戏曲文学的本质特性这一问题上,汤显祖与沈璟存在着明显的分歧——沈璟〔二郎神〕套曲《论曲》明确张扬“名为乐府,须教合律依腔”,肯定了声律、唱腔等音乐因素之于戏曲文学而言无可回避的、先在的制约;而汤显祖却认为:“凡文以意趣神色为主。四者到时,或有丽词俊音可用。尔时能一一顾九宫四声否?”(《答吕姜山》)从而将声律判定为外在于语言神韵、文学意味和主体性情的形式规范,甚而又声称“笔懒韵落,时时有之,正不妨拗折天下人嗓子”(《答孙俟居》),进一步强调了主体性情、风格追求对于形式规范的突破与超越。那么,如何理解和评价他们戏剧观念和审美理想的差异?

“汤沈之争”命题的第三层内涵——“临川派”与“吴江派”关于戏曲创作与戏曲理论的继续交锋——之所以曾一度引起研究者的广泛关注,则是因为这一命题已不仅仅牵连着汤、沈的历史评价,还关涉到如何理解整个晚明清初戏曲的发展、流变。

回顾相关研究,我们甚至发现,“汤沈之争”研究在超越具体的史实考辨和个体对象的同时,甚至也没停留于抽绎或建构出一个能够容纳戏曲文学史之基本脉络、规律、意义的解释性框架,而是进一步转换为对晚明士人文学观念、美学理想、思想情趣乃至政治倾向等更“宏大”问题的诠释。正如有学者所深刻指出的:“它的深入而完善的解决足以使整个晚明戏曲史为之改观。”①因此,反思“汤沈之争”研究的优缺得失、经验教训,既

① 徐朔方《晚明曲家年谱自序》,《晚明曲家年谱》第一卷,第3页。

有赖于更多的史事挖掘或逻辑论证,也期待着研究者学术视角、“问题意识”的转移或更新。

第一章　沈璟"合律依腔"说述评

考察汤显祖之于晚明戏曲批评、戏曲理论构建的意义，作为其美学理想"对立面"的沈璟（1553—1610）是无法回避的重要人物。万历十七年（1589）沈璟壮岁辞官，归乡后的二十年间撰作传奇戏曲十七种，完整传存《红蕖记》《埋剑记》《双鱼记》《义侠记》《桃符记》《博笑记》《坠钗记》七种；另有散曲集多种，然皆佚。就创作数量而言，显然非汤显祖所能比拟，但奠定沈璟在晚明清初戏曲界一代宗师地位的，却是他对南曲声律的系统研究，如编定《南词韵选》，评点《乐府指迷》，考定《琵琶记》，撰写《南九宫十三调曲谱》《遵制正吴篇》《论词六则》《唱曲当知》等著述①。沈氏曲学著述散佚虽多，但点检相关文献，特别是《南九宫十三调曲谱》和〔二郎神〕套曲《论曲》，勾勒出沈璟戏曲理论的基本框架并不太困难，这首先是因为沈氏直面舞台现实的强烈的目的性，足以为我们把握其主旨提供明确的导引。

附刻于《博笑记》卷首的〔二郎神〕套曲《论曲》曾经被研究者视为"汤沈之争"的主要证据之一。为论述方便，移录于下：

〔二郎神〕何元朗，一言儿启词宗宝藏。道欲度新声休

① 据乾隆《吴江县志》，沈璟曲学著述还有《北词韵选》《古今南北词林辨体》，然皆不存。参看朱万曙《沈璟三考》，见《戏曲研究》第21辑，文化艺术出版社1986年版。

走样，名为乐府，须教合律依腔。宁使时人不鉴赏，无使人挠喉捩嗓。说不得才长，越有才，越当着意斟量。

〔前腔〕参详，含宫泛徵，延声促响，把仄韵平音分几项。倘平音窘处，须巧将入韵埋藏。这是词隐先生独秘方，与今古词人不爽。若遇调飞扬，把去声儿填它几字相当。

〔啭林莺〕词中上声还细讲，比平声更觉微茫。去声正与分天壤，休混把仄声字填腔。析阴辨阳，却只有那平声分党。细商量，阴与阳还须趁调低昂。

〔前腔〕用律诗句法当审详，不可厮混词场。《步步娇》首句堪为样，又须将《懒画眉》推详。休教鲁莽，试一比类当知趋向。岂荒唐，请细阅《琵琶》字字平章。

〔啄木鹂〕《中州韵》，分类详，《正韵》也因它为草创。今不守《正韵》填词，又不遵中土宫商。制词不将《琵琶》仿，却驾言韵依东嘉样。这病膏肓，东嘉已误，安可袭为常。

〔前腔〕《北词谱》，精且详，恨杀南词偏费讲。今始信旧谱多讹，是鲰生稍为更张。改弦又非翻新样，按腔自然成绝唱。语非狂，从教顾曲，端不怕周郎。

〔金衣公子〕奈独力怎提防，讲得口唇干，空闹攘，当筵几度添惆怅。怎得词人当行，歌客守腔，大家细把音律讲。自心伤，萧萧白发，谁与共雌黄？

〔前腔〕曾记少陵狂，道细论诗晚节详。论词亦岂容疏放？纵使词出绣肠，歌称绕梁，倘不谐律吕也难褒奖。耳边厢，讹音俗调，羞问短和长。

〔尾声〕吾言料没知音赏，这流水高山逸响，直待后世钟期也不妨。

沈璟明确倡导"名为乐府,须教合律依腔",又似有劝惩——"说不得才长,越有才,越当着意斟量";而汤显祖《牡丹亭》问世后屡遭"不谐音律"的讥评,他甚至声称:"笔懒韵落,时时有之,正不妨拗折天下人嗓子。"(《答孙俟居》)如此难免使人产生一种误断:沈氏"合律依腔"说似乎正是以汤显祖为直接的针砭对象,《论曲》套曲也就成为汤、沈"势若水火"的直接证据。因此,客观、准确地评述沈氏"合律依腔"说的理论主旨,对于我们全面解读汤、沈两位名家戏曲观念的对峙以及晚明戏曲批评、戏曲创作中的若干命题,尤显必要。

一、"合律依腔"说的理论渊源

沈璟所倡导的"合律依腔"显然承继了明嘉靖、隆庆年间人何良俊的某些曲学主张,〔二郎神〕套曲《论曲》开篇即称赏何氏"一言儿启词宗宝藏"。此处"一言儿",通常认为即指何氏《四友斋丛说》卷三十七中的几句话:"夫既谓之辞,宁声叶而辞不工,无宁辞工而声不叶。"因为据王骥德《曲律》、吕天成《曲品》记载,沈璟曾表达过类似"宁叶律而词不工,读之不成句,而讴之始叶"的意见;而且,沈氏《论曲》亦有明言:"宁使时人不鉴赏,无使人挠喉捩嗓",初看起来,这恰是对何良俊"一言儿"的刻意强调和发挥。

然而,在肯定何、沈曲学的承继关系时,我们仍有必要对何良俊上述主张作更为细致的辨析。其实,何良俊表述其"声叶"重于"辞工"观念时,他并非如沈璟一样,试图提倡一项具有普遍指导意义的创作原则,何氏这种偏重声律、轻视文采的一己之见有其特定的言说语境:

> 南戏自《拜月亭》之外,如《吕蒙正》“红妆艳质,喜得功名遂”、《王祥》内“夏日炎炎,今日个最关情处,路远迢遥”……《诈妮子》内“春来丽日长”,皆上弦索。此九种,即所谓戏文,金元人之笔也,词虽不能尽工,然皆入律,正以其声之和也。夫既谓之辞,宁声叶而辞不工,无宁辞工而声不叶。①

显然,何良俊是在肯定《拜月亭》《吕蒙正》等九种早期南曲戏文“皆上弦索”“皆入律”音乐特色的前提下,方才顺势推衍出“宁声叶而辞不工,无宁辞工而声不叶”的结论。因此,对于这里的“声叶”或“声和”,就不能简单地理解为声律之和谐、美听,值得细究的是:何良俊所张扬的“声叶”是否有其特指?

“弦索”是弦乐器的统称,明清文献中所指各有异同②,最初可能只用于北曲伴奏,运用到南曲演出则相对较晚。明人宋徵舆《琐闻录》卷十有云:“昔兵未起时,中州诸王府乐府造弦索,渐流江南。其音繁促凄紧,听之哀荡,士大夫雅尚之。”③钱南扬先生据此确认说:“产生于北方,自然是北调。再看沈宠绥《弦索辨讹》,所举诸曲,无一南词,可证。”④明初时,南戏若配以弦

① 何良俊《四友斋丛说》卷三十七,中华书局1959年版。

② 杨荫浏先生认为:“弦索是弦乐器的统称,但明清以来,各人所说的弦索,并不是指相同的一些弦乐器而言”,“或以琵琶、三弦与筝为弦索”(如李开先《词谑》),“或以筝、纂、琵琶、三弦为弦索”(如顾起元《客座赘言》),“或单以琵琶为弦索”(如何良俊《四友斋丛说》),“或单以三弦为弦索”(如沈宠绥《度曲须知》),或“以弦索为某一特定乐器的专名”(如李渔),“或以琵琶、三弦、筝与胡琴为弦索”(如清明谊《弦索备考》)。参看杨荫浏《中国古代音乐史稿》,第903—904页,人民音乐出版社1981年版。

③ 据郑振铎辑《明季史料丛书》,1934年圣泽园影印本。

④ 钱南扬《魏良辅南词引正校注》,《汉上宧文存》,第98页,上海文艺出版社1980年版。

索，通常会扞格不通，《南词叙录》有一段相关记载：明太祖喜欢《琵琶记》，然“寻患其不可入弦索”，遂命“教坊奉銮史忠计之，色长刘杲者，遂撰腔以献，南曲北调，可于筝琶被之，然终柔缓散戾，不若北之铿锵入耳也。”但是到了嘉靖年间，这种状况发生了明显改变，不但南曲演奏经常援引北曲的器乐弦索，甚至北曲也因南方化而发生声情、风格上的蜕变，以至渐失其旧。明中叶以后南北曲的隆衰替兴激起了诸多曲家的热烈反响，吴中新兴昆腔“水磨调”的鼻祖魏良辅曾对这一技法不屑一顾，其《南词引正》指斥说：“伎人将南曲配弦索，直为方底圆盖也。”何良俊恰好趣味相反。因此，何氏“声叶”“声和”云云，固然称赏了《拜月亭》等九种早期南曲戏文于声律上所实现的和谐动听的美感效应，但它更主要是与明中叶以来相当盛行的“南词北唱”这一特定演艺现象相联系的一种审美观念①：

其一，当何良俊以“皆上弦索”为依据，去评价《拜月亭》等戏文的声律成就时，他实际上是在以能否使用北曲器乐来伴奏，作为评价早期南曲戏文艺术得失的主要标准。有关其间演剧艺术的流变及其所关涉的审美风尚，晚明曲家曾有争议。如何良俊认为《拜月亭》“高出于《琵琶记》远甚，盖其才藻虽不及高（则诚），然终是当行”②，稍后的文坛领袖王世贞则直斥何氏所论“大谬”③，对此，沈德符总结说：“何元朗谓《拜月亭》胜《琵琶

① 冯惟敏（1511—1580？）的〔玉抱肚〕《赠赵今燕》第二曲有云“南词北唱，锦堂中清音绕梁”，似还只是描述散曲清唱的情形，而据何良俊的描述，到了嘉隆时期，“南词北唱”的主要对象或已扩展为剧曲。〔玉抱肚〕“赠赵今燕”曲见《海浮山堂词稿》（卷三）第 182 页，上海古籍出版社 1981 年版。

② 《四友斋丛说》，卷三十七。

③ 见《曲藻》，《中国古典戏曲论著集成》（四）。

记》,而王弇州力争,以为不然,此是王识见未到处。《琵琶》无论袭旧太多,与《西厢》同病,且其曲无一句可入弦索者;《拜月》则字字稳帖,与弹搊胶粘,盖南曲全本可上弦索者,惟此耳。"① 显然,能否配合弦索演奏其实是何良俊衡曲的一个重要标准。

因此,其二,何良俊所标榜的"入律"也就不能简单地理解为音律和谐,他的"律"可能首先是指北曲那套相对严整、规范的宫调系统,而这也与北曲使用的乐器弦索有关。何氏《四友斋丛说》卷三十七记录了北曲名家顿仁的一段话:

> 《伯喈》曲,某都唱得,但此等皆是后人依腔按字打将出来,正如善吹笛管者,听人唱曲,依腔吹出,谓之"唱调",然不按谱,终不入律。况弦索九宫之曲,或用滚弦花和大和钐弦,皆有定则,故新曲要度入亦易。若南九宫原不入调,间有之,只是小令。苟大套数,既无定则可依,而以意弹出,如何得是?

顿仁是当时已为数不多的北曲名家之一。我们可结合王骥德《曲律》的相关论述来解读这段文字,其"论过搭第二十二"有云:"过搭之法,杂见古人词曲中,须各宫各调,自相为次。又须看其腔之粗细,板之紧慢……或谓南曲原不配弦索,不必拘拘宫调,不知南人第取按板,然未尝不可取配弦索。"此外,王骥德《题红记》之"重校例目"亦有云:"北词取被弦索,每出宫调自为始终,南词第取按拍,自《琵琶》《拜月》以来,类多互用。传中惟北词仍全用,章首署曰某宫某调。南词亦间用,亦不复识别,以眩观者。"可见,北曲使用弦索伴奏与其相对严整、规范的宫调

① 《万历野获编》卷二十五"词曲·拜月亭"。

系统之间，存在着某种因果关系。明中期以来的曲家对南曲是否存在严整的宫调系统多有争议，《南词叙录》就明确主张“南曲固无宫调”，何良俊、王骥德的看法与此大体接近。显然，何良俊从有其特定所指的“入律”，推衍出“宁声叶而辞不工，无宁辞工而声不叶”的结论，背后还隐藏着另一个逻辑前提，即对北曲的既有声律规范的尊崇，而推重北曲演唱、贬抑新兴南曲，这恰是何氏《四友斋丛说》“词曲”部表露得极为充分的一种总体倾向。

沈璟非但不顾及何良俊“一言儿”的特定语境，甚而又将这种即便于特定语境中已显示出片面性的一己之见，抬升为规范、约束南曲作家的根本创作原则，除了演剧艺术流变所造成的隔阂，其真实意图或在于有意识地“误读”以极力张扬声律规范之重要性[①]？因为事实上，沈璟并不否认曲家有实现声律和文采并美的可能，《论曲》套曲虽极力抨击滥逞才情的曲家，但他在另外的场合也对吕天成“音律精严，才情秀爽”之作表达过诚挚的推崇[②]。看来，“音律”与“才情”的两全其美、相得益彰其实也是沈璟和晚明诸多曲家一样孜孜力求的理想境界。

偏好北曲的何良俊之“一言儿”经由沈璟的“误读”，固然成为“合律依腔”说的立论依据并相应增强其立论力度，但仔细考察《论曲》套曲却可发现，沈璟曲学主张对元人周德清《中原音韵》、明初朱权《太和正音谱》的依赖，其实更能反映出元明戏曲理论史一脉相承的动态过程。

---

① 王骥德《曲律·杂论第三十九上》引述何良俊言论时，却误作了“皆上弦索，正以其辞之工也”，意思完全颠倒，或正是缘于演剧艺术日新月异所造成的隔阂。

② 沈璟《致郁蓝生书》，见吴书荫《曲品校注》，第406页。

周德清的《中原音韵》总结了元代北曲的用韵规律，而后又直接指导着后人的北曲创作，并非仅仅是一部传统意义上的韵书，诚如任讷先生所论："周氏兹作，盖以一书而兼有曲韵、曲论、曲谱、曲选四种作用。"①沈璟力主南曲用韵亦当凭依"《中州韵》"即周德清的《中原音韵》，而他颇为自得地视作"独秘方"的"倘平声窘处，须将入韵埋藏"，以及"惜阴辨阳，却只有那平声分党"，其实不过是将周德清"平分二义""入派三声"的研究成果援引过来指导南曲创作。更为重要的是，《中原音韵》对"音律"的刻意强调也开了沈氏"合律依腔"说的先河。周德清不仅明言"作乐府，切忌有伤于音律。且如女真〔风流体〕等乐章，皆以女真人音声歌之，虽字有舛讹，不伤于音律者不为害也。大抵先要明腔，后要识谱，审其音而作之，庶无劣调之失"；另一方面，对某些忽视曲律而导致歌者"钮（拗）折嗓子"的曲家，周德清于《中原音韵自序》中更是表达了"深可哂哉"的责难和"深可怜哉"的痛惜，其维护声律态度之决然并不亚于沈璟。

《论曲》套曲又云"北词谱，精目详"，当是对朱权《太和正音谱》的赞誉。朱权制谱的初衷只是希望它能成为"乐府楷式"，"以助学者万一耳"（《太和正音谱序》），因此并不讳言"谱中乐章，乃诸家所集，词多不工，不过取其音律宫调而已"。但朱权"依声定调，按名分谱"的工作其实是在《中原音韵》的影响下，或者说是在其既有成就的基础上展开的。周德清《中原音韵》收录北曲曲牌 335 章，依次归属黄钟等十二宫调，朱权移录过来，一一补充例曲，每曲均分别正衬字，在标注正字之平仄的同时，也对入声字派作它声的有所辨识。因此，朱谱所录例曲基本

① 任讷《作词十法疏证》，第 1 页，中华书局 1924 年版。

实现了调有定句、句有定字、字有定声，具有很强的实用价值，大大方便了不谙声律之学的文人曲家，并对后世曲谱产生了一定影响，其贡献足以与沈璟“精且详”的盛誉相称①。周德清“切忌有伤音律”的论述也被朱权移录，可见，作为北曲作家取法楷式的《太和正音谱》，早已反映出一种与沈璟所倡导的“合律依腔”说相切近的曲体文学原则：音律相比于文采，无疑是更值得曲家重视的一种本质性规定。

沈璟接着又说“恨杀南词偏费讲”，并表示要改弦更张重定“多讹”的南曲“旧谱”。显然，是周德清和朱权对声律的强调，以及他们规范北曲声律细则所取得的足以嘉惠后人的实绩，促成了沈璟将“合律依腔”主张推衍为一项对于南曲作家而言同样具有普遍意义的创作原则，而周韵、朱谱因之而来的典范地位也为他编撰《南九宫十三调曲谱》、辑录《南词韵选》以规范南曲创作的意图，提供了一定的精神支撑。王骥德《曲律自序》有云：“元周高安氏有《中原音韵》之创，明涵虚子有《太和词谱》之编，北士恃为指南，北词禀为令甲，阙功伟矣。”这显然也可与沈璟的感慨相互映衬。

至于“读之不成句，讴之始叶”云云，王骥德《曲律》、吕天成《曲品》中都没有交代其言说背景，同样容易使人产生误解：沈璟是否为迎合歌者的便利，而宁愿舍弃曲体文学必要的文理？其实，沈璟是非常强调文理的，联系《南九宫十三调曲谱》来考察〔二郎神〕套曲，他的“文理”大致有两层所指：其一，强调曲辞

① 明人曲谱今存者以《太和正音谱》为最早，晚明一些曲家对它表现出浓厚兴趣，如臧懋循《元曲选》有所节录，程明善《啸余谱》中有所增饰修订；另据周维培《曲谱研究》（第57页），范文若《博山堂北曲谱》可能是接近《太和正音谱》原作的抄录本。

区别于诗句的特有句法规则。《论曲》有云,“用律诗句法须审详,不可厮混词场”“〔步步娇〕首句堪为样,又须将〔懒画眉〕推详”,参考沈谱,〔步步娇〕曲牌见于卷二十“仙吕入双调”类,以“旧传奇《唐伯亨》”之“(为)半纸功名(把)青春误”为例曲,加有小注:

> “半纸功名”四字,用仄仄平平,妙甚,妙甚,凡古曲皆然……若用平平仄仄,即落调矣。即如〔懒画眉〕起句,当用仄仄平平,而后人多用平平仄仄……此等之类甚多,须是作者自留神详察,不能一一而举之也。①

其二,它还是与曲辞的内容、意趣、情境等相联系的一种写作追求。沈璟特别强调遣词、造句应兼顾到剧情氛围和人物身份,屡次批驳“今人”对早期南戏《琵琶记》《拜月亭》等的滥改有伤“文理”。例如,沈谱卷十四“黄钟过曲”之〔太平歌〕以《琵琶记》中“他求科举,指望锦衣归。不想道,你留他为女婿”曲为例曲,眉批处有云:

> “你”字正是人家女儿在父亲膝前称你称我,骨肉无文处,今人必欲改作“爹爹”二字,遂使衬字太多。今从古本改正。即如“亲须望孩儿荣贵”,乃是对他亲说,故言“孩儿”,而今人必改曰“解元”。皆是欲改人之不通而不知自家反不通者也。

而卷十四之〔刮地风〕以《拜月亭》中“举止与孩儿不甚争”曲为例,更加有小注,痛责“今人”将“天昏地黑迷去程”改为“天昏地

---

① 本书所引用曲谱及其序跋、曲例、批注等,除另有说明者,皆以台北学生书局影印之《善本戏曲丛刊》为据。

黑迷去路程”不仅仅“失体”，更是“文理亦不通矣，所当急改者也”。因此，沈璟“读之不成句”云云即便确有依据，也只能视作愤激之语，以此为主要证据去估衡沈氏“合律依腔”理论的得失则有失妥当。明末祁彪佳在《远山堂曲品·能品》中指责沈璟说，南戏《苏武牧羊记》中有“所谓读之不成句，歌之则叶律者，故《南九宫谱》收其数调作式”。这一看法显然是片面的。

沈璟曾经感叹过“唱者既未必晓文义，而作曲者又未必能审音”（《南九宫谱》卷十二“南吕过曲”之〔金莲子〕曲小注），〔二郎神〕套曲也说“怎得词人当行，歌客守腔，大家细把音律讲”，可见，沈璟高倡“合律依腔”主张的同时，已明确了一种重要性：戏曲是一门综合艺术，除了文本之外还有一个形诸舞台表现的二度创作问题，因此文人曲家和场上歌者必须相互配合、互为依赖。但需要指出的是，对于标举“合律依腔”旗帜的沈璟而言，所谓“二度创作”主要还只是曲辞的可歌性（体现文人词曲“依字声行腔”的基本特点）而非指戏剧作为整体艺术与搬演相关的演剧性。

二、“合律依腔”说与昆腔新声

尽管没有材料可以证实沈璟〔二郎神〕《论曲》套曲是以汤显祖为直接的针砭对象，但从语意中仍可看出他是在有感而发。以沈璟在吴中文人曲界近乎领袖的身份，“合律依腔”说完全有可能得到迅速而广泛的认同，让人意外的是，沈氏却声称要“直待后世钟期”的赏知！事实上，沈璟所拥有的曲学同好、知音或追随者之多，远非晚明其他曲家所能匹及，其中如王骥德、吕天成更因知音晓律而留有盛名，他们的文本实践也大抵能体现出

"合律依腔"的理论精神。那么,为什么沈璟仍然有知音难遇的感伤?

首先需要辨析的问题是,"合律依腔"说是否直接针砭了自成化、弘治年间人邵灿《香囊记》以来文人传奇一度愈演愈烈的骈俪、典雅之风?此说并不准确。《南词叙录》指出:"以时文为南曲,元末、国初未有也,其弊起于《香囊记》",又批评说:"《香囊》如教坊雷大使舞,终非本色。然有一二套可取者,以其人博记,又得钱西清、杭道清诸子帮贴,未至澜倒。至于效颦《香囊》而作者,一味孜孜汲汲,无一句非前场语,无一处无故事,无复毛发宋元之旧。三吴俗子以为文雅,翕然以教其奴婢,遂至盛行。"骈俪之习广泛地影响了三吴曲家,在晚明甚至还成为一种风尚,故王骥德有言:"自《香囊记》以儒门手脚为之,遂滥觞而有文词家一体。"(《曲律·论家数第十四》)郑若庸《玉玦记》、梅鼎祚《玉合记》,甚至沈璟《红蕖记》、汤显祖《紫箫记》,都是体现这一文人习好的代表作。但另一方面,文词派曲家虽然时常招致讥讽,但他们一般都讲究文辞声律,因此为曲谱、曲选所录用者并不少见。

需要辨析的第二个问题是,"合律依腔"说是否在强求南戏诸声腔剧种的文本创作都去依守新兴昆腔"水磨调"的声律规范?李鸿《南九宫谱序》有云:"(沈璟)常以为吴歈即一方之音,故当自为律度,岂其矢口而成,漫然无当,而徒取要眇之悦里耳者。"①常有学人据此推论沈氏《南九宫谱》实为"昆腔曲谱",其实,更值得重视的是接下去的几句:"果信《阳春》之难,而叹世之为下里巴人者众也。于是,始益采摘新旧诸曲,不颛以词为

① 见沈自晋《南词新谱》卷首。

工，凡合于四声、中于七始，虽俚必录。大要本毗陵蒋氏旧刻而益广之。”拙见以为，对李鸿序言应该作一反向的理解——沈璟对吴歈诸多“悦里耳”地域特色的不满其实表明，他并不希望新兴昆腔唱曲只能停留于取悦三吴俗子的浅陋层次；而且，沈璟之所以能通过对“吴歈”地方特色的反思来提升其文化品位，恰恰反映出明中叶以来在文人士大夫中盛行已久的一种审美观念，即以昆腔唱曲为南曲的“正声”、嫡裔。事实上，在晚明很多曲家看来，对昆腔唱曲历史与现状的描述，其实质就是对整个南曲演唱特点的总结性回顾。

要找到材料以推证沈璟与万历年间昆腔之外其他南曲声腔之间的联系固然不易，但简单而直接地将沈氏“合律依腔”理论演绎为维护魏良辅、张凤翼、梁辰鱼等名家以来新兴昆腔“水磨调”演出与创作的惯例、传统，却也失之臆断。事实上，沈璟对经魏良辅革新后而渐趋风靡的新兴昆腔多有非议，这一倾向在《南九宫谱》中表现得尤为鲜明。王骥德《曲律》对沈氏曲学作出了“斤斤返古”的定性，可称的当。细究沈璟著述特别是《南九宫谱》，其“斤斤返古”的价值取向大致表现为如下取舍：

其一，主要从早期南曲戏文中寻求格律依据，对嘉隆年间以后的新兴昆腔传奇表现出相当多的漠视。《南九宫谱》是在嘉靖年间蒋孝《南九宫十三调词谱》（以下称“蒋谱”）的基础上，“增订查补”而成的[①]，沈璟对蒋谱的依赖不可忽视，他基本承继

① 蒋谱正式名称当作《南九宫十三调词谱》或《南小令宫调谱》，晚明以迄习称《旧编南九宫谱》，所谓“旧编”是相对于沈璟“增订查补”而言的。沈谱也多有异名，明丽正堂本题署《增订查补南九宫十三调曲谱》，晚明以迄多称《南九宫谱》或《南曲全谱》。

了蒋谱的宫调系统、曲牌①，还保留了蒋谱三分之二以上的原有例曲。据学者考察，“字句不动，全予保留”者约71首，“沿袭原谱例曲，但依据善本、古本加以校订增补，使其在句式、格律和内容上更加完整”者约292首。而蒋谱共著录31种戏文作品，见于《永乐大典目录》者凡17种，见于《南词叙录》“宋元旧篇”者凡20种；例曲共415支，多取自早期南曲戏文，这显然与蒋谱问世时文人传奇创作的相对贫乏有关。而沈璟也对这些早期宋元南戏表现出明显的偏好，约521首例曲出自戏文，涉及剧目约58种，与此形成反差的是，被沈璟录用的文人传奇却只有约24种，其中可推定为新兴昆腔舞台而作的更屈指可数②。而另一个值得重视的事实是，不久吕天成撰《曲品》，却著录明嘉隆以来的“新传奇”至少180种以上。如此鲜明的倾向性清楚地表明，沈璟对于是否应该从当下戏曲创作、演出的实际中总结声律规范，持有毫不含糊的否定意见。

其二，以“古本”相标榜，严厉指斥吴中曲家对《琵琶记》《拜月亭》等早期南曲戏文的改定。沈璟所标举的《琵琶记》“古本”是否如研究者所认为的，其实也是晚明的某种坊间流行本？此说或许是受到复古倾向远较《南九宫谱》更甚的钮少雅《南曲九宫正始》的影响，钮少雅《自序》引徐于室之言批评说：“蒋沈二公亦多从坊本创成曲谱，致尔后学无所考订。”但我们详细比勘后可以发现，沈璟所称引的“古本”《琵琶记》其实更接近于陆贻

① 王骥德《曲律·杂论下》有云：“词隐校定新谱，较之蒋氏旧谱，大约增益十之二三。”据周维培《曲谱研究》（第118页）考察，沈谱中曲牌标识有“新增”字样的189章，其中九宫正谱辑录143章，“不知宫调及犯何调曲”之附录46章，王骥德的统计包括了从《音节谱》内汲取的曲牌数目。

② 以上数据出自周维培《曲谱研究》，与笔者所作统计略有出入。

典钞本《元本蔡伯喈琵琶记》，而与他所贬抑的“昆山本”以及后来的《六十种曲》本等明人刊本有着更明显的不同；因此，即便陆贻典之“元本”尚待进一步证实，在多大程度上保存了元代南曲的旧貌尚须细究①，但仍可推定沈璟的“古本”与万历年间吴中昆腔舞台的流行本之间当有诸多的差异，而这些差异正是沈氏纠谬、定讹的重要依据。

其三，倡导以“本调”或“古调”为曲律标准，比较轻视昆腔唱曲若干年来习用已久的某些变通。例如，《南九宫谱》卷十六〔绵搭絮〕曲出自《寻母记》，评曰：“此本调也，今人只知《南西厢记》及《浣纱记》新体，遂谓此体难唱，谬矣。”有时，他也因某些曲调新体的音律成就而将其收作“又一体”，但并不主张广为效仿，如卷四〔普天乐〕曲第三体出自梁辰鱼《浣纱记》，沈璟评论说：“此曲音律甚谐，但此调虽出于《龙泉记》，毕竟无来历，梁伯龙若在，余当劝其改作矣。”又如，卷八〔越恁好〕第三体有小注曰：“《江东白苎》及《玉合记》皆用此体，而今人渐不知有前二曲之古调矣。然此调毕竟无来历，又恐犯别调，难以查明，终不可用也。”由于南北曲之间的交流，嘉隆以后的某些曲牌已经在南北曲中通用，差异极小，沈璟也试图纠正过来以还其本来面目，如卷十四〔点绛唇〕注云：“今人凡唱此调及〔粉蝶儿〕，俱作北腔，竟不知有南〔点绛唇〕及南〔粉蝶儿〕也，可笑哉。”

其四，万历年间昆腔舞台出现了“古板”与“新板”的争议，据王骥德《曲律·论板眼第十一》载，沈璟同样坚持其复古

① 相关研究可参看黄仕忠《新刊元本蔡伯喈琵琶记》，见《〈琵琶记〉研究》，广东高等教育出版社 1996 年版；〔韩〕金英淑《〈琵琶记〉版本流变研究》第二章第二节，中华书局 2003 年版。

倾向："词隐于板眼，一以反（返）古为事。……又言：'古腔古板，必不可增损，歌之善否，正不在增损腔板间。'……其所点板《南词韵选》及《唱曲当知》《南九宫谱》，皆古人程法所在。"明代曲家通常认为北曲以弦索伴奏，板眼不甚分明，而南曲则以鼓板为节拍，故板眼较难移易，如魏良辅《南词引正》所云："北曲之弦索，南曲之鼓板，犹方圆之必资于规矩，其归重一也。"南曲板眼的古今流变，往往表征着不同声腔体系的分化、融合，故王骥德《曲律·论板眼第十一》又云："古今之腔调既变，板亦不同，于是有古板、新板之说。"①沈璟反对增损"古腔古板"，甚至编选《南词韵选》时还在"凡例"中明言："是编所点板，皆依前辈旧式，决不敢苟且趋时，以失古意。"其尚古倾向异常鲜明。

事实上，据《南九宫谱》分析，沈璟所主张的"古板"可能得益于明成化年间《百二十家戏曲全锦》一书的启发。沈氏在分析平仄、正衬、板眼时，多次提及这本已失佚的戏曲选集，如卷十四〔灯月交辉〕注云："此调出于成化年间刊行《百二十家戏曲全锦》，凡'的'字亦皆刻作'底'，足以验'的'字之非平声矣"，卷二十〔孝顺歌〕注云："此〔孝顺歌〕本调也，查成化年间旧板《戏曲全锦》，有十余套，皆如此"，〔锁南枝〕注云："细查旧板《戏曲全锦》，皆如此。"这一曲选对于沈璟纠正万历年间吴中昆腔曲

① 清初徐于室、钮少雅在《南曲九宫正始》中分析正宫过曲〔玉芙蓉〕时，引《拜月亭》之曲为例，注曰："余尝观《元谱》曰：'体变则板变；板变则腔亦变矣。"东山钓史、鸳湖散人辑《九宫谱定》（国家图书馆藏书）"总论"之"腔论"亦云："腔不知何自来，从板而生，从字而变，因时以为好，古与今不同尚。"这些都证明了南曲的板眼差异与腔调流变之间，存在着明确关系。

家的错漏而言,显然具有无可辩驳的权威性。尽管难以确定《戏曲全锦》所反映的腔调①,但据其成书、刊刻年代来推测,即便是未经魏良辅革新的早期昆腔唱曲,我们仍可想见,沈氏所力图维护的“古腔古板”与万历年间新兴昆腔唱曲的实际状态之间,肯定会有诸多凿枘不合之处。例如,他在卷二十中纠正“今人”对〔五供养〕(“仙吕入双调”类过曲)点板的错误时,竟然说:“以此自唱,徒为识者所嗤;以此教人,所谓误天下苍生者也。故今日吴人之清唱,吾愿掩耳而避之耳。”后来,凌濛初引用沈璟这一批评,对吴人清唱做了进一步的清算,有云:“曲自有正调、正腔,衬字虽多,音节故在,一随板眼,毫不可动。而近来吴中教师,止欲弄喉取态,便于本句添出多字,或重叠其音,以见簸弄之妙,抢嶤之捷,而不知已戾本腔矣……沈伯英所谓‘闻今日吴中清唱,即欲掩耳而避’者也。”(《南音三籁·凡例》)不仅仅是对清唱者,沈璟还经常以“昔年唱曲者”为根据,去纠正“梨园子弟”的讹陋,例如,沈谱卷十二〔三学士〕曲有注云:“余犹及闻昔年唱曲者,唱此曲第三句并无截板,今清唱者,唱此第三句皆与〔解三醒〕第三句同,而梨园子弟,素称有传授,能守其业者,亦踵其讹矣。余以一口而欲挽万口,以存古调,不亦艰哉。”

沈璟所主张的声律规范与晚明风靡的魏良辅“水磨调”之间的差异,其实还可以从沈宠绥的一段评论中来推知,其“弦律存亡”条有云:

> 尝思疾徐高下之节,曲理大凡也,而南有拍,北有弦,非

① 张牧《笠泽随笔》、张大复《寒山堂新定九宫十三调摄南曲谱》卷首《谱选古今传奇集总目》等材料,亦提及《百二十家戏曲全锦》(或称《百二十家南戏文全锦》。参看孙崇涛《南戏论丛》第271页之脚注2,中华书局2001年版。

> 不可因板眼慢紧以逆求古调疾舒之候；北有《太和正音》，南有《九宫曲谱》，又非不可因谱上平仄以逆考古音高下之宜。奈何哉，今之独步声场者，但正目前字眼，不审词谱为何事，徒喜淫声聒听，不知宫调为何物，踵舛承讹，音理消败，则良辅者流，固时调功魁，亦叛古戎首矣。①

沈宠绥《度曲须知》原刻初印本刊于明崇祯十二年(1639)，距沈璟辞世近三十年，这充分说明，尽管沈谱问世后成为文人制曲的工具书，甚至享有"词林指南车"的盛誉②，但宗奉魏良辅的昆腔唱曲界对其以"斤斤返古"为代价的曲律主张仍多有不以为然者。后人认为沈谱"腔调则悉遵魏良辅所改昆腔"③，此说准确与否，其实大可怀疑。

以上取舍表明，沈璟所维护的"律"、所倡导之"腔"，与因魏良辅、梁辰鱼、张凤翼等人努力而确立的新兴昆腔唱曲的传统之间其实多有出入。沈氏以"斤斤返古"为价值取向的辨讹、纠谬，主要是对新兴昆腔唱曲若干年以来习以为常的诸多惯例、通则的全面反思和大力反拨。

尽管沈谱问世后享有盛誉，但它与万历年间新兴昆腔唱曲实际状态之间的凿枘不合却终究无法回避，新兴昆腔的通行惯例同样需要曲学家去认同，并作出总结。因此，几十年后，沈璟的族侄沈自晋对沈璟原谱做出了"采新声""稽作手"的"广辑"和"增订"工作。沈自晋《重定南词全谱》(又称《南词新谱》)新增曲牌274章，多是犯调，又对大量旧有曲牌新添"又一体"，也

---

① 沈宠绥《度曲须知》，《中国古典戏曲论著集成》(五)，第242页。

② 徐复祚《曲论》，《中国古典戏曲论著集成》(四)。

③ 徐大业《书南词全谱后》，见《乾隆吴江县志》卷五七，转引自赵景深、张增元编《方志著录元明清曲家传略》，中华书局1987年版。

就是昆腔舞台时有出现乃至广为流行而沈璟未收或不及收的新变体式。《凡例续纪》中，沈自晋比较了自己和在曲律上同样具有复古倾向的冯梦龙的不同，他说："大抵冯则详于古而忽于今，予则备于今而略于古。考古者谓不如是则法不备，无以尽其旨而析其疑；从今者谓不如是则调不传，无以通其变而广其教。"其"从今""通变"追求与沈璟"斤斤返古"的价值取向，显然异趣。而即便是在沈璟的时代，复古的声律主张也难以获得广泛认同，如与沈氏交好的王骥德除了在用韵问题上表现出比沈璟更多的灵活性，对沈氏孜孜力求地去复原古旧体式也有不同看法，他说："各调有宜遵古以正今之讹者，有不妨从俗以就今之便者……世俗以新调相沿旧矣，一旦尽返之古，必群骇不从。"（《曲律·杂论第三十九下》）

有研究者认为："沈璟晚年制定曲谱，虽然名为《南九宫十三调曲谱》，实际上他只为促进南曲中的一种即昆曲的繁荣而努力。"①就沈谱的实际影响、作用而言，此论大抵不差，但或许颠倒了沈璟制谱的主观目的和沈谱问世后的客观效果。拙见以为，沈璟在主观上并没有为南曲的"一个分支"即昆腔立律的意图，恰恰相反，与其论定沈璟总结了昆腔的声律传统，不如说，是万历年间以后的新兴昆腔唱曲家和文人传奇作家对沈氏所主张的"律""腔"做了选择与扬弃。沈璟制谱时之所以能以"南曲全谱"标题，而时人、后人皆不以为非，甚至也直接以"南曲全谱"或"南词全谱"称之②，一个重要原因就在于沈谱对"吴歈"作为

① 徐朔方《再论汤显祖戏曲的腔调问题》，《论汤显祖及其他》，上海古籍出版社1983年版。

② 万历三十七年（1609）沈璟致函王骥德（见徐朔方辑校《沈璟集》，上海古籍出版社1991年版），有云"所寄《南曲全谱》"；李维桢《南曲全谱序》、李鸿《南词全谱序》、徐复祚《曲论》、沈自晋《重定南词全谱凡例》、徐大业《书南词全谱》等，都并不认为沈谱只是昆腔曲谱。

南曲正声其诸多"悦里耳"地方特色的纠正与排斥①。如果说〔二郎神〕套曲确有所指,那么,时贤习惯的沈氏以汤显祖为辩难对象的看法,或是失之毫厘?

事实上,沈璟的文本创作与他所主张的曲律规范之间,同样也时有差异,王骥德就曾批评说:"(词隐)生平于声韵、宫调,言之甚毖,顾于己作,更韵、更调,每折而是,良多自恕,殆不可解也。"(《曲律·杂论第三十九下》)但文本创作毕竟不是对曲学研究亦步亦趋的循守,理论与实践之间难免有所差距,因此,沈璟"良多自恕"一方面固然有某些主客观的原因,甚至不妨说,沈璟对形式规范的理性诉求也经历了一个由模糊而清晰再到"斤斤力求"的过程,而另一方面,这一过程的存在却也足以表明:沈璟《南九宫谱》所主张的曲律与他所置身的吴中唱曲的实践之间,并非吻合无间。况且,文人曲家理想化的声律诉求,往往不能完全符合唱曲界的实际状态,晚明清初由于南曲演剧艺术的日新月异,这种"歌者分作者之权"的现象就尤显突出了②。

三、"合律依腔"说与崇尚北曲的审美理想

为什么沈璟向南曲作家张扬"合律依腔"原则时,需要从总

① "里耳",或可理解为"乡里之耳"。梁辰鱼《南西厢记叙》(见吴书荫编集校点《梁辰鱼集》补遗)认为李日华《南西厢记》"欲便傭人之讴而快里耳之听也",凌濛初《南音三籁·凡例》亦有云:"曲分三籁……若但粉饰藻缋、沿袭靡词者,虽名重词流,声传里耳,概谓之人籁而已。""里耳"云云,显示出晚明某些文人曲家对民间唱曲和市井唱曲的轻视,也凸显了地域性戏曲传统的困境。

② 文震亨《牟尼合题词》,见《阮大铖戏曲四种》,第313页,黄山书社1993年版。

结北曲声律规范的《中原音韵》《太和正音谱》中寻求理论支持和精神资源,甚至还将北曲的曲韵传统视为一种不容违背的规则贯彻于南曲中?为什么尊崇北曲演唱的何良俊"一言儿"经由沈氏"误读",就能抬升为"合律依腔"理论的重要依据?沈璟对周德清《中原音韵》(以下或作"周韵")的尊崇几近于极端,其所编《南词韵选》即以是否依守周韵为入选标准:"虽有佳词,弗韵,弗选也"。据沈宠绥《度曲须知·宗韵商疑》载,沈璟曾断言"作南词者,从来俱押北韵"。这一论断显然歪曲了曲体文学史的本来面目,依守周韵向来只是南曲作家用韵的一种传统而非通则,即便是万历年间以后,热好昆腔的文人曲家也并未就此问题达成共识(下篇将详述之),因此,需要进一步探求的是沈氏"独尊周韵"背后的文化心理。

元人视北曲为"治世之音",甚至还将其标榜为承继了"雅乐"传统的"正声"。这一观念在虞集《中原音韵序》中表达得尤为明显,有云:"我朝混一以来,朔南暨声教,士大夫歌咏,必求正声。凡所制作,皆足以鸣国家气化之盛。自是北乐府出,一洗东南习俗之陋。"这种体现出儒家传统礼乐理想的"正声"观念,与当时视北方话为"正音"的看法其实互为烘托,隐藏着一种政治伦理偏向的文化正统意识。孔齐《至正直记》有云:"北方声音端正,谓之中原雅音,今汴、洛、中山等处是也。南方风气不同,声音亦异,至于读书字样皆讹,轻重开合亦不辨,所谓不及中原远矣。此南方之不得其正也。"而范梈《木天禁语》亦有云:"马御史曰:东夷西戎,南蛮北狄,四方偏气之语,不相通晓,互相憎恶。惟中原汉音,四方可以通行。四方之人,皆喜于习说。盖中原天地之中,得气之正,声音散布各能相入。是以诗中宜用中原之韵。”①以中原之音为诗体押韵标准的看法并没有得到普遍认同,但曲体文学则大抵遵循这一依循北音的原则。周德清总结元人北曲用韵规律以“正言语”时,他所标举的“中原之音”也并非是作为一种地域语言的“北方话”,《中原音韵自序》明言:关、白、郑、马等人以来北曲乐府之所以能达到“备”的境界,与曲家“韵共守自然之音,字能通天下之语”的写作习惯有密切关系。他还一再突出了当时“四海同音”的历史文化背景,特别反对北方口音中诸如把“羊尾子”读若“羊椅子”的一类“方语病”,故元人虞集、琐非复初等人序《中原音韵》时也着意强调周韵“天下正音”的性质。如虞集《中原音韵序》又云:“大抵雅乐之不作,声音之学不传也,久矣。五方言语,又复不类:吴楚伤于轻浮……吴人呼‘饶’为‘尧’,读‘武’为‘姥’,说‘如’近‘鱼’,切‘珍’为‘丁心’之类,正音岂不误哉?”“雅乐”“正音”云云,均透露出周德清声韵之说背后所隐寓的“大一统”文化观念。

一方面,元代大一统的政治文化格局为广阔领域内的语言沟通提供了可能,与此相适应还出现了一种共通语,如周德清《中原音韵·正语作词起例》所云:“混一日久,四海同音,上自缙绅讲论治道及国语翻译、国学教授语言,下至讼庭理民,莫非中原之音。”而另一方面,元政权自北而南的统一进程也强化了“中原之音”的正统地位。明人对此多有论说,如祝允明《重刻中原音韵序》有云:“惟金元北曲乃用所谓中原之韵,盖因其国都在幽燕之区,河洛相去不遥,其方言如是也。”张羽《古本董解元西厢记序》也说:“盖金元立国并在幽燕之区,去河洛不遥,而

① 《四库全书总目提要》(卷一九七集部“诗文评类存目”)认为《木天禁语》是书贾“伪撰”,因其所论多见于明人赵撝谦《学范》。

音韵近之,故当时之北曲大行于世。”[①]明政权虽由南而北实现统一,但明初上层阶级和文人士大夫阶层依然承继着这种以北曲为正宗的看法,朱权《太和正音谱》“采摭当代群英词音及元之老儒所作”,所录皆北曲且以“正音”相标榜。朱权以后,尊崇北曲、北音的言论不绝如缕。沈璟独尊周韵,编撰《正吴编》[②],还在曲谱中特别地标注闭口韵,这些都反映了他对吴地方音的警惕[③],其真实意图,则是为了向吴中曲家倡导那种为元明北曲作家沿袭已久的依守“天下通语”的写作原则。

而吴地语音的地方性,与北方语言作为“天下通语”“正音”的全域性之间,存在着一种内在的张力,因此,如何取舍,终究是一个问题。这不但是曲家需要直面的,也是一般文人在日常生活和其他类型的写作之中都有可能感受到的。汪道昆《顾圣少诗集序》有云:“是时王郎(按,指王世贞)讲业阙下,谔谔诸名家。王郎生吴中,雅不喜吴语。一日见圣少,愕然曰……自吴苦兵,公幸而北。使公不北,日与乡人俱,即能言,直吴歈耳,将靡靡然求合于里耳,恶能探正音邪?……其后圣少自赵至楚……高阳生(按,汪氏自谓)言与王郎合。圣少目摄生曰:噫,太甚,然则吴皆非邪?”[④]以上表明,甚至到了明嘉靖后期,吴语的地方性依然得不到文人士大夫的普遍认同,北方话仍被视为“正音”,即便是作为文坛领袖的吴人王世贞也不能免俗。显然,沈

① 转引自李新魁《〈中原音韵〉音系研究》,第36页,中州书画社1983年版。

② 据乾隆十二年《吴江县志》,《遵制正吴编》“一名《正吴音编》”,参看朱万曙《沈璟三考》。

③ 王骥德《曲律·论闭口字第八》有云:“吴人无闭口字,每以侵为亲,以监为奸,以廉为连,至十九韵中遂缺为三。”

④ 见《太函集》卷二十。据徐朔方《晚明曲家年谱》第二卷之《汪道昆年谱》,作于嘉靖三十九年(1560)。

氏之独尊周韵,倘若不能反映出某种具有普遍性的社会文化心理,在当时和后世都不会激起如此广泛而歧见纷纭的回响。

沈谱蓝本,蒋孝《南九宫十三调词谱》的倾向性也值得细究。蒋氏明言,他之所以撰谱乃是激于南曲"宗尚源流,不如北词之盛",他认为北曲"乐府之家有门户,有体式,有格势,有剧科,有声调,有引序",故作者知有所"宗"而歌者能有所"取",南曲却"人各以耳目所见,妄有述作,遂使宫徵乖误,不能比诸管弦,而谐声依永之义远矣"(《南小令宫调谱序》)。点检晚明曲论,王骥德《曲律自序》中亦有类似关于南北曲声律不同特色的评价:

> 元周高安氏有《中原音韵》之创,明涵虚子有《太和词谱》之编,北士恃为指南,北词禀为令甲,阙功伟矣。至于南曲,鹅鹳之陈久废,刁斗之设不闲。彩笔如林,尽是鸣鸣之调;红牙迭响,只为靡靡之音。俾太古之典刑,斩于一旦;旧法之澌灭,怅在千秋。①

看来,沈璟之所以有对北词谱的盛誉以及"恨杀南词偏费讲"的感慨,固然是激于蒋谱"多讹"的无奈,但深层的原因则在于他和蒋孝、王骥德一样,都不无偏颇地张扬了同一种价值判断:相对于北曲创作、演出的有"法"可依的传统,南曲实可谓无"律"可循。

蒋孝明确表达他对北曲成就的仰慕、推崇,而沈璟在蒋谱基础上所从事的"辨别体制,分厘宫调,详核正犯,考订四声,指摘误韵,校勘同异"等工作②,既是他对蒋谱原有缺憾的克服,也与他从北曲曲谱那里获得启示有关。例如,沈璟为例曲分别正衬、

① 据《中国古典戏曲论著集成》本,不另注。

② 徐大业《书南词全谱后》。

标注平仄的思路就反映出朱权《太和正音谱》的影响。周德清《中原音韵·作词十法》偶尔也有简单的平仄分析,《太和正音谱》则在标注正字的平上去入四声之外,还特别以"可作某声"的形式注出入声归派后的字音,沈璟制谱时也继续着这种思路。更为明显的是,沈璟对南曲宫调系统的重新归类以及曲调联套方式的总结,在后世曲家看来也有规摹北曲之嫌。例如,清康熙年间人王正祥就毫不客气地指责说:"词隐九宫茫无定见,乃窃取北曲宫调强为列次,又且舛错不伦,殊不知北曲宫调已属效法乖谬,既定《南曲全谱》,岂可袭其陋习?"①

沈璟之所以如此立论、如此实践,既有缘于南曲理论传统相对贫弱和南曲旧谱相对不完善的不得已,也反映出明中晚期南曲隆兴背后的另一种真实:北曲虽渐趋式微,但是,作为一种体制相对成熟、完备,而且经过几代文人学士理性观照的音乐文学

① 《新定十二律京腔谱凡例》。南曲有无宫调系统,联套有无通则,明中叶以后曲家对此聚讼纷纭,列举几种代表性意见:(1)祝允明《猥谈》批评南戏"略无音律腔调",释"律"为"十二律吕",又云:"调者,八十四调,后十七宫调,今十一调,正宫不可为中吕之类。"立足于北曲而对南曲有所偏见。(2)《南词叙录》认为,南戏"本无宫调,亦罕节奏,徒取其畸农市女顺口可歌而已。谚所谓'随心令'者,即其技欤?间有一二协音律,终不可以例其余,乌有所谓九宫",基本作出了否定回答,但又云"南曲固无宫调,然曲之次第,须用声相邻以为一套,其间亦自有类辈,不可乱也",并不完全否认南曲有联套的规律。(3)王骥德《重校〈题红记〉例目》有云:"北词取被弦索,每出各宫调自为始终,南词第取按拍,自《琵琶》《拜月》以来,类多互用。"故其《题红记》每出北曲只使用一种宫调,南曲则可间杂使用。(4)沈璟坚决主张南曲应该严格辨明宫调,还以"尾声总论"的形式对南曲联套方式作了总结。事实上,沈璟对南曲宫调系统的归类很有可能是从北曲那里汲取了灵感,而非对南曲本身乐律的整理,故后人指责他是模拟北曲音乐体制,如王正祥《新定十二律京腔谱自序》就颇为不满,批评说:"何以词隐所定九宫,亦以北曲宫调而仿佛之乎?"

样式，北曲创作和演出对于明代中晚期南曲的文本创作、舞台实践乃至理论总结而言，又具有很多的启发效应，或曰示范价值。晚明曲家沈德符说过："沈（璟）工歌谱，每制曲必遵《中原音韵》、《太和正音》诸书，欲与金元名家争长。"①"欲与金元名家争长"一语深刻道出了沈璟曲学"斤斤返古"的心理动因。

"尚北""崇元"在晚明曲坛实际上已形成一种普遍的社会文化心理。南曲名家沈璟以北曲曲谱为规摹楷式无疑是个具有典型意义的个案，而另一些事实也不容忽视：收藏、抄录、汇校、评点、刊刻元人北曲杂剧同样成为一时风尚。

例如，王骥德《新校古本西厢记自序》称其祖父王炉峰嗜曲，"家藏杂剧数百本"；梅鼎祚《答竹居殿下》致书周藩王勤羹，求录内廷供奉杂剧，"金元人杂剧，传闻大府旧积最广。先宪王《诚斋乐府》，鼎祚悉有之。御筵供奉四百种，鼎祚在燕京悉见之。仰冀侍书，检示其目"；臧懋循《寄谢在杭书》称麻城锦衣刘延伯家藏抄本杂剧三百余种，"世所称元人杂剧之词尽是矣，其去取出汤义仁手"。陈与郊《古名家杂剧》、息机子《古今杂剧选》、臧懋循《元曲选》、顾曲斋《元人杂剧选》、尊生馆主人（黄正位）《阳春奏》等的刊行，或隐或显地流露出推重北曲既有声律成就的意图，其目的则在于希望南曲作家能有所取法。表露得最醒豁的，则是臧懋循《元曲选》和王骥德《古杂剧》。臧氏《元曲选后序》明言他选刻杂剧百种不仅仅是为了"以尽元曲之妙"，还在于"使今之为南者，知有所取则云尔"。陈与郊为王骥德《古杂剧》所作序则有云："百年来率尚南之传奇，业已视（北曲）为刍狗……新声代变，古乐几亡。今传奇之家无兼充栋，然率多猥鄙，古法扫地，每令见者掩

① 沈德符《万历野获编》卷二十五"词曲·张伯起传奇"。

口。是编也,即未竟大全,顾典刑具在,庶几吾孔氏存饩羊意耳。”“取则”“典刑”“古法”云云,主要是为了强调北曲典籍之于南曲作家而言的示范意义。另一个例证是,万历年间的屠隆为《新刊合并王实甫西厢记》作序时,指斥“吴本”不够精详,认为问题出在“南人不谙北律”,其实屠隆相对于吴中士人而言,还要更“南”一些①。这或也能表明,晚明文人校注《西厢记》的背后,隐寓了他们对北曲声律成就的推崇。

晚明曲坛的“尚北”“崇元”心态,其实可追溯到嘉靖之前上层统治阶级和文人士大夫们对北曲演出的尊崇与偏好。虽然南北曲的隆衰兴替在正德年间已露端倪,嘉靖以来南曲诸腔正试图逐退北曲杂剧以取得舞台主导地位,但前代尊崇北曲的审美时尚延续至隆庆、万历时,却逐渐内化为一种具有普遍意义的批评标准和思维方式,不但汇刻北曲杂剧以便南曲作家有所“取则”成为一时风尚,曲家们还习惯于以北曲的既有成就、美学风格作为依据去估衡新兴南曲的创作和演出。其中一个同样具有典型意义的理论表述,是王世贞对南、北曲历史渊源关系的“虚拟”,即王氏《曲藻》明确地将南曲定性为北曲“复变”的产物,其《曲藻序》有云:“东南之士未尽顾曲之周郎,逢掖之间,又稀辨挝之王应。稍稍复变新体,号为‘南曲’。”《曲藻》第一条又进一步解释说:“三百篇亡而后有骚赋,骚赋难入乐而后有古乐府,古乐府不入俗而后以唐绝句为乐府,绝句少婉转而后有词,词不快北耳而后有北曲,北曲不谐南耳而后有南曲。”王世贞试图抓住一个时代审美风尚的迁移、流变,来对文学艺术的隆衰兴替作出某种类似审美心理学的解释,有其可取之处,因此尽管其说违

① 参看蒋星煜《中国戏曲史钩沉》,第131页。

背了戏曲史的本来，但依然得到晚明曲学名家王骥德、吕天成、沈德符、沈宠绥等人的认同乃至进一步发挥。

沈璟是否有过类似言论暂不可考，但沈氏对前人北曲创作成就的仰慕、欣羡却是有据可查的：吕天成《曲品》说沈璟"沉酣胜国管弦之籍"①，王骥德《曲律·杂论第三十九下》则说他曾于"沈光禄、毛孝廉所"见北曲杂剧"可二三百种"；沈氏还曾对王骥德校注"古本《西厢记》"提出过具体意见，此外，他的多种传奇是据元人北曲杂剧改编而成的，《双鱼记》第十九出甚至袭用马致远《荐福碑》的正宫〔端正好〕套曲。

沈璟曲学的另一个重要内容是推重本色之作，而"本色"则是晚明曲家赏鉴元人北曲时使用极为频繁的术语，沈氏《答王骥德》曾有言："作北词者难于南词几倍，而谱北词又难于南词几十倍。北词去今益远，渐失其真，而当时方言及本色语，至今多不可解。"他的《南九宫谱》也不时透露出这种带有复古色彩的审美心理，如卷四〔蔷薇花〕例曲取自早期南戏《王焕》，沈璟称赏说："句虽少，而大有元人北曲遗意，可爱！"其尚北、崇元的审美理想于此依稀可见。

总之，沈璟知音难觅感伤的背后，其实隐含有困扰着晚明曲坛的一个复杂而迫切的课题：新兴昆腔唱曲的崛起已呈现出发展为全国性大剧种的态势，曲家们面对北曲既成规范、早期南曲戏文以及新兴昆腔"水磨调"的实际状态，应该如何找到结合点，以确立文人南曲传奇足以和北曲杂剧相颉颃的声律规范？

① 沈德符《万历野获编》卷二十五"词曲·拜月亭"条有云："《月亭》之外，予最爱《绣襦记》中'鹅毛雪'一折……予谓：此必元人笔，非郑虚舟所能办也。后问沈宁庵吏部，云果曾于元杂剧中见之。"据此可推知，吕天成所述是有事实根据的。

就具体的音韵学而言，沈璟可能不及孙如法、王骥德等人细致，但王骥德、吕天成都盛赞沈璟曲学有“中兴”之功，其实，沈氏“中兴”举措的实质乃是他在“尚北”“崇元”审美理想的引导下对整个南曲声律传统的总结性研究，以期吴中昆腔唱曲这一南曲“正声”能够秉承元明北曲有律可循、明腔识谱的写作与演出传统。于是，“合律依腔”成为一个时代戏曲理论的主流话语。

昆腔新声“水磨调”勃兴之后，文人士大夫开始大量地参与“传奇”这种音乐文学样式的创作。一方面，文人士大夫的参与对于昆腔新声寻获到更多的发展空间并走向发达、繁盛而言，功不可没，而且，文人的广泛参与事实上确立了昆腔传奇某些不同于早期南曲戏文的新的美学传统，诸如思想倾向上的文人化诉求、艺术构思的精巧细致、结构形态的规整有序、语言的藻缋典雅等等；但另一方面，文人参与戏曲的弊端也非常明显，尤其是他们不熟悉戏曲声律与传统诗歌声律的差异，往往导致文本创作与舞台实践的脱节。这既是文人士大夫阶层的戏曲作家一个普遍的缺憾，也与历史事实有所关联：到了沈璟、汤显祖崛起的时代，南曲传奇虽然早已取代了北曲杂剧的舞台主导地位，但是，同为曲牌联套体的音乐文学样式，南曲传奇却因为曲谱的粗疏而缺乏明确的曲牌格律、用韵规范可资凭据。而且，更为重要的是，新兴昆腔唱曲“水磨调”在传唱、发展了几十年后，也亟待有当行里手对它的声律特点、演出惯例（包括宫调系统、联套方式、板眼节奏、句格韵律等因素）进行更为系统地整理和扬弃。沈璟的《南九宫十三调曲谱》和“合律依腔”理论主张，其实正应运而生于这种戏曲史情境及其必然要求之中。

因此，尽管沈璟曾有知音难遇的感伤，但事实上，他的曲学工作、“合律依腔”理论主旨以及带有明显复古倾向的价值判断,在晚明清初的文人戏曲界依然赢得了广泛赞赏或回响。如汪廷讷《广陵月》杂剧第二折中的两支〔二郎神〕显然是沈璟学说的翻版①,冯梦龙则将沈氏原曲附刻于他的《太霞新奏》卷首,其他在传奇写作中有意识标榜"中州之音"和标举宫调整一性的更不乏其人。当然,沈璟之后昆腔传奇的体制化、规范化过程,也远比他所能预料到的更为复杂。有一点可能是违背他制谱初衷的:新兴昆腔唱曲的大量惯例或通行规范,同样需要曲学家的认同并作出总结,以"斤斤返古"为价值取向的声律研究必然胶柱鼓瑟,滞后于戏曲文本创作和舞台演出的客观实际。因此,尽管明末清初昆腔之盛已非其他南曲声腔剧种所能比拟,这其间既出现了以所谓"元谱"或"元人传奇"为依据去纠正沈璟"误断"、以至指责他"返古"尚不彻底的徐于室、钮少雅《南曲九宫正始》②,也有以"从今"和"通变"相标榜、正视嘉隆以来昆腔新声实际状态的沈自晋《南词新谱》。

---

① 移录于此,以供比较:"重斟量,我曾向词源费审详。天地元声开宝藏,名虽小技,须教协律依腔。欲度新声休走样,忌的是挠舌捩嗓。纵才长,论此中规模不易低昂";"参详,含宫泛徵,延声促响,把仄韵平音分几项。阴阳易混,辨来清浊微茫。识透机关人鉴赏,用不着英雄卤莽。更评章,歪扭扭徒然玷辱词场。"

② 《九宫正始》多次提及"元人《九宫十三调词谱》",卷首《臆论》"精选"条又云:"兹选俱集大(天)历至正间诸名人所著传奇数套(套数),原文古调,以为章程,故宁质毋文。间有不足,则取明初者一二以补之。至若近代名剧名曲,虽极脍炙,不能合律者,未敢滥收。"即便不论"元谱"之真伪,亦足以见其崇古态度之决然。

第二章 “汤沈之争”相关材料辨析

沈璟的曲学知己王骥德和吕天成分别提供了两段有关汤、沈关系的文字，它们从行文逻辑、语意到用词都相当接近以至有所雷同，“汤沈之争”一说之所以能广为流布，显然与学人对其可信度的普遍认同有关。但是，倘若注意到王骥德与吕天成的友谊并细究《曲律》《曲品》成书过程，我们不应排除这两则材料有转相引述的可能。细节的差异尚在其次，它们与汤显祖《答孙俟居》《答凌初成》《与宜伶罗章二》等书函的矛盾之处却无法漠视，这些足以使后人在理解汤、沈真实关系时歧见纷出。

一、相关记载的矛盾及其疑问

先看王骥德《曲律》、吕天成《曲品》的记载：

> 临川之于吴江，故自冰炭。吴江守法，斤斤三尺，不欲令一字乖律，而毫锋殊拙；临川尚趣，直是横行，组织之工，几与天孙争巧，而屈曲聱牙，多令歌者齚舌。吴江尝谓：“宁协律而不工，读之不成句，而讴之始协，是为中之之巧。”曾为临川改易《还魂》字句之不协者，吕吏部玉绳（原注：郁蓝生尊人）以致临川。临川不怿，复书吏部曰：“彼恶知曲意哉！余意所至，不妨拗折天下人嗓子。”其志趣不同如此。郁蓝生谓临川近狂，而吴江近狷，信然哉！（《曲

律·杂论第三十九下》)

吾友方诸生曰:“松陵具词法而让词致,临川妙词情而越词检。”善夫,可为定品矣。乃光禄尝曰:“宁律协而词不工,读之不成句,而讴之始协,是为曲中之巧。”奉常闻而非之,曰:“彼乌知曲意哉!予意所至,不妨拗折天下人嗓子。”此可以睹两贤之志趣矣。予谓二公譬如狂狷,天壤间应有此两项人物。(《曲品》卷上)①

这是目前所知对“争论”记录最完整也最重要的两段材料,粗略比较,它们似乎可以相互参读,互为证据:其一,王骥德是沈璟的曲学同好,交谊甚深,在声律规范的细节上两人虽有所歧异,但据毛以遂《曲律跋》,沈氏“鲜所当意,独服膺先生,谓有冥契;诸所著撰,往来商榷”,故《曲律》所载当非空穴来风,必有所依据或来源。其二,沈璟与吕天成的关系亦师亦友,据王骥德《曲律·杂论第三十九下》,沈氏“生平著述,悉授勤之(吕天成),并为刻播,可谓尊信之极,不负相知耳”,也很难相信吕天成有必要去虚构汤显祖与沈璟之间的对峙。

但细究下去,这两段记载也有明显的细节差异,而这些差异也足以使研究者产生疑惑和分歧——据《曲品》描述,所谓“汤沈之争”更确切地说,只是汤显祖在非议沈璟偏重音律的论曲主张,“奉常闻而非之”(他本作“奉常闻之”)很清楚地表明是汤显祖“主动出击”沈璟,但沈璟是否有所回应我们并不知晓;而在《曲律》中,“汤沈之争”则完全是沈璟挑起来的一个事端:沈璟曾经改易过汤显祖《牡丹亭》中的违律字句,后来吕天成之

① 本书所引《曲品》,一般以吴书荫《曲品校注》(中华书局1990年版)为据,必要处略作说明。

父吕玉绳将这一改本转寄给汤显祖,导致汤氏的强烈不满,而吕天成《曲品》中并没有这一史事的记载。那么,是吕天成的忽略,抑或王骥德节外生枝的添加?

汤显祖确实留下了“不妨拗折天下人嗓子”的言论,但目前只见于他写给音韵学家孙如法(字俟居)的信中:

> 曲谱诸刻,其论良快。久玩之,要非大了者。庄子云:“彼乌知礼意。”此亦安知曲意哉。其辨各曲落韵处,粗亦易了。周伯琦(按,应为周德清)作《中原韵》,而伯琦于伯辉(按,应为郑德辉)、致远中无词名。沈伯时指乐府迷,而伯时于花庵、玉林间非词手。词之为词,九调四声而已哉!且所引腔证,不云未知出何调犯何调,则云又一体又一体。彼所引曲未满十,然已如是,复何能纵观而定其字句、音韵耶?弟在此自谓知曲意者,笔懒韵落,时时有之,正不妨拗折天下人嗓子。兄达者,能信此乎?(《答孙俟居》)

据信中所描述的体例特征,“曲谱”当指沈璟《南九宫十三调曲谱》,万历三十四年(1606)已有刊行,汤显祖的信则写于是年之后①。至于汤显祖是否如王骥德所说,曾给吕玉绳回过一封内容与此大致相同的信,研究者之间是有所争议的。周育德先生认为,王骥德“张冠李戴”,“将汤显祖致书孙俟居,评论沈璟的曲学而说了‘不妨拗折天下人嗓子’一事,弄成了汤显祖复书吕玉绳”②;徐朔方先生则认为“吕孙二人是表兄弟,王骥德把孙如

① 沈谱刊刻年代据徐朔方《晚明曲家年谱》第一卷之《沈璟年谱》,汤显祖《答孙俟居》作年据《晚明曲家年谱》第三卷之《汤显祖年谱》。

② 参看周育德《汤祖研究若干问题之我见》,见《明清戏曲国际研讨会论文集》。

法的事记到吕允昌（吕玉绳）身上，或者汤显祖给吕允昌、孙如法的信写到同样一件事，这两种可能都不能排除”，但显然更倾向后一种可能性，故又说：“这封信当作于万历三十五年（1607）后不久，现已失传”①。因无可靠材料的佐证，拙见以为恐不应遽下论断。

但可以肯定的是，汤显祖的确曾对某位擅自改定《牡丹亭》以便于新兴昆腔舞台演出的曲家，表达过强烈不满。王骥德认为这是“改易《还魂》字句之不协者”的沈璟，而据汤显祖自述，却是他的好友吕玉绳：

> 不佞《牡丹亭记》，大受吕玉绳改窜，云便吴歌。不佞哑然笑曰，昔有人嫌摩诘之冬景芭蕉，割蕉加梅。冬则冬矣，然非王摩诘冬景也。其中骀荡淫夷，转在笔墨之外耳。（《答凌初成》）
>
> 《牡丹亭记》要依我原本，其吕家改的，切不可从。虽是增减一二字以便俗唱，却与我原做的意趣大不同了。（《与宜伶罗章二》）

显然，王骥德说“吕吏部玉绳以致临川”也并非空穴来风，因为汤显祖确实收到过吕玉绳寄来的某一改本《牡丹亭》。至于这一改本是吕玉绳所为，还是出自沈璟，稍后将作进一步分析。这里需要关注的是《曲律》与《曲品》中以上两则材料的关系，故有必要对其成书情况略作回顾。

《曲律自序》题署“万历庚戌年（1610）冬”，但当时并没有刊行，后又屡作增添，直至万历癸亥年（1623）秋王骥德病逝前

① 参看徐朔方《关于汤显祖沈璟的关系的一些事实》，见《论汤显祖及其他》。

才交由毛以遂付诸剞劂。因此,《曲律》之“杂论”多处提及庚戌年之后的史事,如“吴兴臧博士晋叔校刻元剧”事在万历乙卯年(1615)、吕天成“一夕溘先,风流顿尽”事在万历戊午年(1618)。《曲律》的前期工作得到了吕天成等人的关注,王骥德《曲律自序》提及“友人孙比部”(即孙如法)、“同舍郁蓝生”(即吕天成)的催请,又称,他与吕天成“称文字交垂二十年,每抵掌谈词,日昃不休”(《曲律·杂论第三十九》);而吕天成《曲品自叙》也明言,王骥德之所以撰《曲律》首先是因为受到他的鼓励,“今年春,与吾友方诸生剧谈词学,穷工极变,予兴复不浅,遂趣生撰《曲律》。既成,功令条教,卢列具备,真可谓起八代之衰,厥功伟矣。”另一方面,吕天成《曲品》的问世,事实上也有王骥德的促成之功。据吕天成《自叙》,《曲品》最初完成于“万历壬寅岁”(1602),但吕氏对它并不满意,直至万历庚戌年(1610)王骥德完成《曲律》的前期写作,吕天成因王骥德的鼓动,才对旧稿又作了修改①。这些表明,王骥德、吕天成两人都非常熟悉彼此的著述,《曲律》与《曲品》可以视为他们相互砥砺、切磋的成果。

因此,比较王、吕关于“汤沈之争”的两段文字,对于其中的相似性乃至“雷同”,不妨作两种都还需要进一步证实的推测:其一,这两段文字都写于万历庚戌年(1610)王骥德和吕天成一起研讨曲学期间,因此虽然他们都对“汤沈之争”作了记录,但由于著述体例或者其他偶然的原因,王骥德对其中原委

① 万历癸丑年(1613)又有过增订,参看吴书荫《曲品校注》。吴著以清乾隆年间杨志鸿钞本为底本,杨本所存吕天成《自叙》题署“万历癸丑(1613)清明日”,而他本都作“万历庚戌(1610)嘉平日”。吕天成《自叙》有云“今年春…遂趣生撰《曲律》”,核之以王骥德《曲律·自序》中“万历庚戌冬长至后四日”的题署,可知“今年春”当在万历庚戌年,而非癸丑年。

作了更多细节的追述，而吕天成只是简单地介绍了汤、沈在理论见解上的分歧。其二，它们之间存在相互蹈袭的可能性，而且细究文意和行文，似乎吕天成行文在先，而王骥德则更像是在发挥吕氏的见解①；如果这一推测能证实，那么，王骥德“吕吏部玉绳以致临川，临川不怿，复书吏部曰”云云，则确属“节外生枝”了。但无论事实怎样，有一点是必须再次肯定的：《曲律》《曲品》所述“汤沈之争”必定有所依据，虽然它们与汤显祖自己所明言的有所不合，但王骥德、吕天成都不至于生造或虚构这么一场“事端”。

那么，是由于王骥德的误会，即将汤显祖对沈璟“曲谱诸刻”的非议、汤显祖对吕玉绳窜改《牡丹亭》的责难以及沈璟“改易《还魂》字句之不协者”这三件原本并无瓜葛的事情纠缠在一起，从而“张冠李戴”地虚拟了一次汤显祖与沈璟之间的冲突②？还是，确如某些研究者所主张的，吕玉绳寄给汤显祖的改本《牡丹亭》其实就是沈璟的改本，但汤显祖却失察（或由于吕玉绳的隐瞒），将这一改本《牡丹亭》的作者误认为是就是吕玉绳本人？

---

① 王骥德《曲律》卷四“杂论第三十九下”有云：“顷南戏郁蓝生（吕天成）已作《曲品》，行之金陵。”这表明，《曲品》在《曲律》问世之前可能已有刊本。

② 通行本王骥德《曲律》“杂论”有小注曰“系纵笔漫书，初无伦次”，周育德《汤显祖研究若干问题之我见》视其为“自注”，“当时王骥德健康情况已经恶化，无力认真梳理这部分著述了”，因此终导致“张冠李戴”。拙见以为，这一解释虽有新意，但还要作更多论证。虽然《曲律》“杂论”部分有万历庚戌年（1610）以后陆续增订的内容，但并不排除此前已开始写作，本节条目排列看不出明显的时间特征，“系纵笔漫书”云云应出自刊印者，或《曲律跋》的作者毛以遂。

二、沈改本与吕改本的关系

王骥德说沈璟曾经“改易《还魂》字句之不协者”，这大抵符合事实。据清初沈自晋《南词新谱》，沈璟有《同梦记》传奇，“即串本《牡丹亭》改本”，乃一“未刻稿”。这里“未刻稿”，其实就是沈璟的原稿，而不是其他某人的抄录本①。作为沈璟的族侄、其曲学的后继者，沈自晋的这一记录具有无可辩驳的真实性，其《重定南词全谱·凡例》有云：“予兹集，乃博访诸词家，实核其作手，可一览而知其人论其世，非止浪传姓字已也。”可见他对新谱文献价值的充分自信。

《同梦记》之所以直到沈璟逝世四十余年后，尚未刊行，这可能与沈璟对自己著述的审慎态度以及吕天成的早逝有关。据吕天成《义侠记序》（作于万历丁未年，1607），沈璟一直对是否刊行《义侠记》等传奇颇为慎重，因此“红牙馆所著传奇、杂曲凡十数帙，顾人罕得窥”。而据王骥德《曲律·杂论第三十九下》载，沈璟病逝（万历庚戌年，1610）后其著述“未刻者，存吾友郁蓝生（即吕天成）处”，几年后吕天成亦辞世（万历戊午年，1618），沈璟著述有“不知流落何处者”。因此，直至清顺治丁亥年（1647）《南词新谱》问世时，沈璟传奇终有未及刊行而佚失的。至于“稿本”《同梦记》什么时候为沈自晋所得，未见记载，不能妄作猜测，但有一点大体可推知：既然直至清初，《同梦记》

① 沈自晋《重定南词全谱凡例续纪》将“稿本”与“刻本”“录本”并立使用，有云：范文若两公子“出其尊人遗稿相示”，“其刻本为……，录本为……，稿本为……”；沈自晋所见“词隐未刻稿”，还有《四异记》《珠串记》。

尚为一“未刻稿”[1],那么,看过这一“串本《牡丹亭》改本”的人应相当有限[2]。

沈璟很可能只是在万历丁未年(1607)之后,才开始《同梦记》写作的。沈德符《顾曲杂言》有云:“顷黄贞父汝亨以进贤令内召还,贻汤义仍新作《牡丹亭记》,真是一种奇文。”据徐朔方先生考证,黄汝亨内召升南京礼部祠祭司主事是在万历三十三年(1605),而《牡丹亭》七年前已成书,但沈德符尚视《牡丹亭》为“新作”,这表明《牡丹亭》在吴中一带广为人知的时间应不会太早[3]。万历丙午年(1606),沈璟“遘疾,三年余不起”[4],丁未年(1607)吕天成为沈氏《义侠记》作序,列举了沈璟已刊行的著述若干种,又说“尝从先生属玉堂乞得稿本”九种,既不包括《坠钗记》这一“盖因《牡丹亭》而兴起者”(王骥德《曲律·杂论第三十九下》),也只字未提《同梦记》。倘若确如某些研究者所论断的,“其吕家改的”《牡丹亭》其实就是沈璟的《同梦记》,那

① 吴梅先生曾有云:“沈宁庵改本《还魂》,止有唐氏世德堂刻本,吊割蕉加梅,为临川所诃,而律度固谐和也。潘生景郑藏有唐刻,因假归校之如右。此逭暑佳伴,吴中作冷淡生涯如我者,恐鲜矣。”沈璟改本的唐刻本未见有其他著录,且与沈自晋《南词新谱》“稿本”的记录相抵牾,姑存疑。参看王卫民编校《吴梅全集》理论卷中,河北教育出版社2002年版,第844—845页。另,《传奇汇考标目》别本著录有沈璟《新钗记》,有云“系《紫钗记》改本”,亦未见其他著录,存疑。

② 沈改本或又作《合梦记》,冯梦龙曾师事沈璟,又与沈自晋交好,可能获见,故其《风流梦小引》有云:“梅柳一段因缘,全在互梦,故沈伯英题曰《合梦》,而余则为《风流梦》云。”

③ 参看徐朔方《晚明曲家年谱》第三卷之《汤显祖年谱》。

④ 《吴江沈氏家谱·家传》,转引自赵景深、张增元编《方志著录元明清曲家传略》。

么,吕玉绳寄给汤显祖的只能是《同梦记》的某一个抄录本①。其事,当在万历丁未年(1607)以后。

我们还注意到,不管是王骥德还是吕天成,他们都没有正面提及沈璟"《同梦记》"这一作品。王骥德说沈璟曾经"为临川改易《还魂记》字句之不协者",而比较《同梦记》中〔蛮山忆〕一曲(见《南词新谱》卷十六)与《牡丹亭》第四十八出相关内容,《同梦记》远非如王氏说的只是订正《牡丹亭》"字句之不协者"那么简单②。而据今存其他《牡丹亭》改本来推测,《同梦记》还应当有关目的变易、排场的转移、场次的剪裁等等涉及整体情节、结构和人物的改写。这似也表明,王骥德并没有亲见过《同梦记》,只是在据传闻转述;而吕天成《曲品》对《同梦记》也根本未置一辞,这两点足以见出沈璟对改写《牡丹亭》一事是如何的谨慎。

但是,很多晚明曲家其实是把改写他人曲作,视为显示自我才情的文雅之举,如王骥德并不讳言其《题红记》是改易祖父王炉峰《红叶记》而来的,臧懋循、冯梦龙后来删订汤显祖"四梦"时也并不掩饰他们自得的心态。如臧懋循《玉茗堂传奇引》有云:"予病后,一切图史悉已谢弃,闲取'四记',为之反覆删定。事必丽情,音必谐曲,使闻者快心,而观者忘倦。即与王实甫《西厢》诸剧并传乐府,可矣。"此外,臧改本中欲与汤显祖争胜的批语触目皆是。冯梦龙则在《风流梦》卷末收场诗中自诩说:

① 周育德《汤显祖研究若干问题之我见》认为,既然直至清初《同梦记》尚未刊印,故可推断"汤显祖并未见到沈璟的改本"。拙见以为,这一结论有嫌仓促,因为不排除吕玉绳通过某种途径(例如,其子吕天成)得到沈氏改本,而后又以抄录本转寄汤显祖征询意见的可能。

② 相关研究可参看周育德《汤显祖论稿》,第304—306页。

“新词催泪落情场，情种传来玉茗堂。谁按宫商成雅奏，菰芦深处有龙郎。”自得、自乐之情，溢于言表。沈璟为什么如此慎重，导致《同梦记》一直不为人所熟知？其间必有缘由。

沈自晋《南词新谱》著录《同梦记》时有一小注，曰“串本《牡丹亭》改本”，这几个字值得重视。所谓“串本”就是用作串戏的底本。串戏之“串”一般释为扮演，其实不够贴切，有研究者指出：串戏之“串”，应该是从宋人杂剧“五花爨弄”演变而来，“爨”后来简化成“串”，有玩弄、戏谑的意思，大多用来指非职业演员的扮演，“昆剧兴起时期，业余演唱家人才辈出，有些人由于种种原因，索性以串戏为生，但身份不变，就叫他‘串客’，狎昵的叫法则是‘老串’”①。据此，我们大体可推知《同梦记》的成书：沈璟只是在某个昆腔演出本的基础上，再作一些音律的修订、文辞的改写。而且，这个演出本很可能就是他自己在“红牙馆”内边推敲边实践的产物。

三吴素称“歌舞之乡”，沈璟乡居二十年，对戏曲的舞台规律相当熟知，吕天成《曲品》称其“兄妹每共登场”“僧妓时招佐酒”。但万历丙午年（1607）以后，沈璟长期卧病，很难相信《同梦记》会是他的心血之作，疏漏之处（甚至包括音律的不通）当无可避免。对于沈璟这样一个孜孜追求声律规范的曲家而言，这一改本显然不能完整、真实地体现他的审美欲求和理论主张。这或许正是沈璟不愿意公开《同梦记》，而王骥德未能亲见、吕天成也欲说还休的原因？对比臧懋循和冯梦龙的洋洋自得，沈氏的慎重令人印象深刻。

事实上，作为一个曾经在京城经历了十五年仕宦生涯的士

① 陆萼庭《释“串”》，见《清代戏曲家丛考》，学林出版社1995年版。

大夫，沈璟对沉酣管弦、征歌度曲可能依然有所顾虑，或者说“心有不甘”。他的第一部传奇《红蕖记》刊行时就隐去真名，假托作者为“施如宋”，只在末曲隐寓自己的真实身份。显然，沈璟生前诸种著述迟迟得不到刊行，这既与“晚年产益落，门户之履几绝”的家境有关①，同时也多少反映出传统文人矛盾的心结。

至此我们不能不面对一个疑问：如果汤显祖收到的正是沈璟的改写本即《同梦记》，那么，吕玉绳为什么要以抄录本的形式转达汤显祖？这不太可能是缘于沈璟的授意，他一贯慎重，并不愿意将传奇创作过早地公之于世。而且此前汤显祖还曾致函吕玉绳，对沈氏《唱曲当知》等论曲著作中偏重音律的倾向表示过明确的不满和批评，“寄吴中曲论良是。唱曲当知，作曲不尽当知也，此语大可轩渠。”②因此，如果寄给汤显祖的“其吕家改的”《牡丹亭》就是沈氏的改写本，这更有可能只是吕玉绳擅作主张，但以他与汤显祖的交谊，应该知道汤氏是不可能首肯沈璟从音律上对其《牡丹亭》作出修订。

总之，如果“其吕家改的”《牡丹亭》就是沈璟的《同梦记》，吕玉绳如此匆匆地以抄录本形式将这一“串本《牡丹亭》改本”

① 见《吴江沈氏家谱·宁庵公传》，转引自徐朔方《晚明曲家年谱》第一卷之《沈璟年谱》。

② 《答吕姜山》。徐朔方《汤显祖年谱》（上海古籍出版社1980年版）据信中“弟虽郡住一岁，不再谒有司”，定作于万历二十七年（1599），但后出《晚明曲家年谱》第三卷之《汤显祖年谱》未确定其作年，或是缘于断句的歧异（“弟虽郡住，一岁不再谒有司”）？不过，我们仍大致可推知这封信的年代：吕天成作于万历丁未年（1607）的《义侠记序》有云：“半野主人所梓行者，惟《论词六则》《唱曲当知》及宋人之《乐府指迷》。”那么，《唱曲当知》问世当在丁未年之前，也就是沈氏将《牡丹亭》改编为《同梦记》之前。

转达汤显祖,这一举措于情于理而言,似都有所难解。

三、梅鼎祚收到的“《还魂》”

研究者还注意到梅鼎祚《鹿裘石室集·尺牍》卷十一之《答汤义仍》,其中提到了吕玉绳也曾将某种《牡丹亭》送抵梅氏:

> 仁兄未燥西河之泪,罢归南山之庐。……玉茗《紫钗》,欲序未遑,亦是荆璧,使刻诸楮叶,良工尚不无束手耳。吕玉绳近致《还魂》,丽事奇文,相望蔚起,当为兄牟数语,以报《章台》之役。

此函作于万历二十九年(1601),“未燥西河之泪”指汤显祖长子汤士蘧病逝于万历二十八年(1600)七月,“罢归南山之庐”指汤显祖次年正月大计被正式罢职。那么,梅鼎祚收到的这一“《还魂》”,是汤显祖的原作,还是吕玉绳转达来的沈璟改本?

我们大抵可以肯定,这一“《还魂》”不应是沈璟的《同梦记》即“串本《牡丹亭》改本”,除了时间与《同梦记》写作年代难以相合以外,还可作如下推断:即便确如某些研究者所推测那样,吕玉绳把《同梦记》寄给汤显祖时并未说明谁是改编者,但是他对梅鼎祚却没有隐瞒改编者的必要。

梅鼎祚显然是第一次接触到《牡丹亭》,因此认定他所收到的“《还魂》”确是汤显祖的作品,还说要回报汤氏为其《章台》(即《玉合记》)作序(时在万历丙戌年,1586)的情谊,也准备“为兄牟数语”。但现存梅氏《鹿裘石室集》中,未见有他为《牡丹亭》所写题词,“为兄牟数语”云云竟然没有落实,以梅鼎祚与汤显祖交谊之深而言,这其中的缘故让人颇有些费解。梅鼎祚收到的由吕玉绳转来的“《还魂》”，既然不可能是沈璟所为，会不会正是吕玉绳自己的改写本？

有研究者认为，“合理的解释应当是梅鼎祚刚收到吕玉绳寄来的《还魂记》时，并未细察此乃吕氏所改者，也不知汤显祖会为此而不快；乃至后来弄清原委，当然也就不必再为这‘吕家改的’作题词了。”[①]拙见则以为，虽然这一推测有一定的合理性，但同样需要作更多的周密论证，因为如此一来，或许将吕玉绳改易《牡丹亭》的时间过于提前了。汤显祖在《答凌初成》中谴责吕玉绳“割蕉加梅”，自谦对于声韵之学“少而习之，衰而未融”，这里据“衰”字，似可推测此信作于晚年[②]。而万历二十九年(1601)汤显祖五十二岁，其诗文中依然洋溢着关切世道人生的热情，似乎不应当就有“衰”的感叹；当然，这也有可能是文人习见的曲笔，不足以为据。但凌濛初万历二十八年(1600)年底刚遭遇丧父之痛，次年十一月初八交接冯梦祯，万历癸卯年(1603)服阕，上书国子祭酒刘氏[③]，这是凌氏交接士大夫阶层的一大因缘，而据汤显祖《答凌初成》语意来推究，这时凌濛初与汤显祖、吕玉绳之间似已相当熟知，所以将“大制五种”寄给汤显祖，时间或更在万历癸卯年(1603)之后。

也就在万历二十九年(1601)前后，汤显祖致函新喻知县张师绎，有云：“谨以玉茗编《紫钗记》操缦以前，余若《牡丹魂》

① 周育德《汤显祖研究若干问题之我见》。

② 衰年，或可理解为暮年。吕天成《曲品》著录张凤翼《平播记》云“伯起衰年倦笔墨”，而沈德符《万历野获编》卷二五《张伯起传奇》则云“暮年值播事奏功”，据《明史·李应祥传》平播州事在万历二十八年(1600)，张凤翼时年七十余。

③ 参看叶德均《凌濛初事迹系年》，见《戏曲小说丛考》(下册)，中华书局1979年版。

《南柯梦》,缮写而上。”这表明,此时《牡丹亭》很可能尚未正式刊刻,只能以抄录本形式转达友人。那么,梅鼎祚收到的《还魂》是否也有可能是汤显祖《牡丹亭》原作的某个“缮写”本?当时吕玉绳正在南京做官,梅鼎祚则闲居于宣城,他们都是汤显祖的好友,以抄录本形式在旧雨新知中流传《牡丹亭》的可能性是完全存在的。

如果这一推测尚有成立的可能,那么,吕玉绳在稍后的岁月中率尔操笔,着手改写《牡丹亭》的举措也就在情理之中了。当然,这也还需要更多材料的佐证。

四、小结

对于所谓“汤沈之争”,倘若力求辨明其中细节,特别是论断其与沈璟《同梦记》写作之间的因果关联,显然还需要作更多的材料挖掘和史事论证。一方面,论定吕(玉绳)改本的存在,当然还需要更多的材料来作支撑,但是,也没有可靠证据能够表明“吕家改的”《牡丹亭》就是沈璟迟迟不肯公之于世的《同梦记》。“吕改本即沈改本”一说的背后,隐藏着若干无法回避的疑点。拙见以为,根据现有文献材料,既然“其吕家改的”《牡丹亭》为汤显祖两次明言,既然后人“《同梦记》即‘吕家改的’《牡丹亭》”这一推断并不足以否认汤氏的“明言”,我们不妨暂且相信吕改本确曾存在过。

另一方面,对于整个“汤沈之争”问题的研究而言,特别是考察其与晚明戏曲理论建构、戏曲文学风貌、戏曲作家流派之间的关系,“吕家改的”《牡丹亭》是否果真存在,其实并非关键所在。需要正视并加以深刻阐释的是:不管汤显祖是否曾因沈璟

“改易”《牡丹亭》而与沈氏发生过“冲突”，两位戏曲名家对于如何理解戏曲文学的本质规定性，无疑存在重大的分歧，并形成不同立论基点上“各自言说”式的对峙。晚明戏曲理论批评的若干命题，由此得以进一步展开和深化。

第三章　汤显祖的戏曲声律理论

——论“不妨拗折天下人嗓子”

汤显祖要求“宜伶”依据《牡丹亭》“原本”演唱，强调“虽是增减一二字以便俗唱，却与我原作的意趣大不同了”（《与宜伶罗章二》）。以“意趣”统称曲体文学美感效应的言论还见于汤氏《答吕姜山》：

> 寄吴中曲论良是。“唱曲当知，作曲不尽当知也”，此语大可轩渠。凡文以意趣神色为主。四者到时，或有丽词俊音可用。尔时能一一顾九宫四声否？如必按字摸声，即有窒滞迸拽之苦，恐不能成句矣。

信中提到了沈璟的曲学著述《唱曲当知》，而不及《南九宫十三调曲谱》，当作于万历丁未年（1607）之前①，可见，即便汤、沈后来并未因“串本牡丹亭改本”发生冲突，但对于如何认识宫调、四声、平仄、用韵等声律规范之于戏曲文学创作的意义、作用，汤显祖与沈璟之间却早已存在着明显分歧。面对声律之工与文词之美往往不能双全的两难，沈璟要求作家屈从于声律对于文词而言无可置疑的、带有先验论意味的制约，所谓“名为乐府，须教合律依腔”（〔二郎神〕套曲《论曲》）；而汤显祖恰恰相反，在

---

① 参看徐朔方《晚明曲家年谱》第三卷之《汤显祖年谱》。

他看来,“意趣神色”才是戏曲文学更为本质性的规定,一味追求声律规范的准确性不但将有损曲辞的文学趣味,甚至有可能造成“不能成句”的弊憾。

学界曾对“意趣神色”的内涵做过细致探讨,有合而论之者,即理解为作品的思想内容或作者的才情;有分而论之者,如认为“意”指意旨,又与“情”相通,“趣”指趣味,“神”即“自然灵气”、文艺创作之“灵性”,“色”则主要指文采词华。合而论之当更稳当、贴切,“意趣神色”之说反映的是对戏曲文学的总体美学风貌的追求和主体创作个性的体现,并不直接地涉及文本的思想倾向、题材内容;“意趣神色”之说也主要是针对曲辞而言,并不涉及每“出”之间的过渡衔接、重要关目的虚实安排、宾白与曲辞的相互配合等等与“场上”“当行”相关的问题。据上下文理解,“凡文以意趣神色为主”云云,还只是在论“曲”,而非论“剧”或论“戏”,立足于曲辞的抒情性、写意性,而对戏剧性、叙事性有所忽略;因此,汤显祖的“曲意”诉求就其主旨而言,仍可视为从古典诗歌美学中延伸出来的一个子命题。

中国古典曲学与诗学长期纠结、缠绕在一起,即便是清初李渔《闲情偶寄·词曲部》标榜“填词之设,专为登场”,大体完成了剧学与曲学理论视野的分疏之后,这一局面也没有得到根本性的改变。曲学对于诗学的依托,一方面体现了古典戏曲文学的“诗剧”本体特征,另一方面,从某个角度也有助于说明德国美学家黑格尔的一个观点:“诗比其他任何艺术的创作方法都要更涉及艺术的普遍原则,因此对艺术的科学研究似应从诗开始,然后才能转到其他各门艺术根据感性材料的特点而分化成的特殊支派。”①诗学在很大程

① [德]黑格尔著、朱光潜译《美学》第三卷下册,第14页,商务印书馆1981年版。

度上制约着古典美学的理论基础和方法论原则,相比于对其他文体的观照而言,诗的"普遍原则"往往具有更加明确而丰富的导引作用。汤显祖为了维护曲体文学与一般诗歌写作的共通性(所谓"普遍原则"),而宁肯舍弃"九宫""四声"一类的"感性材料的特点",甚而张扬"不妨拗折天下人嗓子",所体现的恰恰是他对传统诗歌美学理想的维护,因此,必然要与专门寻求戏曲"感性材料"规律的沈璟形成基本理念上的分歧。如果说汤显祖倾向于张扬曲体文学所体现出的诗的"普遍原则",那么,沈璟"读之不成句,而讴之始协"的极端之言,则更强调曲体脱胎于诗体之后其形式上的特殊性、具体性,只是两人都不免陷入偏颇。

一、汤显祖的"曲意"

在前引《答孙俟居》中,汤显祖讥讽沈璟不知"曲意",又说:"笔懒韵落,时时有之,正不妨拗折天下人嗓子。""正不妨拗折天下人嗓子"云云引起后人许多争议,既有为汤氏作辩护的,如清人叶堂《纳书楹四梦曲谱·自序》有云:"顾其词句,往往不守宫格,俗伶罕有能协律者……且曰'吾不顾折尽天下人嗓子',此微言也,嗤世之盲于音者众耳"①,似乎汤显祖才是真正的知音晓律者;也有批评汤氏是在为自己护短的,如晚明冯梦龙《风流梦小引》有云:"若士亦岂真以捩嗓为奇,盖求其所以不捩嗓者而遑讨,强半为才情所役耳。"②在他看来,"四梦"之所以"失

① 见《纳书楹玉茗堂四梦全谱》卷首。

② 《风流梦》卷首,见《冯梦龙全集·墨憨斋定本传奇三》,第 2029 页,上海古籍出版社 1993 年版。

律"恰恰是因为汤氏滥逞才情。但是,汤显祖又何尝不明了一个基本事实:戏曲的文辞必须与音乐相结合,必须以付诸舞台实践为最终的写作目的?汤氏青年时代曾"戏逐诗赋歌舞"(《答管东溟》),也留下了不少评论音乐或戏剧演出的诗篇,他甚至在《紫箫记》第六出《审音》中借鲍四娘之口说出"休得拗折嗓子"的意见,还对歌者提出三点要求:"唱有三紧,一要调儿记得远,二要板儿落得稳,三要声儿唱得满。"当他听说王骥德对《紫箫记》未能尽协音律有所訾议时,也心悦诚服地表示要"邀此君共削正之"(王骥德《曲律·杂论第三十九下》),何以《答孙俟居》中对"曲谱诸刻"的作者沈璟会如此不宽容?

汤显祖先称许"曲谱诸刻"中亦多有让人痛快淋漓的见解("其论良快"),尔后笔锋一转,毫不客气地讥讽沈璟"安知曲意"!《答孙俟居》至少有两点是直接针砭沈谱的,是耶非耶,不妨详作辨正。

其一,汤显祖对沈璟以周德清《中原音韵》(以下或简作"周韵")为用韵准绳的主张表示了不满,认为"其辨各曲落韵处,粗亦易了",又讥讽周氏虽精研声律却并非曲体文学领域的名家,"而伯琦于伯辉、致远中无词名"。

万历年间以后,《中原音韵》之于南曲作家而言的典范地位正尚待广泛认同,对周德清的批评屡屡出现,但与王骥德、沈宠绥等人着眼于南地语音(主要是吴语方言区)的地域性特点,结合南曲几百年来的写作和演唱传统,来评估周氏十九个韵部的功过并进而提出他们自己的用韵标准有所不同(参看本书下篇第二章),汤显祖并没有对《中原音韵》作具体的纠谬,他只是通过比较周氏与郑德辉、马致远在曲体文学史中地位的高下,来凸显自己无法斤斤奉守《中原音韵》的断然态度。

但是,汤氏的这一比较显然有胶柱鼓瑟之弊。声律学家“无词名”“非词手”并不一定成为他们从事研究的障碍,因为文学创作才华与理论总结能力是人的两种相得益彰的本质力量,前者往往强调以感性的形式、符号为媒介去体现事物的独特性,不妨含蓄、模糊甚至留有余味,而后者则倾向于理性的分析、判断,一般要求逻辑清晰、定性准确,因此,曲体文学史上的二流作者完全有可能成为曲学理论史中的一代名家。况且,汤氏“无词名”的讥评也不一定准确界定了周德清在曲体文学史中的客观位置,如元人欧阳玄《中原音韵序》就称赞周氏“词律兼优”,琐非复初《中原音韵序》亦云:“公议曰:德清之韵,不独中原,乃天下之正音也;德清之词,不惟江南,实当时之独步也。”汤显祖同时代的王骥德对周韵也是颇不以为然的,他指责周德清归纳韵部时“下笔如葛藤”,但对周德清的文学才华却相当欣赏,曾盛赞周氏说:“‘宰金头黑脚天鹅’〔折桂令〕、‘燕子来海棠开’〔塞儿令〕、‘脸霞鬓鸦’〔朝天子〕等曲,又特警策可喜,即文人无从胜之”(《曲律·杂论第三十九上》),其总体认识显得比汤显祖要周全得多。

尽管《答孙俟居》充盈着不吐不快的“意气”,但在《答凌初成》中汤氏却又说:“独想休文声病浮切,发乎旷聪,伯琦四声无入,通乎朔响。安诗填词,率履无越。不佞少而习之,衰而未融。”“少而习之,衰而未融”或许是一种谦辞,但至少表明他对某些曲家以周韵为准则还是能够宽容地予以认同。

其二,汤显祖批评沈谱说:“所引腔证,不云‘未知出何调,犯何调’,则云‘又一体’‘又一体’。彼所引曲未满十,然已如是,复何能纵观而定其字句音韵耶?”亦需进一步辨析。

先说“犯何调”问题。晚明曲学中的“犯调”不同于传统音乐学中的“旋宫转调”，它是指聚集若干曲调中的几个或全部句式，遵循一定原则使之组合成为一个新的曲调，即所谓“杂犯诸调而名者”，如王骥德《曲律 · 论调名第三》所云“两调合成而为《锦堂月》，三调合成而为《醉罗歌》，四五调合成而为《金络索》，四五调全调连用而为《雁鱼锦》”等等，近代以来研究者多称之为“集曲”①。与四十余年后沈自晋“广稽”“增补”过的《南词新谱》相比，沈璟《南九宫十三调曲谱》所收犯调数量要少得多，这既反映了明万历年间的戏曲音乐尤其是新兴昆腔“水磨调”的水准尚不足以与明末清初时相提并论，也与沈氏对新兴昆腔舞台习尚相当轻视的“斤斤返古”态度有关，因此，沈谱所收录的“犯调”只有少量是昆腔新声崛起之后文人曲家的标新立异之作（如卷十七“商调过曲”类，新增梁辰鱼作〔水红花犯〕曲，有云“不知犯何调，再考之”），大量的则是在前代散曲、戏文中早已有所运用的。沈谱卷一之前附录“凡不知宫调及犯各调”者一卷，其中多有存疑之论，如〔四换头〕曲牌有云“所犯四调，但知前四句似〔一封书〕，其余未敢妄言”，〔二犯朝天子〕有云“南曲未闻有〔朝天子〕，惟北调有之。此曲不知何所本也。此曲末句五句，似〔红衫儿〕，但前五句，不知何者是犯别调耳”，〔七贤过关〕有云“不知用何七调”，据以推测，汤显祖《答孙俟居》中“彼所引曲未满十，然已如是”云云，所贬斥的可能就是这

① 宋代词学中有“犯声”“侧声”“正杀”等，王骥德认为“皆以声言，非如今以此调犯他调之谓也”（《曲律 · 论调名第三》），清人万树《词律》进一步解释说：“词中题名‘犯’字者有二义：一则犯调，如以宫犯商、角之类。梦窗云‘十二宫住字不同，惟道调与双调俱‘上’字住，可犯’，是也；一则犯它词句法，如〔玲珑四犯〕、〔八犯玉交枝〕等，所犯竟不止一词。”晚明曲学中的犯调，主要是“犯它曲句法”，大抵为文辞上的技法，虽然也影响到行腔问题，但与传统音乐学以乐律为基础的“旋宫转调”关系较疏远。

一卷内容。此外,沈谱正文中也有若干考索未详、"不知犯何调"的,但数量并不多。

犯调(集曲)的大量出现是晚明清初戏曲界引人注目的事情,然不同时期的曲家态度略有分歧。如清初沈自晋《南词新谱・凡例》有云:"人文日灵,变化何极,感情触物,而歌咏益多。所采新声,几愈出愈奇。然一曲,每从各曲相凑而成。其间情有苦乐、调有正变、拍有缓急、声有徐疾,必于斗笋合缝之无迹,过腔接脉之有伦,乃称当行手笔。"可见,沈自晋基本上持一种认同的态度。而晚清文人杨恩寿(1835—1891)的《续词余丛话》则说:"曲谱无新,曲牌名有新。狡狯文人,好奇斗巧,以二曲三曲串为一曲,别立新名,以炫耳目。"贬斥的意向更为明确。今人则又另有新说,如有研究者指出:南曲"集曲"体取决于两个因素,一是南曲"板眼"的确定,二是"依字声行腔"曲唱方式的确立;晚明时期集曲的大量出现,一方面固然反映了文人参与情形下南曲日益由声(音乐)、辞(文字)一体的"歌词"蜕变为单纯的"文章之事",另一方面也表明,在"依字声行腔"曲唱方式确立之后,文人之曲作为"文章之事"可重新"度"以新"律吕"的事实①。

沈璟不但在曲谱中试图探明一些古老曲调的来历,还留下了不少别出新意的尝试,这说明他对犯调基本上持肯定态度,也符合晚明清初文人曲家的一般心理。因此,对于沈谱中的"不知出何调,犯何调",也许应秉持一种更通达的态度:这些既说明探本求源的曲律研究有可能胶柱鼓瑟,不足以反映曲体文学

① 参看李昌集《中国古代曲学史》,第 337 页,华东师范大学出版社 1997 年版。

流变的真实过程①,甚至有可能脱离了舞台演出的实际状态②;但另一方面,其背后也多少蕴含着一种严谨、客观的求实精神。后世曲谱大量收录集曲、犯调,当滥觞于沈谱,这恰恰体现了戏曲文本史与曲学史的双向互动。

再说“又一体”问题。蒋孝旧谱每调只列一曲,沈谱则为相当多的曲调增设了“又一体”。沈谱的“又一体”,是在确定某只曲调的正格之余,再列一至二种体式以备参用,大约包括以下几种情况:一是押入声韵者,这是针对南曲特有现象做出的有价值的总结。如〔齐天乐〕曲,正格以《琵琶记》中“凤凰池上归环珮”为例曲,“又一体”则以《江流记》中“荣膺丹诏瓜期逼”为例曲,批注云“此曲用入声韵”;又如〔醉太平〕曲,以《寻亲记》中押入声韵的“何须叹息”曲为正格,而以《朱买臣》中“君须三省”为“又一体”,有云“此用平上去声韵者”。二是昆腔新声广为传唱,以至于沈璟也不能全然漠视的新变体式。如〔普天乐〕曲,正格以《拜月亭》中“(我叫得)气全无”为例曲,“又一体”则有两体,其中一体即以《浣纱记》中“锦帆开”为例曲。三是某些难以确定其固定规范的体式,这种情况最为普遍,也最为多样。有些可能是缘于散曲与剧曲的不同,如〔罗袍歌〕,一出自《十孝记》,一为散曲;有些则在早期戏文中已有所不同,如〔一封歌〕,一出自《黄孝子》,一出自《十孝

① 如〔月云高〕,例曲出自《琵琶记》,沈璟认为“此调犯〔渡江云〕,而〔渡江云〕本调竟缺”,既然本调缺失,何以知其为犯调?

② 如〔一秤金〕,例曲出自《牧羊记》,沈璟有云:“此调必是十六调合成者,故名〔一秤金〕也。但前五句分明是〔桂枝香〕,以后俱未知何调。今人皆讹以传讹唱之,点板亦皆不同,难信也。”古人与今人的点板既然有不可弥合的差异,这就不仅表明舞台演出的流变将导致寻找曲律规范的难度,也说明曲律研究往往要以牺牲“多样性”为代价。

子》;有些则是起首换头的差异,如〔八声甘州〕曲,有四字句起、五字句起的不同。

早期南曲尚停留于民间艺术形态的时候,其曲调主要是"以乐传辞",旋律虽大抵稳定,但文辞之句式、平仄、用韵却没有固定的规范,在后代文人看来即"本无宫调,亦罕节奏"的"随心令"(《南词叙录》),因此严格地说,并无所谓"又一体"可言。但文人士大夫阶层广泛介入曲体文学之后,他们在维持曲调的音乐("声""乐")属性的同时(当然,音乐由于各种原因在流播过程中也可能发生衍变,但这往往不是文人曲家所关注的),往往更倾向于进一步凸显其文体("辞")层面的规定,因此句式、平仄、用韵等形式要素的规律性无可避免地被彰显出来,并随着时间的推移和"依字声行腔"演唱方式的确立而得到普遍认同。这个时候,再回过头去反观早期流传下来的文本,必然发现与常见歌词的通行格律规范不一致的例证,而文人士大夫往往不能以历史的眼光发展地去看待这些不同,再加上文人曲家刻意好奇、相互追摹,容易形成新的格律传统,于是"又一体"之说应运而生。

蒋孝旧谱"每调各辑一曲",虽功不可没,但不标正衬、不注平仄、不点板式,"似集时义,只是遇一题,便检一文备数"(王骥德《曲律·杂论第三十九下》),相比之下,沈谱增设"又一体"的做法为曲家的文本实践和艺人的舞台演出都提供了更多选择的可能,故沈谱之后的南曲曲谱大抵也遵循着这种备列多种体式的制谱方式。沈谱之所以要在蒋谱每调一曲的基础上增列"又一体",而沈自晋《南词新谱》之所以又能以"又一体"的形式容纳汤显祖曲作中那些受到前辈曲家讥讽的"失律"曲辞,一个重要原因就是演剧艺术的日新月异,其间歌者"依字声行腔"水准的提高是最为重要的因素。

明乎此,汤显祖对沈谱"又一体"的批评就多少显示出片面性了。虽然汤显祖敏锐地直觉到"又一体"之说的胶柱鼓瑟,但联系晚明曲坛的实际状态,特别是文人曲家的大量涌现,倘若要依汤氏所言,"定其字句音韵"(而这恰恰是昆腔新声"依字声行腔"的基础),就回避不了"又一体"。不管是"犯何调",还是"又一体",沈谱的关键问题并不是考索未详,以致不能使人"纵观而定其字句音韵",而是由于沈璟身居特定的戏曲史情境之中,他难以在新与旧、文本与舞台、历史与现状之间找到一个合适的平衡点,从而既张扬曲律研究的规范性、实用性,也不偏离戏曲创作和演出日新月异的实际现状。其实,这也是任何曲学研究不能规避的难题。

据现有文献,汤显祖对声律之学没有做过系统的专门研究,可能也未接触过蒋谱,否则他也许不会对沈谱作如此苛评,以致使人产生疑问:汤氏反对"又一体",难道他宁愿以牺牲曲调的多样性为代价,来回复到蒋孝时代曲律的粗疏与单一?蒋谱为南曲作者所提供的格律规范是有限的,也无助于歌者的演唱,因此,蒋谱问世之后并没有受到南曲作家或唱曲家的广泛重视,其影响与沈谱不可同日而语。而且事实上,汤显祖"四梦"中的曲调也并非就只是按照一种体式去填词,他既有效法早期南曲戏文的时候,也习惯于遵循当前演出的惯例(参看本书下篇第二章)。因此,汤氏的"苛求"倘若没有一定文学理想或美学理论的支持,而仅仅是出于意气之争,那么,他无疑就从根本上对总结曲律、编撰曲谱这类研究工作的合理性、可行性提出了质疑。

二、自然声律说的得失

崇尚自然之趣,这是汤显祖曲学理论中引人注目的一个倾向。汤氏《答凌初成》有云:

> 上自葛天,下至胡元,皆是歌曲。曲者,句字转声而已。葛天短而胡元长,时势使然。总之,偶方奇圆,节数随异。四六之言,二字而节,五言三,七言四,歌诗者自然而成。乃至唱曲,三言四言,一字一节,故为缓音,以舒上下长句,使然而自然也。

汤显祖这里标举的"歌曲"或"曲"不仅仅指南北曲,而是融合了"声"(音乐)、"辞"(文字)两个基本元素的所有音乐文学样式,统纳着远古以来直至晚明的"声辞"艺术传统。这一段文字中需要引起关注的有两点:一是汤显祖对其间两个基本元素"声"(或"乐",音乐)、"辞"(或"文",字句)之间关系的认识;二是他对南北曲"唱曲"方式的独特看法。

自上述引文还可看出汤显祖有"句字转声"而成"曲"的观点,看来,他也认同文人式的"依字声行腔"的曲唱方式。汤氏这种"自然而成"的声律理想,是可以在元明某些文人曲家那里找到共鸣的,因为其背后事实上隐藏着共通的理论逻辑,即立足于初民早期诗歌"声""辞"一体、"词""乐"合一的传统,强调曲体与诗体在艺术渊源上的一脉相承,如有云:

> 乐府本乎诗也。三百篇之变,至于五言;有乐府,有五言,有歌、有曲,为诗之别名矣……好事者改曲之名曰词以

重之，而有诗词之分矣。今中州小令套数之曲，人目之曰乐府，亦以重其名也。……虽然，古人作诗，歌之以奏乐，而八音谐，神人和。今诗无复论是。乐府调声按律，务合音节，盖犹有歌诗之遗意焉。①

然《康衢》之歌，兴自野老，《关雎》之咏，采之《国风》，不曰“今之曲即古之乐”哉。②

《诗》亡而后有《骚》，《骚》亡而后有乐府，乐府亡而后有词，词亡而后有曲，其体虽变，其音则一也。……夫子删《诗》曰：“《雅》《颂》得所，然后乐正。”未尝分诗乐为二。其后士大夫高谈诗学，不复稽古“永言”“和声”之旨意，遂专以抑扬抗坠、清浊长短责之优伶，淫哇相袭，大雅沦亡，而五音六律、九宫十三调，渐作广陵散。③

汤显祖将曲体（“歌曲”）的源头追溯到上古的“葛天氏之乐”，遵循的也是元明时期文人论说诗之变异、曲之源流时的基本思路。他认为，随着时世变迁，文辞句格也呈现出明显的变化，故“葛天氏之乐”短促而元人北曲则相对浩长，从四六之文和五言、七言的近体诗，再到南北曲，虽然文辞形式各有特点，但步节都恰好与“句子转声”之后旋律的节奏能相互匹配，故不管是诗体的吟咏（“歌诗”），还是曲体的歌唱（“唱曲”），歌者自然行腔转调，就并无挠喉捩嗓之弊。汤显祖的这一见解虽然有不

① 邓子晋《太平乐府序》，据〔元〕杨朝英选、隋树森校订《朝野新声太平乐府》，中华书局1958年版。

② 王骥德《曲律自序》，《中国古典戏曲论著集成》（四）。

③ 邹式金《杂剧三集·小引》，见《中国古典戏曲序跋汇编》第一册，第464页。

尽符合声歌历史的地方，甚或有知识性的误差①，但“二字而节”“一字一节”云云，也抓住了文人唱曲“依字声而行腔”的一个关键所在：除了有平仄、阴阳、清浊之分的字声要转变为高低、长短、强弱有别的乐声，文辞的步节也将转变成乐声的节奏，如此一来，纯文本的字句才有可能较彻底地转为可歌的乐句。

虽然相关问题在沈璟那里并没有得到充分的关注，但有一点是可以肯定的，他们都是“依字声行腔”文人唱曲的认同者。既如此，那么汤显祖、沈璟分歧的具体症结何在？“不妨拗折天下人嗓子”于戏曲创作与舞台演出，究竟有何意义？

明中叶以来，继宋元文人词演唱之后，“依字声行腔”再次成为文人唱曲的流行形式，并广泛渗透到南曲的演唱之中，昆腔新声“水磨调”尤其专注于此。因此，尽管沈璟曲谱所反映的腔调可能与“魏良辅所改昆腔”（徐大业《书南词全谱后》）有一定的差异，而宗奉魏良辅的唱曲界亦“但正目前之字眼，不审词谱为何事”（沈宠绥《度曲须知・弦律存亡》），也就是说，文人的曲律研究与伶人的舞台实践事实上已有所脱节，但沈氏以“辨别体制、分厘宫调、详核正犯、考定四声、指摘误韵”（徐大业《书南词全谱后》）为核心、特别专注于文词格律的订谱工作，却集中体现了南曲写作高度繁兴和昆腔新曲流行之后的一种历史要求。简而言之，即文人广泛介入南曲写作之后，曲调更多地凸显出其文学文本层面的属性，早期的原有旋律日益与文辞相剥离，

① 《吕氏春秋・仲夏纪第五・古乐》有云：“昔葛天氏之乐，三人操牛尾，投足以歌八阕：一曰载民，二曰玄鸟，三曰遂草木，四曰奋五谷，五曰敬天常，六曰建帝功，七曰依地德，八曰总禽兽之极。”东汉高诱注“八阙”为“上皆乐之八篇名也”（据《吕氏春秋集释》，文学古籍刊行社 1955 年版），这大抵是后人的习见，而汤显祖则认为“载民”云云为古乐传唱的文辞。

音乐性的获得转而依赖于文辞的特殊安排，随着“依字声行腔”成为新兴昆腔最普遍的唱曲方式，文辞写作必然也要更多地关注句法、平仄、阴阳、韵脚等形式要素，以寻得“字声”与“乐声”相互触引时的和谐、一致。

明万历年间“依字声行腔”的对象主要是文人曲作，但无论从理论上还是从技艺上讲，它们并不天然地具有“可歌”的性质，因为纯文本的“辞”要转变为可歌的“声辞”取决于两方面的规定：一是“辞”在字声方面的特定要求，二是歌者的素养。沈璟的“读之不成句，而讴之始协”，正是“依字声行腔”唱曲方式的一种较为极端的表述方式——因为过分追求曲体音乐层面（“声”）的和谐、美听，故不得不对其文体层面（“辞”）的思想意趣有所忽略，这就是所谓“宁使人不鉴赏，无使人挠喉捩嗓”；虽然他并没有漠视歌者的能动性，但“词人当行”却是“歌客守腔”（〔二郎神〕套曲《论曲》）的前提。显然，在“声”“辞”关系上，沈璟坚持以“声”为本位，尤其专注于“字声”转换为“乐声”的可行性，故不能不对文辞格律有较多的强调。

汤显祖尽管对“句字转声”中的步节问题有相当丰富的体察，但他对字声之平仄、阴阳、用韵等问题似乎并不十分了然，这既缘于他对具体而微的音韵之学的陌生，但更主要的，与他对歌者极高的期待值有关。汤氏《再答刘子威》有云：“南歌寄节，疏促自然。五言则二，七言则三。变通疏促，殆亦由人。”既然文辞的步节可因人、因时而变通，且依旧能自然天成，那么，在有足够修养的歌者那里，任何文辞其实都有可能转换为和谐美听的乐声。这一点汤氏在《答刘子威侍御论乐》中有更为详细的论述，又云：

凡物气而生象，象而生画，画而生书，其嗷生乐。精其

> 本，明其末，故气有微，声有类，象有则，书成其文，有质有风有光有响。羲唐老孔所不容言。其下《庄》《管》，《离骚》，二《招》，李斯邹阳之书，左迁之史，马杨之赋，枚乘之《七》，苏李，十九首诗，王骆崔颢长篇，王质夫杂伎，其于四者，稊畔无衰，行其自然，变蔼横极。

前文已论，明人对曲体本性的确认，通常是由论“乐”而引发开来的。汤显祖坚信，音韵、声律之美听与文辞之华茂完全有可能，而且有必要实现统一、协调，他并不认为这是个需要过多论证的话题，只是列举了从“羲唐老孔”直至“王质夫杂伎”等等作为“有质有风有光有响”的典范，其间包括某些并不特别讲求声律的非韵文写作。既然非韵文写作都如此，那么，曲体文学的声律规范之于文辞而言，就更非天然合理、一劳永逸的先在规定；相反，声韵之美首先是依赖文辞而存在的，它完全可能因歌者的努力而与文辞相互匹配、相得益彰，这就是汤氏所谓“使然而自然”①。可见，在“声”“辞”关系上，汤显祖的基本立场是强调以“辞”为本位，认为“声”可因“辞”而自然协调、发生。

正是“声”“辞”本位观念上的迥异，导致汤、沈二人在理论倾向上的鲜明对峙。汤显祖这种“辞”本位观念，一方面在古典美学传统中自有其悠远的理论渊源，可追溯到诗歌声律说发轫

① 据“玉茗堂批评”《花间集》，汤显祖评点顾敻《酒泉子》词有云：“填词平仄断句皆定数，而词人语意所到，时有参差。古诗亦有此法，而词中尤多。即此词中字字(之)多少，句之长短，更换不一，岂专恃歌者上下纵横取协耶！”(见徐朔方笺校《汤显祖全集》第1650页)倘若并非伪托，其间也能看出与汤显祖《答凌初成》“使然而自然”、《再答刘子威》“变通疏促，殆亦由人”一脉相承的自然声律理想。可参看叶晔《汤显祖评点〈花间集〉辨伪》，《文献》2016年04期。

时期的刘勰那里,《文心雕龙·声律》有云:“言语者,文章神明枢机,吐纳律吕,唇吻而已。”近人黄侃《文心雕龙札记》认为:“彦和此数语之意,即云言语已具宫商。”但另一方面,汤氏所论更主要的是依托于明中叶以来崇尚自然之趣、肯定个性诉求、张扬主体精神的思想文化潮流。事实上,汤显祖的审美理想是可以在“异端之尤”的李贽那里找到共鸣的,李卓吾曾有这样一段论述:

> 拘于律则为律所制,是诗奴也,其失也卑,而五音不克谐;不受律则不成律,是诗魔也,其失也亢,而五音相夺伦。不克谐则无色,相夺伦则无声。盖声色之来,发于情性,由乎自然,是可以牵合矫强而致乎?……有是格,便有是调,皆情性自然之谓也。莫不有情,莫不有性,而可以一律求之哉!然则所谓自然者,非有意为自然而遂以谓自然也;若有意为自然,则与矫强何异?故自然之道,未易言也。①

在肯定主体个性与作品美学风貌之间的某种对应、同构关系时,他们都强调了形式规范(“律”)对于主体个人才情、才性的拘限、压制,转而推重那些既能遵循必要的形式要求,又不为形式规范所框囿的“自然”之作。所谓“自然”,首先体现在主体性情向外发抒、表达的这一对象化过程中,而非由作为结果的艺术品来逆推出来,因此,形式规律的自然之趣其实质就是主体性情的天真无伪、无障无碍。

但是,作为以精研曲律为使命者,沈璟理所当然地要强调

① 李贽《读律肤说》,《焚书》卷三。

“曲体”脱胎于“诗体”之后，其句格、音节、板眼、用韵等“感性材料”的独特性、规范性和稳固性，因为曲家制谱的目的就是要使人有所凭依。因此，重要的并不是汤显祖为南曲曲谱这种方兴未艾的新事物提供了哪些正面主张，汤氏不惜矫枉过正的背后，或许隐藏有他和沈璟之间“意气相争”，但汤显祖之所以如此偏激地倡言“不妨拗折天下人嗓子”，却还有一些更为深刻的理论依据值得我们去深究。

一方面，晚明高扬主体性的思想文化潮流是汤显祖自然声律说得以发生的学术史前提；另一方面，传统音乐美学的某些主旨也为其所汲取、化用。汤氏《答刘子威侍御论乐》又云：

> 仆弱冠时，一被楚词琴声，无殊重华语乐，“声依永”，希微在兹。至于律尺，今古绵渺。《管子》《吕览》，度数律元，已有殊论。迁、歆而后，益愈悠缪。

“行其自然”的艺术本源论与《尚书·尧典》“诗言志，歌永言，声依永，律和声，八音克谐，无相夺伦”的主张之间，维持着内在的逻辑关联，因此，汤氏当然不会认同过于精细地研求律尺之学，他批评律尺之学虚远而不切实际，反不如远古时代“声依永”学说那样贴近人的审美心理，转而希望能从人类普通的言语活动中寻找到音乐的规律、原理。对此汤显祖在《再答刘子威》中有更明确的张扬，他说：“圭葭所立，号云中土，南趋西音，要为各适耳。必欲极此悟谭，似以‘声依’为近。”古典乐律之学交织着科学与神学的双重内涵，既有脱离音乐实际而陷于烦琐穿凿、附会迷信的，也有充分发扬严谨、求真的实证精神的，晚明士人于此传统学术亦有高度自觉者，如宗室朱载堉（1536—1611）有《律学新说》等著述，解决了等比律（十二平均律）的数理和计算

（即我国律学史上“黄钟还原”的难题），被研究者认为有近代学术色彩①。作为以八股求进阶、以文辞搏盛名的文士，汤显祖对律尺之学无所了通以至流露出一定的偏见，是可以理解的，事实上，汤显祖所试图抛弃的并不是作为形式规范的声律本身，汤氏苛责“曲谱诸刻”的背后，支撑着他对文辞与声律二者“自然”结合的理想境界的向往，这与他一贯崇尚自然之趣的审美理想息息相通。

汤显祖曾自述说：“某少有伉壮不阿之气，为秀才业所消，复为屡上春官所消，然终不能消此真气。”（《答余中宇先生》）这种耿介、孤傲的人格气质也充分体现在他的文学活动中，汤氏既不屑于交接文坛权贵，更不苟同于世俗的、主流的美学趣味。在南京时汤显祖有意回避与文坛领袖王世贞兄弟的来往，他早年的《问棘邮草》追随绮丽、秀美的六朝和初唐诗风，中年以后又认同宋人诗文的风格，这些都与“后七子”文人集团崇尚西汉文、盛唐诗的倾向形成了尖锐对峙。汤显祖《序丘毛伯稿》认为，创作主体的人格精神、性情气质必然通过作品的美学风貌得到表现、传达，他说：“天下文章所以有生气者，全在奇士。士奇则心灵，心灵则能飞动，能飞动则下上天地，来去古今，可以屈伸长短，生灭如意，如意则可以无所不如。”主体思维灵动、奔放的个性色彩被极大地张扬，过于精求形式规范无疑不利于主体个性的充分展现、才情的淋漓抒发，故汤氏向往“自然灵气，恍惚而来，不思而至，怪怪奇奇，莫可名状，非物寻常得以合之”的高妙境界，反对“步趋形似”（《合奇序》）的创作习气。正是立足

① 相关研究可参看戴念祖《朱载堉——明代的科学和艺术巨星》，人民出版社 1986 年版；陈万鼐《朱载堉研究》，台北故宫博物院 1992 年版。

于这种强调主体才情的观念,汤显祖对不同文体的形式要求做了比较,他说:"大雅之亡,祟于工律。南方之曲,刌北调而齐之,律象也。曾不如中原长调,庬庬隐隐,淙淙泠泠,得畅其才情。故善赋者以古诗为余,善古诗者以律诗为余。"(《徐司空诗草叙》)文体形式规范上的要求越是严格、工整,主体之才情便愈加难以得到淋漓尽致地抒发。

对于苏轼"画枯株竹石,绝异古今画格"的路数,汤显祖给予了积极评价,他认为"若以画格程之,几不入格",但恰恰藉此充分展现了个性、才情,故苏轼的画作能"入神证圣"(《合奇序》)。东坡"论画以形似,见与儿童邻"的主张在后世引发很多回响,如金人王若虚《诗话》、元人刘因《书东坡〈传神记〉后》、明人杨慎《论诗画》、李贽《诗画》等都试图阐发苏轼"本意",一般而言,他们并不认为苏轼是要废弃"形似"、抛弃画格,如王若虚阐发说:"此论在形似之外,而非遗其形似;不窘于题,而要不失其题。"汤氏讥评吕玉绳改窜《牡丹亭》是"割蕉加梅",自辩他的《牡丹亭》原作"骀荡淫夷,转在笔墨之外"(《答凌初成》),这也暗合了苏轼以来这种蕴涵着丰富艺术辩证法思想的"离形得似"理论传统,并没有完全否认"笔墨""画格""声律"等形式规范的重要性。"画格"之于绘画的意义,恰如声律之于曲辞,它们首先是属于艺术之"法"或曰形式规范层面的要求。汤氏虽并不全然否认法度、规则之于艺术创作的意义,但在他看来,"法"的存在恰恰为才情充盈的创作主体提供了展示个性的更多可能:"真有才者,原理以定常,适法以尽变。常不定不可以定品,变不尽不可以尽才。才不可强而致也,品不可功力而求。"正因为基于这样一种基本立场,汤显祖表示,他无法认同那些"精约俨厉,好正务洁,持斤捉引,不失绳墨"的创作,而赏识"为文类高广而明秀,疏夷而苍渊"的"狂者"气度(《揽绣楼文选序》)。

汤显祖以“不妨拗折天下人嗓子”来反拨吴越曲家对声律过于精细的追求,其背后或也隐含有因《牡丹亭》遭遇“改窜”而来的不满(《答凌初成》坦率承认“生非吴越通”),但更为主要的是在维护他自青年时代就持有的反模拟、务创新、出个性的艺术理想。不过,具体到万历年间曲坛的实际需要,汤显祖的这些卓见真知却有可能南辕北辙、不切正题,因为,在晚明这样一个文人学士大规模参与戏曲活动的时代,更为重要的并不是在文本写作中提倡变化不拘、“以畅才情”,而是如何从南戏北剧创作和演出的历史传统、舞台实践中总结经验、确立规范,从而既使得那些有逞才倾向的文人作家们能够熟悉当行之曲、场上之曲的固有规律,也有利于歌儿舞女领悟文学文本的苦心孤诣。事实上,大多数文人士大夫出身的晚明曲家已不能如他们崇尚的先辈——以关汉卿等“四大家”为代表的元代北曲作者——那样,通过“躬践俳场,面敷粉墨”“偶倡优而不辞”的演艺实践①,来熟谙曲体文学特有的形式规范(“声律”),因此,南曲曲谱也是南北曲隆衰兴替这一潮流中自然孕育、娩出的产物。

明中叶以后诗文领域弥漫着浓郁、厚重的复古倾向,而复古的审美取向又往往与创作过程中对前代艺术形式的追摹、斤守纠缠在一起②。这可以从一个侧面解释,为什么“后七子”以及踵武其迹的诗学家对古典诗歌的形式体裁,做了比前人更系统

---

① 臧懋循《元曲选·序二》,见中华书局1989年重排版《元曲选》卷首。

② 复古派的诗学中也有崇尚自然之趣的声律观念,但仔细辨析,并不同于汤显祖和李贽。如杨慎《升庵集》卷三《李前渠诗引》有云:“六情动于中,万物荡于外。情缘物而动,物感情而迁。是发诸性情而协于律吕,非先协律吕而后发性情也。”这里他强调了性情的发动,缘于外物之触引;而汤显祖、李贽则更强调性情的自发性,一般不谈外物的触引(参看本书上篇第四章),因此他们对形式规范的轻视态度也就更为强烈。

而细致的考察，诗文辨体、诗歌辨体由此成为理论热点。我们注意到，复古派诗家也热好“诗”“乐”关系的探讨，他们对诗歌形式规范（“诗法”）的探讨，也是基于那种声辞合一、词乐一体的“歌诗”的审美理想，如谢榛尝有云：

> 予一夕过林太史贞恒馆留酌，因谈：“诗法妙在平仄、四声而有清浊、抑扬之分。试以东、董、栋、笃四声调之。东字平平直起，气舒且长，其声扬也；董字上转，气咽促然易尽，其声抑也；栋字去而悠远，气振愈高，其声扬也；笃字下入而疾，气收斩然，其声抑也。夫四声抑扬，不失疾徐之节，惟歌诗者能之，而未知所以妙也。…凡七言八句，起承转合，亦具四声，歌则扬之抑之，靡不尽妙。”①

诗歌界的理论争鸣，也反馈到明中晚期的戏曲领域内，对曲体文学的创作和理论都有着重要影响，在某些文人曲家那里，甚至成为其曲律研究的理论预设或逻辑前提。如果说沈璟的“合律依腔”说与尚北、崇元的曲学主张，体现了浩荡的复古主义思潮在晚明戏曲界的强力渗透，那么，汤显祖的“自然声律”说则是这一宏阔潮流中特异独行的一种反拨，与公安“三袁”在诗文领域内的革新主张形成一种理论逻辑上的共鸣。

汤显祖“不妨拗折天下人嗓子”之说的意义或在于：身处一种独特的复古主义思潮与形式（规范、“法”）至上理念相互纠缠、互为依托的文化情境中，汤氏果断地维护了一个艺术家对独立的和能动的自我创作力、审美判断力的高度自信。邱兆麟

① 谢榛《四溟诗话》卷三，第 77 页，人民文学出版社 1961 年版。

《汤若士绝句序》有云:“时论称先生制义、传奇、诗赋,昭代三异。何异尔?他人拟为,先生自为也。”①“自为”二字,准确地概括了汤氏一生文学活动的个性化追求。就理论的彻底性和审美理想的超越性而言,汤显祖的“不妨拗折天下人嗓子”自有其高妙之处,但具体到戏曲创作与舞台实践、文本(“辞”)与音乐(“声”)之间的互依、互动而言,沈璟“合律依腔”理论其实更能体现出作为一种综合艺术的戏曲活动在万历年间的总体态势。

① 转引自毛效同编《汤显祖研究资料汇编》,上海古籍出版社1986年版。

第四章 “汤沈之争”余波述评

沈璟“合律依腔”理论主张虽然并非以汤显祖为直接的论辩对象，但由于沈氏系列度曲活动的重要影响，以及汤显祖“四梦”对尚待整合的新兴昆腔传奇形式规范的强烈冲击，对于后来者的回顾而言，即便在上述分歧背后并没有隐藏着相互辩驳、树帜而角的事实，万历年间的曲坛已呈现出双峰并峙、各自言说的状态。漠视这一历史状态，其弊端不言而喻。20 世纪初以来，研究者往往据晚明文献中的汤、沈优劣之辩，导引出“吴江派”“临川派”的区分，并以此作为梳理晚明清初戏曲文学流派的首块基石，其得失、利弊已有做进一步梳理的必要。

一、论吕天成“合之双美”说

沈璟与汤显祖的戏曲理论在观照重点上存在明显分歧，再加上创作风貌的迥异，其优缺、长短迅速引起晚明诸多曲家的兴趣。王骥德、吕天成以外，沈德符、徐复祚、凌濛初等人都曾就如何估衡汤、沈的地位有所评论：

> 临川之于吴江，故自冰炭。吴江守法，斤斤三尺，不欲令一字乖律，而毫锋殊拙；临川尚趣，直是横行，组织之工，几与天孙争巧，而屈曲聱牙，多令歌者齰舌。（王骥德《曲律·杂论第三十九下》）

沈光禄……嗟曲流之泛滥，表音韵以立防；痛词法之蓁芜，订《全谱》以辟路。……运斤成风，乐府之匠石；游刃余地，词部之庖丁。此道赖以中兴，吾党甘居北面。（吕天成《曲品》卷上）

沈宁庵吏部后起，独恪守词家三尺，如庚清、真文、桓欢、寒山、先天诸韵，最易互用者，斤斤力持，不少假借，可称度曲申韩，然词之堪选入者殊少。……汤义仍《牡丹亭梦》一出，家传户诵，几令《西厢》减价，奈不谙曲谱，用韵多任意处，乃才情自足不朽也。（沈德符《万历野获编》卷二十五“词曲·填词名手”）

沈光禄著作极富……无不当行。……先生严于法，《红蕖》时时为法所拘，遂不复条畅。然自是词家宗匠，不可轻议。至其所著《南曲全谱》《唱曲当知》，订世人沿袭之非，铲俗师扭捏之腔，令作曲者知其所向往，皎然词林指南车也，我辈循之以为式，庶几可不失队耳。（徐复祚《曲论》）

义仍自云：“骀荡淫夷，转在笔墨之外，佳处在此，病处亦在此。”彼未尝不自知，只以才足以逞而律实未谙，不耐检核，悍然为之，未免护前。……而一时改手，又未免有斫小巨木、规圆方竹之意，宜乎不足以服其心也。（凌濛初《谭曲杂札》）

沈伯英审于律而短于才，亦知用故实、用套词之非宜，欲作当家本色语，却又不能，直以浅言俚句，掤拽牵凑，自谓独得其宗，号称“词隐”。而越中一二少年，学慕吴趋，遂以伯英开山，私相服膺，纷纭竞作……较之套词、故实一派，反觉雅俗悬殊。（凌濛初《谭曲杂札》）

以上见解各有抑扬，颇能反映出文人曲家艺术理想、文学观念、私人交谊乃至写作情境的差异，但总体而言，晚明曲家在估衡汤、沈创作实绩和理论主张得失的时候，一般均兼顾到个人趣味与曲坛普遍认知之间的协调，王骥德、吕天成尤具代表性。

王骥德《曲律》较好地将历史描述、理论剖析与审美认同融为一体，既不回避个人趣味，也坚决维护曲体文学的历史必然。《曲律》先细究南北曲的来源、差异，移录沈璟《南九宫谱》685章曲调名目，精研曲调、宫调、平仄、阴阳、务头、用韵、板眼等，然后才转入遣词造句、结构布局、美学风貌等等与“文学性”相关的问题。王骥德并不赞同沈璟恪守《中原音韵》的做法，沈氏传奇作品的基本风貌也不能满足他的审美需求，指出“吴江诸传，如老教师登场，板眼场步略无破绽，然终不能使人喝彩”，他甚至讥讽沈璟津津自得的“本色”主张“认错路头”、必将贻误后人（《曲律·杂论第三十九下》）；但另一方面，沈氏“合律依腔”说作为一种理论原则，依然得到王骥德的肯定和张扬，王氏之所以撰《曲律》四卷，也是和沈璟一样有感于南曲声律规范的不完备，而北曲作家却有“指南”“令甲”可资凭依（《曲律·自序》），正是在这个意义上才他推重沈璟“中兴之功，良不可没”（《曲律·杂论第三十九下》）。

王骥德的理论视野中，不但“剧学”尚未能与“曲学”完全分疏（尽管他多次谈及“剧戏”结构、体制、情节等与叙事或代言相关的问题，但并没有像李渔那样明确地以“专为登场”为理论建构的基点），而且，他的曲学体系中依然渗透着传统诗歌美学的深刻影响，故其审美理想与汤显祖颇多切近之处，如对“天机”自发、“不知所以然而然”的神妙之作的崇尚，对王维“画《袁安高卧图》有雪里芭蕉”这种不拘于常理的写意诉求的认同。虽然他也批评汤显祖戏曲“字句平仄,多逸三尺”“当置‘法’字无论,尽是案头异书”,但对汤氏“四梦”的评价其实远在沈璟《属玉堂传奇》之上,有云:“词隐之持法也,可学而知也;临川之修辞也,不可勉而能也。大匠能与人规矩,不能使人巧也。其所能者,人也;所不能者,天也。”在王氏那里,守“法”虽然是曲体文学写作的题内之义,但却并非最高的追求,故又云:“尺尺寸寸,句研字核,俾无累功令,易耳。然其至,尔力,其中,非尔力。故入曲三昧,在‘巧’之一字。”①因此,他对曲家既协守声律又充分展示才情寄予了热切希望:“若夫不废绳检,兼妙神情,甘苦匠心,丹镬应度,剂众长于一冶,成五色之斐然者,则李于麟有言:亦惟天实生才,不尽后之君子。”(《曲律·杂论第三十九下》)事实上,“不废绳检,兼妙神情”作为一种审美理想,贯彻于整个《曲律》的写作中。

沈璟与吕天成关系亦师亦友,吕氏《曲品》“首沈而次汤”,这本在情理之中,但他同时又另作辩解——之所以有所抑扬,乃是出于“挽时之念方殷,悦耳之教宁缓”的现实考虑,其实“略具后先,初无轩轾”。值得细究的是,在个人审美趣味、普遍理性认知和师友情谊之间,吕天成到底作了怎样的权宜取舍?

王骥德说:“自词隐作词谱,而海内斐然向风。衣钵相承,尺尺寸寸守其矩矱者二人,曰吾越郁蓝生,曰槜李大荒卜客”,似乎吕天成曲作正是沈璟曲学主张的具体化、文本化。其实,吕

① 《孟子·万章下》以射为喻,有云:“智,譬则巧也;圣,譬则力也。由射于百步之外也,其至,尔力也,其中,非尔力也。”东汉赵岐注曰(据《诸子集成》本之焦循《孟子正义》):“以智,譬由人之有技巧也,可学而益之;以圣,譬由力之有多少,自有极限,不可强增。圣人受天性,可庶几而不可不及也。夫射远而至,尔努力也,其中的者,尔之巧也,思改其手,用巧意乃能中也。”

天成对沈璟曲学的认同也经历了一个过程，早期的《神女记》“音律尚随时趋”①，后来因与沈璟交往而发生变化，“所著传奇，始工绮丽，才藻烨然；后最服膺词隐，改辙从之，稍流质易，然宫调、字句、平仄，兢兢毖慎，不少假借”（王骥德《曲律·杂论第三十九下》）。《曲品》对汤显祖戏曲的缺憾虽有所论及，但细察之，仿佛蜻蜓点水、一掠而过，而他对“四梦”奇妙的接受效果却并不吝惜誉美之辞，总试图用洋溢着浓烈情感色彩的词句去撞击读者的心灵——如品论《紫钗记》说：“描写闺妇怨夫之情，备极娇苦，直堪下泪，真绝技也。”推重《牡丹亭》说：“着意发挥怀春慕色之情，惊心动魄，且巧妙叠出，无境不新，真堪千古矣。”对《南柯记》的评价则是“眼阔手高，字句超秀”，又盛赞《邯郸记》“梦中苦乐之致，犹令观者神摇，莫能自主”。相比之下，《曲品》有关沈璟传奇的判词则异常冷静、理性：

（1）《红蕖记》是沈璟的第一部传奇，吕天成评价说：“著意铸裁，曲白工美。郑德璘事固奇，无端巧合，结撰更异。先生自谓：字雕句镂，止供案头耳。此后一变矣。”“工美”“奇”“异”等褒扬性字眼《曲品》中比比皆是，不足以为《红蕖记》高居“上上品”提供坚实的论证，况且沈璟已有“止供案头耳”的自我批评，吕天成似乎只是因其人而扬其文。

（2）针对《合汗衫》，吕天成说：“苦楚境界，大约杂摹古传奇。此乃元人《公孙合汗衫》事，曲极简质，先生最得意作也，第不新人耳目耳。余特为先生梓行于世。”以“不新人耳目”来批评沈璟“最得意作”，看似漫不经心，所隐含的贬抑却不可轻易

① 沈璟《致郁蓝生书》。据徐朔方《晚明曲家年谱》第二卷、吴书荫《曲品校注》，吕天成始为沈璟所知，是在万历二十四年（1596）或稍后，《神女记》则作于万历二十七年（1599）。

放过,因为吕天成品评诸传奇之前曾特意张扬了声律学家孙鑛的十条衡曲标准,“事佳”“要脱套”赫然其中,以“奇”为尚乃《曲品》的一个基本倾向①。

(3)至于《义侠记》,吕天成说:“激烈悲壮,具英雄气色。但武松有妻,似赘。叶子盈添出,无紧要。西门庆亦欠斗杀。先生屡贻书于予,云‘此非盛世事,秘勿传。’乃半野商君得本,已梓,优人竞演之矣。”以上云云,不过是在复述其万历丁未年(1607)所作《义侠记序》而已,了无新意。

(4)再看有关《坠钗记》的品论:“兴娘、庆娘事,甚奇。又与贾云华、张倩女异。先生自逊,谓‘不能作情语’,乃此情语何婉切也。”《坠钗记》虽“事甚奇”,但情节模式、关目转捩、曲辞意蕴等都留有追摹《牡丹亭》的明显痕迹;沈璟或亦能作“情语”,吕天成显然并没有从其作品中获得多少审美的愉悦或满足,“婉切”二字无所对应。

显然,吕天成“初无轩轾”的托词遮蔽了另一个更隐秘的真实:吕氏个人审美趣味其实更趋近汤显祖“四梦”一路,这与他赋予沈璟“上之上”、甚至“首沈而次汤”的独尊地位难以相称。师事沈璟之前,吕天成所作传奇同样以绮丽、藻饰和才情见长,改辙从之后方谨守沈氏家法;虽如此,少年时代恃才使性、崇慕文华的创作冲动在写作《曲品》时,已内隐为一种无法割弃的审美期待,故对汤显祖“四梦”热情洋溢,而面对沈璟拘拘于“法”、个性不彰的文本实践,吕天成只能用曲坛普遍化的理性认知来收敛、约束自己带有强烈倾向性的真实感受,直至以“词匠”这

① 赵景深先生曾指出,《曲品》明确从“事佳”角度予以褒扬的传奇约25种,而明确指出事不佳或不能脱套的传奇约有10种。参看《曲论初探》,第36页,上海文艺出版社1980年版。

一贬词来指称沈氏高足卜世臣。吕天成的“遮遮掩掩”“欲说还休”生动地反映出晚明曲家的两难处境：一方面，他们必须正视万历曲坛尤其是新兴昆腔传奇的创作和演出都亟待更规范化的曲律予以指导这一现实需求，因此，也就必须充分肯定沈璟曲学顺乎戏曲史必然趋势的积极意义；另一方面，身居文人学士阶层，他们大多认同，并时常去张扬前代文学理论特别是诗歌美学传统中崇尚自然神造、肯定天分才情、张扬革新精神等等价值倾向，因此个性化、主体性的凸显，其实也是晚明诸多文人曲家共同的审美诉求。

在追叙了所谓“汤沈之争”大致原委后，吕天成提出了著名的“合之双美”主张：

> 不有光禄，词硎弗新；不有奉常，词髓孰抉？倘能守词隐先生之矩矱，而运以清远道人之才情，岂非合之双美者乎？而吾犹未见其人，东南风雅蔚然，予且旦暮遇之矣。①

有明一代，很难说哪部文人传奇戏曲就是符合这种“双美”期待的②，事实上，明中叶以来传奇戏曲的文本渐趋雅致，“案头”倾向日益明显，回复到民间南戏的当行、本色已不可能。晚明更多的文人曲家已不再有亲身从事表演实践的特殊才艺，他们既痛感“知音晓律”者的缺失，又时常顾忌到按谱填辞与才情发抒之间的矛盾，因此，如何从南北曲的历史传统、舞台实践中总结经验、确立规范，既让那些不谙声律的文人曲家们能遵循当行之曲、场上之曲最基本的形式规范，也有助于歌儿舞女领悟文人创

① 见吴书荫《曲品校注》，第 37 页。

② 据凌濛初《谭曲杂札》，吕天成曾为单本《蕉帕记》作序云：“词隐先生之条令，清远道人之才情。”当为溢美之辞。

作的精妙之处,这正是晚明以形式规范为研讨中心的曲学得以生长并繁荣的一个基点,或可谓“形式主义”倾向的曲学所潜隐着的主要“问题意识”。

“合之双美”说之所以屡屡能激起后世曲家们的回应,就在于它既体现了明中晚期戏曲发展的必然要求,也暗合了文人士大夫们参与戏曲活动时具有普遍性的某些审美期待。

二、关于“吴江派”和“临川派”

明万历以后,新兴昆腔态势之盛已非其他声腔剧种所能比拟,文人士大夫趋之若鹜,直接服务于昆腔舞台演出的文本传奇大量涌现,遵奉或认同沈璟曲学理论者大有人在。沈璟去世几十年后,沈自晋在《望湖亭》传奇第一出以〔临江仙〕词的形式①,开列了一串名单:

> 词隐登坛标赤帜,休将玉茗称尊。郁蓝(吕天成)继有槲园人(叶宪祖)。方诸(王骥德)能作律,龙子(冯梦龙)在多闻。香令(范文若)风流成绝调,幔亭(袁于令)彩笔生春,大荒(卜世臣)巧构更超群。鲰生(沈自晋自谦)何所似,颦笑得其神。②

吕天成以下诸位曲家,曾被研究者认为是晚明戏曲文学界“吴江派”的骨干,沈璟则被视为“吴江派”的领袖;但“登坛”“赤帜”云云,显然只是修辞用语,其大意是说沈璟“合律依腔”理论

① 据《祁忠敏公日记》,崇祯癸酉年(1633)五月二十三日祁彪佳曾在绍兴看《望湖记》演出,其作年当更在此前。

② 见沈自晋《望湖亭》,《古本戏曲丛刊二集》影印清初刻本。

主张在当时及后世曾有一批追随者或认同者,并不能据〔临江仙〕词推定晚明曾形成一个以沈璟为核心、以汤显祖为对立面的曲家集团;所谓“休将玉茗称尊”,只是有感于沈璟《南九宫谱》行世已久,但依然有某些不谙曲律、恃才使性的文人曲家打出汤显祖的旗号以回避己短①,也不能推导出晚明曾形成另一个以汤显祖为核心的曲家集团。沈自晋这一归派阵营的〔临江仙〕词经常被研究者用来与沈自友《鞠通生小传》中几句夸张之辞相参并读:“海内词家,旗鼓相当,树帜而角者,莫若吾家词隐先生与临川汤若士,水火既分,相争几于怒詈。”②汤、沈之间或曾有所相争,但“树帜而角”则言过其实,因为沈璟偏爱《牡丹亭》也是不争的事实,所作《坠钗记》追摹意图明显,而且毫不掩饰他对汤显祖个人的“推称”③。这首〔临江仙〕词更多地只是表明,面对汤氏“四梦”才情纵横的文本写作,及其对于尚待整合的新兴昆腔传奇形式规范的强烈冲击,文人戏曲家们已不可能置若罔闻,必然有所回应。

正如沈璟“合律依腔”主张常常被纳入一种并不完全准确的戏曲史背景(文人传奇的案头化流弊)中去解读——汤、沈之间观念分歧的理论史意义由此也得以强化,仿佛“汤沈之争”隐

① 晚明清初坊间流行“玉茗堂批评”的戏曲,沈自晋《偶作》(转引自毛效同《汤显祖研究资料汇编》)指斥说:“那得胡乱圈点涂人目,漫假批评玉茗堂,坊间伎俩,更莫辨词中衬字,曲白同行。”看来,〔临江仙〕词“休将玉茗称尊”云云也是有感而发。

② 见沈自晋《南词新谱》卷后。

③ 沈自晋《重定南词全谱凡例》“采新声”云:“新词家诸名笔(如临川、云间、会稽诸家),古所未有。真似宝光陆离,奇彩腾跃。乃吴苏同调(如剑啸、墨憨以下),皆表表一时,先生亦让头筹(见《坠钗记》〔西江月〕词中推称临川云),予敢不称服膺。”然今《坠钗记》(据《古本戏曲丛刊初集》影印之清康熙年间王献若钞本)中,并没有这一〔西江月〕词,或已有改易。

寓着明万历年间直至清初戏曲文学创作和理论建设的根本走向——事实上,晚明清初一大批曲家或被归类为唯沈氏马首是瞻、谨守声律的“吴江派”,或被派定为以汤显祖为先导、崇尚才情表现的“临川派”,这些同样体现出特定历史时期学术研究的“问题意识”。

所谓“临川派”与“吴江派”的划分,固然能找到某些立论并不严谨或尚待进一步推究的文献以作依据①,但归根结底,明代“曲家流派”只是传统“曲学”进入文学史领域并转型为现代“戏曲史学”这一学科化进程中的副产品。将明代戏曲作家分列不同艺术流派予以归纳、比较的研究,肇始于吴梅先生的《中国戏曲概论》,有云:“有明曲家,作者至多,而条别家数,实不出吴江、临川、昆山三家。”——虽标榜“有明”一代,其实只论及嘉隆以后;虽没有明确各个流派的成员构成,但描述了汤、沈的广泛影响(“自玉茗‘四梦’以北词之法作南词,而偭越规矩者多;自词隐诸传以俚俗之语求合律,而打油钉铰者众”);“条别家数”云云,虽然反映出回顾戏曲文学史时动态的、发展的眼光,但意义有限,因为在吴梅看来,汤、沈之后的戏曲文学其实呈现出合流的态势——“于是矫拙素之弊者用骈语,革辞采之繁者尚本色。正玉茗之律,而复工于琢词者,吴石渠、孟子塞是也。守吴江之法,而复出以都雅者,王伯良、范香令是也。”

此后,日本学者青木正儿的《中国近世戏曲史》也通过分列流派来构建“昆曲极盛时代的戏曲”的叙述框架。归于“吴江一

① “临川派”名目的创立,或可追溯到吕天成,《曲品》卷下品论《拜月》有云:“元人词手,天然本色之句,往往见宝,遂开临川玉茗之派。”但这里“派”,解说为“个人风格”或更准确;“流派”虽或以“风格”上的渊源关系为基础,但风格上的承袭延续并不必然地导致流派的分疏。

派”的曲家有沈璟、顾大典、叶宪祖、卜世臣、吕天成、王骥德及其“余流”冯梦龙、范文若、袁于令、沈自晋,汤显祖单列一节,划归“玉茗堂派”的曲家则有阮大铖、吴炳、李玉;同时他又引吴梅之论进一步强调,所谓“玉茗堂派”乃是“欲‘以临川之笔协吴江之律’之一种协调派”。显然,青木正儿同样认为汤、沈之后的曲坛体现出“词”“律”兼顾的总体态势。

吴梅、青木正儿在20世纪上半叶为晚明戏曲研究所确立的这一分列“流派”的学术范式,20世纪50年代以后曾获得学人广泛认同;但另一方面,他们有关汤、沈之后戏曲文学史“合流”趋势的描述却没有得到应有的重视,与此同时,汤、沈之间分歧(或曰“论争”)的理论内涵、美学意义和文学史价值,却因特定政治文化思潮的激发而被不适当地凸显或夸大了。

事实上,晚明曲家中指正汤、沈立论偏颇者不少,也有如徐复祚这样片面推崇沈璟而对汤显祖不以为然的,但并没有谁明确肯定“不妨拗折天下人嗓子”言论的积极意义,更没有谁试图将它付诸文本实践。如被视为“吴江派”成员的徐复祚明确褒沈而贬汤,又认为臧懋循改定“四梦”乃“若士忠臣”,这其实缘于徐氏首“音律”次“词华”的观念,其《曲论》有云:“夫‘作曲先要明腔,后要识谱,切忌有伤于音律’,词丹丘先生之言也。腔调未谐,音律何在?若谓不当执末以议本,则将抹杀谱板,全取词华而已乎?”通常被归类为“临川派”骨干的孟称舜也客观地指出汤、沈的偏憾,“迩来填辞家更分为二:沈宁庵专尚谐律,而汤义仍专尚工辞,二者俱为偏见”,只是倘若二美难并,他更倾向于“工辞”,故又云:“然工辞者,不失才人之胜,而专尚谐律者,则与伶人教师登场演唱者何异?”(《古今名剧合选序》)某些评点家如茅元仪、茅暎因迷恋“四梦”曲辞之美而不满他人(如臧懋循)的改窜也在情理之中①,茅暎的审美理想也可视为对吕天成"合之双美"说的回应,其《题牡丹亭记》有云:"大都有音即有律,律者,法也。必合四声、中七始,而法始尽。有志则有辞,曲者,志也。必藻绘如生,颦笑悲涕而曲始工。二者固合则并美,离则两伤。"可见,不管是为汤显祖"失律"辩护,抑或改窜其文本,这些通常都只是曲家个人情性、艺术趣味的表露,并不隐寓着多少理论争鸣的性质。另一方面,晚明清初"传奇十部九相思"(李渔《怜香伴》传奇卷末收场诗),叙写男女风情的作品占有绝对优势②,尽管它们在思想倾向上存在着一定的差异,但也出现了或以《牡丹亭》"至情"为标榜,或以"情真""情正"来修正"情至"的一些作品(如吴炳《粲花斋五种曲》、孟称舜《娇红记》、阮大铖《石巢传奇四种》等),它们在一定程度上或肯定男女私情,或主张婚恋自由,或反映出朦胧的男女平等思想,有些甚至在情节结构上明显摹拟《牡丹亭》——晚明清初明显袭用《牡丹亭》关目的传奇(不包括改本、续作)至少有《坠钗记》(沈璟)、《梦花酣》(范文若)、《画中人》和《西园记》(吴炳)、《梦中缘》(张坚)等,直至清乾隆年间的《石榴记》(黄振)尚不能跳出《牡丹亭》窠臼——足见汤显祖剧作影响之广阔、深远。

① 明泰昌间朱墨本《牡丹亭》(《古本戏曲丛刊初集》影印)"凡例"称:"臧晋叔先生删削原本,以便登场,未免有截鹤续凫之叹。欲备案头完璧,用存玉茗全编,此亦临川本意,非仆臆见也。"但事实上,比照《牡丹亭》现存最早刊本即石林居士本来看,改动处亦不少。其"凡例"又云:"曲每以宾白犊调,旧本混刻,不唯昧作者苦心,亦大失词家正脉,今悉依宁庵先生九宫谱订正",可见,沈璟曲谱恰是茅元仪父子改写的格律依据。

② 据郭英德《明清传奇史》(第 261 页,江苏古籍出版社 1999 年版)考察,在传奇勃兴期(从明万历十五年至清顺治八年)的 65 年内,题材大致可考的作品约 631 种,其中男女风情剧达 288 种,约占 45%。

显然，倘若因汤显祖之后戏曲文学史中存在着追摹《牡丹亭》乃至意欲与其争胜的现象，而将这些年代跨度颇大的曲家归类为与“吴江派”相对的“临川派”，其胶柱鼓瑟之弊显而易见，故新时期以来不断有学者提出异议。

沈璟曲学毫不含糊的“斤斤返古”价值取向及其带有独断论意味的“形式”至上理念，虽然在总体上迎合了晚明曲坛的某些现实需求，以至于《南九宫十三调曲谱》问世后能有“词林指南车”的盛誉，但毕竟偏离了古典美学鼓励创新、崇尚“离形得似”、追求“无法之法”的基本精神，也与晚明文人士大夫普遍习惯于张扬自我、宣泄才情的时代风尚难以相互熨帖。因此，沈璟曲学、曲作经常受到来自晚明曲家甚至其友朋、弟子的更为尖锐也更为内行的批评。那么，以沈璟为精神领袖的这批文人曲家既缺乏明确的“团队身份”的认同意识，也不具有同一或趋近的艺术风格的自觉追求，甚至，并不呈现出紧密的地域性文化特征，将他们归类为“吴江派”是否可行？总体而言，如何圈定“吴江派”的成员学界虽多有异议①，但难以否认的是，沈璟在晚明清初曲坛所拥有的追随者或响应者之多，远非其他曲家可以匹及。即便排除了师生、朋友、亲属等私人关系，王骥德、吕天成、

① 青木正儿《中国近世戏曲史》中“吴江派”成员有：沈璟、顾大典、叶宪祖、卜世臣、吕天成、王骥德、冯梦龙、沈自晋、范文若、袁于令；周贻白《中国戏曲发展史纲要》中有：沈璟、顾大典、沈自晋、卜世臣、王骥德、袁于令、冯梦龙等人；钱南扬《谈吴江派》（见《汉上宧文存》）则在沈自晋〔临江仙〕词之外，增补了顾大典、史槃、汪廷讷、沈自征、吴炳、胡遵，并认为沈氏一门及亲戚朋友有作品见于《南词新谱》的三四十人，均可视为吴江派成员；郭英德《明清传奇史》将吴江派分为前后两期，“可供讨论者共有十四人：沈璟、卜世臣、吕天成、王骥德、汪廷讷、叶宪祖、史槃、顾大典、徐复祚、许自昌等十人，主要活动于万历年间，可称前期吴江派；冯梦龙、范文若、袁于令、沈自晋等四人，主要活动于明末清初，可称后期吴江派。”

卜世臣、顾大典、叶宪祖、冯梦龙、沈自晋、汪庭讷、陈与郊等人的戏曲活动①，也体现出某种大体一致倾向性：认同沈璟“合律依腔”说的基本精神，并自觉地在文本创作和理论表述中去实践之、张扬之。

这里需要强调的是，对沈璟曲学基本精神的认同，并不等于无保留地迎合沈璟具体而微的声律主张，更与曲作的美学风貌无必然的因果关联。明代文人极好标榜门户，诗文领域表现尤为明显，如郭绍虞先生所论，“只须稍有一些表现，就可加以品题，而且树立门户”②，但曲坛情形略有所不同，因师承关系而生发的门户意识要相对淡漠一些。因此，即便我们承认“吴江派”归类的意义，也有必要强调一点：所谓“吴江一派”，并不是作为其他流派的“对立面”而有意识地结合为一团队，以凸现于晚明清初戏曲界的文人群体。在具体而微的声律规范如用韵的取则、新旧曲调的变通、尾声的格式化等等细节问题上，“吴江派”曲家往往各自坚持他们自己的看法；至于因曲家审美趣味的迥异，或个人才情的高下、艺术表现的优劣而导致作品的美学风格或平实朴素，或怪怪奇奇，或世俗鄙俚，或文采绚然，更不能视为沈璟“合律依腔”说或“癖好本色”主张合乎理论逻辑的文本实

① 冯梦龙序王骥德《曲律》有云：“余早岁曾以《双雄》戏笔，售知于词隐先生，先生丹头秘诀，倾怀指授。”他与沈璟有直接来往，或可视为“吴江派”成员。汪廷讷可能没有与沈璟有直接交往（参看徐朔方《晚明曲家年谱》第三卷之《汪廷讷行实系年》），但他翻作了沈氏〔二郎神〕《论曲》套曲，祁彪佳《远山堂曲品》评论其《投桃记》传奇有云“守律甚严，不愧词隐高足”，“高足”云云似有根据，因此归入吴江派是恰当的。陈与郊《沈母卜太宜人诔》有云“予与伯英（沈璟）相知为深”，也可归入吴江派。

② 郭绍虞《明代的文人集团》，见《照隅室古典文学论集》，第518页，上海古籍出版社1983年版。

践结果。

王骥德对沈璟曲学的具体内容和曲作的艺术风貌颇有訾议，但吕天成《义侠记序》却说：“松陵词隐先生表章词学，直剖千古之迷，一时吴越词流，如大荒逋客、方诸外史、桐柏中人，遵奉功令唯谨。”仿佛王骥德也是沈璟曲学亦步亦趋的追随者。王氏去世不足四十年，他终于被沈自晋正式归入沈璟的“赤帜”之下。其实，细究王骥德《曲律》，他与汤显祖其人、其作之间的心灵契合，也是值得我们关注的①。

总之，晚明清初戏曲流派的研究曾长期被统摄于一种二元对立的思维模式之中，即便学人在具体而微的史实考察上取得共识，倘若没有学术视角的整体性更新或转移，并不足以消解“汤沈之争”叙述范型之于晚明清初戏曲史研究的影响。

① 王骥德《曲律·杂论第三十九下》有云：“汤（显祖）令遂昌日，会先生（孙如法）谬赏余《题红记》不置，因问先生：‘此君谓余《紫箫记》何若？’先生言：‘尝闻伯良艳称公才，而略短公法。’汤曰：‘良然。吾兹以报满抵会城，当邀此君共削正之。’既以罢归，不果，故后《还魂记》中‘惊梦’折白有‘韩夫人得遇于郎，曾有《题红记》’语，以此。”

下篇　汤显祖戏曲的声腔与声律

晚明以来有关汤显祖戏曲“失律”的议论充斥于多种文献，改易、删削《牡丹亭》者至少有沈璟（《同梦记》）、吕玉绳（“其吕家改的”）、臧懋循（《还魂记》）、硕园（《还魂记》）、冯梦龙（《风流梦》）、冰丝馆（重刻《还魂记》）等[①]。“曲无定本”是戏曲史中的常见现

---

① 相关刊本说明如下：(1)臧懋循改本《还魂》36 折，今存万历四十六年(1618)吴兴臧氏原刻本《玉茗堂四种传奇》，清乾隆二十六年(1761)书业堂重修；(2)硕园(徐日曦)改本《还魂记》43 出，存明末汲古阁原刻初印本，《六十种曲》收录；(3)冯梦龙《风流梦》37 折，存明崇祯年间墨憨斋刻本，明末《墨憨斋新曲十种》收录；(4)清乾隆年间冰丝馆本《牡丹亭》，有云“取清晖阁原本编校重刊，务存玉茗旧观，不敢增删只字”(《叙》)，然实为进呈本，有不少删改，(5)傅惜华《明代传奇全目》卷二《还魂记》条著录徐肃颖《丹青记》，徐扶明《牡丹亭研究资料考释》(上海古籍出版社 1987 年版第 59 页)引吴晓铃先生函云：“周越然曾藏有《丹青记》一部，二卷五十五出，署汤显祖撰，陈继儒批评，徐肃颖删润，萧儆韦校阅，明万历间刊本。”然据郭英德《明清传奇综录》(河北教育出版社 1997 年版)卷三下：国家图书馆藏明末刻本《丹青记》，署“临川汤显祖若士编著”“古闽徐肃颖敷庄删润”，凡 2 卷 55 出，与汤显祖《牡丹亭》相比较，“情节关目、曲词宾白毫无二致，唯易其名而已，故实为《牡丹亭》之异本”；(6)周维培《曲谱研究》(第 391 页)有云：“明末朱墨刊本《邯郸梦记》也是一种改本，其‘凡例’云：‘音切悉遵《九宫谱》《太和正音谱》，考订的确。或平声借仄，仄声借平，一调而二三音者，俱从本调起叶’。”按，此说似有误，明天启元年闵光瑜刻朱墨套印本《邯郸记》“凡例”有云：“玉茗堂旧刻刊行既久，不无鱼虞豕亥之讹。兹与临川初本校对，一字不差。其有于义应作某字，而原本借用某字者，附注于傍，不改其旧”，“新刻臧本，止载晋叔所窜，原词过半削焉，是有臧竟无汤也。兹以汤本为主，而臧改附傍，使作者本意与改者精工，一览并呈”，可知非改本。

象，元人北曲杂剧的版本差异一向为学人所重视，明嘉靖之前的南曲戏文因时代、地域或声腔剧种的不同也往往多有异文，但嘉隆之后的文人“新传奇”像《牡丹亭》这样屡遭改写的却并不多见。

徐朔方先生对此现象作了独具慧眼的解释，曾在多种著述中一再提出并重申了“四梦”“原不为昆山腔作”的主张，兹移录相关论说于下：

> 当时水磨调盛行，地方戏为士大夫及传奇作家所不齿，汤氏乃特立独行，宁拗尽天下人嗓子而不顾，以其一代才华为江右之乡音俗调。惟其不勉为吴侬软语，其情至处人所莫及。玉茗堂传奇改编者特多，变宜黄为昆山也。其不协律处一曲或数见，盖原为便宜伶，不便吴优也，协宜黄腔之律而无意协昆腔之律也。①

这一创见引起广泛重视，亦曾多有争议②。之所以众说纷纭，除了相关材料的不足，以及研究者对文献解说的歧义，主要还因为在这一具体而微的问题背后，其实隐寓着某些更为复杂的戏曲史难题。汤显祖戏曲的“写作腔调”，不仅仅关系到如何评价沈璟、吕玉绳等人的“改窜”，明代中后期南曲声腔剧种的衍化绞

---

① 见徐朔方笺校《汤显祖诗文集》第1127页，上海古籍出版社1978年版。按，相关论说又见于徐朔方先生《汤显祖年谱》（中华书局1958年版）、《晚明曲家年谱》、笺校《汤显祖全集》等。

② 代表性论文有：钱南扬《汤显祖剧作的腔调问题》（出处见本书参考文献，不另注，下同）、高宇《我国导演学的拓荒人汤显祖》、詹慕陶《关于汤显祖的导演活动和剧作腔调》、叶长海《汤显祖和海盐腔》、流沙《海盐腔流入江西始末》、俞为民《也谈汤显祖剧作的腔调问题》、周育德《汤显祖研究若干问题之我见》等。

合、昆腔新声“水磨调”的流播变异、长江中下游地区戏曲声腔剧种的格局、南曲由“戏文”而“传奇”的雅俗嬗变、传奇戏曲文本创作与声腔剧种之间的关系等相对宏大的问题,也得以进一步彰显出来,故“徐说”一再为学人所关注。本编主要围绕这些相关问题,略陈己见。

第一章　汤显祖戏曲所受昆腔新声的影响

声腔剧种的迅速衍变、分化与融合是明中后期戏曲史的一个突出现象，一方面南、北曲之间呈现出嬗递、代兴的状态，而另一方面，南曲本身的腔调演化也较为迅速、复杂，这就使得特定文本与腔调、剧种之间可能存在着多种关系。“徐说”提出后之所以争论不休，可能也与研究者的一种普遍思路有关。一般而言，研究者在考察这一问题时，往往先试图描述出一幅晚明声腔剧种的时空景观图（特别是昆腔新声的流播路线），然后再去寻找其间“四梦”的位置，倘若对这一剧种分布图不能取得共识，汤显祖戏曲的“写作腔调”也就容易引起争议。本书则先从文本分析出发，寻找有助于说明其腔调归属和文本性质的形式特征，然后再进入到晚明声腔剧种的流播问题。

一、校勘:《牡丹亭》《邯郸记》中的〔北二犯江儿水〕

先以上海古籍出版社 1978 年出版、钱南扬先生校点《汤显祖戏曲集》和北京古籍出版社 1999 年出版、徐朔方先生笺校《汤显祖全集》为依据，考察汤显祖戏曲中一则特殊曲牌〔北二犯江儿水〕的使用情况。

《牡丹亭》第十五出“虏谍”曲牌依次为〔一枝花〕—〔北二犯江儿水〕—〔北尾〕，《邯郸记》第十六出“大捷”曲牌依次为

〔一枝花〕—〔北二犯江儿水〕—〔北尾〕—〔北脱布衫〕—〔小梁州〕—〔么〕—〔耍孩儿〕—〔煞尾〕。据剧情和排场来分析，汤显祖如此安排曲牌，意图很明显，即在连续几出南曲之后，间以风格相对豪壮的北曲作为过场小戏。但值得注意的是，据沈璟《南九宫十三调曲谱》卷二十可知，〔二犯江儿水〕其实乃是南曲，而且明人通行北曲曲谱如《中原音韵》《太和正音谱》中确也并无这一曲牌。

钱南扬先生主张，"'北'字衍出"，并依清初钮少雅《格正牡丹亭还魂记词调》（以下简称"钮谱"或《格正牡丹亭》），将《牡丹亭》中的〔北二犯江儿水〕改题〔二犯江儿水〕，又依清乾隆年间人叶堂《纳书楹玉茗堂四梦曲谱》（以下简称"叶谱"），将《邯郸梦》这一曲牌改题〔北双令江儿水〕。拙见以为，"衍出"的判断显然下得过于仓促——钱校本《牡丹亭》和《邯郸记》所依据的多种版本都题作〔北二犯江儿水〕，我们很难相信众多刊行者会在这么一个具体而微的细节上犯相同的错误。再查看《牡丹亭》现存最早刊本即万历丁巳年（1617）之石林居士本①，也是题作北曲。因此，汤显祖自己将"二犯江儿水"用作北曲的可能性，显然比刊者衍出"北"字的可能性要大得多。

更为重要的是，钱南扬先生以钮少雅、叶堂为据所作的校勘，其实恰恰违背了汤氏以北曲冲场的写作意旨。此外，另有三处旁证亦有助于上述推断：其一，与汤显祖同时代的臧懋循在改定《邯郸记》时，所见〔二犯江儿水〕曲是被汤氏用作北曲的。臧改本《邯郸记》第十四折〔北二犯江儿水〕曲有眉批："番将从无

① 石林居士本罕见，本书以辽宁教育出版社"新世纪万有文库"收入的吴书荫校点本（1997年3月第1版）为据。

唱此腔者，以其词为北调，故用之。第须带唱带做乃得。”但臧懋循似乎并不认为〔二犯江儿水〕本身就是南曲，故又曰：“番将战败，用〔脱布衫〕上，又重起调，倏而南倏而北，自不相妨，唯知音识之。”这些批点后来为《邯郸记》天启元年(1621)闵光瑜刻朱墨套印本(《古本戏曲丛刊初集》影印)所因袭。其二，汤显祖去世不久已有人对他作了批评，《牡丹亭》泰昌年间(1620)朱墨套印本(《古本戏曲丛刊初集》影印)于此曲有眉批：“〔二犯江儿水〕原是南调，今人皆以北曲唱，临川亦云乎?”其三，《牡丹亭》独深居士点定本于此亦有批语：“此曲本南调，后人唱作北腔，词隐生平力正之。临川竟题之以北曲也。”

以上考察可以证实，汤显祖无疑是将〔二犯江儿水〕用若北曲的。徐朔方先生校注《牡丹亭》时曾一仍汤氏旧题，但后来又将它改题南曲，而且也依叶堂将《邯郸记》中这一〔北二犯江儿水〕改题〔双令江儿水〕①，虽然徐先生正确地指出“本出为北套曲”“〔二犯江儿水〕是南曲”，但是改题“〔双令江儿水〕”，却犯了和钱南扬先生同样的疏忽：绳之以曲谱，此曲与〔江儿水〕句格完全不合。

二、溯源：南曲〔二犯江儿水〕的流变

沈璟《南九宫谱》为〔二犯江儿水〕选择的例曲是：

(闷把)围屏来靠，和衣刚睡倒。(听)风声嘹亮，雨打芭蕉，尽教他窗外敲。懒把宝灯挑，慵将香篆烧。捱过今

① 参看徐朔方、杨笑梅校注《牡丹亭》，人民文学出版社1963年版；徐朔方笺校《汤显祖全集》，北京古籍出版社1999年版。

宵，盼到明朝，(这)凄凉算来何日(是)了。(想起来)心儿里焦，(误了我)青春年少，撇得奴有上梢没下梢。①

此曲见于沈谱卷二十，沈璟还特意加了一长段的小注，针对当时曲坛普遍误将这一南曲讹变为北曲来演唱的现象，提出严厉批评：

> 此曲本系南调，前辈陈大声诸公作此调者甚多，今《银瓶记》亦作南曲唱，可证也。不知始自何人将《宝剑记》诸曲唱作北腔，此后《红拂》《浣纱》而下，皆被人作北腔唱矣。然作者元(原)未尝以北调题之也。予不自量，敢力正之，断以为前五句皆〔五马江儿水〕，中二句似〔朝元令〕，又三句似〔柳摇金〕，后三句仍是〔五马江儿水〕。今人强以北曲唱之，益不知北曲止有〔清江引〕别名〔江儿水〕，与此音调绝不相同。况若欲如今作北调唱，则起处当先唱“围屏来靠”四字，后面又重唱云“心儿里焦，想起来心儿里焦”“青春年少，误了我青春年少”，何其赘也。今既知其为南曲，则唱之者必不可用此重叠之句矣。予旧有《南词韵选》，以此调后三句犯〔朝元歌〕及〔一机锦〕，亦予之误也。

沈璟不仅指摘了曲坛通病，也努力实践“此曲本系南调”的主张，他的《红蕖记》第三出中〔二犯江儿水〕便与南曲〔朝元歌〕搭配着使用，形成子母调的格式。而《红蕖记》万历年间刻本(《古本戏曲丛刊三集》影印)于此处亦有眉批，强调说：“此曲本南调，近作北词唱者，误也。”

---

① 以括号标示衬字，全书同。

那么,〔二犯江儿水〕曲是否确如沈璟所言,"本系南调"?这对于我们进一步考察其他相关问题,实为关键所在。

沈璟的辩争得到了王骥德、吕天成的支持。王骥德《曲律·论调名第三》有云:"世多以南之〔点绛唇〕、〔粉蝶儿〕、〔二犯江儿水〕作北调唱者,词隐辨之甚详,见谱中。"此"谱"当为沈氏《南九宫谱》无疑。沈璟提及的《银瓶记》今已佚①,但为吕天成《曲品》"旧传奇"之"具品二"著录,有云:"事亦俚琐,而吴优盛演之,内〔二犯江儿水〕作南调,最是,可以正今曲之误矣。"与沈璟交好的陈与郊在他的《樱桃梦·凡例》之"正南北调"中,也明确主张:"〔二犯江儿水〕本南调,即〔五马江儿水〕犯〔朝元歌〕、犯〔一机锦〕耳。北十七宫调中,〔江儿水〕即〔清江引〕,与此词何涉?"

此外,近年受到重视的西班牙圣·劳伦佐皇家图书馆藏《风月锦囊》所收明初戏文《孟江女寒衣记》之"寻夫不见哀苦"出中,也出现有两支〔二犯江儿水〕,当为南曲无疑②。事实上,沈谱前身,成于明嘉靖己酉年(1549)的蒋孝《旧编南九宫谱》中,〔二犯江儿水〕"闷把围屏来靠"已被收作例曲。而且,嘉靖乙酉年(1525)刊行的《词林摘艳》甲集之"南小令"类也有〔二犯江儿水〕,"闷把围屏来靠"曲早已赫然入内,原共有四曲③;其中三支又出现在嘉靖丙寅年(1566)《雍熙乐府》卷十五,字句

① 《银瓶记》为《南词叙录》"本朝"著录,不题撰者,《远山堂曲品》列入无名氏,《古人传奇总目》署沈寿卿,《曲海目》《今乐考证》《曲录》等均沿误。参看吴书荫《曲品校注》,第192页。

② 参看孙崇涛、黄仕忠《风月锦囊笺校》,中华书局2000年版;孙崇涛《风月锦囊考释》,中华书局2000年版。

③ 据文学古籍刊行社1955年影印本。

稍有出入,但不知何故却被题作〔江儿水〕①;既然北曲中只有〔清江引〕别名〔江儿水〕②,那么,将南调〔二犯江儿水〕误作北曲,至少可以从嘉靖前中期的散曲中找到一些苗头。此外,《金瓶梅词话》第三十八回也运用了这四支南曲〔二犯江儿水〕,傅芸子先生早在《释滚调》文中曾注意到它们独特的滚唱形式③。

沈璟说"前辈陈大声"作南曲〔二犯江儿水〕甚多,亦有据可查。陈大声即著名散曲作家陈铎,弘治、正德间人,我们在明末陈所闻编《南宫词纪》卷四中可见到陈氏所作〔二犯江儿水〕四支,而崇祯丁丑年(1637)的《吴骚合编》中,这四支曲子不但被依照沈璟所辨析的格律作了分解,编行者还移录了沈氏上述考辨。

另一个需要细究的重要问题是,沈璟对《宝剑记》《浣纱记》等明人传奇中〔二犯江儿水〕曲的描述是否符合实际?

李开先《宝剑记》现存嘉靖二十六年(1547)原刻本(《古本戏曲丛刊初集》影印),沈氏所提及的"诸曲"有四支,见于第五十一出,确如所言,"作者元(原)未尝以北调题之"。梁辰鱼《浣纱记》现存版本甚夥,吴书荫先生编校、上海古籍出版社1998年版《梁辰鱼集》之《浣纱记》以《六十种曲》本为底本,校以多种

---

① 据《四部丛刊续编》本。按,关于《雍熙乐府》的年代,王重民《中国善本书提要》(第700页,上海古籍出版社1983年版)有云:"是书在明嘉靖间有两刻本:一为嘉靖十年王言序刻本,一为嘉靖四十五年春山序刻本。两本字迹相似,非对比不能看出其笔画之异同。前人似未有注意及之者。今北京图书馆并有其本,奈反将后刻者借与商务印书馆印入《四部丛刊》,殆由当时尚未购入前本欤?"

② 陶宗仪《南村辍耕录》卷八"岷江录"条云"清江引,别名江儿水",亦可证沈璟、陈与郊言出有据。

③ 参看傅芸子《白川集》,(东京)文求堂1943年初版。

刊本,内〔二犯江儿水〕二支(见第二十五出)均为南曲。

隋树森先生等校点、中华书局1994年版《张凤翼戏曲集》之《红拂记》以明末吴兴凌氏校刻朱墨套印本为底本,校以多种刊本,与沈璟所描述的情况却完全相反,第十出皆可见到〔北二犯江儿水〕两支①。难道是沈璟的失察?不过,吕天成在《曲品》卷下品评《红拂记》时透露了一条重要信息,有云:"第私奔处未见激昂,吾友槲园生补北词一套,遂无憾。""私奔处"即《红拂记》第十出,槲园生即晚明曲家叶宪祖,吴书荫先生《曲品校注》据此提出推测,认为"《红拂记》第十出系〔北二犯江儿水〕套曲,或即叶宪祖所补"。赵景深先生《增补本〈曲品〉的发现》文也持相同看法②,徐朔方先生《叶宪祖年谱》(《晚明曲家年谱》第二卷)则"存疑",故这里有辨明的必要。

晚明不少曲选都收录有这一出为人熟知的"私奔",不过,〔二犯江儿水〕的题名情况却存在明显差异,如《新刊分类出像陶真选粹乐府红珊》卷十三、《新刻群音类选》"官腔类"卷六③、《新镌出像点板怡春锦》"礼"集中,"二犯江儿水"均作北曲,但在《吴歈萃雅》"贞"字卷、《词林逸响》"月"字卷中却又被题作南曲。因此,吴、赵二先生的推断还有待进一步的佐证,叶宪祖的补曲是否就反映到今存《红拂记》诸刊本中确实还必须"存疑"。拙见认为,叶氏所补"北词一套"并非现在我们可见到的这两支〔北二犯江儿水〕,因为据排场分析,似没有使用北曲的

---

① 汲古阁《六十种曲》之《红拂记》在"女中丈夫,不枉了女中丈夫"前,另标"前腔"二字,这就将第二曲割裂成了两支,徐朔方先生《晚明曲家年谱》第一卷之《张凤翼年谱》提及"三支北曲〔二犯江儿水〕",或沿袭此误。

② 收录于《曲论初探》,上海文艺出版社1980年版。

③ 明万历间刻本,中华书局1980年影印版。

必要,不排除“北”字为刊行者受实际演出影响而衍出的可能①。

以上考察表明,所谓“北二犯江儿水”对于嘉(靖)隆(庆)之际的曲家而言,尚不具有普遍的影响力。

沈璟极力批驳此曲重叠句法的荒谬、不通,但其实,李开先《宝剑记》中的南曲〔二犯江儿水〕早已采用了“重唱”法,它们或有可能恰是张凤翼、梁辰鱼等后世曲家填辞的依据。录其第一支于下:

> 梅花清瘦,这两日梅花清瘦。多因别故友,似香肌憔悴,改变了风流,我比花枝还瘦的丑。身心似拙鸠,看花面带羞,到此淹留,梦远魂游,画眉人不由我题在口。俗缘罢休,我待把俗缘罢休。愁怀依旧,顿不开愁怀依旧。把好姻缘作了寇仇。

祁彪佳《远山堂明曲品》有云:“《宝剑》中有自撰曲名,曾见一曲採入于谱,但于按古处反多讹漏。”或正是指这里的〔二犯江儿水〕曲?值得注意的是,汤显祖戏曲中的“二犯江儿水”不但被用作北曲,而且也采用了“重唱”,其句格比较接近李开先的“梅花清瘦”曲。移录于下,以供比较:

> 平分天道,虽则是平分天道,高头偏俺照。俺司天台标着那南朝,标着他那答儿好。你说西子怎娇娆?向西湖上笑倚着兰桡。波上花摇,云外香飘,无明夜、锦笙歌围醉绕。

① 明末凌玄洲校刻朱墨套印本《红拂记》(《古本戏曲丛刊初集》影印),于第一支〔北二犯江儿水〕曲有眉批云:“□劲曲,肖女侠”,于第一支〔懒画眉〕曲有眉批:“此际未能发挥警喜之状,商量逃窜之术而纵(?)以曼声,所谓张(强)弩之末也。”据此眉批似可推知,批点者并未能看到叶宪祖所补、有助于“激昂”的“北词一套”。

吴山最高，俺立马在吴山最高。江南低小，也看见了江南低小。俺怕不占场儿砌一个锦西湖上马娇。（《牡丹亭》第十五出）

悉逻相国，想起那悉逻相国。他生的有人物在，论番朝无赛盖。有胸怀，好兵书，好战策。他和俺答的来，我有他展的开。一个边台，一个朝阶，合着这两条龙翻大海。汉儿恁乖，也不见汉儿恁乖。唐家多大，抢着看唐家多大。则俺恨不的展天山打破了汉摩崖。（《邯郸记》第十六出）

我们注意到，从《宝剑记》到《浣纱记》《邯郸记》，〔二犯江儿水〕曲的格律大体接近，特别是都采用了“重唱”句式。

综上所论，可以推定，作为南曲的〔二犯江儿水〕对于明嘉靖前中期乃至更早的曲家而言，本来并非一生僻曲牌。而对比蒋谱与沈谱，并综合《词林摘艳》《雍熙乐府》《宝剑记》《浣纱记》《红拂记》等文献中〔二犯江儿水〕的题名情况来考察，我们有理由推断：甚至到了明嘉靖晚期，即便有重叠句法的新体〔二犯江儿水〕已经出现有讹变为北调来演唱的情形，也只是少数曲家的偶尔为之，并没有被普遍接受；但是，到了沈璟、王骥德、吕天成等人在戏曲界展露锋芒的万历中后期，所谓“北二犯江儿水”显然已经成为一种流行现象，否则他们没有必要特意地作出辩争。而且，这一南曲北唱现象，可能直至明末清初都并未绝迹。明末程允昌重定《南九宫十三调曲谱》于卷四“补遗”中①，清初沈自晋在《南词新谱》卷二十三中，以及经常以所谓

① 北京大学图书馆藏书。内〔二犯江儿水〕作为“新增”体式，以《红拂记》“重门朱户”为例曲，有云：“此曲本系南调，断该除去叠句，然今皆作北腔唱矣。录之以备参考。”

“元谱”为依据对沈璟加以指责的钮少雅、徐于室在《南曲九宫正始》中，都移录了沈璟的上述考辨，不过，他们对〔二犯江儿水〕的犯调格式也都作了与沈璟不同的解说。

三、推论：汤显祖戏曲所受昆腔新声影响

为沈谱记录，又为沈自晋、钮少雅沿袭，且得到王骥德、吕天成等人进一步证实的南曲〔二犯江儿水〕“皆被人作北腔唱”现象，对于我们重新考察汤显祖戏曲的写作腔调问题，能否提供某些新的启示？

沈璟声明他不知道将南曲〔二犯江儿水〕讹变为北曲的始作俑者，但我们根据沈璟等人的用语，诸如“今作北调唱”“世多以”“正今曲之误”云云，其实可以引导出一种推测：所谓“北二犯江儿水”在万历中后期某种或某几种已经具有广泛影响，或者行将主导舞台审美时尚的南曲声腔剧种中曾风靡一时。相关问题推论于下：

(1)可以推定，吴中新兴昆腔唱曲界曾流行着所谓“北二犯江儿水”的唱法。

从前引祝允明《猥谈》、杨慎《丹铅摘录》、张羽《西厢搊弹序》、顾起元《客座赘语》等可知，明中叶以后南戏演出取代北曲杂剧的舞台主导地位已经成为不可抗逆的潮流，同时，南曲诸声腔之间也呈现出争奇斗艳的发展态势，嘉隆以后，经魏良辅等人革新又为梁辰鱼、张凤翼等人采用于传奇演出的吴中昆腔唱曲（所谓“水磨调”）进一步崭露头角，并逐渐成为文人士大夫的新兴时尚。

李鸿序《南九宫十三调曲谱》有云：“（沈璟）常以为吴歈即

一方之音,故当自为律度,岂其矢口而成,漫然无当,而徒取要眇之悦里耳者!”所谓“吴歈”,或不能完全等同于“水磨调”,但沈璟乡居二十年,最为熟悉的当然是这一南曲“新声”,沈氏之所以孜孜不倦致力于曲学研究,也正是出于对新兴昆腔唱曲诸多讹漏的不满。联系沈谱“斤斤返古”的写作姿态,特别是他对梁辰鱼《浣纱记》以来新兴昆腔传奇创作的明显轻视,以及经常以“成化年间旧板《戏曲全锦》”或“昔之唱曲者”为依据去指责吴中“今清唱者”和“梨园子弟”等现象,拙见以为:将沈璟一再贬抑的“今人”解读为以吴中曲家为代表的新兴昆腔唱曲界,这更切近沈氏曲学的基本价值取向。

按地域说,王骥德、吕天成、臧懋循等人当然并非吴中曲家,但都与方兴未艾的昆腔唱曲有着密切的联系,作为文人学士,以昆山腔为南曲“正声”的观念非常明显,因此王骥德等人为〔二犯江儿水〕曲所作辩争也不可能是针对万历中后期昆腔之外的其他某种流行声腔剧种,例如为王骥德《曲律·论腔调第十》所提及的“苏州不能与之角什之二三”的石台、太平等腔。

而且我们发现,所谓“北二犯江儿水”由萌芽而广为流行,恰好与新兴昆腔的崛起在时间上存在着某种一致性。

(2)大致可以推断,晚明红火的弋阳腔系统演出中,〔二犯江儿水〕曲并没有像它在昆腔新声唱曲中那样被讹变为北调。

这可以从多种弋阳腔系统的曲选中找到证据。如《鼎刻时兴滚调歌令玉谷新簧》卷五、《新刻京板青阳时调词林一枝》卷一、《新锓天下时尚南北新调尧天乐》卷上,以及《鼎锲徽池雅调南北官腔乐府点板曲响大明春》卷三,都收录有《红拂记》之“私奔”出,内〔二犯江儿水〕曲全被题做南曲,事实上,这些曲选大抵能反映出弋阳诸腔对昆腔传奇“改调歌之”的实际情形。

尤可注意者，在与昆山腔同享“时调”之誉的青阳调中，〔二犯江儿水〕的演唱有时仍接近于早期南戏或散曲的面目。《词林一枝》卷二及《尧天乐》卷二，均收有《古城记》之“关云长闻讣权降”出，其中就有两支〔二犯江儿水〕曲，它们不仅基本保留了南曲〔二犯江儿水〕原有格律，而且显然是对《词林摘艳》所录散曲的改作①。此外，《新选南北乐府时调青昆》卷四下栏所收《鹦哥记》之《苏英结奏》中，也有两支〔二犯江儿水〕，同样有仿制《词林摘艳》所录曲的痕迹②。

被认为是弋阳腔系统的诸多民间声腔剧种，晚明文人视其为体格卑下的俗调，而海盐、昆山则有官腔、雅调之誉，显示出文化品位上的鸿沟；再对比《宝剑记》《浣纱记》《红拂记》等文人传奇与保留民间戏曲因素的《高文举珍珠记》中的〔二犯江河水〕③，拙见认为：将〔二犯江儿水〕讹变为北调来演唱，有可能是文人唱曲家作意好奇的结果，故不同于其在民间戏曲中的发展方向。

---

① 《古城记》作者不详，祁彪佳《远山堂曲品》列入“杂调”，《古本戏曲丛刊初集》影印有明万历间刻本，但第十出“权降”并无〔二犯江儿水〕曲，或已经改定？移录《词林一支》《尧天乐》所收《古城记》的首支〔二犯江儿水〕曲于此（有异文，然句法格律基本相同）：“曾记当初相聚，一心望到老。又谁知云遮楚岫，水涨蓝桥，铁心肠打开了鸾凤交。人远路途遥，音书鱼雁杳。地远天高，望断魂消，这冤家何时了。思量起心转焦，不由人越加恼。误了奴青春年少，耽搁奴佳期多少。到今日嫂叔三人去降曹，闪得奴有上稍来没下稍。”

② 《鹦哥记》为《远山堂曲品》著录，《古本戏曲丛刊初集》影印有明万历间金陵富春堂刻本《鹦鹉记》，或为异名，也无〔二犯江儿水〕曲。

③ 《高文举珍珠记》（《古本戏曲丛刊二集》，据明万历间文林阁刊本影印）第二十出有六支〔江河水〕，实为〔二犯江河水〕，显示出滚调痕迹，形式、风格均近于前引《金瓶梅词话》曲。《高文举珍珠记》为《南词叙录》“本朝”著录，注云“旧传奇”，这里所反映的应是嘉隆之后弋阳腔的面貌。

(3)“北二犯江儿水”曲经过沈璟等人的辨正后，至清代初期虽然逐渐回复了它“本系南调”属性，但有重叠唱法的新体式却得到了昆腔和京腔唱曲家的普遍认同。

据清康熙年间人王正祥描述，有重叠句式的新体南曲〔二犯江儿水〕此时已可在昆腔和京腔中共用，《新定十二律京腔谱·凡例》指出：“谱内之曲皆以京腔唱为正格，而或间有可以昆腔唱者如〔朝元令〕、〔二犯江儿水〕、〔赛观音〕、〔人月圆〕之类”，但使用场合则有分别，“若用在宴会同场，原可京腔唱，若用在起兵演阵之处，全以威武取胜者，必须昆腔唱，庶使乐器相助而便于排场”。这里的“京腔”，就是当时流传于北京地区、“更为润色”而成的弋阳腔。看来，新体〔二犯江儿水〕以昆山腔来演唱时，其曲情显然更趋近于豪迈、雄壮一类，这或许正是它讹变为北曲的重要原因？而值得重视的是，我们发现汤显祖戏曲中的〔二犯江儿水〕恰恰用于以北曲过场的武戏之中！

(4)“〔北二犯江儿水〕”在万历中后期的海盐腔唱曲中是否具有普遍性？这无疑也是探讨汤显祖传奇写作腔调的一个关键所在。

昆山腔勃兴之前海盐腔在江南士大夫中也曾风靡一时，但据王骥德《曲律·论腔调》、顾起元《客座赘言》等可知，万历中后期海盐腔唱曲已经失去了领引舞台时尚的主导地位。而且，值得重视的是，今存以“时兴”“时调”“新调”等等相标榜的万历年间曲选大都只收录昆腔或弋阳腔系统的唱段，拙见以为，这表明，海盐腔也正逐渐淡出普通市井民众的观赏视野，因为晚明曲选其实更多地反映了演艺实践的情形，可能而并非案头文本的摘汇。因此，沈璟等人所描述的这一南曲北唱现象，当主要是针对新兴昆腔而非式微的海盐腔。

当然，另一方面，我们既不能将昆山腔流布全国的时间估计得过早，更不能忽视特定区域海盐腔演出持续、长久存在。而且，或许万历中后期海盐腔演唱在苏州一带也并没有绝迹。沈璟、吕天成认为"可正今曲之误"的"旧传奇"《银瓶记》早在嘉靖年间的《南词叙录》中已经有著录，当不会特意为吴中新兴昆腔而作，那么，吕天成所描述的"吴优盛演之"或有可能恰是指苏州一带遗留的海盐腔演出？

更为重要的是，我们也不能排除另一种可能：到了万历中后期，由于新兴昆腔的崛起，遗存的海盐腔唱曲受其强势影响，也将南曲〔二犯江儿水〕讹变为北曲来演唱。

在《古本戏曲丛刊初集》影印之《新镌全像蓝桥玉杵记》第三十四出，我们还可发现两支有重叠句法的〔北二犯江儿水〕，而且与南曲〔步步娇〕交互使用，形成一南北合套套曲。其《凡例》明言："本传腔调原属昆浙"，"词曲不加点板者，缘浙板昆板疾徐不同，难以胶于一定。"所谓浙板、昆板，一般认为是指海盐腔和昆腔，这就证实了许多研究者的一个见解：昆腔与海盐腔的文本其实可以相互通用，无须作格律的调整。如果《新镌全像蓝桥玉杵记》的"北二犯江儿水"之"北"字并非刊者所衍出，显然将有助于一个推断：万历中后期已呈衰微态势的海盐腔中，将南曲〔二犯江儿水〕讹变为北曲来演唱也是行得通的。

(5)至此，我们已面临另一个需要作出明确回答的重要问题：汤显祖为什么也会将"二犯江儿水"讹变为北曲来使用？

徐朔方先生认为，汤显祖"四梦"为"宜黄腔"而作，而"宜黄腔"乃"江西化即弋阳化"了的海盐腔。据汤显祖《宜黄县戏神清源师庙记》，海盐腔大约在明嘉靖四十年(1561)至嘉靖四十二年(1563)间，经由谭纶引入江西宜黄、临川一带(参见本书下篇第三章），此时距汤显祖创作《牡丹亭》已约四十年。那么，汤显祖戏曲中的“北二犯江儿水”，是浙江海盐腔的本来特点，还是其“江西化即弋阳化”的结果？

对于后一疑问，我们基本可以作出否定的回答。沈璟等人对“宜黄腔”的存在是毫无所知的，而且如前文所考察，万历年间弋阳诸腔的演出中，可能并无所谓“北二犯江儿水”现象，至少若干流行的戏曲刊本中并未见到。因此，很难相信汤显祖会在这一曲调上，留下“弋阳化”的痕迹。

它们也不应该是近四十年前浙江海盐腔唱曲遗留下来的痕迹。因为据上文考察，“北二犯江儿水”由讹变而风行，经历了一个从嘉隆之际到万历中后期的推衍、流播过程，而海盐腔传入宜黄、临川一带时，所谓“北二犯江儿水”尚处于萌芽状态，其影响对象主要是演出《红拂记》《浣纱记》的昆腔唱曲家，是否已经影响了谭纶带兵时的浙江海盐腔戏班，大可怀疑①。

（6）比较合理的解释显然是：这是汤显祖受万历年间以吴中曲家为代表的新兴昆腔唱曲影响所致。

作出这一推论，并非即断定汤显祖传奇乃为新兴昆腔演出而作，更无意于论定万历中后期昆腔演出已经深入至江西宜黄、临川一带。拙见以为，为昆腔新声而作的《浣纱记》广为传唱可能已三十余年（参看导论），以才情名昭一代、青年时代曾“戏逐诗赋歌舞”（《答管东溟》）、与一帮青年文士研讲“古今文字声

① 徐渭杂剧《四声猿》成于嘉靖三十七年（1558）前（参看徐朔方《晚明曲家年谱》第三卷之《徐渭年谱》，第48页），其中《女状元》一剧亦联用了四支〔二犯江儿水〕，皆为南曲；此时昆腔新声“水磨调”尚待崛起，浙江山阴一带流行的南曲当是海盐腔，因此，这四支南曲〔二犯江儿水〕或能从一个侧面反映出嘉靖中后期浙地海盐腔面貌之一斑。

歌之学"(《学余园初集序》)的汤显祖,断不可能对嘉隆以来逐渐成为文人士大夫新兴时尚的昆腔唱曲毫无接触。即便如他自己所声称的"生非吴越通"(《答凌初成》),但在创作《牡丹亭》之前,应该接触过新兴昆腔演唱并留有较深刻的印象,以至于两度将昆腔"新声"的某些特点反映到他的传奇创作中。

有研究者认为,昆腔新声超越地域限制上升为全国性剧种的情形可能并不像某些文献所渲染的那么迅速①,这或为一事实,但另一方面,据《牡丹亭》《邯郸记》完成于江西临川这一点来推测,新兴昆腔对文人戏曲的影响当较为直接而迅速。

留有相关痕迹的传奇绝非仅有,事实上,我们仅以汲古阁《六十种曲》为检阅对象,即可发现一些类似文本:

(1)王錂《春芜记》第二十八出"寻真"②,曲牌依次为:〔北二犯江儿水〕2 支—〔北清江引〕,亦明显的是以北曲过场。但"北二犯江儿水"在明末汲古阁原刻初印本之《春芜记》(《古本戏曲丛刊二集》影印)中,却题署〔北二犯清江引〕,这或许正是因为汲古阁受了沈璟等人"北曲只有〔清江引〕别名〔江儿水〕"一说的影响。

(2)屠隆《彩毫记》第五出"湘娥访道",曲牌依次为:〔卜算

① 徐朔方先生《晚明曲家年谱自序》有云:"昆腔从南戏中脱颖而出,上升为全国首要剧种,它的年代比迄今人们设想的要迟得多。与此同时,即使在万历末年,海盐腔、弋阳腔不仅没有在各地绝响,即使在昆腔的发源地苏州,它们有时仍可以同昆腔争一日之短长。在竞争中同存共荣的局面可能延续到一二百年之久。这是晚明戏曲界最值得重视的现象,无论怎样强调都不会过分。"参看《晚明曲家年谱》第一卷,第 14 页。

② 王錂生卒年不详,钱塘人,《春芜记》为吕天成《曲品》著录于"新传奇"类,约略可推知为明隆庆之后的作品。吕氏称赞他说:"校曲功多,久沉酣于音藏。"可知其通晓声律。

子〕2 支—〔北二犯江儿水〕2 支—〔北寄生草〕2 支[①],排场性质同于《春芜记》第二十八出,可能也是受昆腔新声影响而将〔二犯江儿水〕曲用若北曲[②]。

(3)梅鼎祚《玉合记》第五出“邂逅”,曲牌依次为〔薄倖〕—〔香遍满〕—〔北二犯江儿水〕—〔懒画眉〕4 支—〔朝天子〕。就排场言,本出为生、旦首次同场亮相,不同于汤显祖等人剧作中的过场小戏;从曲牌连缀情况看,单支北曲似显突兀,与汤氏等人剧作连用若干支不同;从剧情看,此支〔北二犯江儿水〕曲并无助于人物心理、性格的刻画,也无涉乎关目的推进,梅氏使用单曲,似在有意显示自己对这一新调的熟悉[③]。

(4)孙钟龄《东郭记》第十五出“其良人出”有[④]:〔二犯江儿水〕2 支—〔北对玉环带清江引〕,从排场看此出为过场小戏,或可推测孙氏是将〔二犯江儿水〕用作北曲以过场,至少表明这里〔二犯江儿水〕曲声情偏于豪迈、劲爽一路。

---

① 蒋星煜《〈六十种曲〉的文献学研究》(见《戏剧艺术》1999 年第 1 期)认为,《彩毫记》此前未有刊本,《六十种曲》所收或为稿本,或为抄本。

② 万历七年冬十二月至万历十一年秋,屠隆令松江青浦。据何良俊《四友斋丛说》(卷三十三“娱老”部),嘉靖后期松江“游手好闲之人”已有“不知腔板再学魏良辅唱”的风习,而据沈德符《万历野获编》(卷二十五“词曲·昙花记”条),屠隆“能新声,颇以自炫”,又曾在青浦任上曾接待过梁辰鱼(又见陈继儒《太平清话》卷一),对昆腔当有相当的熟知。

③ 移录相关内容:“(旦)我前日教你的曲儿,记得么。(贴)这几时,姐姐不去理会,轻蛾也失记了。(旦)绣倦无聊,试再教你一番。”接下去,歌〔二犯江儿水〕曲。

④ 《东郭记》不见于吕天成《曲品》,孙钟龄《东郭记引》作于万历戊午(1618)秋,剧成之年当略前。

四、有待解说的疑问

徐朔方先生将“宜黄腔”定性为“地方戏”“乡音俗调”，主要是为了强调它与文人士大夫新兴时尚昆腔“水磨调”之间的“音律”差异，如先生所明言：“指汤氏的唱腔为‘乡音俗调’，以‘地方戏为士大夫及传奇作家所不齿’，这是就音律而论，从沈璟到臧懋循都有这样的偏见。”①因为只有明确了这一差异，“协宜黄腔之律而无意协昆腔之律”的论断对于我们重新评估沈璟、臧懋循、冯梦龙等人改编汤显祖戏曲的举措，才有坚实的立论前提。在后出的《晚明曲家年谱》第三卷之《汤显祖年谱》中，徐朔方先生对上述表述作了某些改定，尤可注意者有这样几句：

> 其（“四梦”）不协律处一曲或数见，盖原为便宜伶，不便吴伶也，协宜黄腔即南戏宽松之律而无意协昆腔日趋严格之律也。②

以上文字较之于笺校《宜黄县戏神清源师庙记》时的提法有明显变化，并非无意而为，“宽松”二字既为汤显祖的“失律”作了辩护，同时更强调了汤氏对于早期南曲戏文创作、演出传统有意识地坚持，故《晚明曲家年谱自序》有云：“汤沈争论的焦点在于汤显祖坚持南戏曲律的民间传统，沈璟则在于将民间南戏的一个分支昆腔加以进一步的规范化，以期有助于昆腔的兴旺发达。”

---

① 徐朔方《再论汤显祖戏曲的腔调问题》，原刊《戏剧论丛》1981 年第 3 期，又见《论汤显祖及其他》（上海古籍出版社 1983 年版）。

② 见《晚明曲家年谱》第三卷，第 410 页。

但是,拙见认为,如果晚明曾存在过作为南曲戏文变体之一种的地方戏“宜黄腔”[1],那么,汤氏两度运用“北二犯江儿水”曲却提醒我们,有必要对“宜黄腔”与“水磨调”之间的音律差异到底能有多大,作出更为谨慎的判断——在如此细微的问题上,“宜黄腔”都能接近于吴中新兴昆腔唱曲,那么,“写作腔调”四字能否为汤作“失律”问题提供完整答案,就值得怀疑;而且,对“宜黄腔”的“乡音俗调”“地方戏”的定性是否准确、妥当,也就有进一步细究的必要了。

① 研究者并没有在明代文献中发现“宜黄腔”的名称,清初以后屡见不鲜的“宜黄腔”或“宜黄戏”是一种板式变化体的新兴声腔。参看本书下篇第三章。

第二章 汤显祖戏曲的“失律”问题

考定《牡丹亭》《邯郸记》留有晚明新兴昆腔影响的痕迹，并不能据此论断汤显祖传奇即为昆腔新声“水磨调”而作，因为一个事实无法回避——晚明曲家针对“四梦”屡屡作出“令歌者齰舌”（王骥德《曲律·杂论第三十九下》）的批评。吴越曲家的改编被研究者解释为“变宜黄为昆山也”，故这里有必要探讨：其一，作为一种“地方戏”“乡音俗调”的“宜黄腔”，其剧本文学与那些服务于新兴昆腔（有“时调”“官腔”之誉）的文人“新传奇”，在声律规范上表现出多少异同？这些异同有否量化的可能？其二，既然汤氏戏曲的“失律”被解释为“便宜优，不便吴伶也，协宜黄腔即南戏宽松之律而无意协昆腔日趋严格之律”，那么，同样就有必要细究，汤显祖传奇与民间戏文之间存在怎样的声律联系？

简而言之，其实就是一个问题：如何从声律上描述和理解汤显祖传奇与民间南曲戏文、晚明新兴昆腔唱曲之间的复杂关系？

明清曲家对汤显祖“四梦”“不谐音律”的批评集中于两个焦点：其一，汤氏用韵过于随意，“不谙曲谱，用韵多任意处”（沈德符《万历野获编》卷二十五“词曲·填词名手”）；其二，“四梦”曲辞经常不守句格、字法，“字句平仄，多逸三尺”（王骥德《曲律·杂论第三十九下》）、“所下句字，往往乖谬”（臧懋循《元曲选后序》）。凌濛初《谭曲杂札》中一段话对这两点都有所论及，并直接影响到研究者对汤显祖戏曲腔调归属的判断，故移录于下：

> 近世作家如汤义仍，颇能模仿元人，运以俏思，尽有酷肖处，而尾声尤佳，惜其使才自造，句脚、韵脚所限，便尔随心胡凑，尚乖大雅。至于填调不谐，用韵庞杂，而又忽用乡音，如"子"与"宰"叶之类，则乃拘于方土，不足深论，止作文字观，犹胜依样画葫芦而类书填满者也。义仍自云："骀荡淫夷，转在笔墨之外，佳处在此，病处亦在此。"彼未尝不自知。只以才足以逞而律实未谙，不耐检核，悍然为之，未免护前，况江西弋阳土曲，句调长短，声音高下，可以随心入腔，故总不必合调，而终不悟矣。而一时改手，又未免有斫小巨木、规圆方竹之意，宜乎不足以服其心也。①

凌氏在汤、沈优劣之间秉持一种相对独立的理性态度，对两位前辈名家皆有所抑扬。如他评论沈璟曰："沈伯英审于律而短于才，亦知用故实、用套词之非宜，欲作当家本色俊语，却又不能，直以浅言俚句，掤拽牵凑，自谓独得其宗。"又訾议沈氏传奇"构造极多，最喜以奇事旧闻，不论数种，扭合一家，更名易姓，改头换面，而又才不足以运棹布置，掣衿露肘，茫无头绪，尤为可怪"，对那些追随沈璟的曲家更明显地不满："而越中一二少年，学慕吴趋，遂以伯英开山，私相服膺，纷纭竞作，非不东钟、江阳，韵韵不犯，一秉德清，而以鄙俚可笑为不施脂粉，以生梗雉率为出之天然，较之套词、故实一派，反觉雅俗悬殊。"但另一方面，凌濛初对沈璟"恪守周韵"的主张也作出了积极评价："近来知

① 凌濛初《谭曲杂札》，《中国古典戏曲论著集成》（四），第254页。

用韵者渐多，则沈伯英之力不可诬也。"其《南音三籁·凡例》亦有云："曲之有《中原韵》，犹诗之有沈约韵也。而诗韵不可入曲，犹曲韵不可入诗也。"

显然，凌濛初指斥汤显祖"用韵庞杂"，正如他肯定吴越曲家的"韵韵不犯"，都是以周德清《中原音韵》为衡查标准的。由于"周韵"在晚明昆腔传奇规范化、体制化进程中的独特意义，因此，不守"周韵"也被研究者视为违逆或不守"昆腔曲律"的主要表现；至于弋阳腔的濡染是否是造成汤氏"四梦""不谐音律"的重要原因，则涉及晚明时期江右戏曲文化的格局演变，故亦有细加辨析的必要（参看本书下篇第三章）。

一、"四梦"若干曲调格律辨析

沈璟《南九宫十三调曲谱》"斤斤返古"，沈自晋《重定南词新谱》以"从今"为尚，而钮少雅、徐于室《南曲九宫正始》的复古态度则愈加坚决，晚明清初的这三部曲谱在对待昆腔唱曲实际状态时，表现出价值倾向性上的明显差异，这对于考察我们昆腔曲律的"严格化"、规范化进程而言，尤有代表性。沈璟经常以古曲、古本为据去纠正"今人"唱法，《南曲九宫正始》更试图穷尽往昔一切曲调体式，两相比较，其复古态度之决然，有过之而无不及，而《重定南词新谱》则对新兴昆腔唱曲的实际状态作出了更积极的肯定。

同时，我们还将以这三种曲谱为参照，比较汤显祖"四梦"与《金瓶梅词话》所反映的唱曲习惯，借以推拟出作为浙江海盐腔后裔的"宜黄腔"，其声律与嘉靖中后期至万历前期的海盐腔唱曲之间可能的异同。这一考察是可行的，不少研究者都注意到,《金瓶梅》中的戏曲演出多为北杂剧和海盐腔,所反映的或是昆腔新声崛起前的戏曲格局①。海盐腔既是戏场声口,也可用于清唱,据杨慎《丹铅摘录》、顾起元《客座赘语》等可知,昆腔新声“水磨调”流行之前它曾是文人士大夫们的时尚,因此,《金瓶梅》宴饮、雅集场合的散曲清唱也就有用海盐腔的可能。

从沈璟、王骥德到沈自晋、钮少雅、徐于室,都曾密切关注过某些曲调的古今流变问题,因此,选择其中有代表性的曲调,细究其流变,同时比照汤显祖“四梦”和某些昆腔传奇,这不但将有助于了解昆腔传奇与早期民间南戏之间的复杂关系,也有助于我们考察昆腔新声日渐隆兴、昆腔曲律“日趋严格”趋势之下,汤显祖个人的取舍,并进而推究出某些具有普遍性的规律或惯例。

(1)〔一江风〕

〔一江风〕见《南九宫十三调曲谱》卷十二“南吕过曲”类,其例曲为:

> 俏冤家,独立(在)簾儿下,手捻(着)香罗帕。细端相,乱绾(着)乌云,斜䩨(着)金钗,恰(便)似活菩萨。若还

① 《金瓶梅》成书时间有争议,有助于本稿研究的是两种看法:或认为在万历以前,如云“当在嘉靖二十六年(1547)之后,万历元年(1573)之前”(参看徐朔方《〈金瓶梅〉成书新探》,见《论金瓶梅的成书及其它》,齐鲁出版社1988年版);或主张成于万历中期(参看黄霖《〈金瓶梅〉作者屠隆考》,见《复旦大学学报》1983年第3期)。因海盐腔在嘉靖年间传入江西,为避免缠绕,本稿暂依前说,即视《金瓶梅》中戏剧史料为万历之前戏曲活动的反映;若依后说,则大抵可视为万历前中期戏曲活动的反映,事实上,这反倒将更有助于考察汤显祖戏曲的声律问题:假如存在着作为“乡音俗调”之“宜黄腔”,那么,其与万历中后期作为“时曲”之昆腔新声、令士大夫“白日欲睡”的海盐腔在声律上的关系,恰有可能得到更明确的说明。

(他)到俺家,烧香供养他,说几句知心话。

沈璟主张:“此古调也。今人于‘乱绾乌云’二句,只用一句,于‘若还’一句,却重叠唱作二句,不知何所本也。”沈自晋《重定南词新谱》认同沈璟这一判断,也新录有“又一体”,其例曲为:

> 数声娇,谩弄探春调,绿树红云晓。小桥边,待卖花郎,可是伊来到。芳菲报几朝,芳菲报几朝。游人魂暗消,叹(韶华)倏忽催年少。

值得注意的是,这“又一体”正是为沈璟所严厉指责的“今人”唱法。尽管沈璟对它抱有偏见,嘉隆以来的文人传奇中这一新体却并不少见,尤其是如《浣纱记》(见第二十三出)这类为昆腔新声而作的。事实上,沈璟也并未“言出必行”,其具体的曲律主张与文本创作时有差异,沈自晋《重定南词新谱》对“又一体”加有眉批,曰:“此〔一江风〕近体也,凡先词隐传奇皆用此格。”查对沈璟传奇,其《红蕖记》第三出使用的,恰是自己所非议过的这一“近体”。

再看汤显祖,《紫钗记》第三十四出也使用了四支〔一江风〕,移录一支于下,以便比较:

> 碧油幢,倦上牙门帐,步上严城壮。汉旌旗,数点灯前,掩映纱笼绛。非关猎火光,非关猎火光,是平安报久常,玉门关守定这封侯相。

就格式规范而言,其重叠句法显然符合“近体”的要求,也就是说更切近新兴昆腔戏曲演出的实际状态,而与沈璟所认同的“古调”相违背。

但是,这并不足以表明《紫钗记》遵循了“昆腔曲律”。事实上,这一所谓“近体”,可能也并非魏良辅、梁辰鱼以来的新兴昆腔唱曲所特有的现象,只需对比《南曲九宫正始》就可明白这一点。《南曲九宫正始》以“元传奇”《王十朋》中曲为例,指责沈璟说:“沈谱但知此格为古调,而不知第五之‘乱绾乌云’二句只用一句、又第八句之‘若还’句而叠唱二句者,亦古调也。”因此,沈氏之“斤斤返古”,与汤显祖撰曲凭依“近体”,或有可能都反映了他们对早期南曲戏文的熟知,这也有助于前文的一种结论:新兴昆腔曲律规范的稳固化,并非对当前演艺状态的全然认同;“昆腔曲律”日益严格大趋势的背后,既有对早期曲律传统的背离,同时也有所继承(参看本书中篇第一章)。

再查阅《金瓶梅词话》,第四十六回有四支南吕〔一江风〕,第一曲云:

> 卯时的,乱挽起乌云髻,羞对菱花镜,想多情。穿不的锦绣衣裳,戴不起翡翠珍珠,解不开心头闷。辰时已过了,巳时不见影,奴家为你忧成病。

曲词格式正与沈璟推崇的“古调”更为接近,这或表明:万历之前的海盐腔演出可能确与万历中后期的新兴昆腔之间,存在一定的声律差异。

(2)〔香柳娘〕

〔香柳娘〕见于《南九宫十三调曲谱》卷十二“南吕过曲”类,例曲出自《琵琶记》:

> 看青丝细发,看青丝细发,剪来堪爱,如何卖也没人买。(若论)这饥荒死丧,这饥荒死丧,(怎)教我女裙钗,当得这狼狈。况连朝受馁,况连朝受馁,(我的)脚儿怎抬,其实难捱。

沈璟认为，“古本俱无重叠句，今从俗。”查对陆贻典校钞《元本蔡伯喈琵琶记》①，确实如沈璟所言，第一、四、七句并不重叠，后来《南曲九宫正始》再次确证了沈氏的判断：“此调叠句，非古章之格体，乃今人之变法，但宜从时可也。”再查对明人改本《琵琶记》如《六十种曲》所收本，确有叠句。重叠句法严格地说，只是对特定舞台情境的强调，并不影响整支曲子声律的完整，不能视之为“失律”，《南九宫十三调曲谱》《南曲九宫正始》的辨正并无实际意义。

汤显祖在《紫箫记》《南柯记》中多次使用了〔香柳娘〕，遵循的也都是这种“今人之变法”，以《紫箫记》第二十二出第一曲为例：

> 送征人泪滋，送征人泪滋，流尘叠骑，飘霞乱日翻红旆。把心旌顿飞，把心旌顿飞，佳期后命催，闲敲唾壶碎。听边头笛吹，听边头笛吹，折柳题梅，封书好寄。

与服务于新兴昆腔舞台的若干文人传奇一样，都是用重叠句法来突显曲辞的意趣，不能算是突破了格律规范。

(3)〔绵搭絮〕

〔绵搭絮〕见于《南九宫十三调曲谱》卷十六“越调近词”类，例曲出自《寻母记》：

> 草芳风暖正春深，(只见)汉寝秦陵。跨骊山苍翠森，(过)华山阴，雷首将临。(又见)巨灵仙掌，太白豪吟。(我这里)东望长安，千仞山遥日晌金。

---

① 陆贻典标举“元本”，或无实据，但从《南九宫十三调曲谱》对“昆山本”的批评来看，沈氏之“古本”当与陆本更接近，而不同于当时吴中昆腔舞台的通行本。

沈璟主张,“此本调也,今人只知《南西厢记》及《浣纱记》新体,遂谓此体难唱,谬矣。按,新体在第一句第四字画一截板,第五字上又增两字,并旧三字、五字一句。第三句内增一字,作七字。”沈自晋《重定南词新谱》收录“又一体”,以“范夫人作《春日书怀》”为例曲:

> 薄寒轻峭,红雨染春条。翠衬香芸,一片烟丝软蝶娇。杏花梢,啼鸩声高。(闲杀)秋千院落,睡损鲛绡。(担害得)闷对芳辰,结思空拈白玉毫。

沈璟提及的《浣纱记》之〔绵搭絮〕“新体”见于第九出,共两支,移录第一曲于下:

> 东风无赖,又送一春过。好事蹉跎。赢得恹恹春病多。髻儿铿。病在心窝。为你香消玉减,蹙损双蛾。难道你卖俏行奸,认我作桃花墙外柯,认我作桃花墙外柯。

除了末句的重唱,句格与沈自晋所收新体完全相合。

但后来《南曲九宫正始》又批评沈璟只知其一而不知其二,“首句下截五字者类多,但其上二字皆衬字,原非实文也耳,如除去此二衬字,第三句仍为七字一句也。”钮少雅、徐于室对沈璟“纠谬”的再反拨,或许更真实地反映出〔绵搭絮〕一曲早期的原初面貌,但从《南九宫十三调曲谱》的小注可推知,首句四字的格式似乎是在昆腔新声隆兴之后,才被曲家广为采用的,因此,沈璟视其为“新体”也并不为过。

汤显祖《牡丹亭》第十出《惊梦》中有〔绵搭絮〕,依循的也是“新体”格律:

> 雨香云片,才到梦儿边。无奈高堂,唤醒纱窗睡不便。

泼新鲜冷汗黏煎。闪的俺心悠步觯，意软鬟偏。不争多费尽神情，坐起谁饮、则待去眠。

此外，《紫箫记》第三出有四支〔绵搭絮〕，与此曲句格完全相同，但第二十九出两支却采用了传统的首句七个字的句式，如其中一支为：

熟梅时候养花天，水暖双鸳，几度画船听雨眠。翠娟娟，殢得人怜。还记窃香抛豆，灯儿背半索秋千。空教俺咽下甜津，怎禁凡心火自煎。

这些不同显然表明，汤显祖对〔绵搭絮〕曲的格律流变有一定了解，故《四梦》既有“从今”之处，也有遵循“古调”的时候。而事实上，沈璟虽然在曲谱中对这一“新体”不以为然，但他的文本创作同样有遵循新兴昆腔唱曲习惯之处，如《坠钗记》第三出〔绵搭絮〕首曲反映的正是“新体”格式。

《金瓶梅词话》第八回也有四支〔绵搭絮〕，第一支云：

当初奴爱你风流，共你剪发燃香，雨态云踪两意投。背亲夫，和你情偷。怕什么傍人讲论，复水难收。你若负了奴真情，正是缘木求鱼空自守。

这四支曲亦见于嘉靖年间的《雍熙乐府》卷十五中，共六曲，大抵都体现了沈璟所主张的所谓“本调”面目，这表明《金瓶梅》所反映的海盐腔唱曲与沈氏所主张的唱曲细则之间，亦有能相互贯通的可能。

(4)〔锁南枝〕

〔锁南枝〕见于《南九宫十三调曲谱》卷二十“双调过曲”类，例曲出自《琵琶记》：

儿夫去，竟不还，公婆两人都老年。自从昨日（到）如今，不（能）彀得餐饭。奴请粮，（他在家）悬望眼。（念我）老公婆，做方便。

沈璟又细查成化年间“旧板《戏曲全锦》”，得出结论：“自从昨日（到）如今”一句，“元（原）该用六个字，今人用五个字，与下句相对，非也。”沈自晋《新谱》移录上述小注，并新收“又一体”，以沈仕散曲为例：

三更后，灯半明，寒衾似铁客梦醒。促织太无情，那管人孤另，啾啾地只顾鸣，（总使）耐心儿也难听。

他另加注眉批，有云：“旧体第四句皆六字，今人每用五字句法，谓之近体可耳。”后来《南曲九宫正始》也以移录《南九宫十三调曲谱》上述注文的形式，表示对沈璟考索成果的赞同①，而且，出于崇古的心理，为沈自晋新收的“近体”在《南曲九宫正始》中并没有得到反映。

汤显祖在传奇中多次使用了〔锁南枝〕曲牌，如《牡丹亭》第五出共四支，《南柯记》第十出共四支，《紫钗记》第四十八出共八支，《邯郸记》第四出亦有四支，遵循的都是第四句用五个正字的所谓“近体”句格②。如《牡丹亭》第五出第一支云：

将耳顺，望古稀，儒冠误人霜鬓丝。君子要知医，悬壶旧家世。凡杂作，可试为。但诸家，略通的。

---

① 1936年戏曲文献流通会以清初钞本为底本，影印《南曲九宫正始》，影印本中“自从昨日到如今”一句作七个正字，没有标出衬字，与小注不合，或为传写之误。

② 这几曲〔锁南枝〕个别第四句也有六个（甚至以上）字，但据前后曲文来分析，当有衬字。

出于比沈璟更决然的复古态度，钮少雅《格正牡丹亭》改定文辞以就声律时，视“君子要知医”一句不合格式，将整曲改题作〔孝南枝〕，认为是〔孝顺歌〕犯〔锁南枝〕，这显然是多余之举。

而《金瓶梅词话》第六十一回也有两支〔锁南枝〕，第一支云：

> 初相会，可意人。少年青春不上二旬。黑鬖鬖两朵乌云，红馥馥一点朱唇，脸赛天桃十指如嫩笋。若生在画阁兰堂，端的也有个夫人分。可惜在章台，出落做下品。但能勾改嫁从良，胜强似弃旧迎新。

此曲衬字较多，难以准确分析其格律，但第三、第四韵句成对仗式，或可推断是趋近于所谓“近体”的。

(5)〔水底鱼儿〕

〔水底鱼儿〕见于《南九宫十三调曲谱》卷十五“越调过曲”类，例曲出自《荆钗记》：

> 天下贤良，纷纷临帝乡。白衣卿相，暮登天子堂。有等魍魉，本为田舍郎，妆模作样，也来入试场。

沈璟加小注曰：“今人但知有四句，盖因唱者懒唱八句，故作词者亦只作四句，以便之，遂认旧曲八句者为二曲矣。末后一句，可从俗重叠唱，而‘暮登天子堂’必不可重唱，不然，前四句与后四句全无分别矣。”沈自晋《重定南词新谱》中，例曲、注文皆源出于《南九宫十三调曲谱》；《南曲九宫正始》则以“元传奇”《拜月亭》“三世行医”曲为例，小注曰：“〔水底鱼〕全调，凡古本古曲无不八句者也，后不识何人偷懒恣意削去四句，致今唱者遂谓四句是其全章矣。且今撰者亦仅作四句以便之，致此古调蔑如矣。不知有唐玄宗之《歌楼格》式为证。”其意图与沈璟大抵一致，都是主张用古调，钮少雅甚至还以托名唐玄宗的《歌楼格》（即《骷髅格》）作为每曲必作八句的证据。

再查汤显祖传奇，《紫钗记》第四十四出有〔水底鱼〕两支，每支均填作四句，亦是“从俗”。清乾隆年间人叶堂在《纳书楹四梦全谱》中，将这两曲的末句都叠唱一次，明显违背了沈璟“‘暮登天子堂’必不可重唱”的主张，可见，我们不能将沈谱所主张的声律等同于后世日益严格、规范的“昆腔曲律”。

沈璟主张〔水底鱼〕曲“末后一句，可从俗重叠唱”，然核对梁辰鱼《浣纱记》第五出中的两曲，并无叠唱，沈璟“从俗”云云，说明万历年间的昆腔唱曲较之于嘉隆年间，已不可避免地要发生变化。因此，叶堂将汤显祖戏曲的改写成叠唱句法，也很难说是对所谓“昆腔曲律”的准确反映，反倒与早期南戏如《荆钗记》的曲律有某些相通之处①。

这里需要特别说明的是，之所以选择以上五则曲牌（〔一江风〕、〔香柳娘〕、〔绵搭絮〕、〔锁南枝〕、〔水底鱼儿〕）作比勘，并非随意为之，它们受到了沈璟的重视，此后又得到沈自晋、钮少雅等人的特别关注，恰恰表明在晚明清初曲家尤其是昆腔唱曲界那里，其古今流变、格律取舍是有所争议的，并没有形成明确的共识。如王骥德的看法就不同于沈璟，王氏《曲律·杂论第三十九下》有云：“〔一江风〕之第五、六重用四字句……从古可也，即从俗，亦不害其为失调也……〔绵搭絮〕首句七字与第三句之六字、〔锁南枝〕之第三句之六字与〔换头〕第一、二句之五字、第三句下之多六字一句，则世俗之以新调相沿，旧矣，一旦尽

① 《影钞新刻元本王状元荆钗记》（明嘉靖姑苏叶氏刻本）第三出有〔水底鱼〕两支，且用叠句，钱南扬先生认为“影钞本年代较早，接近古本”，参看《戏文概论》第 85 页。

返之古，必群骇不从。又〔水底鱼儿〕之八句，即剖为二人唱，似亦无妨。”

更为重要的是，尽管沈璟《南九宫十三调曲谱》和钮少雅、徐于室《南曲九宫正始》，经常以“古调”或“古本”为依据，对新兴昆腔唱曲的习惯、通例持有很多异议，但事实上，为昆腔唱曲界耳熟能详的所谓“近体”（或“新体”）并不因为受到他们的贬斥就销声匿迹，恰恰相反，新近体式在晚明文人传奇中几乎触目皆是，故以“通变”为尚的沈自晋不得不对昆腔唱曲的实际状态作出更多的维护。

我们从以上考察中，至少可得出几个结论：(1)晚明曲学家的格律主张，并非就是对新兴昆腔唱曲“水磨调”实际状态的直接认同；(2)《南九宫十三调曲谱》之后的南曲曲谱，不管是“从今”（“从俗”）还是“从古”，往往都试图能对南曲演唱和创作的历史、现状作出比较全面的总结，因此，不能将它们简单地定性为“昆腔曲谱”。(3)具体到晚明清初这样一个南曲声律从无所准则到逐渐“有法可依”乃至“日益严格”的戏曲史情境中，所谓“昆腔曲律”其实意味着一个动态的选择、扬弃过程。

因此，这里有必要重申一个论断：与其说沈璟《南九宫十三调曲谱》“总结”了昆腔曲律，毋宁说，是晚明清初的曲家对沈氏所主张之“腔”、所维护之“律”做了选择和扬弃。

至于以上五种曲调，汤显祖“四梦”往往采取“从今”（“从俗”）的取向，与昆腔舞台流行的唱法、句格更为一致，而与《金瓶梅词话》所反映出来的唱曲习惯（或为海盐腔）之间既有相同之处，也有差异。但是，需要说明的是：这些“一致”并无助于推断汤氏传奇就体现了“昆腔曲律”，因为据《南曲九宫正始》，某些所谓“近体”可能也并非昆腔曲家的独创，在早期南曲戏文中早已有先例;而另一方面,那些“差异”也无助于说明汤氏传奇的声腔(或为“宜黄腔”)与《金瓶梅词话》所反映的唱曲习惯(或为海盐腔)之间,存在着确切亲缘关系,因为事实上,《金瓶梅》中的散曲往往也见于《词林摘艳》《雍熙乐府》等散曲集中,反映出更为早期的南曲演唱习惯。

“宜黄腔”传奇作为曲牌联套体的长篇戏曲文学,其“律”究竟体现为怎样一种状态,它与“昆腔曲律”又有哪些差异或联系,其实仍有细究的必要。曾有研究者认为:“汤显祖作品的腔调问题,仍可以讨论;但汤显祖创作时,在曲律上另有所据,却是事实”,“汤作若干曲文与流行曲谱大异,但在《永乐大典戏文三种》及其他早期南戏传本中却可以找到完全一致的曲例,可证汤氏并非恣意横行。”①这里“流行曲谱”云云,如果针砭的是以叶堂《纳书楹四梦全谱》为代表的清人昆腔曲谱,那么,“汤氏并非恣意横行”的意见尚有成立的可能,因为到了清中叶,昆腔格律已经基本完成了“日趋严格”的过程并趋于凝固化,叶氏胶柱鼓瑟之处比比皆是,不足为奇;但倘若试图进一步去论证汤显祖“四梦”于沈璟的“昆腔曲律”之外“另有所据”,则有失仓促。因为,值得重视的是,足以批驳叶堂等人滥改之讹的某些元明早期南戏曲辞,恰恰也被沈璟采用为例曲,举例于下:

(1)《南柯梦》第十二出之〔上林春〕曲,叶堂改题〔步蟾宫后〕,如钱南扬校注《南柯梦记》(人民文学出版社1981年版)所云:“此《上林春》首两句,句格与宋元戏文《卧冰记》合。《叶谱》改作《步蟾宫后》,以为合于《步蟾宫》末两句。盖〔上林春〕一调,自明以来渐少使用,清人对它的宫谱已不大了了,故叶氏

① 黄仕忠《明代戏曲的发展与汤沈之争》,《文学遗产》1989年第6期。

不得不改调订谱。”核对沈谱，卷十二“南吕引子”类〔上林春〕正是出自《卧冰记》。而且，汤显祖《紫箫记》第十五出也使用了〔上林春〕曲，但格式与《南柯梦记》中曲并不相同，这说明汤氏对于曲律也有个由陌生而熟悉的过程。

(2)《南柯梦》第十二出有〔出队子〕曲，崇祯年间独深居士点定本于此加注眉批：“按谱，南北〔出队子〕俱不合，而第一调末句独重唱，何所本?”其实，正如钱南扬先生所说：“此调与《王状元荆钗记》十三出‘追思前事’一曲，句格全同，不知何故熟视无睹，妄加讥评? 至于首曲末两句重唱，乃适应排场之需要，更无碍于格律。”核对《南九宫十三调曲谱》，卷十四〔出队子〕曲恰恰以“追思前事”曲为例子，而且〔出队子〕末句重唱在晚明昆腔传奇中屡见不鲜，独深居士“按谱”之“谱”不知何据，若是指沈璟曲谱，那就显然失察了。

(3)《南柯梦记》第五出〔傍妆台〕曲被叶堂改题〔傍甘罗〕，谓〔傍妆台〕犯〔八声甘州〕、〔皂罗袍〕，钱南扬先生有云：“此曲格调，与《王状元荆钗记》二十二出‘意悬悬’一支全同，荆钗原题《傍妆台》，汤氏仍之。其间五、六两句犯〔八声甘州〕，七、八两句犯〔掉角儿〕，应作〔二犯傍妆台〕。”查对《南九宫十三调曲谱》，卷一“仙吕过曲”〔二犯傍妆台〕正是以《荆钗记》“意悬悬”为例曲。可见，沈璟曲学“斤斤返古”固然为一事实，但汤显祖传奇亦有遵循早期南戏曲律之处。

显然，尽管沈璟试图规范吴中新兴昆腔唱曲，但晚明清初的曲家并没有就所谓“昆腔曲律”问题达成共识。通过比较这一时期三部有代表性的曲谱，即趋于复古的沈璟《南九宫十三调曲谱》、趋于“从今”的沈自晋《重定南词新谱》，以及时常以“元谱”相标榜的《南曲九宫正始》，拙见以为：昆腔曲律“日趋严格"的判断固然基本无误,但"日趋严格"的同时,还意味着某些曲家对早期南曲的高度重视,乃至全面张扬。我们今日倘若只是以单一曲谱作为分析晚明清初传奇的依据,必将忽视一个重要事实:文人传奇声律的规范化、体制化经历了一个相当长的动态的扬弃过程。因此,即便汤显祖"四梦"确有以早期南戏为曲律依据的地方,也无助于证明汤显祖于"昆腔曲律"之外"另有所据",其是否"坚持南戏曲律的民间传统"也就有所疑问了。

当然,据以上考察,汤显祖传奇中也呈现出较多的类乎新兴昆腔唱曲的特征。这或可作两种解释:一是因为到了万历中后期,作为浙江海盐腔分支的"宜黄腔",与已有"时调""官腔"之誉的昆腔新声"水磨调",都全面继承了早期南曲戏文的传统,虽同源异流,但依然存在千丝万缕的关系;其二,或者是因为汤显祖和诸多文人曲家一样,受到了昆腔新声"水磨调"深刻而全面的影响,并将这些影响反馈到"四梦"文本之中。

二、"四梦""失韵"问题辨析

元明北曲的用韵相对规范,大抵以"中州之音"为依据,这既与北方相对统一的语音基础有关,也体现出某种"大一统"的政治文化心理。南地方音则更为多种多样,明中叶南曲隆兴之后,其用韵标准问题也引起文人曲家的密切关注,到了万历时期甚至成为曲学研究的一个焦点。这不但关系到南散曲的艺术评价,也与昆腔传奇的规范化、体制化进程密切相关,其核心问题则是如何评价周德清《中原音韵》之于南曲写作和演出的意义。

沈璟坚决主张南曲凛遵《中原音韵》，对《洪武正韵》略有微词，其〔二郎神〕《论曲》套曲之〔啄木鹂〕有云：“《中州韵》分类详，《正韵》也因他为草创。今不守《正韵》填词，又不遵中土宫商，制词不将《琵琶》仿，却驾言韵依东嘉样。这病膏肓，东嘉已误，安可袭为常？”《洪武正韵》为官修韵书，成于明洪武八年(1375)，韵部划分比《中原音韵》要更繁复，共76个韵部，平上去各22部，另单列入声10部。沈璟认为“洪武韵”其实也是依据“周韵”而来的，“《正韵》也因他为草创”，这一观点既反映了明清曲学家的普遍共识，其合理之处也能得到现代学者研究的印证，如赵荫棠先生以“洪武韵”的平声部为考察对象，发现除了将《中原音韵》“萧豪”“齐微”“鱼模”三韵部一分为二外，其他韵部则完全相同①。

既然“洪武韵”据“周韵”而来，又保留了入声部，后一点其实更符合南地语音的实际，也更能适应民间南曲写作与演出的习惯，那么，为什么沈璟强调南曲必须依守反映北方语言实际的“中州音”？事实上，传统曲学曾有“北叶《中原》，南遵《洪武》”之说②。据沈宠绥《度曲须知·宗韵商疑》载，沈璟对曲韵传统有其独特的看法，他认为“国家《洪武正韵》，惟进御者规其结

① 参看赵荫棠《中原音韵研究》，第29页，商务印书馆1956年版。

② 清乾隆年间人沈乘麐《韵学骊珠·凡例》有云：“向来曲韵，必南从《洪武》、北问《中原》。”周维培《曲谱研究》(第336页)认为“不符合南曲押韵的实况”，“明代南曲作家从无人宣称他用《洪武正韵》作为押韵依据。”拙见以为，沈璟〔二郎神〕既然对时人有“今不守《正韵》填词”的批评，则或有实指；又，明末程允昌《南曲谱》(北京大学图书馆藏)引张国华“南曲总论”曰：“词既南，凡腔调与字面俱南，字虽中原，而宗洪武。(中原韵，平上去大略相同，但无入声，南曲因有入声，故宗洪武)。”因此，似不能排除晚明有依守《洪武正韵》写作或演唱的文人曲家。

构，绝不为填词而作”，又云：“《洪武韵》虽合南音，而中间音路未清，比之周韵，尤特甚焉”，因此南曲也应以《中原音韵》为准范，“词曲之于《中州韵》，犹方圆之必资规矩，虽甚明巧，诚莫可叛焉者”。沈璟还曾以周韵为衡量标准，编选了《南词韵选》，其“凡例”有云：“是编以《中原音韵》为主，虽有佳词，弗韵，弗选也。若‘幽窗下教人对景’‘霸业艰危’‘画楼频传’‘无意整云鬟’‘群芳绽锦鲜’等曲，虽世所脍炙，而用韵甚杂，殊误后学，皆力斥之。”显然，通过对“周韵”意义的张扬，沈璟既反拨了南曲用韵传统的多样性，也回应了晚明曲坛普遍的“尚北”“崇元”的文化心理。

沈璟之外，晚明时期在传奇文本中有意识标榜“恪守周韵”的曲家时有出现。如陈与郊《诊痴符·樱桃梦凡例》有云：“词韵不得越周德清，犹诗韵不得越沈约。夫正韵且不敢入诗，况沈韵入曲乎？故记中一以《中原》十九韵为则。”卜世臣《冬青记凡例》则曰：“《中原音韵》凡十九，是编上下卷，各用一周。故通本只有二出用两韵，余皆独用。”范文若《花筵赚凡例》也声称：“韵悉本周德清《中原》，不旁借一字。”韩上桂《凌云记凡例》则云：“此记内字悉依《中州韵》。”以上文人传奇是否即为昆腔新声而作，虽然不能遽下判断，但根据其作年（万历后期）推测①，至少能体现“水磨调”的某些的舞台习尚。

① 陈与郊《诊痴符》卷首有署“万历甲辰（1604）春日友人齐悫书于任诞轩”的序言，则《樱桃梦》作年当更在此前；卜世臣《冬青记》今存万历年间刻本（见《古本戏曲丛刊二集》），卷末《谈词》称沈璟曾阅过，当作于万历三十八（1610）年沈璟去世前；韩上桂《凌云记》现存民国年间重抄本（《古本戏曲丛刊五集》影印），据罗忼烈《明孤本传奇凌云记》（香港书业公司1975年版）之“校订牟言”，作年约在明万历二十六（1598）至三十三年（1605）之间。

事实上，尽管沈璟“合律依腔”理论并非是对昆腔新声“水磨调”的完全认同，但“凛遵周韵”的信念却与此前魏良辅的韵律主张相互呼应，形成一脉相承、相互呼应的曲学传统。魏氏《南词引正》有云：“《中州韵》词意高古，音韵精绝，诸词之纲领。”这里《中州韵》，应是指以《中原音韵》为代表的北曲韵律[①]，魏良辅改良昆腔时曾吸收了文人北曲的技法，这里他对北曲韵书的推崇，同样体现了南曲文人化进程中北曲“典范美”的象征意义和示范价值。因此沈璟殁后，一方面某些昆腔唱曲家“但正目前字眼，不审词谱为何事”（沈宠绥《度曲须知·弦律存亡》），不一定奉遵其“腔”、其“律”，但另一方面，许多文人作家却为昆腔新声的流行态势所裹挟，纷纷在文本中踵武其后，以《中原音韵》为用韵准绳。

事实上，南曲写作取法北曲韵书《中原音韵》，这并非沈璟的首倡，至少可追溯到明成化、弘治间人邵灿的《香囊记》。而嘉靖、隆庆间人郑若庸《玉玦记》对周韵的遵循，甚至达到了“一

① 钱南扬先生《魏良辅南词引正校注》（见《汉上宦文存》）认为，这里《中州韵》当指元人卓从之的《中州乐府音韵类编》，“此书虽专为北曲而设，然其时比较好的南曲韵书，如《韵学骊珠》之类，都还没有出来，仅有一部官书《洪武正韵》，又不高明，故不得不借用卓氏的书了。”此说恐有误？“卓韵”虽然元末即被附刻于《朝野新声太平乐府》，但流传并不广，今存《朝野新声》刊本中只有瞿藏明本（铁琴铜剑楼旧藏）中附录了卓韵（参看隋树森校订《朝野新声》“校例”之第八条，中华书局1958年版）；而且，明初朱权撰《琼林雅韵》时已对其有所訾议，“卓氏著《中州韵》，世之词人歌客莫不以为准绳。予览之，卓氏颇多误脱”，嘉靖隆庆年间人魏良辅恐不会尊奉若此。拙见以为，魏良辅“《中州韵》”云云，当指周德清的《中原音韵》。据杨耐思《中原音韵音系》（中国社会科学出版社1981年版），卓从之《中州乐府音韵类编》很可能是根据《中原音韵》墨本改编而成，而周德清《中原音韵》在元明时期也常被称为“中州音韵”，如虞集《序中原音韵》、沈宠绥《度曲须知》等。

调一韵”（吕天成《曲品》卷下）的精确，因此受到王骥德、吕天成特别的关注。王骥德甚至有云：“南曲自《玉玦记》出，而宫调之饬与押韵之严，始为反正之祖。”（《曲律·论韵第七》）这里所谓“反正”，就是回复到北曲（尤其是文人北散曲）的韵律传统①。沈璟所作的其实只是试图从理念上和实践上，去进一步确认《中原音韵》之于南曲而言的典范地位，以期“恪守周韵”能成为曲家共识。

又据沈宠绥《度曲须知·宗韵商疑》，沈璟甚至有云：“作南词者，从来俱借押北韵。”这一论断显然不符合曲体文学史的实际。事实上，依守“北韵”只是南曲用韵的一种并不悠远的传统，更非晚明曲家普遍遵奉的通则；嘉隆以后，很多曲家依然承袭着以《琵琶记》为代表的早期南曲戏文的韵律。若以《中原音韵》为判断标准，早期戏文用韵至少有两个特点：其一，混韵、出韵比较普遍，“如支思之于齐微、鱼模，鱼模之于家麻、歌戈、车遮，真文之于庚青、侵寻，或又之于寒山、桓欢、先天，寒山之于桓欢、先天、监咸、廉纤，或又甚而东钟之于庚青，混无分别”；其二，每出通常用一个以上的韵部，“北剧每折只用一韵，南戏更韵，已非古法，至每韵复出入数韵，而恬不知怪，抑何窘也！”（王骥德《曲律·论韵第七》）如此一来，势必引发我们进一步的疑问：如何看待晚明曲家在南曲用韵问题上的分歧？某些文献中对曲家“不守音韵”的指责，可否理解为是责备他们“不遵守昆

① 有研究者认为，《中原音韵》韵类的依据主要是文人散曲，这反映了“入派三声”及其“为作词而设”的“词”，首先是指文人吟咏性情的“今乐府”，而非活跃在勾栏之内的北曲杂剧。相关研究可参看周维培《论〈中原音韵〉》，中国戏剧出版社 1990 年版；李昌集《中国古代曲学史》第一卷第五章。

腔的曲律”①?

我们注意到,沈璟“恪守周韵”理念流行之后,有关曲家“不守音韵”的议论明显增多,其锋芒所指,甚至包括如梁辰鱼、张凤翼、顾大典这样一些与昆腔新声关系密切、对昆腔传奇创作有着筚路蓝缕之功的吴中曲家。如沈德符《顾曲杂言》有云:“近年则梁伯龙、张伯起,俱吴人,所作盛行于世,若以《中原音韵》律之,俱门外汉也。”徐复祚《曲论》也批评张凤翼说:“但用吴音,先天、廉纤随口乱押,开闭罔辨,不复知有周韵矣。”再看顾大典的遭遇,顾氏虽与沈璟交好,但基本沿袭着戏文的用韵传统,不以“中州韵”为宗,故徐复祚《南北词广韵选》收录顾大典《葛衣记》之〔梧桐树〕曲时,讥评说:“独怪沈先生与顾先生同是吴江人,生又同时,又同有词曲之癖。沈最严于韵,不与顾言之,何也。”他认为顾大典是受到了张凤翼的影响:“顾与张伯起先生亦最厚,岂其箕裘伯起而牟髦词隐也耶?”徐氏《曲论》中亦有类似言论:“吴江顾大典有《义乳》《青衫》《葛衣》等记,皆起(伯起,即张凤翼)流派,操吴音以乱押者。”“皆起流派”云云从一个侧面说明,吴中曲家对《中原音韵》典范地位的张扬与确认,经历了一个并非一蹴而就的过程。即便是沈璟殁后相当长一段时间内,《中原音韵》之于南曲写作的指导意义,也有待昆腔曲家的进一步认同。因此,不难理解为什么清初沈自晋《重定南词全谱凡例》还在说:“夫曲也,有不奉《中原》为指南者哉?奈何南词之草草若是?……然尚有传奇家,好新制曲名,而目不识

① 徐朔方先生《梅鼎祚年谱》“引论”有云:“明代文献记载某一曲家指斥另一曲家不遵守曲律,都不指个别字句失韵或出格,而是责备他们不遵守昆腔的格律,虽然这未免强加于人,因为被批评者本来无意这样做,他们遵奉的是民间南戏的格律。”见《晚明曲家年谱》第三卷,第107页。

《中原音韵》为何物者,殊可笑!”这恰恰表明,直至清初“恪守周韵”都没有成为昆腔曲家广泛遵守的规则。

事实上,尽管“恪守周韵”最终成为晚明清初之后文人传奇最通行的用韵规则,但它毕竟只是一种通则,而不是唯一的标准;即便对于某些与昆腔新声关系密切的文人曲家而言,南曲的用韵标准依然有讨论的必要。从晚明到清中叶,王骥德、沈宠绥、李渔、沈乘麐等人立足南地语音的实际,或试图提出新标准,或在基本遵循《中原音韵》的同时也力主做出必要变通。

关于这一问题,王骥德与沈璟分歧之大,其态度之断然,值得我们重视。王氏早年的《题红记》有意识标榜他并不尊奉《中原音韵》,也违背了郑若庸等人开辟的“一调一韵”传统,其《重校〈题红记〉例目》有云:“周德清《中原音韵》,元人用之甚严,亦自二传(按,指《琵琶记》《拜月亭》)始决其藩。传中惟齐微之于支思,先天之于寒山、桓欢,沿习已久,聊复通用。”在他看来,某些韵部的通押、混用其实是南曲(“戏文—传奇”)沿习已久的传统,故不妨通用,这至少能说明,违背《中原音韵》并不必然导致舞台演出的“屈曲聱牙”。不过,王骥德看待“出韵”现象是有一限度的。不但“更清之于真文,廉纤之于先天,间借一二字偶用,他韵不敢混用一字”,对于“东钟”之于“庚青”一类的混用,他也持反对态度。在晚年的《曲律》中,王骥德对南曲戏文频繁的“更韵”作了更严厉指责,他说:“北剧每折只用一韵,南戏更韵,已非古法,至每韵复出入数韵,而恬不知怪,抑何窘也!”(《曲律·论韵》)似乎如沈璟一样,试图回复到文人北曲的传统;他甚至反省青年时代的不足,有云:“然其时所窥浅近,遣声署韵,间有出入。今辄大悔,惧人齿及。”(《曲律·杂论第三十九下》)

王骥德的“大悔”，是否意味着他由沿袭民间性的南戏韵律，转向了对文人化的昆腔曲律的遵奉？拙见以为，此论亦有辨析的必要。其实，王骥德所维护的南曲韵律体系，并不是沈璟一再张扬的“中州之音”。沈璟试图确立《中原音韵》之于南曲而言的典范地位，与此形成反差的是，王骥德在《曲律》中对周德清作了很多尖刻的批评，诸如：周韵“分”“合”未当、“以方言变乱雅言”、“率多土音，去中原甚远”等等。其间或掺揉了文人相争的意气，也忽视了元明二代语音因时、因地的变化，但王骥德之所以有如此苛责，主要是因为他试图确立南曲不同于北曲的用韵规则。简而言之，即主张南曲的用韵应合乎当时、当地的语音实际，如其所言：“周之韵故为北词设也，今为南曲，则益有不可从者。盖南曲自有南方之音，从其地也。”“周韵”是文人北曲的标准，而北曲的舞台生命力已经相当衰微，因此或可忽略语音的变异，而南曲则是舞台上活生生的艺术形式，因此有必要顾及实际的演出状态，也就是南地语音的特殊性。

王骥德明确主张，南曲“但当以吴音为正”(《曲律·论腔调第十》)，这与沈璟张扬“正音”、不满“吴歈”之“悦里耳”，甚至编撰《正吴篇》的举措恰好异趣。《曲律·论韵第七》在称赞《玉玦记》“始为反正之祖”后，接着又有云：“迩词隐大扬其澜，世之赴的以趋者比比矣。”联系王氏对周德清的刻薄批评，语意中分明隐含着“不以为然”。对于“以‘白’为‘排’，以‘壑’为‘好’”之类的“南曲而用北韵”现象，王骥德也是相当反感的，指斥说：“皆大非体也！”(《曲律·杂论第三十九上》)为了强调区分南、北曲韵的必要性，王骥德还打了个形象的比喻：“南曲之必用南韵也，犹北曲之必用北韵也，亦由(犹)丈夫之必冠帻，而妇人之必笄珥也。作南曲而仍纽北韵，几何不以丈夫而妇人饰哉。”

(《曲律·杂论第三十九下》)不同于沈璟对《洪武正韵》的贬抑,王骥德则相当倚重它,甚至以“洪武韵”为标准编撰了《南词正韵》(已佚),“别有蠡见,载《南词正韵》凡例中”。可见,王骥德在实践中和理论上都对奉遵“周韵”的可行性提出了怀疑。

南曲作家写作时违反《中原音韵》,或有几个原因,如受到传统诗韵的影响,受到特定方音的制约,还有人认为“周韵”本身存在无法克服的弊端,不足以为凭据;而据王骥德《曲律·论韵第七》,沈璟后来似乎对《中原音韵》也并不全然满意,“词隐先生欲别创一韵书,未就而卒”。概而言之,晚明曲家对《中原音韵》的不满集中于两点:一是韵部问题,有“分合未当”之处;二是“入声派作三声”问题,认为不符合南地语音的实际。后者尤其受到关注,而《洪武正韵》恰好单列入声,虽然其“分合”可能也有未当之处①,但入声单列却能暗合晚明曲家对吴越之地(吴语方言区)语音实际的体察。如王骥德就认为南语“入声自有正音”(《曲律·论平仄第五》)。因此,那些试图确定南曲有别于北曲的用韵规范的曲家,往往对“洪武韵”表现出更多认同,其“别创曲韵”也往往参照“洪武韵”而来。如王骥德的《南词正韵》就从“鱼模”韵中分出“居蘧”韵,从“齐微”韵中分出“机奇”韵②,这显然受到《洪武正韵》将“齐微”韵分为“齐”“灰”、“鱼模”韵分为“鱼”“模”两部的影响。从王骥德《南词正

① 沈宠绥《度曲须知·入声收诀》有云:“《洪武韵》入声中,覈、没、忽、骨等字,乃与疾、七、逸、一等字,同列质韵,似难概以噫音带浊收之。”

② 见冯梦龙《太霞新奏》卷七〔懒画眉〕《赠燕市胡姬》、卷七〔榴花泣〕《得书》的批注及其跋文。另,王骥德〔南吕·懒画眉〕《赠燕市胡姬》曲序有云:“篇中‘齐微’半韵,即余新定‘机奇’韵,悉简去‘归’、‘葵’等字不用。”相关研究可参看徐朔方《晚明曲家年谱》第二卷,第243页、第269页。

韵》、范善臻《中州全韵》,到清人王鵕《中州音韵辑要》、沈乘麐《韵学骊珠》、周昂《增订中州全韵》,他们在以《中原音韵》为基础综合南北语音的时候,也愈加关注南地语音的特殊性,从总体上体现出曲韵的"南音化"趋势①。其间涉及的音韵学问题非本书所能深论②,这里需要强调的是,尽管《中原音韵》的典范地位得到相当多文人曲家的认同,但有关南曲用韵标准的讨论,事实上是在反思《中原音韵》得失的基础上展开的。这就表明,当众多晚明曲家试图从北曲"有法可依""有律可循"的传统中吸取经验,以确立南曲自身的韵律规范时,出现了认识上和实践上的明显分歧。

不管是协守"周韵",抑或别创"南韵"的主张,它们都依托于昆腔新声("水磨调")日益流行这一特定的戏曲史情境。一方面,沈璟等人对《中原音韵》的依守,固然反映了文人提升昆腔品位的努力,即希望原本只是一种"地域性"声腔的昆腔,能够如北曲一样成为体现"正声"文化精神的"全域性"文艺样式,故其主张得到了文人曲家较为广泛的认同;而另一方面,王骥德等人对《洪武正韵》的倚仗,同样也是试图确立南曲相对统一、权威的形式规范。只是南方语音、曲调的地方性差异要远比北方大得多,"吴歈"甚至"不越方数百里,辄不能相通"(李鸿《南词全谱序》),因此,即便如王骥德一样,强调南音中入声字的特

① 参看杨荫浏《中国音乐史纲》第231—235页,音乐出版社1955年版。

② 关于《中原音韵》的语音基础和性质,学界有争议;"天下通语"的基础音依据是河洛音,还是大都音,"入派三声"是否符合元明二代北方语言的实际,等等问题,均未达成共识。相关研究可参看严修《二十世纪的古汉语研究》,书海出版社2001年版;袁宾等《二十世纪的近代汉语研究》,书海出版社2001年版。

殊性，即便对“周韵”分合未当处有所辨正，也并不能顺势确立“南曲之必用南韵”的全部依据。虽然“南曲自有南方之音”，但作为南曲之“正声”的昆腔，倘若要如北曲那样超越地域的限制，在全国各地获得各个社会阶层的普遍接受，就必须突破“南方之音”的拘囿。因此事实上，王骥德的主张既隐藏着理论与实践之间无法克服的内在矛盾，也违逆了昆腔新声勃兴之后的戏曲发展大趋势，这或许是其《南词正韵》很快就失传的原因①。

稍后的曲家沈宠绥折中了沈璟、王骥德的分歧，他在《度曲须知·宗韵商疑》中主张：“凡南北词韵脚，当共押周韵；若句中字面，则南曲以《正韵》为宗。”有关《中原音韵》“东钟”“庚青”等韵部“分合未当”的问题，他也提出了新方案，有云：“（南曲）‘朋’‘横’等字，当以庚青音唱之；北曲以周韵为宗，而‘朋’‘横’等字，不妨以东钟音唱之。”有关《洪武正韵》的入声单列，他也颇为赞同，有云：“且韵脚既祖《中州》，乃所押入声……并不依《中州韵》借叶平、上、去三声，而一一原作入唱，是又以周韵之字，而唱《正韵》之音矣。”但事实上，这种既不能否定“北韵”之于南曲的指导意义，又必须顾及南曲演出实际的“调和”，也无法消弭理论与实践之间的内在矛盾，故沈宠绥也颇有疑虑，又云：“《正韵》、周韵，何适何从，谚云‘两头蛮’者，正此之谓。予不敏，未敢遽出画一之论，以约时趋，于后之执牛耳者，不能无望焉。”明嘉靖隆庆以后，南曲表演艺术日新月异，文本创作愈加繁盛，舞台风尚的流行态势和文本写作的趋新变异，往往都难

① 王骥德《南词正韵》至迟明末已佚失，故沈宠绥撰《度曲须知·入声收诀》时有“惜未得睹”的感慨；此外，孙郁《双鱼佩凡例》亦有云：“近读方诸生《曲律》，乃知有《南词正韵》一选。向曾于金陵坊间，都门河下遍求之，竟不可得。”

以在曲学研究中得到及时而全面的反映，沈宠绥的“无所适从”进一步表明：尽管不断有曲家试图将《中原音韵》之于北曲而言的典范意义，贯彻于南曲写作和演唱之中，但不管是就曲学研究而言，还是就文本写作而言，这一主张都并没有在晚明文人曲家那里真正地普泛化。

事实上，如果我们以《中原音韵》为检韵标准，可以发现，《六十种曲》所收明中叶以来的戏文、传奇（包括新兴昆腔传奇和服务于新兴昆腔的改本戏文）鲜有不出韵者①。《六十种曲》题署“绣像演剧”，可能并非案头之书的汇集，其中不少或是昆腔舞台的流行剧目，或为昆腔新声而作，如此普遍的混韵、出韵现象说明，沈璟恪守“周韵”主张对万历以后的昆腔舞台并没有起到切实的强制性的规范作用。曲家“凛遵周韵”的理论呼声，恰恰从另一个角度折射出戏曲文本创作、舞台实践和理论批评之间的误差，或曰距离。而且，依守周韵的“入派三声”而不顾及南地语音的特殊性，同样有可能招致吴中曲家的不满，如沈德符就批评李开先说：“所作《宝剑记》，生硬不谐，且不知南曲之有入声，自以《中原音韵》叶之，以致吴侬见诮。”②这一现象至少说明：明万历年间擅演昆腔的“吴侬”，并非就果真如沈璟所苛求的那样去斤守《中原音韵》，曲学名家的理论提倡与歌儿舞女的演艺实践之间，并非亦步亦趋的关系。因此直至清初，李渔在疾

① 相关研究可参看张敬《明清传奇导论》第三编第一章，台北华正书局 1986 年版。该书以《中原音韵》为标准，参照《暖红室汇刻传奇》和《奢摩他室曲丛》，对《六十种曲》（除硕园改本《牡丹亭》、北曲杂剧《西厢记》）中五十八种戏文、传奇以及吴炳《情邮记》《疗妒羹》和阮大铖《燕子笺》《春灯谜》等剧作的用韵情况作了统计，发现鲜有不出韵的。

② 沈德符《万历野获编》卷二十五“词曲 · 南北散套”。

呼"既有《中原音韵》一书,则犹畛域画定,寸步不容越"的同时[①],依然要根据南地方音的实际而提出变通意见。

细究汤显祖的"四梦",若以《中原音韵》为标准,则所谓"出韵""犯韵"现象比比皆是,但是,这并不表明汤氏就如凌濛初所言"随心胡凑"。其实,"四梦"中的某些犯韵、出韵、混押,是完全可以在早期南曲戏文中找到类似用法的。臧懋循曾对汤显祖有"用歌戈韵,每以家麻杂之"的讥评(见《南柯记》臧改本"情著"出评语),凌濛初也曾指责汤显祖"'子'与'宰'叶"。而据当代学者研究,歌戈与家麻、支思与皆来韵的通押,早在《张协状元》中已有先例[②]。然而,更值得重视的是,汤显祖用韵依然显示出明显的规律:其一,他基本上是将入声与其他三声通押;其二,鱼模、齐微、萧豪三个韵部通常也合而不分。这些大抵显示出《中原音韵》的影响,也体现了作为文人传奇的"四梦"与一般民间戏文的不同。

"齐微""鱼模""萧豪"等韵部的析分,更切合元末以后口头语言的流变,因此既为明代一些韵书如兰茂《韵略易通》、毕拱宸《韵略汇通》等变通采用[③],也得到晚明清初某些曲学家的重视。据沈宠绥《度曲须知·宗韵商疑》,甚至连沈璟都认识到"《周韵》惟'鱼居'与'模吴'尾音各别,'齐微'与'归回'腹音较异。"直至清初,李渔还在疾呼"鱼模当分"。至于入声通押问

① 李渔《闲情偶寄》"词曲部·音律第三"。

② 见于《张协状元》第十五出〔女冠子〕、第四十二出〔马鞍儿〕、第四十五出〔太子游四门〕等曲,相关研究可参看徐朔方《再论汤显祖戏曲的腔调问题》。

③ 参看蒋绍愚《近代汉语研究概况》,第105页,北京大学出版社1994年版。

题，早期南戏虽然也有入声与其他三声通押的，如《张协状元》第十六出之〔歇拍〕曲[①]，以拭（入）、吃（入）、遟（阳平）、滴（入）、异（去）、是（去）、缘（阳平）、契（去）、会（去）、水（上）、结（入）、理（上）等字为韵脚，但总而言，“入声单押”现象更为普遍，曲例更为常见[②]。昆腔新声崛起后，“入声单押”因为更合乎南地语音的特点，更便于吴越之地歌儿舞女的演唱，也能得到某些文人曲家的认同。事实上，尽管沈璟推崇《中原音韵》，但他的《南九宫十三调曲谱》中押入声韵的例曲往往是别立“又一体”，不同于正格。沈璟之后从理论上进一步肯定，或在文本创作中实践这一主张的文人曲家就更多了。如曾受学于沈璟的冯梦龙，在《太霞新奏·发凡》中进一步张扬说：“《中原音韵》原为北曲而设，若南韵又当与北稍异。如‘龙’之驴东切，‘娘’之尼姜切，此平韵之不可同于北也；‘白’之为‘排’、‘客’之为‘楷’，此入韵之不可废于南也。词隐先生发明韵学，尚未及此。”冯梦龙之所以说沈璟“尚未及此”，可能是因为沈氏虽然在曲谱中让入声韵别立“又一体”，但他从事文本写作时却并不谨遵此法，形成理论与实践之间的某些反差，故冯梦龙又在《太霞新奏》中批评沈氏说：“周德清《中原音韵》原为北曲而作，北无入声，故配入平、上、去三声中。若南曲，自有入韵，不宜以北字入南腔也。如词隐先生‘片时情’一套，以‘窄’‘侧’叶上，‘擂’叶平，终不可为训。精于律者，自当戒之。”[③]以上表明，沈璟虽然直觉到南曲中入声的特殊，但其理论主张并没有充分地贯彻到文本

① 以钱南扬《永乐大典戏文三种校注》为据。

② 相关研究可参看俞为民《南曲曲韵的沿革与流变》，《文史》2001 年第 3 辑。

③ 卷二〔普天乐〕套曲《书怀》尾注。参看《冯梦龙全集·太霞新奏》，第 101 页，上海古籍出版社 1993 年版。

中,因此难免要受到非议。

到了清初,曲家毛先舒撰《南曲入声客问》,“别出单押之法,而随谱变腔”,认为《幽闺记》“胸中书富五车”等曲之入声与三声通押,“是施君美作南曲,亦沿袭北曲之法,他家如此者亦多,然皆非”,这或也是晚明以后曲家的一个普遍的看法。以上例证反过来恰好说明,汤显祖“四梦”以入声通押三声,虽然不能获得后世昆腔曲家的普遍认同,但在沈璟那里,应不至于就为其所诟病。

总体而言,汤显祖“四梦”的用韵还是趋近于《中原音韵》十九个韵部,而与将这三个韵部一分为二,以及主张入声单列的《洪武正韵》表现出更明显的差异。事实上,我们很难判定,汤显祖戏曲中哪些犯韵、出韵、通押现象,是万历年间“宜黄腔”剧本继承南戏韵律而来、却为新兴昆腔曲家已经或试图回避的。即便是在某些直接服务于昆腔新声舞台的剧作中,我们也可以找到“四梦”中存在着的“病症”。例如,沈璟《义侠记》第九出中也有见于汤显祖剧作并为臧懋循所指责的“歌戈”“家麻”混押的情况,而《六十种曲》所收明人改本《琵琶记》中,“歌戈”“家麻”混押依然频繁。这些表明,“歌戈”“家麻”混押并非民间南戏的一般特征,同样有可能适合晚明文人化的昆腔新声的演出。因此,凌濛初之所以对汤显祖有“拘于方土,不足深论”的辩护,除了一定的私人交谊和美学趣味的认同,主要是为了倡导《中原音韵》对于整个曲体文学用韵的指导意义,并非仅仅维护所谓“昆腔曲律”。

南曲用韵标准之所以随着昆腔新声的崛起,而成为曲家关注的一个焦点问题,显然与“水磨调”体现了文人趣味的唱曲技法(“依字声行腔”)有关,因此,民间质朴、俚俗的戏文写作传统受到了更加广泛的质疑，而文人传奇则进一步地雅致化、规范化。但另一方面，正如昆腔传奇曲调格律的规范化经历了一个相当长的动态的选择过程，用韵标准的确立也绝非晚明以沈璟、王骥德、吕天成、凌濛初等为代表的两代曲家所能解决的。事实上，即便在沈璟那里，其作品“无论戏曲和清曲，出韵和任意增减字句的情况并不少见”①，甚至其曲谱中也有因例曲“古雅”而不顾及出韵的个案②。诸如此类的“矛盾”其实并不难解释，一方面，它们体现了沈氏曲学主张与文本创作、舞台实际之间尚待整合、调适的关系；另一方面也进一步地表明，在昆腔新声由勃兴而繁荣的这一特定戏曲史情境中，所谓“昆腔曲律”其实意味着一个相当长的动态的历史进程。

乾隆年间的曲家对汤显祖以“皆来”押“歌戈”、“鱼模”押“家麻”等现象有“未免乖谬”的讥评③，这或可解释为是在以规范化、体制化了的“昆腔曲律”来苛求前代文本，但是，晚明曲家对汤氏“出韵”的訾议，却不能等同于对“昆腔曲律”的维护。在晚明文人曲家那里，张扬《中原音韵》的典范地位是针对整个曲体文学而言的，其间并没有隐寓着明显的声腔剧种的差别意识。拙见以为，用韵的考察固然有助于我们深入了解汤显祖“四梦”与南戏写作传统之间的关系，但是，倘若希望通过考察用韵的“宽严”以及曲家对于《中原音韵》的态度来推断万历年间某部传奇的“写作腔调”，则不一定有效。

回到前文所引凌濛初《谭曲杂札》。凌濛初虽然鄙薄沈璟

① 参看徐朔方《晚明曲家年谱》第一卷《沈璟年谱》“引论”。

② 见沈璟《南九宫十三调曲谱》卷一之〔河传序〕、卷四之〔白练序〕、卷五之〔湘浦云〕诸曲。

③ 见叶堂《纳书楹四梦全谱・凡例》。

曲作的美学风格，但他对沈璟整理、总结南曲曲律的努力却给予了积极评价，其《南音三籁·凡例》有云："牌名板眼，句字增损，坊刻承讹袭舛，误人多矣。毗陵蒋氏《全谱》，本调具在，可据以订各词；松陵沈伯英，采新补旧，亦是功臣。"沈璟以及受其影响、"学慕吴趋"的"越中一二少年"之所以会受到凌氏的严厉指责，既缘于沈谱不够精严的弊端以及曲律研究的固有缺憾，更主要的是，凌濛初和汤显祖一样，秉持一种崇尚"自然之音"的审美态度。其《南音三籁·自序》有云："曲有自然之音，音有自然之节，非关作者，亦非关讴者，莫知其所以然而然。通其音者，可以不设宫调；解其节者，可以不立文字，而学者不得不从宫调文字入，所谓'师旷之聪，不废六律'，与匠者之规矩埒也。……夫籁者，自然之音节也。蒙庄分别之为三，要皆以自然为宗。故凡词曲，字有平仄，句有短长，调有合离，拍有缓急，其所谓宜不宜者，正以自然与不自然之异，在芒忽间也。"我们从凌氏的这一论说思路中，明显地感受到了汤显祖"使然而自然"声律理想的基本精神(《答凌初成》)。

综上所论，凌濛初一方面既要正视汤显祖"四梦"的"不谐音律"，又因欣羡汤氏才情、认同其美学理想而为他苦心辩护；另一方面，对于沈璟，他既必须肯定沈氏强调规范的声律之学在晚明曲坛的现实意义，又不满意其形式"至上"的偏憾，这就使得凌濛初和晚明诸多文人曲家一样，在所谓"汤沈之争"问题上显得左顾右盼、矛盾重重。其背后所隐寓的，同样是吕天成以来文人曲家普遍的审美期待：文人传奇"才情"与"声律"的二美俱全。

第三章　声腔流变与文本性质

——汤显祖戏曲“写作腔调”问题

汤显祖的《牡丹亭》《邯郸记》和《南柯记》完成于家乡临川，据现有材料，它们首先是由“宜伶”搬上舞台的，以后才渐为吴越曲家所搬演；《紫箫记》亦作于临川，时在万历五年（1577）至万历七年（1579），万历十五年（1587）左右在南京被改写成《紫钗记》①，它们与“宜伶”之间也存在一定关系。因此，“宜伶”之性质，既关系到汤显祖戏曲的“失律”问题，也有助于理解晚明戏曲声腔剧种演化、融合以及“戏文—传奇”的雅俗嬗变，故一再为学人所瞩目。

一、关于“宜伶”与“宜黄腔”

“宜伶”，简而言之，就是晚明时期江西宜黄一带的戏曲艺人。汤显祖诗文中谈及“宜伶”的文字并不鲜见，如：(1)《寄吕麟趾三十韵》，有“曲畏宜伶促”；(2)《帅从升兄弟园上作》四首之三，有“小园须着小宜伶，唱到玲珑入狂听”；(3)《寄生脚张罗二恨吴迎旦口号》二首之一，有云：“暗向清源祠下咒，教迎啼彻

① 汤显祖“四梦”完成年代有争议，本书以徐朔方《玉茗堂传奇创作年代考》为据，参看《晚明曲家年谱》第三卷之《汤显祖年谱》附录。

杜鹃声”,清源祠为宜伶供奉戏神清源师的地方;(4)《送钱简栖还吴》二首之一,有“离歌分付小宜黄”;(5)《谴宜伶汝宁为前宛平令李袭美郎中寿》,有“赤县琴歌积梦思,宜伶尊前寄新词”;(6)《九日谴宜伶赴甘参知永新》;(7)《唱二梦》,有“宜伶相伴酒中禅”;(8)尺牍《复甘义麓》,有“弟之爱宜伶学二梦”;(9)尺牍《与宜伶罗章二》。因此,不能否定汤显祖写作戏曲文本时,有意识地适应乃至迎合“宜伶”舞台习惯的可能。

汤氏《与宜伶罗章二》明确指示说:“《牡丹亭记》要依我原本。其吕家改的,切不可从。虽是增减一二字以便俗唱,却与我原做的意趣大不同了。”这里所谓“俗唱”,不能就指实为吴中新兴昆腔唱曲“水磨调”,汤氏《宜黄县戏神清源师庙记》描述晚明声腔流变时对昆腔流露出的态度毫无鄙薄之意;此外,虽然汤显祖强调依“原本”演唱,但根据舞台呈现这一戏曲“二度创作”的通则,也不能推断宜伶们果真就一字不差地照搬剧本。

“宜伶”演艺活动之活跃,是万历年间江右地区引人注目的戏曲史现象。汤显祖《宜黄县戏神清源师庙记》(以下简作《庙记》)有云:

> 此道有南北。南则昆山之次为海盐。吴浙音也。其体局静好,以拍为之节。江以西弋阳,其节以鼓,其调喧。至嘉靖而弋阳之调绝,变为乐平,为徽、青阳。我宜黄谭大司马纶闻而恶之。自喜得治兵于浙,以浙人归教其乡子弟,能为海盐声。大司马死二十余年矣,食其技者殆千余人。

“谭大司马纶”即宜黄人谭纶,嘉靖三十四年(1555)任浙江台州知府,三十七年(1558)升浙江按察副使,三十九年(1560)升浙江布政使司左参政,仍兼浙江按察使巡视海道副使,嘉靖四十年至四十二年(1561—1563)因丁父忧回籍。据学者研究,谭纶"以浙人归教其乡子弟"当在嘉靖四十年至四十二年期间[①],汤显祖写作《庙记》文则在谭纶死后二十余年,即万历三十年(1602)左右[②],相距已有约四十年。

海盐腔的流入,迅速改变了江右地区的戏曲文化格局。据汤氏《庙记》描述,明嘉靖时期江西临川、宜黄一带发生了两次戏曲重心的转移。先是弋阳腔的衰微和徽调、青阳腔迅速崛起以填补空档,但徽调、青阳腔其实是弋阳腔的变调,和早期弋阳腔一样主要流行于民间和下层社会,不足以在文人士大夫和权贵阶层中产生普遍的影响力。随着深受乡人景仰的谭纶将海盐腔戏班带回宜黄,情形再次发生变化。对此,晚明人郑仲夔《冷赏》卷四"声歌"中亦有相关记载:"宜黄谭司马纶,殚心经济,兼好声歌。凡梨园度曲,皆亲为教演,务穷其巧妙。旧腔一变为新调。至今宜黄子弟咸尸祝谭公惟谨,若香火云。"这里"旧腔一变为新调",并不是说谭纶改变、扭转了海盐腔的原有风格,而是说从浙江来的海盐腔取代了当地旧有声腔剧种的舞台主导地位,所反映的正是海盐腔引入后江右戏曲格局的第二次重心转移。此外,明末清初人陈宏绪《江城名迹记》有云:"匡吾王府:建安镇国将军朱多某(煤)之居,家有女优,可十四五人。歌板舞衫,缠绵婉转。生曰顺妹,旦曰金凤,皆善海盐腔。而小旦彩鸾,尤有花枝颤颤之态。万历戊子,予初试棘闱,场事竣,招十三郡名流,大合乐于其第,演《绣襦记》,至斗转河斜,满座二十余人皆霑醉,灯前拈韵属和。"所述为万历戊子年(1588)之事,距

① 参看叶德均《明代南戏五大腔调及其支流》,见《戏曲小说丛考》,中华书局1979年版。

② 参看徐朔方《晚明曲家年谱》第三卷之《汤显祖年谱》。

嘉靖年间谭纶“以浙人归教其乡子弟”，至少已有二十多年，然而将文中所描绘的海盐腔与顾起元《客座赘语》的记载相互比较，两者风格基本接近，其间士大夫阶层如痴如醉式的迷恋，甚至能印证嘉靖丁未年(1547)问世的杨慎《丹铅摘录》的相关描述。

海盐腔“体局静好”，曾为嘉隆以前的文人士大夫所热好，由身居高位、厌恶旧腔俗调的谭纶引入江西后，可以推知其流播范围最初也只是局限在文人阶层和上层社会，对浙江海盐腔的基本风格当有较多的继承。而另一方面，上层阶级的偏好往往引导着一个时代审美风尚的倾向性，在戏曲雅、俗之辨异常凸显的明万历时期，上层社会和文人士大夫一般不以弋阳腔、徽调、青阳腔一类的民间戏曲为时尚，偶或有之，也往往遭人耻笑，然而，下层艺人依附于海盐腔、昆腔这样的“官腔”“雅调”则完全是有可能的，这反映了以士大夫为主体的精英文化在明清社会中的主导性地位。因此，汤显祖《庙记》“食其技者殆千余人”云云，并不是对海盐腔“江西化”为一种地方性声腔剧种后其声势、规模的准确反映，只是在渲染万历年间江右临川、宜黄一带海盐腔艺术的活跃。

研究者认为海盐腔传入江西后，地方化为一种新声腔即“宜黄腔”，或又将“宜伶”解说为演唱“宜黄腔”的艺伶，这都是需要特别辨析的。清初以后的文献中多次出现“宜黄腔”(或“宜黄戏”)，一般认为这是由西北传来的西秦腔曲调〔二犯〕发展衍变而来，属于板式变化体的新兴戏曲声腔①，不同于明嘉

---

① 相关研究可参看流沙《宜黄腔源流考》,《戏剧学习》1983 年第 4 期;廖奔《中国戏曲声腔源流史》,台北贯雅文化事业有限公司 1992 年版。

靖、万历时期以曲牌联套为基本体制的南曲声腔；此外，据相关描述来考察，清初以后的“宜黄腔”可能组合了弋阳腔“急板滚唱”的因素，与“体局静好”的海盐腔和“字少音多”的昆腔则有明显差异①。

南曲（戏文—传奇）腔调因流播地域而发生变异，这是明中叶以后的一种普遍现象，情形虽较为复杂，但一种外来腔调“地方化”的程度，则往往取决于它与当地方音结合的可能性有多大。据现有文献，明代南曲声腔剧种绝大多数是以发生地域为命名依据的，它们之所以能为文人著述所记载，必然是因为走出了本源地而为外乡人所热好、熟悉。海盐腔也不例外，倘若仅仅是一种以地方语音为基础的声腔，当难以成为士大夫阶层的普遍时尚，唯其“多官语”（顾起元《客座赘语》卷九），异地流播的空间更为广阔，因此能被作为一种“雅调”引入到江西。虽然它在扎根宜黄、临川的过程中，也有可能发生一定的地方化，但江西宜黄使用的方言属于由北方话发展而来的一个分支即赣语系统，与江浙的吴语方言有较明显差别，如果“宜伶”所操习的海盐腔基本改用不为人所熟知的宜黄“乡音”来演唱，当不会受到江右上层社会如此趋之若鹜式的欢迎，更不用说向外地推广了②。而据汤显祖诗文，“宜伶”曾多次受汤氏委托赴外地演出，甚至到过宣城和南京，倘若所唱海盐腔已经“地方化”为一种势力强大、特色鲜明的新的声腔剧种，在晚明文献中似应留有

① 清康熙年间刻《曲波园传奇二种》之《香草吟》传奇第一出“纲目”有眉批云：“作者惟恐入俗伶喉吻，遂坠恶劫。故以‘请奏吴歈’四字先之。殊不知是编惜墨如金，曲皆音多字少，若急板滚唱，顷刻立尽。与宜黄诸腔，大不相同。吾知免矣。”

② 鲁国尧《明代官话及其基础方言问题》（《南京大学学报》1985 年第 4 期）认为，明代“官话”以南京话而非北方话为基础方言，倘如此，那么海盐腔在江西的“地方化”问题，就值得再作深入探讨了。

其他的痕迹。

因此，所谓“宜伶”，不妨理解为“宜黄子弟”，所擅长者虽为浙江海盐腔，但只要条件允许，应当也能演唱其他南曲腔调，这就如“吴优”“海盐子弟”所演唱的不一定就是昆腔“新声”或海盐“旧腔”。昆腔新声“水磨调”进入江西，远在谭纶引入海盐腔之后，大约已是万历中后期，但并不表明这两种声腔剧种在江右一带存在着不能跨越的鸿沟。汤显祖《唱二梦》诗有云：“半学侬歌小梵天，宜伶相伴酒中禅。”《寄生脚张罗二恨吴迎旦》诗又云：“吴侬不见见吴迎，不见吴迎掩泪情。”“侬歌”与“宜伶”、“吴侬”与（宜伶）“吴迎”并举，分别出现于同一首诗中，这些至少表明擅演海盐腔的“宜伶”与擅演昆腔新声的“吴侬”之间是有所交流的。因此，晚明文献中以昆腔排演《牡丹亭》而为人津津乐道的记载，并不少见。

二、关于“四梦”的弋阳腔痕迹

外来的浙江海盐腔既然能在江西宜黄、临川一带立足几十年，既得到谭纶、汤显祖一类文人士大夫们的赏识，又吸引了大量下层参与者，其总体趋势当是渐趋兴盛，那么适当“江西化”并非不可能。研究者认为，“海盐腔”的“江西化”实即“弋阳化”①，这也可以在晚明文献中找到若干证据。晚明曲家曾多次指出汤显祖戏曲中留有弋阳腔的痕迹，如前引凌濛初《谭曲杂札》即有云：“况江西弋阳土曲，句调长短，声音高下，可以随心入腔，故总不必合调，而终不悟矣。”指责最为激烈的则是臧懋

① 参看徐朔方笺校《汤显祖诗文集》，第1129页；《汤显祖全集》，第1190页。

循，臧氏“四梦”改本对汤显祖笔下的“弋阳语”屡有恶评、必加痛砭，例如：

(1)臧改本《南柯梦》第十九折，评〔四块玉〕曲(按，改汤显祖《南柯梦》第二十五出〔普天乐犯〕曲而成)云：“此曲已见《牡丹亭》(按，臧改本《牡丹亭》第九折改原〔普天乐〕曲为〔四块玉〕)，中间音调须与深于曲者尚之，而临川以惯听弋阳之耳，矢口而成，其舛宜矣。予此改，亦如调瑟，然不能更弦，终难尽美也。”

(2)臧改本《南柯梦》第二十七折，评〔集贤宾〕曲(按，见汤显祖原作第三十三出)云：“此曲有‘奴家并不曾亏了驸马’等白，此弋阳也，削之。”又评〔皂莺儿〕曲云：“此下白又作弋阳语，削之。”

(3)臧改本《紫钗记》评第三十七出之〔神仗儿〕曲，有云：“原本〔神仗儿〕与《琵琶记》调多不合，当是弋阳腔误人。”

(4)臧改本《紫钗记》评第四十四出之〔江儿水〕曲，有云：“临川有尼持鉴、道捧龟等，及旦拜观音〔江儿水〕曲，皆弋阳派也。赏此者独四明屠长卿、宣城梅禹金而已。”这里“弋阳派”云云，似乎还涉及舞台动作和情节内容方面的批评。

此外，明崇祯年间独深居士点定《玉茗堂四种曲》“诸家评语”亦援引袁宏道之语，有云：“词家最忌弋阳本子，俗云‘过江曲子’是也。《紫钗》虽有文彩，其骨骼却染有过江曲子风味，此临川不生吴中之故也耳。”

晚明时期的弋阳腔主要为中下层民众所热好，综合相关描述，有三个特征受到特别的关注[1]：其一，曲调相对自由，对为海盐腔、昆腔而作的文人传奇可“改调歌之”[2]；其次，不限于一地

① 相关研究可参看何为《从弋阳腔到高腔》，见《戏曲音乐散论》，人民音乐出版社 1986 年版；余从《戏曲声腔剧种研究》，人民音乐出版社 1990 年版。

② 朱彝尊《静志居诗话》卷十四。

之方音，也没有使用作为民族共通语的“官话”，而是随着流播地域的变化而“错用乡语”①；其三，曲辞的格律限制相对较弱，可以用“加滚”“帮合”等手段突破曲牌规范，甚至“向无曲谱，只沿土俗，以一人唱而众和之”②。因此，弋阳腔在流播过程中，既容易与当地方音、民间曲调相结合，从而孕育、娩出新的声腔剧种，也可能为其他相对成熟、稳定的声腔所吸收、所容纳。作为南曲较早的两种声腔变体，海盐腔和弋阳腔到了明嘉隆年间以后，其总体舞台风格虽差异甚大，一“体局静好”，一“其调喧”（见汤显祖《庙记》文），前者“多官语”，后者则“错用乡语”，但它们并非没有相互影响的可能，以下略述之：

首先，就表演而言，它们都不用管弦伴奏，与改革后的昆腔新声“水磨调”普遍使用笛、管、笙、琵琶、三弦等不一样。一般认为，嘉靖之前的南曲四大声腔（弋阳腔、余姚腔、海盐腔、昆山腔），皆不以管弦伴奏，故祝允明《猥谈》有“若以被之管弦，必至失笑”的描述；嘉靖之后的海盐腔则如汤显祖所言“体局静好”，这就容易使人产生疑问，是否已发生了变化？叶德均先生据林希恩《诗文浪谈》（见《说郛续》卷三十三）相关文字提出了驳议。林氏有云：“集诗者概以其句之骈俪而耦之，自以为奇矣。虽云双美，其如声之不相涉入何哉？不谓海盐、弋阳之声而并杂于管弦之间乎。”也就是说，海盐、弋阳两腔的唱法夹杂在有管弦伴奏的歌曲中，将难以合律，其说既与祝允明《猥谈》相互印证，也能得到《金瓶梅词话》相关描绘的进一步证实③。

---

① 顾起元《客座赘语》卷十。

② 李调元《剧话》卷上。

③ 相关研究可参看叶德均《明代南戏五大腔调及其支流》；廖奔《中国戏曲声腔源流史》，第41页。

其次，它们所演唱的文本都以南曲为主，遵循曲牌联套的基本体制，在宫调、曲牌、声韵方面体现出一定的形式规律。虽然弋阳腔可以“加滚”，既用俚俗的韵文诗（多为五言或七言）来唱念、敷衍剧情——所谓“把诗作曲唱”①，也可突破曲牌格律限制，插入更加随意的口语化的字句——所谓“带白作曲”②，如此一来，体现文人趣味的曲辞往往变得更通俗、浅易，但另一方面，据今存晚明弋阳腔选本或刊本考察，嘉靖、万历时期的“加滚”尚不足以突破南戏曲牌联套体的基本格局，以至于走向板式变化体的新式戏曲③。晚明时期的弋阳腔之所以能将海盐腔、昆腔等“雅调”剧本“改调歌之”，首先是基于曲牌体南曲声腔之间的相通性、类同性。凌濛初《谭曲杂札》有云：“江西弋阳土曲，句调长短，声音高下，可以随心入腔，故总不必合调。”此论并不准确，其实，所谓“随心入腔”也是要遵循一定规范的④。凌氏是站在张扬昆腔新声的雅文化立场，以一种文人士大夫式的“俯视”姿态来描述晚明弋阳腔，因此难免流露出偏见。

① 参看钱南扬《戏文概论》，第 71 页。原系论余姚腔，似误。

② 刘廷玑《在园曲志》，《新曲苑》本。

③ 被认为是弋阳腔单行本的《劝善记》《古城记》《破窑记》《珍珠记》等剧中，标注“滚”的曲调并不多，《寻亲记》《香山记》《投笔记》中甚至只见一支例曲；被认为属于弋阳腔系统的《怡春锦》《万锦清音》《徽池雅调》《时调青昆》《玉谷调簧》《大明春》《尧天乐》等选本中，虽然标注有“滚”，但都是曲牌体内部的变化。

④ 清初曲家王正祥康熙二十三年（1684）完成《新定十二律京腔谱》，对当时盛行于北京地区的弋阳腔（“京腔”）作了系统考察，总结出一定的曲牌系统、填词法度和声律规则，傅芸子《释滚调》（见《白川集》，东京文求堂书店 1943 年发行）认为“可据此上溯明代滚调的特性”，周德培《曲谱研究》（第四章第三节）则进一步得出如下结论，认为“弋腔与昆腔，从曲牌联套体制上说，都是继承宋元戏文声腔而来的南曲剧种，并无根本的不同”，“弋腔与昆腔的分辨，应主要表现在演唱形式、语言载体与伴奏器乐上”，《京腔谱》所总结出的弋腔基本曲牌“与昆腔大体一致”。

汤显祖《庙记》有云："至嘉靖而弋阳之调绝，变为乐平，为徽、青阳。"这里"调绝"云云，并不符合明嘉靖以后南曲诸声腔剧种衍变、融合的实际。事实上，海盐腔、昆腔"水磨调"虽然受到一般文人士大夫的推崇，但嗜好弋阳腔者亦非鲜见（冯梦祯《快雪堂日记》有不少观看弋阳腔演出的记载），民间演出更是极为活跃（今存多种晚明曲选可为佐证），汤显祖有所接触、有所习染亦属平常之理。但是，汤氏《庙记》又云"我宜黄谭大司马纶闻而恶之"，如此看来，汤显祖对弋阳腔的兴趣也不至于太浓厚，是否会在传奇写作中有意识地吸收弋阳腔的特点，有必要先存疑。

值得重视的是，弋阳腔戏曲最具典型意义的形式特征——"加滚"和"帮合"——在汤氏"四梦"中并没有留下明显痕迹，这甚至不同于其他某些吸纳弋阳腔手段的昆腔传奇。

"加滚"是弋阳腔凸显出其民间立场或市井趣味的重要手段，但是由于南曲声腔剧种之间的迅速融合，晚明清初若干文人传奇中也有直接运用这一形式的，这是"雅""俗"戏曲文化事实上不能截然两分的一个表征。如王骥德《题红记》多处注明"众滚"，见第二十六出〔黄龙滚〕曲、第三十三出〔节节高〕曲、第三十六出〔大环著〕曲；某些可推定为昆腔新声而作的剧本，甚至还穿插一些弋阳腔段落，如沈璟高足叶宪祖的《鸾鎞记》第二十二出"廷献"、清初"苏州派"戏曲家领军人物李玉的《占花魁》第二十三出"巧遇"、清康熙年间戏曲名家孔尚任《桃花扇》第四十出《余韵》。

这里以叶宪祖所撰带滚唱的〔驻云飞〕曲为例，参照汤显祖《紫钗记》中受到臧懋循讥讽（"弋阳腔误人"）的〔神仗儿〕曲，比较二者的形式特征，或可更直接地见出汤显祖戏曲若"弋阳化”后其可能的发展趋势。叶宪祖所撰〔驻云飞〕曲为：

> 懊恨儿夫，辜负我多情鲍四弦。他把《论语》来翻变，畜贵到将人贱，怪得你好心偏。〔记得古人有言：槽边牲口枕边妻，昼夜轮流一样骑，若把这妈换作马，怕君暗里折便宜。〕为甚么舍着婵娟，换着金鞯。要骑到三边，扫尽胡膻，标写在燕然，图画在凌烟。全不念一马一鞍，一马一鞍，曾发下深深愿。教我满面羞惭怎向前，且抱琵琶过别船。（据《六十种曲》本）

这里以诗入曲，在形式上已体现出明显的滚唱特点；而汤显祖《紫钗记》第三十七出之〔神仗儿〕曲为：

> 河西路转，河西路转，赴河阳幕选。报平安阵前飞雁，便玉人无恙，怎生排遣？只怕这磨旗门，盼不到吹笙院。

前者以滚白形式，突破了曲牌的基本格律，“弋阳化”痕迹明显；后者格律不符合通行的南曲曲谱，但是否乃“弋阳腔误人”的结果，却需作进一步的细究。

〔神仗儿〕曲在元代南戏《琵琶记》中已出现，且被沈璟《南九宫谱》以来的多种南曲曲谱选为例曲，成为后世“昆腔曲律”的重要依据。臧懋循认为汤显祖〔神仗儿〕曲“与《琵琶记》调多不合”，这里他有可能是以昆腔舞台本为衡量标准，至少是以明人改本为依据，而非依据《琵琶记》“古本”来立论，因为臧氏推崇吴音、偏好新声，不同于沈璟的“斤斤返古”，其“从今”的倾向性在“四梦”改本中时有毕露。《琵琶记》明人改本甚多，明人也经常标举所谓“古本”，一般认为《六十种曲》本大抵能反映晚明昆腔舞台的某些实际，而陆贻典钞校《元本蔡伯喈琵琶记》则较为接近早期原貌，兹移录同一曲调于下以便比较：

扬尘舞蹈,扬尘舞蹈,遥瞻天表,见龙鳞日耀。咫尺重瞳高照。遥拜着赭黄袍,遥拜着赭黄袍。(《六十种曲》本)

扬尘舞蹈,扬尘舞蹈,遥瞻天表,见龙鳞日耀。咫尺重瞳高照。何文字,只须在此,一一分剖。遥拜着赭黄袍,遥拜着赭黄袍。(《元本蔡伯喈琵琶记》本)

钱南扬先生指出,〔神仗儿〕曲在几百年的流传中其变异甚大,有云:"《九宫正始》册一'黄钟'引,'扬尘舞蹈'句不迭。'何文字'至'一一分剖'三句,《正始》引同;巾箱本(按,嘉靖年间苏州坊刻本《新刊巾箱蔡伯喈琵琶记》)作小字白语云:'末白:有何文字,只须在此分剖'。明改本则并此白语删去。《正始》并注云:'此调按高东嘉古本,……况元谱亦然。后至昆山顾本,以此三句虽不刊刻于曲内,然亦设备于卷颠;但在三字句上又添一有字。后坊本皆以此三句作为宾白。'看此,可见本书流传失真的一例。"①事实上,《九宫正始》中〔神仗儿〕一曲备列了多种格式,体现了曲调流传的变异及其格律的多样性;而且我们注意到,沈璟《南九宫谱》(卷十四"黄钟过曲")中〔神仗儿〕例曲也出自《琵琶记》:

扬尘舞蹈,扬尘舞蹈,(见)祥云缥缈,(想)黄门已到,料应重瞳看了。多应哀念(我)私情乌鸟,颙望断九重霄,颙望断九重霄。

沈氏另有眉批云:"第一句与末一句各重叠唱,从俗也。'看'字可用平声。'多应哀念'八个字,必不可少。自从《香囊记》偶失此句,后人遂皆不知矣。曷不观《八义》《牧羊》诸记乎?可叹,

① 参看钱南扬《元本琵琶记校注》,第96—97页。

可叹!"这里《香囊记》为明成化、弘治间"旧传奇",《牧羊记》为《南词叙录》"宋元旧篇"著录,《八义记》或为万历中后期钱塘人徐元的作品①,其间〔神仗儿〕曲的不同,一方面凸显出"昆腔曲律"的变动性、历时性,以及曲体文学写作的某些随意性②,另一方面也表明:汤显祖所填〔神仗儿〕之曲其句格、字格虽或不同于昆腔舞台上的《琵琶记》(尤其是末句不重唱,未能"从俗"),却也有能相互暗合之处(如首句的重叠唱法),这些只能反证该曲调在流传过程中早已失其旧貌,难以推究它与明中后期江右弋阳腔的关系。因此,臧懋循"弋阳腔误人"的结论下得过于仓促,并不足以成为汤显祖戏曲"写作腔调"的有力佐证。

与凸显文人趣味的海盐腔和昆腔新声相比,弋阳腔往往更频繁地运用一些乡野俚曲,如被认为是弋阳腔作品的《东窗记》之〔红缨大罩〕(见第八折)、《古城记》之〔稜噔歌〕(见第十七出)、《珍珠记》之〔警世歌〕(见第四出)、《草庐记》之〔水中物〕(见第二十三出)、《麒麟记》之〔左歌〕、〔右歌〕(见第二十出),等等,难以准确判定其宫调归属和平仄韵律,故不为沈璟《南九宫十三调曲谱》等南曲谱所载。当然,被援引到戏曲演出中的昆腔新声"水磨调"也并不全然排斥民间曲调,如沈璟《坠钗记》第二出有〔山歌〕一首,《双鱼记》第十九出有〔吴歌〕一首,但这些民间曲调一般是以"插曲"的方式出现,与特定剧情关系密切,既不同于民间弋阳传奇中俚曲的多只联用,通常也不能如弋

① 吕天成《曲品》卷下"妙品四·孤儿"提到"近有徐叔回所改《八义》","近有"云云,至少可理解为万历中期。

② 以《香囊记》(《六十种曲》本)为例:〔神仗儿〕曲见于第五出和第二十二出,各有两曲,其句格均不合于沈璟《南九宫谱》,但"违律"处则不一样,显示出某种随意性。

阳腔传奇那样与普通曲牌放在一起来联套使用①。我们注意到，汤显祖“四梦”也吸收了若干民间曲调，如《牡丹亭》第三十六出《婚走》中的“舟子歌”、《邯郸记》第十三出《望幸》的“囚妇歌”、第二十二出《备苦》中的“樵夫歌”，也都是以“插曲”形式出现，类乎一般昆腔传奇中的情况，这体现出文人曲家存之“以备一体”的雅致兴味，而有别于弋阳腔传奇“以俗为美”的基本体制。

与海盐腔、昆腔新声相比，弋阳腔更多地体现了南戏“本无宫调，亦罕节奏”的特点，曲调选择、搭配、联套等方面的制约要相对弱一些。如果“海盐腔”的“江西化”就是“弋阳化”，或者说，汤显祖如果受到弋阳腔的广泛影响，那么，“四梦”的曲调组合也将反映出与吴越一带昆腔传奇较明显的差异。臧懋循、冯梦龙改定“四梦”时，一个重要举措是删削、增加或调整若干个曲牌，这就涉及曲调声情的重新配置，因此改易较大。然而，清初纽少雅《格正牡丹亭》和清乾隆年间叶堂《纳书楹四梦全谱》基本维持“四梦”文辞，只是以集曲（“犯调”）的形式对原有曲调重新进行命名，这样一来，就维持了汤显祖原作的“意趣”。集曲之所以能成立，首先有赖于若干曲调声情、主腔之间的前后贯通，其次则与文人曲唱“依字声行腔”的技法有关，这就说明，即便“四梦”有违背昆腔舞台习惯的情形，但经过舞台二度创作的整理，反而能为昆腔艺人所采用。

钱南扬先生曾指出，汤显祖“四梦”“对于曲调声情的哀乐，性质的粗细，节奏的缓急，以及搭配上宜同调叠用，或异调间列

---

① 相关研究可参看林鹤宜《晚明戏曲剧种与声腔研究》第六章第二节，台北学海出版社1994年版。

等等,大都合乎昆山腔规律”①,拙见则以为,我们与其判定“四梦”“合乎昆山腔规律”,毋宁说它们体现了晚明曲牌联缀体的文人“新传奇”的一般规律,即:以宫调统纳曲牌,依据不同曲调的声情特征而将它们前后联缀,组合成一个整体。唯其体现了曲牌联缀的一般规律,随着昆腔演唱艺术的进一步发展,“四梦”中某些不为人习用的联套,才有可能成为后世昆腔曲家效仿的对象,以至于成为范例。赵景深先生对此多有发现,例如:

(1)《南楼记》(《昆曲大全》本)“私会”出,因为是在园中相会,便用了《牡丹亭》杜丽娘游园时的曲牌:〔步步娇〕—〔醉扶归〕—〔皂罗袍〕—〔好姐姐〕②。

(2)《牡丹亭》“写真”出曲牌依次为:〔破齐阵〕—〔刷子序犯〕—〔朱奴儿犯〕—〔普天乐〕—〔雁过声〕—〔倾杯序〕—〔玉芙蓉〕—〔山桃犯〕—〔尾犯序〕—〔鲍老催〕—〔尾声〕,《桃花扇》“写真”出排场性质相近,曲调安排亦基本雷同③。

(3)《牡丹亭》“寻梦”出仿王济《连环记》,使用了一个“仙吕入双调”的联套:〔忒忒令〕—〔嘉庆子〕—〔尹令〕—〔品令〕—〔豆叶黄〕—〔玉交枝〕—〔月上海棠〕—〔二犯么令〕—〔江儿水〕—〔川拨棹〕;这十支曲牌在徐复祚《红梨记》“托寄”、陈二白《双官诰》“舟讶”、许自昌《水浒记》“前诱”中,是可以“任意搭配”的,汤显祖联用了三支〔川拨棹〕,已经够长的了,于是清人舒位的“访星”、洪昇的“重圆”,便“不得不用三支”。后来李渔《风筝误》“后亲”出、李玉《一捧雪》“杯圆”出、《占花魁》“湖

---

① 参看钱南扬《汤显祖戏曲的腔调问题》,见《汉上宧文存》。

② 参看赵景深《明清曲谈》,第 211 页,古典文学出版社 1957 年版。

③ 参看赵景深《读曲小记》,第 151 页,中华书局 1959 年版。

楼”出，均模仿《牡丹亭》的联套方式①。

（4）《金雀记》“醉圆”出、朱素臣《十五贯》第十三出，与《牡丹亭》“硬拷”出曲牌相同，有因袭痕迹②。

以上考察表明，汤显祖《四梦》中的“弋阳化”痕迹并不明显；而且，这些为前人所批评的痕迹，是否就是“弋阳化”的结果，也是值得怀疑的。故有必要再回到凌濛初的《谭曲杂札》。凌氏批评吕天成曾作序称赏的《蕉帕记》③，有云：“即《蕉帕》一记……至尾必双收，则弋阳之派，尤失正体。虽《谱》中原有〔双煞〕一体，然岂宜频见？况〔煞〕句得两，必无余韵乎！”④所谓“正体”，可理解为凌濛初所认同的晚明昆腔唱曲之常规、惯例或法度。凌氏认为，以两只〔煞〕曲收尾，这是弋阳腔唱曲的特点，昆腔舞台不宜采用，即便〔双煞〕在“谱”（当为沈璟《南九宫十三调曲谱》）中并非无据。单本《蕉帕记》作于万历三十八年（1610）至万历四十一年（1613）之间⑤，其年作者约50岁，此时已经是“海盐不振，而曰昆山”的时代（王骥德《曲律·论腔调第十》）。在这样宏阔的戏曲史潮流中，作者与王骥德同为会稽人，又得到吕天成和明末曲家祁彪佳的称赏，即便其《蕉帕记》

① 参看赵景深《读曲小记》，第156页。

② 参看赵景深《明清曲谈》，第201页。

③ 吕天成《曲品》评《蕉帕记》曰：“传龙生遇狐事，此系撰出，而情节局段能于旧处翻新，板处作活，真擅巧思而新人耳目者，流传甚广，予尝作序褒美之。”吕序已佚，惟凌濛初《谭曲杂札》有残存字句：“吕勤之序彼中《蕉帕记》，有云：‘词隐先生之条令，清远道人之才情。’又云：‘词隐取程于古词，故示法严；清远翻抽于元剧，故遣调俊’，又云：‘词忌组练而晦，白忌堆积骈偶而宽。’其语良当。”

④ 《中国古典戏曲论著集成》本作“虽谱《中原》有〔双煞〕一体”，标点有误。

⑤ 参看吴书荫《曲品校正》，第255页。

不是专为昆腔新声"水磨调"而作,也应该相当熟悉"水磨调"的舞台特征[1]。凌濛初"尤失正体"的批评也反证这一点,"虽《谱》中原有〔双煞〕一体"云云恰恰表明,所谓"昆腔曲律"之于晚明曲家而言,其实是一个尚待整合的历时性的范畴,即便在吴越一带,不同曲家也有其不同的标准,以至于某些被认为是昆腔的表现特色在其他人看来反倒成了弋阳腔的痕迹。因此,尽管凌氏对《蕉帕记》有所訾议,但并没有从整体上指责它"不谐音律",而祁彪佳于《远山堂曲品》中更掩饰不住其称赏,有"词无腐病""曲无俗情""无局不新,无词不合"的盛誉[2]。

总之,凌濛初"随心入腔"云云,主要是在为汤显祖作辩护,这暗合了汤氏率性而为、张扬才情、"不耐绳检"的人格气质,故凌氏又有"拘于方土,不足深论"之论,但这些并不足以成为"四梦"腔调归属的坚实论据。而臧懋循对"四梦""弋阳语"的批评,主要针对其文本语言(曲辞、宾白)风格而言,也没有发现其文体形式上的典型特征(如加滚、帮合)。

晚明"吴江派"曲家范文若的《梦花酣序》有云:"临川多宜黄土音,板腔绝不分辨,衬字衬句,凑插乖舛,未免拗折人嗓子。"这也是汤显祖受弋阳腔影响的一个重要证据,故亦有辨析

① 单本《蕉帕记》第八出"采真"中〔吴歌〕有云:"若再有介会跳墙个张生来孛相,大家里昆腔、昆板做介一只《北西厢》。"可推知他对昆腔的熟悉。戴不凡先生认为,《蕉帕记》《玉丸记》《锦笺记》《樱桃记》等原为余姚腔而作,然有争议。相关研究可参看戴不凡《论"迷失了的"余姚腔》,《戏曲研究》第一辑,吉林人民出版社1980年版;洛地《〈玉丸记〉是余姚腔吗》,《戏曲研究》第六辑,文化艺术出版社1992年版。

② 据《祁忠敏公日记·棲北冗言》,祁彪佳曾于崇祯壬申年(1632)在北京观《蕉帕记》,虽不能返推其"写作腔调",但根据祁彪佳的品味,《蕉帕记》至少能体现出昆腔舞台的主要特征。

的必要。拙见以为:其一,汤显祖戏曲中确有乡音成分,然如前文论并非毫无规律可寻,大抵以《中原音韵》为用韵规范(见本书下篇第二章),"多宜黄土音"不能等同于为"宜黄腔"作剧,这正如汤氏写诗难免乡音影响,但依然为"吴越诸少"所爱一样①;其二,"板腔绝不分辨"之评过苛,晚明清初很多曲选、曲谱都选录了"四梦"曲辞,以昆腔舞台习惯为之点板并不困难,否则难以理解"四梦"在吴越一带的广受欢迎;其三,"衬字"过多是汤显祖戏曲的一个明显特点,确有碍于昆腔曲家的"依字声行腔",这是因为汤显祖濡染于元人北曲的结果,下文将有详说。

综前所论:嘉靖后期浙江海盐腔被引入江右地区之后,并非没有"江西化"的可能,汤显祖"四梦"既然为"宜伶"首演,也就有迎合这一趋势的可能;但另一方面,"江西化即弋阳化"的判断则有嫌仓促,"四梦"中的"弋阳化"痕迹也并不典型,浙江海盐腔的"弋阳化"亦非"四梦""失律"的主要原因。晚明人范濂的《云间据目钞》卷二"记风俗"中有这样一段记载:"戏子在嘉隆交会时,有弋阳人入郡为戏,一时翕然崇尚。弋阳人遂有家于松者。其后渐觉丑恶,弋阳人复学为太平腔,海盐腔,以求佳,而听者愈觉恶俗,故万历四、五年来,遂屏迹,仍尚土戏。"这表明弋阳腔与海盐腔风格的差异比较明显,艺人要实现腔调的融合或转换,是有相当难度的。其间既有表演艺术的问题,也折射了

① 汤显祖《右武座中,章斗津朱以功举吾郡杂字乡音为戏,听然答之》诗(徐朔方笺校《汤显祖全集》卷十七)有云:"问到玄亭酒亦玄,诸般字说笑临川。門略近关门尹,冇有如书大有年。事取声形时会意,书兼半满幻成圆。通方便俗从来理,只待苏张注服虔。"又有《与喻叔虞》(《汤显祖全集》卷四十九)曰:"生在外最为吴越诸少所爱,归来十载,始见叔虞爱我。叔虞有意成诗乎?"相关论述可参看林鹤宜《从戏剧内涵的质变论戏文传说的界说问题》,见《南戏国际学术研讨会论文集》,中华书局2001年版。

审美意趣和文化品位的区隔。

三、"新声"与"正声"

既然"宜伶"最擅长"江西化"了的海盐腔，那么汤显祖戏曲之所以"屈曲聱牙"，是否因其迎合海盐腔的特色，而脱离了晚明昆腔新声的舞台实际？此论亦有斟议的必要。

据汤氏《庙记》，海盐腔与昆山腔同为"吴浙音"，具有"体局静好，以拍为之节"的特点。虽然从源流变异来讲，海盐腔和昆腔新声一前一后、渐次代兴，但作为体现文人趣味的两种重要南曲变体声腔，其文辞上的声律差异并不突出。明万历年间的《蓝桥玉杵记·凡例》有云："本传词调，多同传奇旧腔，唱者最易合板，无待强谐。"又云："本传腔调，原属昆、浙"，"词曲不加点板者，缘浙板、昆板疾徐不同，难以胶于一定。故但旁分句逗，以便观览。"据此可推知，万历时期为昆腔"新声"而作的文人传奇，完全也可用海盐"旧腔"来演唱，反之当亦然。倘若如论者所云，海盐腔在万历以后的吴越一带依然占有相当充裕的演出市场——"即使在昆腔发源地苏州，它们（弋阳腔、海盐腔）有时仍可同昆腔争一日之短长。在竞争中同存共荣的局面可能延续到一二百年之久"①，那么，即便汤显祖"四梦"基本依循着海盐腔传奇的写作习惯，体现其舞台风尚，恐不至于招来如此普遍的批评。况且，明中后期一方面是南、北曲之间的争胜、代兴，另一方面则是南曲内部各声腔之间的既争奇斗艳又相互融合，居于如此复杂多变的戏曲史潮流中，很难相信这个时候的"宜黄腔"

① 参看徐朔方《晚明曲家年谱·自序》。

（倘若它确实存在的话）是一个与昆腔新声缺乏交流的自我发展的声腔系统。

即便汤显祖“四梦”深受“宜黄腔”的影响，甚或即为“宜黄腔”而作，但由于“宜黄腔”传奇的少见，对其声律规则难以作出全面的描述，又由于“昆腔曲律”整合过程的长期与反复，我们无法漠视汤氏传奇的“宽松”曲律、“日益严格”的昆腔曲律与早期南曲戏文三者之间千丝万缕的复杂关系，因此，有关汤显祖“四梦”“不谐音律”的问题，就并非“写作腔调”这一思路所能完整解决的。

明中叶以后，南曲诸变体声腔几经努力，取代了北曲杂剧的舞台主导地位，有关这一南、北曲隆衰兴替进程中吴中昆腔新声“水磨调”所表现出的强劲势头，晚明文人留下了许多生动的描述，以至容易使人产生误解——嘉隆以后的戏曲舞台，似乎成了昆腔新声“一枝独秀”的局面。20 世纪 40 年代以后陆续有研究者强调，必须重视昆腔之外其他南曲声腔的发展，尤其是弋阳腔系统在魏良辅、梁辰鱼之后的继续盛行。自傅芸子《白川集》、王古鲁《明代徽调戏曲散出辑佚》、叶德均《明代南戏五大腔调及其支流》、钱南扬《戏文概论》等著述以来，晚明清初的声腔剧种研究蔚然大观，一些传统上被认为是“雅调”“官腔”（昆腔）的传奇，其腔调归属受到了质疑，而一些所谓“杂调”的传奇其文体特征也受到重视。然而另一方面，难以否认的是，晚明时期的昆腔新声远比其他南曲声腔更容易获得文人士大夫的推赏，而嘉隆以后文人“新传奇”的繁兴与“水磨调”的流布之间，也存在着相辅相成、互为依托的密切联系。这其间，视昆腔新声为南曲“正声”的看法，被文人士大夫们阶层不断地强化，这是我们考察晚明声腔流变时经常遇到的一种普遍性的文化观念；由此，也引发两个相关问题：如何描述明中后期由“戏文”而“传奇”的雅俗嬗变，及其与南曲诸声腔代兴之间的关系？吕天成《曲品》标举“旧传奇”与“新传奇”，在这两个文类的时间属性背后是否隐寓着声腔剧种的区分？

据《南词叙录》，直至嘉靖前中期，昆山腔依然还保持着强烈的地域性色彩，“止行于吴中”①，但其特色却异常鲜明，“流丽悠远，出乎三腔之上，听之最足荡人”，这里独尊昆腔的观念已露出苗头。《南词叙录》另有一段文字也值得注意，有云：“隋唐正雅乐，诏取吴人充弟子习之，则知吴之善讴，其来久矣。”这里“吴之善讴”云云，既是立足于吴中地区声乐文化传统所作的客观性叙述，也是针对正德之后南曲诸腔竞奏这一局面而张扬的一种有倾向性的价值判断：既然早在隋唐时代吴中子弟就能参与雅乐的修正，那么，表面上纷纭繁杂的南曲声腔背后，其实已经隐含着一种必然，即昆山腔的异军突起，而其他声腔剧种只能占一时一地之胜。不久，被后世尊为昆腔“鼻祖”的魏良辅在《南词引正》中，就明确地说：

> 腔有数样，纷纭不类。各方风气所限，有：昆山、海盐、余姚、杭州、弋阳…惟昆山为正声，乃唐玄宗时黄旛绰所传。②

---

① 曹大章嘉靖丁未年(1547)为魏良辅《南词引正》所作跋中，已称赞昆腔新声“炼句之工，琢字之切，用腔之巧，盛于明时”，而通行本《南词叙录》(《中国古典戏曲论著集成》本，署嘉靖己未，1559)依然说“昆山腔止行于吴中”，明显抵牾。倘依骆玉明、董如龙两先生之说，认为当署“嘉靖乙未”(1535)(参看《〈南词叙录〉非徐渭作》)，则或可消除其矛盾：《南词叙录》所云反映了昆山旧腔的情形，而《南词引正》所云则体现了昆腔改良后的影响。

② 钱南扬《魏良辅南词引正校注》，见《汉上宧文存》，上海文艺出版社 1980 年版。

魏良辅的身份依然存在疑问,也许并非道地的吴中人士①,不过,这里"唐玄宗时黄旛绰所传"云云虽或无实据②,但能与《南词叙录》中"隋唐正雅乐,诏取吴人充弟子习之"的说法相互参照,以印证吴中声乐的悠久历史和正宗品位,这大约反映了嘉靖中后期文人曲家的一种普遍观念。

随着魏良辅"曲圣"地位的确立,以及新声"水磨调"的进一步流播、蔓延,以昆山腔为"雅乐"嫡裔、南曲"正声"的看法必然为更多的曲家所接受,尊奉吴中唱曲权威性的观念在文人士大夫中也得到了更加广泛的认同。例如,王世贞曾批评山东曲家李开先的《宝剑记》云:"公辞之美,不必言,第令吴中教师十人唱过,随腔字改妥,乃可传耳。"③李开先卒于隆庆戊辰年(1568),此时山东一带流行的南曲声腔应该还是海盐腔④,昆腔新声尚待进一步推广,而《宝剑记》有嘉靖丁未年(1547)原刊本,写就当更在此前,可推定并非专为昆腔新声而作,故学人常

① 沈宠绥《度曲须知》卷上"曲运隆衰"有云:"嘉隆间有豫章魏良辅者,流寓娄东鹿城之间。"陆萼庭先生认为,"沈文称魏氏为嘉隆间人,不够准确,又说他原籍豫章(江西南昌),想必有所根据。"参看《昆剧演出史稿》,第30页。相关研究另可参看蒋星煜《中国戏曲史钩沉》(中州书画社1982年版)、谢巍《魏良辅身世略考》(《中华文史论丛》1983年第三辑)和徐朔方《晚明曲家年谱》第一卷第137—138页。

② 钱南扬先生认为:"黄旛绰所传,乃指《骷髅格》这部曲谱。此书不见传本,仅钮少雅《九宫正始》征引五六十条……大概确有其书,后经无识者的改窜附会,遂多不经之谈。魏良辅、钮少雅精于音律,而疏于历史,故贸然信之。"参看钱南扬《魏良辅南词引正校注》,《汉上宧文存》,第96页。

③ 王世贞《曲藻》,《中国古典戏曲论著集成》(四),第36页。

④ 汤显祖的同乡友人帅机作于万历三年的《舟次临清有感故乡梨园之音》诗(见《阳秋馆集》卷四)有"乍听南音泪欲涟"之句,这里"故乡梨园之音""南音",都是指嘉靖年间由谭纶引入江西的海盐腔。参看徐朔方《晚明曲家年谱》之《自序》。

以此为据，批评吴中文士的偏见。其实，我们不妨反过来作另一种解说：王世贞敢于作这种评论，并以自得的心态写入其著述中，而李开先听了王世贞的评价后只是“怫然不乐”，未见有实质性的反驳，这些虽然与王世贞“文坛领袖”的身份有关，但另一方面恰恰也表明，以吴音为尚的观念在嘉隆年间再次凸显出来①。

万历年间以后，视昆腔为“正声”的观念已成为一种超越地域限制的“通识”了。例如，浙江曲家王骥德就明言：“古四方之音不同，而为声亦异，于是有秦声，有赵曲，有燕歌，有吴歈，有越唱，有楚调，有蜀音，有蔡讴”，而“在南曲，则但当以吴音为正”（《曲律·论腔调第十》）。这里“吴歈”“吴音”，或不能等同于经魏良辅等人革新，被梁辰鱼等文人施用于戏场演出的昆腔新声“水磨调”，但在万历后期作如此表述，仍可推知其间的密切关系。王骥德是越人，其曲学主张有诸多不同于吴人沈璟的表述，之所以能摆脱地域限制而视“吴音”为南曲正声，也是基于他对南北曲历史传统的回顾。王氏又云：“豫章左克明《古乐府》载：晋马南渡，音乐散亡，仅存江南吴歌、荆楚西声。自陈及隋，皆以《子夜》《欢闻》《前溪》《阿子》等曲属吴，以《石城》《乌栖》《估客》《莫愁》等曲属西。盖吴音故统东南，而西曲则后之，人概目为北音矣。……以地而论，则吴莱氏所谓：晋、宋、六代以降，南朝之乐，多用吴音；北国之乐，仅袭夷虏。”（《曲律·总论南北曲第二》）这种推崇吴音、贬斥北音的看法，反映了明中叶以后地域文化格局的重心已经向江南偏移。王骥德又指出，早

① 相比于海盐腔，吴中昆腔新声的“依字声行腔”技法显然更为精进，王世贞“第令吴中教师十人唱过”云云中的“唱”换言之就是文人词曲演唱的“讴”，故吕天成《曲品》又作：“但当令吴下老曲师讴之乃可。”

期昆腔有"字泥土音,开闭不辨"的现象,对此他颇为不满,但是,在描述了魏良辅之后昆腔新声经由苏州向浙江一带的迅猛流布之后,他却和魏良辅一样,干脆将昆山腔定性为"南曲正声"了。表面看,这似乎与元人周德清标举"中州之音"的举措形成对立,也不同于明初上层社会对北土"正音"的张扬,然而细究之,其实隐藏着同样的政教伦理逻辑。

此外,安徽曲家梅鼎祚晚年在他的《长命缕记序》中亦曾说:"填南词必须吴士,唱南词必须吴儿。"尽管梅氏对自己的度曲、审音能力颇为自负,对昆腔名家梁辰鱼、张凤翼也曾有过微辞,但还是表示:"然终推重此二人也。"事实上,他的《玉合记》初行吴中时,也曾希望梁氏能顾误,才不引为遗憾。

嘉靖以后北曲演出虽然日益式微,但尊崇北曲典范意义的观念却并没有消逝,反而内化为一种普遍性的思维方式和价值倾向。因此,南曲变体声腔的衍变融合,地方性剧种的忽显忽亡,昆腔新声的强势崛起,这些固然得到了文人曲家的关注,但另一方面,我们也注意到,他们往往是在明确了南、北曲替兴这一主流之后,才转而去描述南曲内部诸变体声腔的流布。如祝允明《猥谈》、杨慎《丹铅摘录》、何良俊《四友斋丛说》、顾起元《客座赘语》、王骥德《曲律》等,均可见出这一特点;事实上,汤显祖也表现出同样的"路径依赖",他在《宜黄县戏神清源师庙记》中先叙述南、北曲的分疏——"此道有南北",然后才就势引出南曲诸变体声腔的流变——"南则昆山,之次为海盐……江以西弋阳……至嘉靖而弋阳之调绝,变为乐平,为徽、青阳"。为什么"生非吴越通"(《答凌初成》)的江右曲家汤显祖,在乡居期间应艺人之请为当地戏神作《庙记》时,首先提到的南曲声腔是吴中勃兴的昆腔,然后才是"海盐""弋阳""青阳"等诸腔?

这恰是昆腔新声"时曲"品位在文人士大夫意识世界里的一次反馈,依托着源远流长的以吴音为"正声""雅乐"的文化传统。

南曲声腔剧种的分化,首先意味着基于方音和音乐、曲调的不同而形成的地域戏曲文化传统的差异。明万历年间,南曲诸变体声腔的分化融合、争奇斗艳固然为一历史事实,但文人士大夫写剧是否会有意识地迎合某一地方声腔的特色,这也是需要存疑的。明嘉隆年间以后,随着南曲雅俗观念的进一步分疏,以及《浣纱记》《红拂记》等"新传奇"数量的激增,传奇戏曲的形式体制逐渐趋于规范化,并形成与民间南戏区别明显的文体特征。有关汤显祖、沈璟时期文人化的传奇文本与当时声腔剧种之间的关系,不妨以北曲为参照对象,加以比拟、描述。

北曲在经由民间向文人士大夫阶层的流播中,并没有像南曲那样,留下纷繁多样的新腔异调的记载,这可能与北方语音的相对统一、北曲音乐体制(尤其是宫调体制)的相对严整,以及因文人阶层崇尚、掌控而产生的文体"惰性"等诸多因素有关,但另一方面,根据相关文献记载,北曲也会因流播地域的不同,而呈现出风格上的显著差异。

元人燕南芝庵《唱论》已注意到这一点,有云:"凡唱曲有地所:东平唱〔木兰花慢〕,大名唱〔摸鱼子〕,南京唱〔生查子〕,彰德唱〔木斛沙〕,陕西唱〔阳关三叠〕、〔黑漆弩〕。"这里"地所"云云,除了指某地的流行曲调,是否还意味着唱腔的差异,晚明曲家已不明其详,故沈宠绥《度曲须知·曲运隆衰》引述这段话后又云:"若调若腔,已莫可得而问矣。"但明嘉靖年间以后,也出现了一些关于北曲腔调的记载,如魏良辅《南词引正》有云:

> 北曲与南曲大相悬绝,无南腔南字者佳;要顿挫,有数等。五方言语不一,有中州调、冀州调。有磨调、弦索调,乃

东坡所仿，偏于楚腔。唱北曲宗中州调者佳。伎人将南曲配弦索，直为方底圆盖也。关汉卿云："以小冀州调按拍传弦，最妙。"①

魏氏亦工于北曲，改良昆腔时曾吸收了北曲行腔的特点，《南词引正》还有一条专论北曲唱法，但是，他不一定就了解元代北曲演出的原初面貌，这里很可能只是引述前贤之言，来印证他对明代北曲腔调流迁、变异状态的考察。当代学者已在元杂剧《货郎旦》（脉望馆钞校本）中发现了"中州调"的痕迹②，可证魏氏之说并非空穴来风，当有一定依据。魏良辅虽语焉不详，但我们据此却可上推元代的北曲腔调差异，并进入到明中后期北曲声腔的考察。事实上，万历年间的沈德符就在《万历野获编》（卷二十五"词曲·北词传授"）中回应了魏良辅的描述，他说：

自吴人重南曲，皆祖昆山魏良辅，而北词几废，今惟金陵尚存此调。然北派亦不同，有金陵，有汴梁，有云中；而吴中以北曲擅场者，仅见张野塘一人——故寿州产也——亦与金陵小有异同处。

明嘉隆以后北曲所呈现出的"调"与"派"差异，首先也是基于流播地域的分别，"汴梁"一派或就是"中州调"的后裔；至于"北派亦不同"云云，是否意味着北曲不同声腔已形成了稳定的地域分布格局，仍需存疑，但大抵可以推定：舞台演出方面若干"调"与"派"的差异，并不妨碍北曲作家遵循一套相对普遍认同的形式规范，去从事风貌各异的文本写作。否则，晚明文人对北

① 钱南扬《魏良辅南词引正校注》，《汉上宧文存》，第97页。

② 参看邓绍基《说元杂剧〈货郎旦〉》，《国学研究》第六卷，北京大学出版社1999年版。

曲声律成就的诸多欣羡之语，就有些言不及题、难以理解了。

当然，南、北曲的历史渊源、演变轨迹大不相同，南曲的腔调演化总体而言要比北曲迅速、彻底得多，故王骥德“世之腔调，每三十年一变”云云主要是针对南曲而言（《曲律·论腔调第十》）。即便是作为新兴时尚的昆腔新声，在梁辰鱼的时代就出现了分化的苗头①，随着影响的进一步扩大，而后在若干个同属吴语方言区的相邻地域，出现了更明显的分疏，故王骥德又云：“昆山之派，以太仓魏良辅为祖。今自苏州而太仓、松江，以及浙之杭、嘉、湖，声各小变，腔调略同。惟字泥土音，开、闭不辨，反讥越人呼字明确者为‘浙气’，大为词隐所疵。”（《曲律·论腔调第十》）事实上，万历年间昆腔新声的分化，可能比王骥德所描述的要迅速、普遍得多，王氏“声各小变，腔调略同”云云只是基于其相通之处，而另一方面，也有曲家聚焦于昆腔新声的差异，并作了更详尽的描述，如潘之恒《亘史》杂篇有云：

> 魏良辅其曲之正宗乎！张五云其大家乎！张小泉、朱美、黄问琴，其羽翼而接武者乎！长洲、昆山、太仓，中原音也。名曰昆腔，以长洲、太仓皆昆所分而旁出者也。无锡媚而繁，吴江柔而淆（清），上海劲而疏，三方者犹或鄙之。而毗陵以北达于江，嘉禾以南滨于浙，皆逾淮之桔，入谷之莺矣，远而夷之，无论也。②

潘氏又云：

---

① 张大复《梅花草堂笔谈》（上海古籍出版社 1986 年版）卷十二“昆腔”条有云：“梁伯龙闻，起而效之……又与郑思笠精研音理，唐小虞、陈梅泉五七辈杂转之。”又云：“李季膺则受之思笠，号称嫡派。”既称嫡派，则有偏军，显示出分化的苗头，当然它们都同属一个大的南曲声腔系统。

② 汪效倚辑注《潘之恒曲话》，第 8 页，中国戏剧出版社 1988 年版。

自魏良辅立昆之宗，而吴郡与并起者为邓全拙，稍折衷于魏，而汰之润之，一禀于中和，故在郡为吴腔。太仓、上海，俱丽于昆；而无锡另为一调……郡人能融通为一，尝为评曰："锡头昆尾吴为腹，缓急抑扬断复续。"言能节而合之，各备所长耳。①

以上表明，发端于吴中的"水磨调"异军突起、四散流布之后，因各地方言、音乐的影响而加以适当的调适，其唱腔也就有所分化、变异，但是，这并不影响作为一个整体的昆腔系统的特色，故王骥德又说："然其腔调，故是南曲正声"——昆腔新声因时因地的衍化，并不足以改变其雅调、正声的文化品位。

晚明文人曲家在关注南曲声腔变异、流播的同时，对其文本上的形式体制、声律规范的诉求也日益成为曲学的一个重心；嘉隆以后，描述南曲各声腔流变的文献虽不少，但未见有肯定其文本创作可以因"腔调"差异而表现出声韵格律的多样化。即便是在昆腔新声"水磨调"勃兴之后，南曲诸声腔虽"口法不一"，但文人传奇也应有相对统一的规范，故沈宠绥《度曲须知·曲运隆衰》有云：

词既南，凡腔调与字面俱南，字则宗《洪武》而兼祖《中州》；腔则有"海盐""义乌""弋阳""青阳""四平""乐平""太平"之殊派。

这里"腔调"与"字面"的关系，固然折射了戏曲文本与舞台的分立，但也隐含着更深刻的审美意趣："字面"的相对统一，凸显出文人戏曲的规范化诉求；而"腔调"的差异，则体现了戏曲舞台

① 汪效倚辑注《潘之恒曲话》，第17页。

艺术的民间立场和市井品位。嘉隆以后,就文人曲家的基本价值倾向而言,声韵格律的规范、统一更成为大势所趋。而且,身处这一潮流中的文人曲家对元明早期戏文乃至散曲曲律的推崇,往往强于他们对昆腔新声盛行以来各种“犯调”“新体”的兴趣,即便是冯梦龙《太霞新奏》、沈自晋《南词新谱》之后“犯调”“新体”在理论上得到了更多认可,但如沈璟、纽少雅那样以“古”为尚者,依然大有人在。这不仅仅是因为推重“古调”相比于直接从“时曲”中总结规律,更有文献依据,这或多或少地暗合了明中叶以来知识界普遍的复古的文化心理,更主要的是,在文人曲家那里,传奇戏曲首先意味着一种展示自我才情、文学天分的“文本”,而非直接服务于舞台演出的“脚本”。

汤显祖早年“戏逐诗赋歌舞”(《答管东溟》),曾与一帮同好推究“古今文字声歌之学”(《学余园初集序》),后在南京为官多年,与吴越曲家多有交游,写作《牡丹亭》之前也曾到过苏州①,居于“四方歌者皆宗吴门”的戏曲史语境中,汤显祖完全有可能倾心于被视为南曲“工声”的吴中新声。乡居后汤氏虽然浸染于从浙江传来的海盐腔,但并不排斥昆腔,以昆腔传唱“四梦”也能得到他的称赏,这在汤显祖诗文中有诸多反映,如其有云:“秉兰希茂树,泛羽惬流水。所幸无俗物,吴讴稍清耳”(《上巳前一日永宁寺同莆中蓝翰卿宗侯郁仪孔阳孝廉邓太素》);“人日期君君有人,石床清泚注宜春。今宵又踏春阳雪,解傍吴歈记烛巡”(《越舸以吴伶来,期之元夕,漫成二首》之一);“说到弹珠爱我深,可堪消尽壮来心。《紫钗》一郡无人唱,便是吴

① 据徐朔方先生考证,万历十一年(1583)正月汤显祖北上,曾于苏州会晤过张凤翼。参看《晚明曲家年谱》第三卷之《汤显祖年谱》。

歈听不禁”(《醉答君东怡园书六绝》之五);“画烛摇金阁,真珠泣绣窗。如何伤此曲,偏只在娄江”(《哭娄江女子二首》之二)。

汤显祖“四梦”在文本形式上,并没有反映出声腔、剧种的鲜明特质,而是更多地呈现了晚明文人传奇的一般规律:以宫调统辖曲牌,注重曲牌之间的声情搭配;区分南、北曲使用的场合,主要使用南曲,北曲或用来联套,或用于过场小戏;大抵遵循曲牌的通行格律,以《中原音韵》为用韵基准。因此,虽然“四梦”屡遭“不谐音律”的指责,但就宫调、句格、平仄、用韵乃至曲牌联套等形式体制而言,其实都更接近于嘉隆以来的所谓“新传奇”,不同于民间趣味相对突出的早期南曲戏文,也暗合着《南词叙录》以来“戏文—传奇”雅致化、规范化的基本态势。

吕天成《曲品》有意识地区分了“旧传奇”和“新传奇”,我们注意到,其所谓“新传奇”,首先体现了时间上的限制,即主要针对明嘉靖前期至万历中后期的作品而言,但另一方面,“新”“旧”之判别,又并非只是作品产生时间的先后问题①。事实上,吕天成的著录是有所选择的,如其《自叙》所明言:“不入格者,摈不录。”故不但“旧传奇”数量相当有限,“新传奇”也只包括部分文人之作,排除了那些后来被明末祁彪佳《远山堂曲品》著录为“杂调”的作品。“新”“旧”传奇之分疏,特别是“新传奇”的命名,折射出明中叶以来戏曲文化生态的变易,以及一代文人自觉的“新文体”意识。因此,在吕天成这样强调声律规范的晚明

① 万历时期人王錂的《春芜记》著录于“新传奇”,其《彩楼记》则著录于“旧传奇”;“旧传奇”李开先《宝剑记》脱稿于嘉靖二十六年(1547),而“新传奇”《明珠记》或由陆采作于正德十年(1515),由陆粲“助成”于嘉靖十三年(1534),比《宝剑记》还要早一些。参看徐朔方《晚明曲家年谱》第一卷之《陆粲陆采年谱》。

曲家看来，不管汤显祖“四梦”是为哪种声腔而作，或者留有哪种声腔的舞台痕迹，它们首先是可以归列于“新传奇”之中的。明乎此，我们大抵能理解，为什么晚明曲家对汤显祖传奇“失律”的批评，大多只是着眼于其文辞格律（特别是句格、正衬和用韵）的乖戾，而较少涉及所服务的腔调。这与其说缘于吴越曲家对江右地域性戏曲文化格局的陌生，以至于“宜黄腔”没有进入到他们的视野，毋宁说，他们更加关注昆腔新声“水磨调”异军突起之后，文人戏曲文本体制的规范化问题。体现了形式规则的种种“声律”，是作为“新文体”的“新传奇”赖以区分于所谓“旧传奇”的本质性因素，其背后，则依托着同样源远流长的文化传统，这就是文人词、曲“依字声行腔”的演唱规律。

曲体文学的主要构件是音乐（“乐”）和文字（“辞”）相统一的曲牌，如果说民间下层的南、北曲是“倚（乐）声填词”（依据相对稳定的旋律，配置不同的文辞）的“乐本位”，那么为文人士大夫掌控后的南北曲，就逐渐转换成“按（文字）谱填词”的“文本位”了，于是，文辞格律的稳定性和规范化受到了特别关注①。明中叶以后，随着以海盐腔、昆腔新声为代表的文人雅调的代兴，“依字声行腔”的“曲唱”成为南曲舞台呈现这一“二度创作”过程中的基本手段。昆腔新声“水磨调”崛起后，“吴音”之所以被视作南曲“正声”和“雅乐”嫡裔，这与昆腔曲家所延续并发扬的这一文人化的音乐传统有关。早在宋末元初，吴中艺人就已经重视字声与乐声的相互触引、协调，词人张炎曾有云：“《韫玉》传奇惟吴中子弟为第一流，所谓识拍、道字、正声、清

① 关于古代“曲唱”的研究，可参看洛地《词乐曲唱》（人民音乐出版社 1995 年版）、李昌集《中国古代曲学史》（华东师范大学出版社 1997 年版）的相关章节。

韵、不狂,俱得之矣。”①宋元以来声律学家在总结“依字声行腔”规律时,都特别强调“字声”的准确,魏良辅《南词引正》尤其关注“乐声”与“字声”之间的关系,而对“字声”准确性的强调,必然导引出对整体性的文辞格律的重视,沈璟“合律依腔”理论于是应运而生。这种以“文”化“乐”、以“辞”统“声”的努力,既体现了明中后期文人士大夫意识形态对民间文化的渗透和改造,也说明了南曲声律学说与前代曲唱理论之间,存在着一定的逻辑关联。有研究者指出:“从理论的角度考察,宋·无名氏《遏云要诀》、南宋遗民张炎《词源·讴曲指要》、元·芝庵《唱论》至魏良辅《曲律》,乃是‘讴曲’史上三个历史环节的理论坐标。”②沈璟《南九宫十三调曲谱》孕育于南曲“正声”观念益加强化的文化氛围中,因此,它一方面既回应了“讴曲”理论史的这一动态进程,是“依字声行腔”理论在曲体文本层面的进一步具体化、系统化;另一方面,也就有可能超越特定声腔剧种的限制,而成为文人戏曲的普遍需要。当然,理论与实践的关系并非亦步亦趋的反映与被反映,“讴曲”理论与演唱技法之间也存在着双向的互动。作为“文章之事”的“四梦”,在受到某些文人曲家“不谐音律”指责的同时,却依然得到了相当多昆腔艺人的热烈欢迎,这体现了舞台演出之于规则研讨、理论总结而言,其实具有一定的超越性。

---

① 见〔满江红〕“傅粉何郎”词小序。这里据《全宋词》,通行本《山中白云词》(吴则虞校辑本,中华书局1983年版)又作“赠韫玉,传奇惟吴中子弟为第一”,故“韫玉”或为艺人名。然《文渊阁书目》卷十著录有“东嘉韫玉传奇一册”,《菉竹堂书目》亦有“东嘉韫玉传奇”。

② 参看李昌集《中国古代曲学史》,第308页。

拙见以为，“汤显祖是否以昆曲为他剧作的唱腔，至少是疑问”的见解[①]，无疑值得学人高度重视，而这一疑问的提出，也是后来者继续相关研究的一个逻辑基点。但是，肯定这一前提并无助于推断“宜黄腔曲律”与“昆腔曲律”就属于源流大异的不同体系，更不能认为协“宜黄腔”之律就有可能违背昆腔之律。明嘉隆以后，文人曲家辈出，出自士大夫手笔的“新传奇”激增，同时，南曲变体声腔的衍化、融合也比较迅速，文本创作或多或少地要受制于这些舞台风尚的迁移。“戏文”而“传奇”的雅俗嬗变，一方面表现为思想内容、艺术情趣、美学风貌等方面的文人性诉求，与此同时，这些诉求必然凝结为一定的文体特征、文本形式。因此，晚明曲学研究与文本创作、舞台实践三者之间所呈现出互动关系，就表现得较为复杂。文人曲家往往严守雅俗之辨，强调文本的规范性和曲律的稳定性，但是，日新月异的舞台实践却总不断地冲击着尚待整合的曲律规范；声律研究特别是编定曲谱，似乎是一种“总结性”的工作，但细究其后，其实还意味着有所“取”并有所“弃”，而这正是沈璟《南九宫十三调曲谱》较之于蒋孝旧谱曲牌数量大为增加，沈谱裔派后作如沈自晋《南词新谱》也能以“又一体”形式收纳汤显祖“失律”曲调的重要原因。从这个角度看，作为“文章之事”的汤显祖传奇的“失律”问题，既为一已然的客观存在，也是一或然的主观判断，关键在于论者如何理解明中后期“昆腔曲律”的相对性和历时性。

---

① 参看徐朔方《再论汤显祖戏曲的腔调问题》。

四、“文本”与“脚本”

——吴梅“以北词法填南曲”说发微

有关汤显祖戏曲的“失律”，精通当行之曲的吴梅先生曾在《中国戏曲概论》（卷中之“明人传奇”）中提出一见解：“自玉茗《四梦》以北词之法作南词，而偭越规矩者多。”此处语焉不详，但在评阅怡府本《还魂记》时，吴梅还表达了类似的看法：“玉茗以善用元词，各记中以北词法填南曲，其精处直驾元人而上之。自有词家，无人能敌也。吕玉绳、臧懋循以南词法绳之，又何怪凿枘也。而世人不知玉茗之所自，交口言其舛律，此少雅所以为之订谱欤？”[①]吴梅“以北词法填南曲”之说立足于明中晚期南、北曲的转捩、兴替，不同于当代学者在解释汤显祖戏曲“失律”问题时将眼光专注于南曲的声腔流变，视角独特而视野开阔，且涉及曲体文学自身的规范性问题，故有作进一步阐发的必要。

所谓“北词法”“南词法”，吴梅《顾曲麈谈·原曲·论南曲作法》中一段话也与汤显祖戏曲相关，可视作更具体的阐说，有云：

> 套式之最不可遵守者，莫如李日华之《南西厢》及汤若士之玉茗《四梦》……若如玉茗《四梦》，其文字之佳，直是赵璧随珠，一语一字，皆耐人寻味。惟其宫调舛错，音韵乖方，动辄皆是。一折之中，出宫犯调，至少终有一二处。学者苟照此填词，未有不声律怪异者。在若士家藏元曲至多，

① 王卫民编校《吴梅全集》（理论卷中），第838页，河北教育出版社2000年版。

但取腕下文章，不顾场中之点拍。若士自言曰：“吾不顾捩尽天下人嗓子。”噫！是何言也。故读《四梦》者，但当学其文，不可效其法，此为金玉之语。①

明中叶以后，文人传奇的规范化、体制化进程，相当程度上是以北曲杂剧为参验标准的，这主要体现在两个方面：其一，试图确立若干宫调对于数量繁多的曲牌的统辖、归派，从而为南曲联套提供前提性的理论支持；其二，试图确立南曲相对统一的用韵标准，和每一南曲曲调具体的声律细则，从而为文人式的“依字声行腔”曲唱方式提供规范的文本支持。而前者又具有更根本的意义，因为在许多文人看来，北曲之所以体制严整，首先与相对规范的宫调、曲牌系统有关，只有在明确了南曲曲调的宫调归属这一“乐体”问题之后，才有可能就势引导出句式、平仄、声韵等“文体”问题。清初曲家李渔《闲情偶寄》（“词曲部·音律第三”）有云：“从来词曲之旨，首严宫调，次及声音，次及字格。九宫十三调，南曲之门户也。”事实上，这只是他从晚明曲学和嘉隆以后的文人“新传奇”中提升出的一个总结性论断，并不尽然符合南曲的历史轨迹。嘉靖年间的《南词叙录》就认为南曲“本无宫调”，其“曲之次第”虽有一定陈规，但并不能等同于北曲之联套②。嘉隆以后，随着文人戏曲的繁兴，特别是昆腔新声“水磨调”的崛起，南曲“过搭之法”（王骥德《曲律·论过搭第

① 王卫民编校《吴梅全集》（理论卷上），第69页。

② 《南词叙录》有云：“南曲固无宫调，然曲之次第，须用声相邻以为一套，其间亦自有类辈，不可乱也。如〔黄莺儿〕则继之以〔簇御林〕，〔画眉序〕则继之以〔滴溜子〕之类，自有一定之序，作者观于旧曲而遵之可也。”这里“曲之次第”是以“故无宫调”为论说前提的，因此不能等同于北曲以宫调统辖曲调、韵律为原则的联套体制。

二十二》)受到了进一步重视,文人传奇中的曲调日益凸显出联套迹象,梁辰鱼、沈璟、王骥德、冯梦龙等人都曾有新颖的创造,这很大程度上得益于蒋孝、沈璟等曲学家对南曲宫调系统的整理和归类,以及南曲用韵规范意识的强化。

周贻白先生论及"戏文—传奇"的嬗变时,曾有云:"明代传奇不妨说是参合南戏和元剧而产生出来的另一种形式。其和南戏不同的地方,也许竟和元剧有关,不必皆为明人的创体。"①此说极为精当,因为在南曲传奇雅致化、规范化、体制化的背后,一直支撑着明中晚期文人对于北曲的崇尚,乃至隐藏着他们对北曲形式、体制的有意识"摹拟"②。另有研究者也指出:"南散套之发生本是文人之事,南散套从其发生之日起,其性质便不在音乐,而主要是文学之一体。"③以联套为基本体制的元人北曲杂剧作为"一代之文学",在明中晚期文人传奇的规范化、体制化进程中,象征着一种"典范美"的存在。沈璟在扬弃昆腔新声"水磨调"、重新确立南曲规范时,一个基本倾向就是以北曲为取法、追摹对象。有关汤显祖对北曲的浓烈兴趣,也是有据可查的:

(1)姚士粦《见只编》载,汤显祖酷嗜元人杂剧,"自言箧中收藏,多世不常有,已至千种,有《太和正韵》所不载者。比问其各本佳处,一一能口诵之"。

---

① 周贻白《中国戏剧史》,第356页,上海中华书局1953年版。

② 这里"摹拟",是就晚明清初曲家的声律观念而言,钱南扬先生认为事实上宫调"有名无实",在联套时已经失去了对曲牌的统辖能力,这是就其实际运用而言,与拙见不矛盾。参看钱南扬《戏文概论》"形式第五"之第二章第一节。

③ 李昌集《中国古代散曲史》,第94页,华东师范大学出版社1991年版。

(2)据臧懋循《寄谢在杭书》(见《负苞堂文选》卷四),锦衣卫刘承禧家藏抄本杂剧三百余种,"世所称元人词尽是矣,其去取出汤义仍手"。

(3)《紫箫记》"审音"出,借鲍四娘之口列数宫调曲目名称,其实全出于朱权《太和正音谱》。

晚明曲家普遍浸染于"尚北""崇元"的文化语境之中,汤显祖也表现出审美心理上的某些认同,这是容易理解的,但是,倘若汤氏如吴梅所论"以北词之法为南词",当更加精求宫调、平仄和用韵等形式规范,为什么踵其后者反而多"偭越规矩"?嗜好元人杂剧的汤显祖,究竟从北曲中发现了什么形式特征?这一特征是否有可能被他吸收到"四梦"写作之中,成为其"失律"的一个原因?这是我们需要进一步考察的。

吴梅《顾曲麈谈·原曲》谈南曲作法时,曾批评"《牡丹亭》衬字太多",又云:"板式紧密处,皆可加衬字;板式疏宕处,则万万不可。汤临川作《牡丹亭》,不知此理,任意添加衬字,令歌者无从句读。当时凌初成、冯犹龙、臧晋叔诸子,为之改窜,虽入歌场,而文字遂逊原本十倍。此由于不知板也。"北曲"衬字"之说由来已久,但这其实是曲体文学由民间而文人化后所产生的一个理论判断,如燕南芝庵《唱论》有"添字"说,周德清《中原音韵》则正式区分"衬字""本字",有云:"每病今之乐府……有增衬字作者;……有板行逢双不对,衬字尤多,文律俱谬。"又云:"彼之能遵音调,而有协音俊语可与前辈颉颃,所谓'成文章曰乐府'也。不遵而增衬字、名乐府者,自名之也。"历史地看,时代越早、民间色彩越重的作品,"增衬"现象越突出,而剧曲的"增衬"又往往比文人散曲更普遍。这是因为,早期北曲大抵"以(音)乐传(文)辞","文体"依附于"乐体",文人士大夫广泛介入后,"乐本位"逐渐让渡为"文本位",成为"文章之事"的"今乐府"越加强调其形式规范上的要求,此时再返观早期民间创作,于文人声辞的格律有所"不合"处必然凸显出来,"增衬"之说遂应运而出。"衬字无"和"格调高""音律好""平仄稳"一起,被周德清《中原音韵·作词十法》视为"造语"的基本要求,这既反映了元代中后期北曲文学格律化、雅致化的趋势,也应和了"依字声行腔"的文人"曲唱"方式的需要,故王骥德《曲律·论衬字》一针见血地指出:"周氏论乐府,以不重韵、无衬字、韵险、语俊为上。世间恶曲,必拖泥带水,难辨正腔,文人自寡此等病也。"这种去俗求雅、追求"正腔"的观念,甚至渗透到他校注《西厢记》的举措中①。

南曲同样经历了这样一个格律化、雅致化、文人化的过程。晚明时期的文人曲家大多着眼于音乐特质(板眼)的差异,来讨论南、北曲对衬字的不同要求。如王世贞《曲藻》有云:"凡曲,北字多而调促,促处见筋;南字少而调缓,缓处见眼。"王骥德《曲律·论衬字第十九》则认为:"古诗余无衬字,衬字自南北二曲始。北曲配弦索,虽繁声稍多,不妨引带;南曲取按拍板,板眼紧慢有数,衬字太多,抢带不及,则调中正字,反不分明。"王骥德不但将"衬字多(衬至五六字)"视为南曲四十条"曲禁"之一,还对南曲用衬字提出了一些特殊要求,如其又云:"大凡对口曲,不能不用衬字;各大曲及散套,只是不用为佳。细调板缓,多用二三字,尚不妨;紧调板急,若用多字,便躲闪不迭。"南曲不宜有过多的"衬字",否则将"主客不分",这或可视为明中叶

① 王骥德以多种旧本为据校注《西厢记》时,大量删削衬字,使其相对地更规范合律。参看孙楷第《西厢记曲文序》,见蔡毅编著《中国古典戏曲序跋汇编》,齐鲁书社1989年版。

以后文人曲家的一种通识。吴梅先生沿袭了明清文人曲家的这一习见，他在《顾曲麈谈·论南曲作法》中又说："板拍所以为曲中之节奏，北曲无定式，视文中衬字之多少以为衡，所谓死腔活板是也；南曲则每宫每支，除引子及〔本宫赚〕、〔不是路〕外，无一不立有定式。"因此，吴梅批评《牡丹亭》"任意添加衬字，令歌者无从句读"，虽然或有"以今泥古"、忽视昆腔历史流变的可能，但却是可以在晚明文人曲家那里找到知音的。

回到汤显祖"以北词法为南词"问题。我们注意到，汤氏曾在《徐司空诗草叙》中对南曲摹拟北曲体制的作法有所訾议，他说：

> 余尝为友人分诉而作词。因知大雅之亡，祟于工律。南方之曲，刓北调而齐之，律象也。曾不如中原长调，庬庬隐隐，淙淙泠泠，得畅其才情。故善赋者以古诗为余，善古诗者以律诗为余。

一方面，汤氏敏锐地察觉到南曲文体形式的齐整化、规范化，是以"北调"（准确而言，主要是规范性更强的格律化的文人散曲）为参照对象的，而这显然违背了他对曲体文学"意趣神色"的审美追求，也与他所倡导的"自然声律"说难以相容，故有"大雅之亡，祟于工律"的看法；另一方面，汤显祖也在"中原长调"中，发现了某些能更完美地张扬作者一己之才情的形式特征，故又主张以"律象"为余事。这里"中原长调"，联系汤显祖对元人杂剧的酷好，以及他不作散曲的实际，指为北杂剧中的剧曲当更具体、准确。元杂剧剧曲"衬字"特多，尤好用叠字、虚词和方言、俗语；叠字虚词容易造成一种音乐上的美感，方言俗语则有助于丰富文辞的表现力，故王国维先生曾有云："古代文学之形容事物也，率用古语，其用俗语者绝无。又所用之字数亦不甚多。独元曲以许用衬字故，故辄以许多俗语，或自然之声音形容之。此自古文学上所未有也。”①“许用衬字”云云，结论下得或嫌仓促，但北曲频繁的叠字虚词、方言俗语，再辅以“辞情多而声情少”的特点，却正可与汤显祖“庵庵隐隐，淙淙泠泠，得畅才情”一说，相互阐发、印证。

据此，吴梅以“北词法填南曲”一说中的“北词法”，主要是专注于北曲以俗语、方言“增衬”的现象而言，并不涉及宫调、用韵等形式规范。因此，一方面，吴梅在《顾曲麈谈·论北曲作法》中盛赞汤显祖“于胡元方言极熟，故北词直入元人堂奥，诸家皆不能及”，另一方面，他在为《红蕖记》作跋时转而又称许沈璟说：“删汰元剧方言，尤合南词正格。大抵宗《琵琶》者，终鲜舛律；学元剧者，或至乖方。今古词家，莫出例外。若先生者，殆堪独秀矣。”②这表明，在“增衬”问题上，吴梅所倡导的南词“正格”，正是以反拨“增衬”的“北词法”为前提的。以此认识为基础，我们对汤显祖戏曲的“弋阳腔”痕迹，或许能有别出新意的解释。

凌濛初《谭曲杂札》曾指责汤显祖濡染于“江西弋阳土曲”而不察，这是研究者熟悉的一个论断，但此前几句却没有引起足够关注。凌氏又云：“近世作家如汤义仍，颇能模仿元人，运以俏思，尽有酷肖处，而尾声尤佳。”事实上，晚明曲家固然屡屡指责汤显祖“四梦”“失律”，然而，称赏其中北曲成就的言论也并不少见，甚至有人认为“四梦”曲辞脱胎于元曲，故能体现曲体

① 王国维《宋元戏曲史》，第101页，上海古籍出版社1998年版。

② 《吴梅全集》理论卷中，第829页。

文学的本色之美。例如：

（1）王骥德《曲律·论引子第三十一》有云："近惟《还魂》、'二梦'之引，时有最俏而最当行者，以从元人剧中打勘出来故也。"这里"引子"云云和凌濛初仅仅标举"尾声"一样，都是择其最佳者来立论。

（2）吕天成《曲品》认为"汤奉常熟拈杂剧，故琢调之妍媚赏心"，又尝序《蕉帕记》有云："清远翻抽于元剧，故遣调俊。"虽语焉不详，但显然是就整体性的艺术渊源而言。

（3）吕天成《曲品》卷下品评《南柯梦》，有云："方诸生（王骥德）极赏其登城北词，不减王（实甫）、郑（光祖），良然、良然。"这是对具体曲作的推赏。"登城北词"，指《南柯梦记》第二十九出《围释》中〔南吕·一枝花〕套曲。

（4）臧懋循《元曲选序》讥讽汤显祖"南曲绝无才情"，却又认为"《紫钗》四记，中间北曲，骎骎乎涉其藩矣"，此说有嫌肤廓，故招来王骥德的反驳，以为"非公论"（见《曲律·杂论第三十九下》）。

以上各家所论虽不一定准确，但都试图对汤显祖"四梦"与元人北曲之间关系作出某种说明，或明或晦地折射出晚明曲家"尚北""崇元"的文化心理。凌濛初一方面认为汤显祖"模仿元人"以至于"酷肖"，另一方面又指责汤显祖濡染于"江西弋阳土曲"以至不能"合调"，这两个看似无所关联的论断背后，其实隐藏着明中后期"曲运隆衰"过程中南、北曲之间既竞争又交流的复杂状态。

明中后期的南曲隆兴，并非以北曲彻底退出舞台为历史前提的，魏良辅改良旧昆腔时就借鉴了文人北曲"依字声行腔"的技法，万历以后更有大量的北曲曲调被吸收到昆腔新声中，文人

“新传奇”中的南北曲合套的花样于是愈加翻新、出奇。当然，这时的北调已经相当地南曲化了，反而受到吴中水磨调“反哺式”的影响。在民间艺人和市井阶层中，南、北曲的这一双向互动可能还要更为复杂一些，以晚明弋阳腔为例，它对北曲的包容力似乎比昆腔新声“水磨调”要大得多。

万历年间的陈与郊在其《义犬记》杂剧中，串演了一出弋阳腔《葫芦先生》的“戏中戏”；而据李渔《闲情偶寄》记载，直至清初，弋阳腔、四平腔等民间南曲还能较完整地演出北杂剧《西厢记》，有云：“文字之佳，音律之妙，未有过于《西厢》者。……北本为词曲之豪，人人赞羡，但可被之管弦，不便奏诸场上，但宜于弋阳、四平等俗优，不便强施于昆调，以系北曲而非南曲也。……予生平最恶弋阳、四平等剧，见则趋而避之。但闻其搬演《西厢》，则乐观恐后。何也？以其腔调虽恶，而曲文未改，仍是完全不破之《西厢》，非改头换面、折手跛足之《西厢》也。”①这里“曲文未改”云云，恐不能理解为以原初的北腔北调搬演《西厢记》，也很难推证“弋阳、四平等俗优”就传承了北曲杂剧的精华；但另一方面，也表明在民间艺人那里，弋阳腔和北曲之间存在着相互接近的更多可能。

拙见以为，其“相互接近”的基础，或与北曲（尤其是剧曲）的“增衬”现象有关。作为南曲变体声腔的弋阳腔，“字多音少，一泄而尽”（《李笠翁曲话》“词曲部·音律第三”），“加滚”后甚至可适当突破曲牌的拘囿，而北曲“辞情多而声情少”（王世贞《曲藻》），“增衬”后也容易度越常格、有损“正腔”，这就使得它

① 李渔《闲情偶寄》“词曲部·音律第三”，《中国古典戏曲论著集成》（七），第33—34页。

们与更加重视句格规范、字声准确的“水磨调”，表现出明显的距离。也就是说，虽然昆腔新声“依字声行腔”技法曾受到北曲（主要是文人北曲清唱）的滋养，但当它更为成熟、壮大后，“衬字”相对普遍的北曲（尤其是口语化的剧曲），反而难以适应新的舞台形势和审美需要了。因此，一方面，晚明文人北曲（以清唱为主）转而“皆以‘磨腔’规律为准”①；而另一方面，某些北曲剧曲也得以更完整地进入到并不重视“依字声行腔”的民间弋阳腔中，为其所延续和包容了。

凌濛初认为汤氏“模仿元人”，此论并不恰当，但汤显祖嗜好元人杂剧、推崇“中原长调”则为一事实，因此，当他受北杂剧剧曲的影响（所谓“以北词法作南曲”）从事南曲传奇的文本写作时，其文辞就有可能度越“常规”，违背晚明一般文人曲家对于句式、字格、字声、韵律的精求。尤其是他好以俗语、方言入曲，这更类乎元人剧曲的写法，既有可能造成昆腔艺人因“衬字太多”难以点板的困难，也容易使人得出他受到“弋阳土曲”（或“江西土曲”）影响的判断。在明中叶以后南曲渐兴而北曲式微的戏曲史情境中，不少文人曲家依然维持着对于北曲的热好，但他们有可能吸取了不同的滋养。沈璟、王骥德等吴越曲家主要关注北曲（尤其是文人北散曲）的音乐体制、声律规范对于南曲体制化、规范化进程的意义（包括观念上尊崇，以及技法上的追

① 沈宠绥《度曲须知·弦索题评》集中反映了这一现象，有云：“迩年声歌家颇惩纰缪，竞效改弦，谓口随手转，字面多讹，必丝和其肉，音调乃协。于是举向来腔之促者舒之，烦者寡之，弹头之杂者清之，运徽之上下，婉符字面之高低，而籥声析调，务本《中原》各韵，皆以‘磨腔’规律为准，一时风气所移，远迩群然鸣和。盖吴中‘弦索’，自今天而后，始得与南词并推隆衰矣。”

摹),而汤显祖却恰好异趣,其审美的兴奋点始终在于曲辞的“意趣神色”,因此必然对宫调韵律、句格字声表现出相对多的忽视。

元杂剧在晚明的传播与接受过程中,兼具“戏剧典范”(艺术表演层面的示范性)与“文学遗产”(文本写作层面的启发性)双重属性。汤显祖嗜好元杂剧,对其传播有所贡献,但显然,他主要是将元杂剧作为“文学遗产”来接受的。据《宜黄县戏神清源师庙记》,汤显祖对明中后期南曲的腔调衍变曾有所留意,而北曲腔调的差异则没有引起他的关注,汤氏文集中亦未见有观看北曲表演的记载,可知北曲杂剧主要是作为一种典范性的“文学遗产”进入到汤氏的阅读视野中,这其实也是晚明曲坛一种普遍状态。从传统曲学角度看,“临川四梦”与北杂剧的文体因缘,主要表现为频繁的“增衬”现象,而这有别于沈璟、王骥德等吴越曲家对北曲形式美的认知。这一不同,既折射出晚明南北曲交流与互动的复杂性,也反映了文人曲家审美心态、文体选择的多样性。因此,吴梅先生“以北词法作南曲”一说,虽然也不足以为汤显祖戏曲“失律”问题提供完整答案,但却有助于我们对“四梦”“文学文本”而非“舞台脚本”性质的判断。

附　录

一　关于汤显祖研究的“对话批评”

拙稿“《玉茗堂四梦》与晚明戏曲文学观念”呈请徐朔方先生指正不久①,徐先生曾两度来函予以热情鼓励,并多有溢美之辞,近又撰专文予以答复②。令晚辈感动的是,先生以汤学泰斗之尊,能如此谦逊地面对懵懂黄口的反对意见,并诚恳地视之为“重在讲理”的“批评”而非“装腔作势”的“批判”。徐先生文章风范,实为晚辈楷模!

平等、真诚的对话式批评是切近真理性认识的有效途径。兹不惮浅薄,就汤显祖研究中的某些问题,再略陈己见一二。

拙稿第一章分析晚明理学名儒罗汝芳与高僧达观对汤显祖思想的影响,行文中特别强调了万历十四年(1586)罗汝芳、汤显祖师生重叙的重要意义,并认为“对汤显祖思想震撼之大足以使他终生铭记”,又说:“相比于罗汝芳,达观对汤氏言行的影响显得更为有限。”

徐先生针对上述论断有所批评,他指出:“人的思想发展从来不是一锤定音或直线发展,它要经过多次的进退反复。如果

---

① 原为博士学位论文,1999 年 6 月通过答辩,后因参加 2000 年 8 月在大连外国语学院举办的“纪念汤显祖诞生 450 周年学术研讨会”,参酌评审专家和答辩委员会的建议而有所改订,会议结束时托学人呈送徐朔方先生。

② 徐朔方《答程芸博士对我汤显祖研究的批评》,《外语与外语教学》2001 年第 3 期。

听了一个人的劝告,就从此改变平生轨辙,这是把问题看得太简单了。”

我诚恳地接受徐先生这一批评。重读拙稿,我认为自己在诠释汤显祖贯彻一生的“学道”与“为文”矛盾,力求为汤氏言行、著述、人生理想寻求“思想史背景”的理论支持时,确实留下了不少简单化的弊端,一个突出表现是:简单而直接地论定汤显祖对罗汝芳“道学”的基本态度是“接受与认同”,而对达观“情有理无”思想的态度则为“怀疑与疏离”。现在看来,不仅以上措辞的准确性需要我做进一步的推敲,更重要的是,徐先生的批评提醒我:必须对罗汝芳、达观给予汤显祖多方面的影响,作更为细致、全面而审慎的辨析。

在确立选题、研读汤氏著述和时贤耆宿的成果之后,我个人认为,学界对汤显祖留下的几篇与晚明“性命之学”有关的文章似缺乏足够多的重视,而它们显然有助于重新认识、估衡汤显祖与晚明理学(“道学”)的密切关系,因此也是研究者进入汤氏复杂而微妙的精神世界的重要切入点。由于产生了以上“先入之见”,我在评价汤显祖的思想时,曾有一个奢望,即跳出学界一度沿袭的传统写作思路:批判理学(“道学”)→思想启蒙→反封建。

但我必须坦率地承认,就个人的学养而言,我其实并不擅长此类需要做哲学思辨、理论深化或升华的研究方式。由于对儒学发展的流变过程缺乏宏观而准确的把握,由于对宋明理学、佛学中的某些传统论题(如“天命”、“性/情”关系、“情/理”关系等等),以及对晚明思想史中某些迄今仍有争议而在部分学者看来具有“近代色彩”或孕含着“启蒙意义”的具体现象(如李贽的出现、知识界对程朱的非议)缺乏深入的研究,却又不愿意轻易接受既成结论，更认为不宜将某些大而化之的思想史、文化史的既成结论抬升为叙述框架以诠释极其个性化的思想矛盾，因此，面对汤显祖以及他同时代某些文人的矛盾、困惑，我有时候甚至变得更加困惑、矛盾。

其实，以汤显祖为研究对象，本就是对“汤学”后来者个人才识、能力的一次挑战。之所以如此，首先是因为学界耆宿、贤达已经为我们提供了丰硕厚实的研究成果，后来者如果希图能有所“创见”，单纯地借助于所谓“学术范型的转移”以追新、求异而不苦练“内功”，必然流于失败。此外，客观上的困难也是无法回避的，一方面我们仍然要面对史料相对不足的尴尬，如“汤沈之争”、汤氏剧作的腔调等课题，倘若期待能有进一步突破，拙见以为，关键所在依然是可信史料的进一步开掘、发现；另一方面，由于汤显祖是晚明文学界、戏曲界的焦点人物，同时又与晚明思想界有着千丝万缕的诸多勾连，牵一发必动全身，以汤显祖为研究对象，就必须对晚明文学流变、晚明戏曲批评以及晚明思想史乃至中国文化史的某些重要问题作出梳理与回答。

“非曰能之，愿学焉。”基于对自我学养、知识结构的清醒认知，论文写作之前我就确立了一个基本目标：不奢望对汤显祖其人、其文能作出新颖且准确、全面而深刻的解读，主要是围绕某些有所争议的问题直接阐述一己之见。虽自觉如此浅薄，但又意欲有所表现，故处处捉襟见肘。

对汤氏《太平山房集选序》的忽视，如徐先生所批评的，确是拙稿的一大缺憾，在以后的修订中切切不应轻易放过（此外如《光霁亭草序》等文章的重要价值，修订时亦有进一步挖掘的必要）。不过，拙见以为，徐先生“《太平山房集选序》比《秀才说》全面，它既谈到罗汝芳对他的影响，也说到他后来怎样摆脱罗汝芳的影响”这一论断,似也有做进一步斟酌的必要。

汤氏在这篇文章里极力推重好友、理学家邹元标“奏议传赞书论诗歌”等创作,认为它们“大抵皆言均天下国家蹈白刃辞爵禄之事,而未尝不出乎道中庸之意”,而将自己离开罗汝芳之后的人生道路定性为“为激发推荡,歌舞诵数自娱”,固然如徐先生所言,谈到汤氏“后来怎样摆脱罗汝芳的影响”,但细究下去,可见出,汤氏行文之间所隐含的心理其实是某种“遗憾”,或者如徐先生所言,“是以自责的口吻写的”。问题的关键是,汤氏的“遗憾”“自责”是否为他精神世界诸多矛盾的一次真实展现,或者仅仅只是一种虚与委蛇、言不由衷的客套?

从接下去的几句——“积数十年,中庸绝而天机死,盖晚而得见公(邹氏)文,乃始憬然叹曰,是何仁者之心而智者之言”——来看,并结合前文对邹氏“中庸不可能(去)”的高度评价来理解,拙见以为,汤显祖对自己偏离了罗汝芳老师的教导以至于“中庸绝而天机死”其实是非常不能满意的!汤氏的“自责”,是他对自己不能走如邹元标那样“道中庸”的人生道路的真实反省。

邹氏的“道中庸”,用汤显祖的话来描述,就是“正而不羁,旁而不离。发愤讥切大臣之事,讪然而止,余多以大雅宽然之意感动主上……与学道人酬答,多治其偏至”。“正而不羁”云云,是对宋儒思想的化用,《中庸》有曰:“君子中庸,小人反中庸;君子之中庸也,君子而时中;小人之(反)中庸也,小人而无忌惮也。”朱熹《中庸章句》将“中庸”解释为“不偏不倚、无过不及,而平常之理,乃天命所当然,精微之极致”,因此,理学所张扬的“中庸”之学并非指无原则的妥协、调和、折中(如孔子所痛恶的“乡愿”),“中庸”乃是对“道”、对真理的坚执。

汤显祖对“中庸”的理解其实直接上承宋儒,《太平山房集选序》另有明言,“中庸者,天机也,仁也,去仁则其智不清,智不清则天机不神”,又一再称赞邹氏说“公其天机胜”。因此,在汤显祖看来,“道中庸”实为对“仁”的坚执、对“天机”(“天性”)自然抒发的尊重。

汤显祖又说早岁从明德夫子游时“天机泠如也”,倘若用替代法来重新造句,那么,“天机泠如也”就是“中庸泠如也”,或“仁泠如也”。“泠如”,即泠然,《庄子·逍遥游》有曰“夫列子御风而行,泠然善也”,有轻妙、自然之意,在汤氏文集中应该是一个肯定性的判断用语,《光霁亭草序》另有回顾说:“童子之心,虚明可化。乃实以俗师之讲说,薄士之制义。一入其中,不可复出,使人不见泠泠之适,不听纯纯之音”,或可相互参证。

结合这两篇文章考察汤显祖与罗汝芳“道学”的关系,在汤氏看来,自己之所以会“中庸绝而天机死”,其主要原因正在于他对明德夫子的“畔去”(按,“畔”同“叛”),而为“俗师”“薄士”所误导。显然,以罗汝芳身份、地位,以邹元标在晚明士林中的声誉,更以汤显祖的品行,此处“俗师”或“薄士”绝不可落实为罗氏或邹元标。也就是说,汤氏实际上是将恩师罗汝芳、好友邹元标与晚明某些空谈性命、坐而论道以邀名沽誉的“假道学”区别开来了。徐先生将“后乃畔去”解说为“摆脱罗汝芳的影响”,此说或许值得推敲?

当然,“摆脱……影响”如果是指汤显祖后来发生了兴趣转移,由一度热衷于抽象性、理论性的学说、思想的研讨(如汤氏文集中多处出现的对“天命”“情/理”“性/情”的辨析),转而将主要才情投注到具象性、情感性的文学艺术活动,无疑非常正确,但若是指他主动偏离或怀疑、背弃罗氏思想学说的基本精神,拙见则以为或有不妥。

此外,值得注意的是,汤显祖《答张梦泽》书中曾有感叹,“仆非衰病,尚思立言,兹已矣”的哀叹,拙稿第一章第二节对汤氏“立言”理想曾作了详细分析,我以为,以汤氏对自我、对人生所持有的如此高远目标,《太平山房集选序》所“自责”的“歌舞诵数自娱”绝非他故作姿态的谦虚,“自娱”不但与汤氏的文学理想相违背,也与他对自我、对人生的价值期待背道而驰;“自娱”云云同样表明了汤显祖的深刻反省。

我非常赞同徐先生的高见——“如果《明儒学案》中看到汤显祖的学案,不会觉得意外”。

不过,虽然汤显祖对“学道”——从汤氏文集可推知,此“道”主要是指宋明时期儒家学派以成就“大人”“圣贤”人格为宗旨的思想体系——的兴趣有过反复(汤氏自言“终未能忘情”),但细究他的相关著述,拙见以为,其中并无明显特异之见或重要理论突破,贯之以“反(程朱)理学”“启蒙”的定性,恐有偏离具体语境或曲意“拔高”之嫌。不论从行文方式还是从主要论点来看,汤氏对“天命”“性/情”“情/理”诸命题的理解、阐发,往往并没有脱离宋儒以来的传统体系、框架,某些“别解”其实主要也是对罗汝芳“天命生生不已”之学的继承性发挥。虽然如徐先生所言,汤氏《贵生书院说》《明复说》等文字曾得到高攀龙、赵南星的“仰慕”;但这些“仰慕”之辞或不能完全视为是从学理层面出发所作的肯定,而更像是晚明文人之间常有的礼节性往来,能否据此推导出汤氏确实于“理学”有所专长,值得斟酌。

徐先生又说,汤氏“‘后乃畔去’以下数句恰恰是汤显祖受到后人敬仰的原因,也是他成为明代最杰出的戏曲作家和政治活动家的概括”，所论当然极为中肯。

不过，我以为，汤氏之所以虽不乏对“道学”的浓厚兴趣，却只能在文学艺术领域为中华民族留下如此丰厚的精神财富，而没有在《明儒学案》中占有一席之地，这些只能表明，就汤显祖个人的天分才情、知识结构而言，他并不擅长于“性命之学”的精研。汤氏的“畔去”，既不能说明他对“性命之学”产生了抵触情绪，更不能引申为对罗汝芳“道学”的背离或反击。虽于“道学”无法忘情，但毕竟无所成就，汤氏心中无疑会有所不甘。

基于上述观点，拙见以为，徐先生以下论断似也有进一步斟酌的必要——“就大体而言，不妨作这样的概括：文学代表作者进步的一面，理学是作者消极面的流露。明代儒生翻来覆去大讲性命之学，很少能在中国的古老儒家哲学中增加一些新事物。”

明代“性命之学”之于中国哲学史的意义、价值到底如何，这当然是个见仁见智、永远需要学术争鸣的课题，但即便论定明代儒生对儒家哲学并无新贡献，我们在考察明代文学与理学的关系、剖析汤显祖等晚明文人的文化心理时，却也不能以此为逻辑前提，推导出“道学”主要是给汤显祖等文人作家带来“消极”影响的片面结论。钱穆先生认为宋明理学就其基本价值取向而言，乃是“希圣之学”，我个人对此说是表示深刻服膺的。毫无疑问，作为封建社会的一种支配性主流意识形态，“道学”中琐碎、迂腐、僵化甚至“落后”“反动”的内容比比皆是，但具体到如何评价、阐释汤显祖一类的文人学士之于“道学”的浓厚兴趣，拙见以为，主要应该从人的生命价值、意义等所谓“终极关怀”的角度，给予“同情之理解”。汤显祖对死与生的敏感、对人之所以为人的关切，在晚明文人中是有相当代表性的，而这些也是晚明三教合一背景中“性命之学”的重要内容。穷究性命之根本、关切世道民生，这更是罗汝芳“道学”的精神主旨；罗氏所给予汤显祖的影响，可能不仅仅在于“道学”具体命题的论辩思路或答案，更重要的是，他引导、敦促、强化了汤氏对人生意义、生命价值的形而上的思考。正是在这个意义上，我认为，积极入世、关切民生的“道学家”罗汝芳之于汤显祖的影响，如果与一再奢想度脱汤显祖出家的高僧达观相比，无疑更为深远。

当然，对于汤显祖主“情”学说的个性色彩特别是它对晚明以迄文学创作的影响，对于汤氏一生思想、信念的起伏和反复，对于达观之于汤氏精神世界的重要性、复杂性，同样需要做细致而审慎的辨析。拙稿在这些问题上是如徐先生所批评的，同样有“简单化”之弊。

特别明显的疏漏或有两点，一是为了强调汤氏最终对达观思想的“怀疑与疏离”，有关万历二十六、二十七年达观在汤显祖思想世界中近乎精神导师的独特地位，拙稿没有给予充分的重视；其二是为了强调汤显祖对罗汝芳学说的认同，对于汤显祖万历十四年之后为什么反而写作了大量与“食色之性”相关的文字，拙稿同样缺乏重视，因此对于相关文献也没有作出合理的阐释。

我必须承认，拙稿中一段重要文字，即论定汤显祖因罗汝芳的当头棒喝而对人“性”的认识有了“突破性进展”，在表述上是值得推敲的。我的本意是想以汤氏的自我陈述为依据，考察他对人“性”的理解怎样由片面的、感性的直觉，转变为积极的、学理的探讨，但行文中由于对“生之为性”学说与“食色，性也”学说之间并非矛盾对立而是可以相互发挥的关系没有作必要而充分的阐释，以致拙稿的论断很不严密，容易使读者产生误解：似乎汤氏有了对“生之为性”的理性认知，就必然否认人“性”当中的“食色”内容。

此外，在行文中，有时候为了追求表达的醒豁与鲜明，也一再出现有独断色彩的语句，或远离文本语境的发挥。例如，徐先生著文指出，汤显祖《寄达观》“达师应怜我，白太傅苏长公终是为情使耳”之“情”，“只能与白居易的小蛮、樊素相连，与苏轼的朝云相连，才能得到正确的解释”，可谓切中肯綮、一语中的，足以引起笔者的深刻反思。

诸如此类，不胜枚举，都是笔者重读拙稿后不免汗颜之处，也是幸运地为徐先生所赐正之处。就主观意愿而言，下笔之初也要求自己能“具体问题具体分析”，但由于学养的欠缺，实际结果离这一预期显然相距甚远。徐先生的赐正有如醍醐灌顶，提醒我在以后的研究工作中，有必要努力跳出“认同/疏离”“正面/反面”“进步/消极”“多/少”等等“二元对立”思维模式的拘囿，充分认识到研究对象的复杂性、多变性。

这里愿再就汤氏传奇的腔调问题与徐先生交流意见。

拙稿细究了南曲〔二犯江儿水〕在晚明的讹变，并以此为据来考察汤氏传奇的写作腔调问题，认为汤氏传奇中的“北二犯江儿水”是“受万历年间以吴中曲家为代表的新兴昆腔唱曲影响所致”，徐先生对此说也提出了疑问，并特别强调汤氏著述都刻于昆腔的流行地区，那么，“它究竟是汤氏原作即系如此呢，还是受到昆腔流行地区出版家的改定？”

我认为，汤氏原作中的“二犯江儿水”曲基本上可以肯定是以北曲形式出现的，首先从排场看，汤氏主观意图显然是将“二犯江儿水”用若北曲以过场。此外，拙稿第三章第一节曾找了三条旁证，与此相对应的是，我们并没有直接证据可以论定

“北”字为昆腔流行地区出版家所改定、添加。

同时,似也可根据《浣纱记》的刊刻情况来推定。据吴书荫教授校点《梁辰鱼集》之前言①,《浣纱记》现存有汲古阁本、金陵富春堂本、金陵继志斋本、武林阳春堂本、明末李卓吾评本、崇祯间怡云阁本等多种刊本,又据沈璟《南曲全谱》卷二十,所见《浣纱记》中南曲〔二犯江儿水〕也曾被讹变为北曲广为传唱,值得注意的是,虽然以上诸本或刊于昆腔流行地区,或刊于昆腔已经取得绝对优势时期,但第二十五出之〔二犯江儿水〕却并没有出现“改定”为北曲的情况,全是题作南曲使用的。同样,汤氏传奇的诸种刊本在这一问题上表现出惊人的一致,也就是都将〔二犯江儿水〕题为北曲,因此,很难相信如此众多的刊行者为了这么一个细节,会不约而同地对汤氏原作加以“改定”。就常理而言,拙见以为,“改定”说是难以成立的。

我这里需要特别地加以说明,拙稿对汤显祖传奇与吴中新兴昆腔的关系虽提出了一己之见,但我依然相信,徐朔方先生“汤显祖是否以昆曲作为他剧作的唱腔,至少是疑问”这一见解对于学界重新认识晚明戏曲史的某些关键环节,乃至重写戏曲史、文学史的努力而言,意义之重大,毋庸赘言。事实上,这也是笔者构思第三章时的逻辑起点,我的点滴辨正并不足以推定汤氏传奇与吴中新兴昆腔的确切关系;更重要的是,拙稿第三章的写作目的也不完全在于此,我所试图论证的只是:“写作腔调”四个字可能并不足以为汤氏传奇“失律”问题提供最终的完美答案②。拙见以为,汤氏传奇的曲律,与早期南戏曲律、新兴昆

① 可参看吴书荫点校《梁辰鱼集》,上海古籍出版社 1998 年版。

② 周育德先生对汤作“失律”亦有独具慧眼的解释,拙稿受益良多,参看《汤显祖研究若干问题之我见》一文。

腔曲律之间的关系相当复杂，不能如某些学者所理解的，论定汤氏于所谓“昆腔曲律”之外“另有所据”①，这一论断或有可能遮蔽对其他相关重要问题的进一步探讨。

毫无疑问，以上浅见需要我作更多、更周密的论证，思考远未成熟，希望能在今后的探索过程中继续得到徐先生等学界贤达的赐正与鼓励，那将是晚辈奋力前行的强大动力！

（原刊《戏曲艺术》2001年第2期）

① 参看黄仕忠《明代戏曲的发展与汤沈之争》，《文学遗产》1989年第6期。

二　汤显祖与明清词坛

汤显祖的赫赫声名主要是因其戏曲创作《玉茗堂四梦》的杰出贡献而奠立的，然而或许正缘于此，反而妨碍了后人对汤氏文学活动的全面理解，本文所描述的则是汤显祖与明清词坛的某些关系。

一、关于“《玉茗堂词》”

清人王昶于嘉庆年间辑录《明词综》时收了两首汤显祖的词，还在卷四汤氏小传中很明确地认定汤显祖“有《玉茗堂词》一卷”，但是，王氏这一著录的可信度值得推敲。

汤显祖的作品明末以来曾有不少刊本，而这一题名“玉茗堂词”的词集却少有人提及。徐朔方、钱南扬两先生曾依据流传下来的多种刊本，点校出版了《汤显祖全集》，只收录徐先生从汪庭讷《坐隐诗余》中辑得的“佚词”一首，即《千秋岁引》“草展华茵”，这首词后来又被徐先生在《汪廷讷行实系年引论》中判定为赝品①。1999 年 1 月，北京古籍出版社出版了徐朔方先生笺校《汤显祖全集》，诗文卷五十一有云：“有辑得汤词若干首者，无不出于《四梦》。”但是 20 世纪 20 年代王易先生撰写《词

① 徐朔方《晚明曲家年谱》第三卷，第 508 页，浙江古籍出版社 1993 年版。

曲史》时，却将汤显祖论断为晚明屈指可数的词坛"巨子"之一，并认定汤显祖"有《玉茗堂词》"①。近人赵尊岳先生于明人词集收罗甚勤、耗力最多，他的《惜阴堂汇刻明词》共收入明词别集257种，但并未见有所谓"《玉茗堂词》"。那么，王昶的著录从何而来？王易《词曲史》的论断又有何根据？

清初黄虞稷《千顷堂书目》卷二十五别集类著录了"汤显祖玉茗堂诗十八卷，又文十卷，尺牍八卷"，而卷三十二"词曲类"并未入这一词集，《明史·艺文志》亦只有"玉茗堂文集十五卷，诗十六卷"的记载。据笔者考察，王昶的著录很可能只是在沿袭清初人沈雄《古今词话》中的记载。王氏《明词综》卷四汤氏小传引《柳塘词话》说："义仍精思异彩，见于传奇，出其余绪，以为填词。后人咏其回文，必指为义仍杰作也。"这几句话，很明显地出自沈雄《古今词话》"词评"部卷下"汤显祖玉茗堂词"条，字句几乎完全相同②；而王昶《明词综》多次称引的"《柳塘词话》"，即为沈雄的一部论词著作。从《古今词话》对其他词作的著录体例来细究，此处所谓"汤显祖玉茗堂词"显然还对应着一具体成型了的词集，而并非仅仅是泛指汤显祖的词作；沈雄，或者这一《古今词话》的增订者江尚质，似乎亲见过这一词集，但并没有明言它的卷数，而王昶却指实它有"一卷"，或许是因为王氏在沿袭沈雄论断的同时，另外又有所依据？

但是，清初胡胤瑗、李葵生、顾璟芳三人同辑的《兰皋明词汇选》"例言"中明明说："明代鸿儒，集无词稿，昔人每每憾之，

① 王易《词曲史》，第360页，东方出版社1996年版。

② 本文所引词话类著作除另加说明者，均以中华书局1986年版《词话丛编》本为据，此处《古今词话》据上海书店1987年影印清康熙二十八年宝翰楼刻本，丛编本似有少量校改。

是编博揽穷搜,不遗余力,如……汤海若、袁了凡、周白川、屠赤水、董玄宰、焦弱侯,皆昔人所未及见。”这表明:或者最迟到康熙元年(1662)《兰皋明词汇选》刊行时,胡胤瑗等人并不知道汤显祖有词稿“传世”,或者另有一种可能,题名“《玉茗堂词》”的这一词集即便存在过,也并不为人所常见。

尽管如此,我们似乎也缺乏直接的证据来论定沈雄(或者江尚质)和王昶是在故弄玄虚,虚拟了一种署名汤显祖的《玉茗堂词》词集的存在。特别是王昶,尽管他在《明词综》中往往因顺从于个人审美品位而擅改原作,其实本人有相当精到的考订功夫,平生著述甚为丰富,显然并没有为这一具体而微的小问题去造假的必要。笔者认为,《明词综》和《古今词话》作如上著录时,应该有所依据:题名“玉茗堂词”的这种词集,可能在清康熙至嘉庆年间的书刊市场曾有过流传,并为沈雄、王昶先后所见。那么,《明词综》称引的有一卷之多的《玉茗堂词》又会是怎样一个本来面目?徐朔方先生说“有辑得汤词若干首者,无不出于《四梦》”,这是否正是指为沈雄等人屡次提及的所谓“玉茗堂词”?

事实上,《明词综》收录的两首词均见于汤氏的戏曲作品中。为论述方便,移录于下:

> 《好事近》:帘外雨丝丝,浅恨轻愁碎滴。玉骨近来添瘦,趁相思无力。　小虫机杼隐秋窗,黯淡烟纱碧。落近红灰池面,又西风吹急。
>
> 《阮郎归》:不经人事意相关,牡丹亭梦残。断肠春色在眉弯,倩谁临远山。　排恨叠,怯衣单。花枝红泪弹。蜀妆晴雨画来难,高唐云影间。

《阮郎归》又名《醉桃源》，此词见于《牡丹亭》第十四出《写真》，正好题作《醉桃源》，字句完全一样。《好事近》"帘外雨丝丝"用在《紫钗记》第三十九出，字面上却有某些出入。问题是，这首《好事近》词在《紫钗记》的各种刊本中并没有字句的差异，均作：

> 《好事近》：帘外雨丝丝，浅恨轻愁碎滴。玉骨西风添瘦，趁相思无力。　　小虫机杼隐秋窗，黯淡烟纱碧。落尽红衣池面，苦在莲心菂。

《明词综》字眼的不同显然出自王昶改定，而非另有所据或者传抄之讹。以《明词综》与其他明词刊本相互校正，可以发现王昶类似的改动并不罕见，有些甚至是整句整片的改作；因此，应该认定这首《好事近》在他所凭依的所谓"《玉茗堂词》"中更有可能是以第二种，也就是以汤氏传奇中原有面目出现的。

事实上，对汤显祖传奇中的词作表现出一定兴趣的明清选家，远非只是王昶一人；据笔者目力所及，《古今词统》（明末卓人月辑，徐士俊评）、《古今词汇二编》（清初卓回辑）、《古今别肠词选》（题清陈维崧评点，赵式参定）、《东白堂词选初集》（清佟世南编）、《记红集》（清吴绮、程洪选）、《选声集》（清吴绮编）等词选中收录的汤显祖词，无一例外均可以在汤氏传奇中找到。胡胤瑗等人的《兰皋明词汇选》比王昶《明词综》早100多年问世，所选汤显祖词却与后者相同，或可作一推测：王昶对《兰皋明词汇选》曾有过参考。除了以上两首，经常得到选家们青睐的汤氏词作还有：

(1)《菩萨蛮》"赤阑桥尽香街直"

见《紫钗记》第四十八出，《古今词统》卷六、《古今词汇二编》卷二选；

(2)《菩萨蛮》“梅题远色春归得”

(3)《菩萨蛮》“还生赦泣人天望”

此二首见《邯郸记》第二十四出，《古今词统》卷六选；

(4)《西江月》“旧日长裙广袖”

见《紫钗记》第三十八出，《古今词统》卷六、《古今词汇二编》卷二选；

(5)《添字昭君怨》“昔日千金小姐”

见《牡丹亭》第二十七出，《记红集》卷一选；

(6)《南柯子》“玉茗新池雨”

见《南柯记》第一出，《东白堂词选初集》卷十、《古今词汇二编》卷二选；

(7)《蝶恋花》“忙处抛人闲处住”

见《牡丹亭》第一出，《古今词统》卷九、《古今词汇二编》卷三选；

(8)《蝶恋花》“秋到空庭槐一树”

见《南柯记》第二出，《古今词统》卷九选；

(9)《行香子》“楚楚精神”

见《牡丹亭》第十八出，《古今词统》卷九、《古今词汇二编》卷三选。

以上词集在选录汤词时，显示出一定的相互因袭的痕迹。这样看来，先被《古今词话》著录、后来又被王昶指实有一卷的所谓“《玉茗堂词》”，即便的确曾经在清代康熙至嘉庆年间的书籍市场上流传过，也缺乏足够的收藏价值以引起藏书家们的重视，因为它很可能并没有收录来自“四梦”之外的汤氏其他词作。清初人邹祗谟《梅村诗余序》有云：“若士《四梦》，南曲野狐精，而填词自宾白外无闻焉。”拙见以为，这一“无闻”的描述应该说是切合实际的，而且，还可以作为证实上文所引徐朔方先生论断的一个注脚。

那么，辑录并刊行所谓《玉茗堂词》者又会是谁？其目的何在？显然，这是书商们在借汤显祖盛名以牟利。汤显祖声名之盛，使他从某种意义上讲，已成为晚明以后崇尚才气的读书人的一个偶像，就像戏曲、小说刊本中的诸多“玉茗堂批评”本一样，“玉茗堂词”四字此时同样意在一种市场价值。

二、汤显祖的词体创新

明末卓人月、徐士俊以来的选家对汤显祖传奇戏曲中的词表现出浓厚的兴趣，除了缘于艺术趣味的欣赏、认同，还存有一种很明确的“备调”目的。《邯郸记》中两首《菩萨蛮》和《牡丹亭》中的《添字昭君怨》之所以能经常引起一些词学家的关注，主要是因为它们独特的形式意义。

邹祗谟的《远志斋词衷》已注意到汤显祖对于词的形式体制的创新意图，“词有回文”条云：“回文之就句回者，自东坡、晦庵始。其通体回者，自义仍始。”所谓“回文词”，宋人桑世昌《回文类聚》卷四录有《西江月》《菩萨蛮》等词50余首，作者13家，据说每句倒着读后依然是一首可以讲得通的词，通常认为是苏轼首创。汤显祖的两首《菩萨蛮》更是别出心裁，居然做到了整首词可以从尾至首，回旋读之。不过，这种通体倒读的回文词也并非汤显祖首创，早于汤氏100多年前的邱濬已有同种形式的词作：

《菩萨蛮》：销魂别处何寥寂，感情含思愁生极。倦睡困方深，更阑夜正沉。　　沉檀烧细炷，香冷帏空处。寒光月影斜，横透碧窗纱。

赵尊岳《惜阴堂汇刻明词》收有邱濬《琼台词》一卷，但未见此词；清人吴衡照《莲子居词话》卷三“补明词”条有收录，题作“秋思回文”。沈雄也注意到邱氏的这首《菩萨蛮》，但对它不屑一顾，他在《古今词话》之《词品》卷上引录了邹祗谟对回文词的论述后，又另做议论：“若丘琼山之《秋思》，卒章云：‘寒光月影斜，横透碧窗纱’，平粘已失，句意又倒，此只可用倒句，而不可作回文者也。”不过，他对汤显祖回文词的推崇，却不止一次为后人所引用或发挥。

与这首通体回文词受到较为普遍的称赏不同，汤氏《添字昭君怨》却引来后人的许多争议。明人较为看重并往往视为填词通行格律依据的《花间集》《草堂诗余》中，并无《添字昭君怨》这一词牌，它可能确实是汤显祖的创造。后继曲家在戏曲创作中虽曾有模仿（如周朝俊《红梅记》传奇第二十九出），但清初词学家万树总结词体格律、编订《词律》（康熙二十六年刊行，本文据上海古籍出版社 1984 年影印之清光绪二年校刊本）时，却对汤显祖这一举措表现出强烈的不满。其《发凡》有云：

> 能深明词理，方可制腔。若明人则于律吕无所授受，其所自度，窃恐未能协律。故如王太仓之《怨朱弦》《小诺皋》，杨新都之《落灯风》《款残红》《误佳期》等，今俱不收……又如汤临川之《添字昭君怨》，古无其体，时谱亟收之。愚谓“昔日千金小姐”之语，止可在传奇用，岂可列诸词中？

似乎为了有意识地强调这一不满，万树在卷三《昭君怨》词牌下还特意注明:“《词统》等书,收《添字昭君怨》,于第三字上添两字,乃出汤义仍《牡丹亭》传奇者。查唐、宋、金、元,未有此体,不宜载入。”万树本人也是个多产的戏曲作家,但他抨击明人不谙“律吕”,却只能视为过于自负。事实上有明一代,词早已成为脱离音乐的一种纯书面创作,而清人大多也并不胶柱鼓瑟地去强调作词须以入乐为目的。况且,《词律》一书于词的宫调、词体起源与音乐的关系等等问题,也并没有做出像清嘉庆年间问世的凌廷堪《燕乐考原》中那样有价值的发现,故近世词学家夏敬观曾评价说:“凌氏最有特见之处,是知隋以后所用为郑译所演的‘龟兹乐’,与汉代之以黍律制器,全不相涉。”①万氏《词律》于此并不了然。

或也缘于此,后来《莲子居词话》的作者吴衡照对万氏一概抹杀明人自创词格便颇有微辞,兹引卷二“明人自度腔”条于下:

> 红友《词律》,于明人自度腔概置弗录。既录金元制矣,何独于明而置之?谓律吕未有协,又安知律吕之必不协也。窃谓王太仓之《怨朱弦》《小诺皋》……皆当补入。惟汤临川之《添字昭君怨》,本出传奇,宜以《干荷叶》《小桃红》例,以示界限。

这段话也值得细究,吴衡照在为王世贞等人的“自度腔”鸣不平时,何以仅仅因为《添字昭君怨》出自戏曲文本,就认为只能视其为与《干荷叶》《小桃红》一样的曲牌,而拒绝承认它具有“词”的文体属性?

---

① 参看谢桃坊《中国词学史》,第193页,巴蜀书社1993年版。

其实,关于词与曲的文体差异,清代前期文人曾有不同的看法。如朱彝尊《词综发凡》就明言:“元人小曲,如《干荷叶》……《平湖乐》(又名《小桃红》)等调,平上去三声并用,往往编入词集……是集间有采录。”尤侗《艮斋杂说》则干脆认定:“若士之《添字昭君怨》,犹之《减字木兰花》耳。”在他看来,《添字昭君怨》不过是一种很平常的词格变体而已。因此,从“协律”角度来非议汤显祖之于词体的创新意图,显然并不具有足够的说服力。汤氏的努力虽没有得到后世词家广泛的回应,但这无疑是他自少年时代就标举的反模拟、出个性、务创新等艺术理想的自然流露。

三、清代词学复兴背景中的汤词批评

吴衡照在《莲子居词话》卷三中又专立一条论“明词不振”,相当典型地反映出清人总结词史时一种具有普遍性的观察视角,他说:

> 金元工于小令而词亡,论词于明并不逮金元,遑言两宋哉!盖明词无专门名家,一二才人如杨用修、王元美、汤义仍辈,皆以传奇手为之,宜乎词之不振也。其患在好尽,而字面往往混入曲子。惜张玉田论两宋人字面多从李贺、温岐诗来,若近俗近巧,诗余之品何在焉?又好为之尽,去两宋蕴藉之旨远矣。

吴氏以“蕴藉”来概括两宋的词风,未免有失疏阔,而且,立论中以“蕴藉”为词旨极致的言外之意也容易招来争议,但这里我们更注重他对汤显祖等明人“以传奇手”作词的批评:所谓“传奇手”意指着怎样一种创作手法？又可能对应着怎样一种文体风格？

显然，作为一种戏曲形式的“传奇”与作为一种诗歌形式的词，在文体风格的层面所具备的比较意义是有限的。考虑到明清文人通常是把戏曲形式的“传奇”视为诗歌形式的“曲”的一种衍生，对于吴衡照“以传奇手为之”一说或可理解为：吴衡照主要是在批评杨慎等人混淆了“词”与“曲”的界限，所谓“字面往往混入曲子”，即是说杨慎、王世贞、汤显祖等人流于以写“曲”的笔法来填“词”。

尽管作者在曲辞中“借他人之酒杯，浇自己之块垒”也并非不可能，但传奇本质上仍是一种以拟身代言为主要特征的戏曲文本，因此，作为以宾白形式出现的词作，即便它们所抒发的情感再个人化、主体化，也必须服从于角色表演、剧情进展的需要。以前文提及的《行香子》“楚楚精神”词为例：

> （我）楚楚精神，叶叶腰身，能禁多病逡巡？（你）星星措与，神神生成。有许多娇，许多韵，许多情。　（咱）弄梅心事，折柳情人，梦淹渐暗老残春。（正好）簟炉香午，枕扇风清。知为谁颦？为谁瘦？为谁疼？

括号中的字为汤氏传奇中原有，不省。《牡丹亭》中这首词由旦、贴二人以宾白形式，分别念诵几句上场，汤显祖运用了人称代词“我”“你”“咱”来领引词句，这些都很清楚地表明：汤氏有意识地凸显了这首词在整出戏的情节结构中只是居于一种从属地位，也就是说，《行香子》“楚楚精神”主要服务并服从于剧情进展的需要，而并非作者个人主观情性的表达、抒发。显然，吴衡照并没有意识到，汤词“患在好尽”固然有风格上的缺憾，其实更主要是屈从于戏曲文本“代言”的特殊需要。

“传奇”对于清代文人来说并非一种罕见文体。而且，主要角色上场时的宾白以一二首词为先导，这早已成为传奇创作的惯例或曰熟套，因此我们难免产生疑问：以汤氏戏曲文本中的宾白为依据，来评估他的词作成就、划定他在明清词史中的位置，这是否具有足够的说服力？王易先生的《词曲史》在这一问题上，其实也承继着吴衡照等人的思路。

相对于明代词创作和词学批评的“中衰”来说，清代词学无疑呈现出一种“复兴”的整体态势，身处这一词学复兴历史文化语境中的清代词人，似乎有足够多的理由来支撑他们对于明人词作的指责。嘉庆年间常州词派崛起后，词学家对明人词作的轻蔑就更加表面化了，例如陈廷焯《白雨斋词话》卷三中甚至有“词至于明，而词亡矣”的论调。此类“明人无词”的看法固然有失极端，但正视以常州词派为代表的某些清代词人对于词体通常持有的那种强烈的“尊体”意识，无疑有助于我们理解近代词人况周颐涉及汤词价值的一段评论，况氏在《蕙风词话》卷五“明词不尽纤靡伤格”条中对汤词是很不以为然的：

> 世讥明之纤靡伤格，未为允协之论。明词专家少，粗浅、芜率之失多，诚不足当宋元之续。唯是纤靡伤格，若祝希哲、汤义仍（义仍工曲，词则敝甚）、施子野辈，偻指不过数家，何至为全体诟病？洎乎晚季，夏节愍、陈忠裕、彭茗斋、王姜斋诸贤，含婀娜于刚健，有风骚之遗则，庶几纤靡者之药石矣。

汤词“弊甚”的评价，与自卓人月以来明清选家对于汤词或多或少的称赏可谓大相径庭，而且，况氏显然并不全盘否认明人词作的成就，只是在他眼中，汤词俨然已成为屈指可数的“伤格”明词的代表！

况周颐所标举的“格”并非指词的形制体式，因此他对汤显祖作词“伤格”的指责，显然也不是针对汤氏在词体的形式规范方面别出新意的努力，况氏门人赵尊岳在《蕙风词话跋》中于“格”有所阐述说：“其论词格曰：宜重、拙、大；举《花间》之闳丽、北宋之清疏，南宋之醇至，要于三者有合焉。”①况氏《蕙风词话》卷二亦曾明言：“重者，沈著之谓。在气格，不在文字。”因此，所谓“格”，接近于今人所说的美学风貌、作品风格。即便在通常会被视为“艳词”典型的《花间集》中，况周颐也往往能寻获到“重”“大”的美感享受，为何汤词却会被他判定为“纤靡”之作的典型？

其实，这些依然可以在“尊体”意识中找到说明。常州词派特别强调词的表达方式应该与“诗之比兴变风之义，骚人之歌”相切近，其代表人物张惠言在《词选序》中大力张扬词体应该具有与诗体一样的“缘情造端，兴于微言，以相感动”的审美效果，况周颐论词也承继了这种倡言“比兴”“寄托”的理论主旨，他甚至在言情之作中也要求能表达有君臣之喻、家国之兴等政治性内容。汤词首先服从于剧情交流的需要，可以肯定不会有什么很深刻、悠远的寓意，如此一来显然不可能满足况氏的审美需求或迎合其“期待视野”。客观地评价，“四梦”中的词作尽管有失纤弱，然而不乏情辞俱美、值得一读的作品，况氏贬抑汤词的背后，是对他自己词学理想的高度自信。

---

① 转引自方智范等《中国词学批评史》，第 372 页，中国社会科学出版社 1994 年版。

四、余　论

现存《花间集》有一种署名“玉茗堂”批评的明刊本，学人曾有对其真实性提出疑问者①，因为清嘉庆间人冯金伯《词苑萃编》卷一“词非诗余”条节录了与今人点校汤氏文集中所收不同的另一种异文《花间集序》，有云：“当开元盛日，王之涣、高适、王昌龄词句流播旗亭，而李白《菩萨蛮》等词亦被之歌曲，逮及《花间》《兰畹》《香奁》《金荃》，作者日盛。古诗之于乐府，律诗之于词，分镳并辔，非有后先。有谓诗降而词，以词为诗之余者，殆非通论。”难道是冯氏曾经看到过另一种也署名“玉茗堂评”的《花间集》刊本？

其实，这几句很可能是从汪森于康熙戊午年（1678）为朱彝尊《词综》所作序言中割裂而来的，汪氏《词综序》有云：“当开元盛日，王之涣、高适、王昌龄诗句流播旗亭，而李白《菩萨蛮》等词亦被之歌曲。古诗之于乐府，近体之于词，分镳并骋，非有后先；谓诗降为词，以词为诗之余，殆非通论矣。西蜀、南唐而后，作者日盛。”冯氏《词苑萃编》卷二“姜夔词醇雅”条也移录这段文字，不过嘉庆刊本于此条下加有小注，认为是《词综序》沿袭了汤显祖的见解，有云：“裴按，词非诗之余，意本汤玉茗，见卷首体制部中，竹垞特引用其语耳。”裴指裴畅（芝亭），《词苑萃编》嘉庆刊本的参定者，裴氏显然误汪森之言为朱彝尊所说。因此，似找不到足够证据以证实《花间集》汤评本为伪托之作②。

① 毛效同《汤显祖研究资料汇编》，第 25 页，上海古籍出版社 1986 版。

② 关于这一问题的后续研究，可参看叶晔《汤显祖评点〈花间集〉辨伪》，《文献》2016 年第 4 期。

“词为诗余”本是明人较为通行的一种词体观念，由于汤显祖没有留下系统的词学论述，要全面了解汤氏的词学思想无疑相当困难。尽管如此，我们从徐朔方先生笺校《汤显祖全集》所选录的若干花间词评语中，仍可体味到汤显祖一贯持有的重情、尚变的审美理想。

（原刊《武汉大学学报·人文科学版》2013 年第 5 期）

三 “称引”与《牡丹亭》的经典化

——以《西湖二集》为讨论中心

汤显祖《牡丹亭》问世之后，曾被其他文学作品频繁“称引”（征引文辞、援引故事）。思想史研究者已经揭示，“称引”（引用典籍）对于儒家文本的“经典化”而言，具有重要意义；它和“传述”（诠释和理解）一起，不断赋予该文本以“特别的意义、价值和权威”①。《牡丹亭》是文学文本，也是舞台艺术的宠儿，并非仅仅诉诸“阅读”，然而文学文本和思想典籍的“经典化”机制虽不可等而视之，却也隐藏着诸多相通的机制，而就被“称引”和被“传述”（批点、评论等）之频繁而言，《牡丹亭》为古典戏曲文学的翘楚，因此具有重要的样本意义。

明末周楫的拟话本短篇小说集《西湖二集》中，“称引”《牡丹亭》文辞、故事的现象尤为集中，值得关注。

一、称引与模仿：从《牡丹亭》看《西湖二集》

《西湖二集》的成书有一个特点：作者不但从《辍耕录》《剪灯新话》《剪灯余话》《西湖游览志》《皇明从信录》《情史》

① 王中江《经典的条件：以早期儒家经典的形成为例》，《中国哲学史》2002年第2期。

等笔记、小说、类书中选取题材，加以改编、增补或铺陈，从而敷衍成自己的故事，还广泛称引时人耳熟能详的戏曲作品，各种戏曲故事和戏曲文辞经常随手拈来、点化成文。其中，出现次数最多的是汤显祖《牡丹亭》。关于《西湖二集》的刊行年代，郑振铎先生考证大约在明崇祯年间(1628—1644)①，而《牡丹亭》通常认为完成于万历二十六年(1598)，中间也就是三十余年的距离。

《西湖二集》对《牡丹亭》的称引主要有两类：一是行文中直接征引《牡丹亭》的曲辞、宾白，二是叙事中提及《牡丹亭》的人物。关于具体情形和出处，我们用表格统计如下②：

引用	《西湖二集》	相关内容摘要	《牡丹亭》	角色
直接征引曲辞宾白	第三卷	昔老儒陈最良说得好，要“腰缠十万，教学千年，方才贯满”。	第四十五出《寇间》	末
	第四卷	《牡丹亭记》上道：国家之和贼，如里老之和事。天子之守国，如女子之守身。南朝之战北，如老阳之战阴。	第四十一出《耽试》	净
	第十卷	《牡丹亭记》道：这件东西是要不得的，便要时则怕娘娘不舍的；便是娘娘舍的，大王也不舍的；便是大王舍的，小的也不舍的。	第四十七出《围释》	贴

① 郑振铎《中国文学研究》，第394页，人民文学出版社2000年版。

② 本文所参考《西湖二集》，据上海古籍出版社1990年版《古本小说集成》中的影印本，《牡丹亭》则据徐朔方、杨笑梅校注本，人民文学出版社1997年版。不另注。

续表

引用	《西湖二集》	相关内容摘要	《牡丹亭》	角色
直接征引曲辞宾白	第十一卷	有《牡丹亭》曲为证:风灭了香,月倒廊,闪闪尸尸魂影儿凉。花落在春宵情易伤。愿你早度天堂,早度天堂,免留滞他乡故乡。	第二十七出《魂游》	众
	第十四卷	就像《牡丹亭记》道:秀才休送,以避晓风。花落在春宵,情易伤。愿你早度天堂,愿你早度天堂,免留滞他乡故乡。	第二十八出《幽媾》	旦
	第十九卷	免不得像《牡丹亭记》道:鸡眼睛用嘴儿挑,马子儿随鼻儿倒。	第二十出《闹殇》	净
	第二十卷	那《牡丹亭记》说得好,韩子才虽是香火秀才,恰也有些谈吐。	第二出《言怀》	生
		那《牡丹亭记》上道:苗舜钦做试官,那眼睛是碧绿琉璃做的眼睛,若是见了明珠异宝,便就眼中出火,若是见了文章,眼里从来没有,怎生能辨得真假?	第四十一出《耽试》	净
	第二十七卷	《牡丹亭记》道:怕树头树尾,不到的五更风。和俺小坟边立断肠碑一统,怎能够月落重生灯再红!	第二十出《闹殇》	旦
	第二十九卷	却倒像陈最良说的,"六十来岁并不曾晓得伤个春。"	第九出《肃苑》	末
	第三十四卷	有《牡丹亭记》曲为证:兵如铁桶,一使在其中。将折简,去和戎,你志诚打的贼儿通。虽然寇盗奸雄,他也相机而动。你这书生正好做传书用。仗恩台一字长城,借寒儒八面威风。	第四十六出《折寇》	外

续表

引用	《西湖二集》	相关内容摘要	《牡丹亭》	角色
提及《牡丹亭》的人物	第五、第三十四卷	李全　杨妈妈	多处	净 丑
	第十卷	杜丽娘	多处	旦
	第十一卷	李猴儿	第二十三出《秘议》	外 净
		冥府判	第二十三出《秘议》	
	第十二、第二十八卷	石道姑	第二十七出等	净
	第十九、二十九、三十四卷	陈最良	第七出等	末
	第二十卷	韩子才	第二出	丑
	第二十卷	苗舜钦	第四十一出	净

通过此表可知,《西湖二集》直接征引的《牡丹亭》文辞有十多处,被提及的《牡丹亭》人物也有九位,牵涉《牡丹亭》的十余出内容,涵盖了生、旦、贴、净、丑、末、外等脚色。当然《西湖二集》也大量称引了其他戏曲作品,如《西厢记》《琵琶记》《邯郸记》等,但次数要远少于《牡丹亭》。有时周楫似乎并没有去核检原文,只是脱口而出、信手拈来,以至出现了几处小错误也没有察觉。如第二十卷有云“那《牡丹亭记》上道,苗舜钦做试官”,其实当为苗舜宾;第十九卷有云“免不得像《牡丹亭记》道,鸡眼睛用嘴儿挑,马子儿随鼻儿倒”,《牡丹亭》原文其实为“鸡眼睛不用你做嘴儿挑,马子儿不用你随鼻儿倒”,意思完全相

反。如果不是刻工所误,而是有意的改写,那更能见出周楫对《牡丹亭》的喜爱。

周楫之所以反复称引《牡丹亭》,一方面大概是个人兴趣使然,另一方面,《牡丹亭》本身具有成为文学经典的美质,因而在被广泛传唱的同时,也不能不引起案头文学的写作者的重视。沈德符说"《牡丹亭梦》一出,家传户诵,几令《西厢》减价"[①],事实上,如果仅有演剧层面的"传"与"诵",而没有阅读层面不断地被理解和被解释,《牡丹亭》恐怕要和很多闹热一时的作品一样,很快淡出人们的视野,尘封于故纸堆了。周楫《西湖二集》对《牡丹亭》的频繁称引,不仅彰显了《牡丹亭》的文学魅力,也为《牡丹亭》的经典化注入了新的内涵。

然而《西湖二集》并非周楫独创的文学作品,而是改自历史、笔记及其他小说。事实上,我们将《西湖二集》的故事情节与周楫所用的素材进行对比,会发现一些很有意思的改变,它们或明或暗体现了《牡丹亭》的影响,折射出周楫别出心裁的自我意识。

首先,通过增删来传达追慕、模仿《牡丹亭》的意图。如第二十七卷《洒雪堂巧结良缘》一则,有研究者认为直接取材于《剪灯余话》中的《贾云华还魂记》[②],然而《剪灯余话》中的《贾云华还魂记》其实又明显地有元人宋梅洞《娇红记》小说的痕迹。我们将这几则故事相互比较,可见出周楫还受了《牡丹亭》的影响,既有忠实《牡丹亭》原作的称引,也有别出心裁的改写。

---

① 沈德符《顾曲杂言》,《中国古典戏曲论著集成》(四),第 206 页,中国戏剧出版社 1959 年版。

② 参看梁冬丽《话本小说与诗词关系研究》,第 117 页,中国社会科学出版社 2013 年版。

《剪灯余话》之《贾云华还魂记》中,有几处和《娇红记》有关的称引,比较明显的,一是:"(贾云华)携侍姬兰苕,潜至其室,遍阅简牍,见有《娇红记》一册,笑谓苕说曰:'郎君观此书,得无坏心术乎?'"①另一处是魏生向娉娉表白,娉娉回答说:"第恐天不与人方便,不能善始令终,张珙、申纯,足为明鉴。"②这显示了《剪灯余话》作者对《娇红记》小说的热好,然而《西湖二集》中的《洒雪堂巧结良缘》不但删除了这两处,还增加了《贾云华还魂记》中没有的《牡丹亭》曲词,有云:"果然是《牡丹亭记》道:怕树头树尾,不到的五更风。和俺小坟边立断肠碑一统,怎能够月落重生灯再红!"这是用来烘托凄凉氛围,从叙事艺术来看,比《剪灯余话》更为细腻。不但如此,作者又在末尾添上一首诗,有云:"《还魂记》载贾云华,尽拟《娇红》意未嘉。删取烦言除剿袭,清歌一曲叶琵琶。"作者还把《贾云华还魂记》中放置末尾的一阕词,挪到开头作为入话,其中一句有云:"想传奇、又添一段,勾栏里做《还魂记》。"

一删一增,可见作者之态度。周楫似乎认为,《贾云华还魂记》模仿小说《娇红记》立意不嘉、艺术平庸,故在改写时,有意"删取烦言除剿袭",将《娇红记》的有关内容删去,并增加《牡丹亭》中的曲词,追慕、模仿《牡丹亭》的意图暴露无遗。而且,开篇之词和末尾之诗,一头一尾相互呼应,皆强调"《还魂记》"。这里《还魂记》,殆有双关的意味,一指《贾云华还魂记》,作者希望在《贾云华还魂记》之外,再为勾栏添一《还魂》;一指《牡丹亭还魂记》,表明作者模拟《牡丹亭还魂记》的意图。

---

① 李昌祺《剪灯余话》,第 273 页,上海古籍出版社 1981 年版。

② 李昌祺《剪灯余话》,第 277 页。

其次,在故事情节方面模仿《牡丹亭》的一些关目。如《西湖二集》第十一卷《寄梅花鬼闹西阁》,这则故事大抵取材于《剪灯新话》中的《寄梅记》①,但《寄梅记》故事非常简短,缺乏细节,艺术性较差,于是周楫改编时对原有内容进行了新的敷衍、增饰,特别是新增女主人公琼琼的魂游情节和廷之做道场的情节。魂游情节和道场情节是《牡丹亭》中的重要关目,出自《牡丹亭》第二十七出《魂游》,因为舞台演出的需要,《魂游》一出后来被一分为二,成为两出戏,这两个情节不但为历代读者所欣赏,更为表演艺术提供了再演绎的丰富空间②。此外,为了渲染氛围,表明其模拟《牡丹亭》的意图,作者还特地添加了一段《寄梅记》中没有的《牡丹亭》曲辞:“风灭了香,月倒廊,闪闪尸尸魂影儿凉,花落在春宵情易伤。愿你早度天堂,早度天堂,免留滞他乡故乡!”这几句曲辞情调凄凉,用在这里非常合适,既衬托了氛围,也使得故事的主旨更为深刻。

当然,以上只是改写,大抵多为细节,然而细节的处理往往反映出写作者的精密文思和潜隐的审美趣味、价值追求。细究周楫的改写,可见他对《牡丹亭》推崇备至,以至于要以《牡丹亭》为模拟的对象了。

二、有曲为证:《牡丹亭》“权威性”的确认

宋元话本即已出现引用曲子的情况,入明以后的小说引用俗曲、戏曲就更为常见了。最有代表性的或是《金瓶梅》,不但

① 瞿祐《剪灯新话》,第112—114页,上海古籍出版社1981年版。

② 参看吴新雷《〈牡丹亭〉台本〈道场〉和〈魂游〉的探究》,《东南大学学报》2012年第1期。

引用戏文曲辞,还出现了大量对戏曲演出、伶人班社的描写,此外清初《歧路灯》中也有大量戏曲演出、声腔剧种等史料。这种例证还有很多,以至有研究者提出“一部小说史,就是一部活的戏曲史”①。然而细究之,《西湖二集》反复“称引”《牡丹亭》,与这些小说中出现大量戏曲场景有明显不同,它们更类乎古代小说中常见的逸出情节之外的“有诗为证”,不妨称之为“以曲为证”。有时,它们游离于“叙事”之外,承载着代替作者(或叙述人)发表议论、抒发情怀的功能;有时,它们发挥着营造氛围、调侃戏谑的作用,看似“叙事”的一部分,但又不能成为故事情节的有机组成部分。

事实上,周楫改编、创作《西湖二集》时寄托了自己的身世情怀,如《西湖二集序》所云:“不得已而借他人之酒杯,浇自己之垒块,以小说见。”因此,《西湖二集》改编原有素材时,频繁地加入大量议论,通常每个故事的开头都会添加几大段议论,而《牡丹亭》曲辞、宾白就夹杂在这些议论之中。如第四卷《愚郡守玉殿生春》有云:“且不要说那《牡丹亭记》上道:国家之和贼,如里老之和事。天子之守国,如女子之守身。南朝之战北,如老阳之战阴。”第二十卷《巧妓佐夫成名》有云:“那《牡丹亭记》上道:苗舜钦做试官,那眼睛是碧绿琉璃做的眼睛,若是见了明珠异宝,便就眼中出火,若是见了文章,眼里从来没有,怎生能辨得真假?所以一味胡涂,七颠八倒,昏头昏脑,好的看做不好,不好的反看做好。”从这些称引中,我们都可以读出周楫的愤懑。

戏曲本身就是一种抒情性极强的文体,因而周楫也借曲辞、宾白来渲染氛围。如上文所引的第二十七卷《洒雪堂巧结良

① 刘辉《论小说史即活的戏曲史》,《戏剧艺术》1988 年第 1 期。

缘》中,借用杜丽娘弥留之际凄凉哀婉的曲词来抒写贾云华为情而痛、含恨而亡的凄婉之情。二人都是为情而亡,如此借用,不仅有异曲同工之妙,而且恰如其分地烘托出了人物的心情,渲染了悲凉的气氛。

此外,小说同戏曲一样需要面向市井大众,周楫有时信手拈来《牡丹亭》中一些插科打诨的说白,用来说笑逗乐、戏谑打趣。如第十卷《徐君宝节义双圆》:"那《牡丹亭记》道:'这件东西是要不得的,便要时则怕娘娘不舍的;便是娘娘舍的,大王也不舍的;便是大王舍的,小的也不舍的。那个有毛的所在,只好丈夫一人受用。可是与别人摸得一摸、用得一用的么。'"第十九卷《侠女散财殉节》:"免不得像《牡丹亭记》道:'鸡眼睛用嘴儿挑,马子儿随鼻儿倒。'"戏曲和小说的读者有很大的交集,有时甚至面对同样的受众,都追求亦庄亦谐、生动活泼、雅俗相间等审美趣味,《牡丹亭》中固然有很多只有文人学士才能消化、理解的精妙典雅的内容,但也有大量能为市井俗众所接受的曲辞、宾白,因此,《西湖二集》称引《牡丹亭》就既能增加小说文本的文学效果,也能迎合一般读者的审美要求。

戏曲、小说向来被认为是俗文学,鲁迅先生曾指出:"俗文之兴,当由二端,一为娱心,二为劝善。"①《西湖二集》的意旨也不出此二端。周楫大量称引《牡丹亭》及其他戏曲,应该首先是看到戏曲的娱乐性,但另一方面,他也非常重视通过"称引"来实现"劝善"的意旨。

细究周楫称引《牡丹亭》相关内容时,往往有浓郁的道德意味。如第二十九卷《祖统制显灵救驾》中,写祖小官年少时在人

---

① 鲁迅《中国小说史略》,第63页,中华书局2010年版。

家园中读书,园中男主人外出经商十年不回,女主人韩慧娘主动勾引祖小官,被义正词严地拒绝了,韩慧娘不仅不记恨,还暗暗地感激不尽,“从此再不发一毫邪淫之念,保了他一生节操。这是莫大的阴骘,天地神鬼都知”。作者将祖小官比作陈最良,“是天生的一尊活神道,铁石心肠,那里晓得‘邪淫’二字,虽然年纪后生,却倒像陈最良说的,‘六十来岁并不曾晓得伤个春’”。因为像陈最良知道礼义廉耻,不会做破败伦理、伤坏风俗之事,祖小官后来一直做官做到统制,无疾而终,死后化身为庇护天下苍生之神,受到百姓供养和朝廷追封。

“劝善”有正面的劝诫,也有反面的讽刺。如第四卷《愚郡守玉殿生春》有一段云:

> 若是举子命运好,且不要说《牡丹亭记》上道“国家之和贼,如里老之和事。天子之守国,如女子之守身。南朝之战北,如老阳之战阴”这样的文字要中状元,就是“之乎者也矣焉哉”七个字颠来倒去写在纸上,越觉得文字花碌碌的好看,越读越有滋味,言言锦绣,字字珠玑。就是那“两只烧鹅朝北走”“屋里青山跳出来”那般对句,安知没有试官不说他新奇出格有趣?

这里所引用的文字,出自《牡丹亭》第四十一出《耽试》。主考官苗舜宾因能识别蕃回宝色,被钦点为试官,到京城典试,为国家选拔人才,但他似乎没有衡文的眼力,连“国家之和贼,如里老之和事”这样粗浅俚俗的文字也能中状元。这一出原本是汤显祖有意设置,可能掺入了他青少年时代的科考经历和人生体会,调侃戏谑,而到了周楫的时代,科举越发腐败,甚至荒唐可笑,有的试官连“‘之乎者也矣焉哉’七个字颠来倒去写在纸上”,也会觉得字字珠玑，连“两只烧鹅朝北走”“屋里青山跳出来”这样荒唐的对句，也会觉得新奇出格。

“有诗为证”是古代小说的常见现象，甚至成为一种套路：开篇有诗，结尾有诗，才子佳人更是随时随地都在吟诗。《西湖二集》一反小说中“有诗为证”的传统，将《牡丹亭》当作“宝典”一样频频征引，这种写法对于《牡丹亭》的经典化而言，具有一定的象征意义。作为一种预设着明显目的性的言说方式，如前所述，“称引”于有意无意之间，赋予了被称引对象种种特别的意义、价值乃至权威。有研究者指出，“文学经典化”其实是文学各种内外要素于“他律”与“自律”之间的一种历史建构①。倘如此，不管一个文学文本具有多少独特的内在体性（所谓“经典性”），如果这些东西不能被发掘、被认同，那么它能否成为“经典”，就会是一个疑问。

三、从“称引”到“尊体”

当然，《牡丹亭》毕竟不是传统儒家思想意义上的经典，它只是一部戏曲，居于文类价值序列中的较低位置；《西湖二集》也只是小说，作者称引《牡丹亭》就不会像后世儒家学者称引“四书五经”一样，作为“知识和价值的源泉”，“为自己的观念和价值寻求合理性和正当性”②。事实上，周楫在反复“称引”《牡丹亭》以确立《牡丹亭》权威性的同时，有时也有一些偏离原作

① 参看童庆炳《文学经典建构诸因素及其关系》，见童庆炳、陶东风主编《文学经典的建构、解构与重构》，第 80 页，北京大学出版社 2007 年版。

② 王中江《经典的条件：以早期儒家经典的形成为例》，《中国哲学史》2002 年第 2 期。

意趣的改写或再发挥。

如《牡丹亭》中有特点的人物形象并不少，而《西湖二集》则对老儒陈最良表现出特别的兴趣，出现次数最多。《牡丹亭》大抵是将陈最良作为一迂腐老儒来写的，虽不乏戏谑、嘲讽的意味，但大抵保持了一种适度、温润的基调。特别是后半部，陈最良的急人所难给读者（观众）留下了深刻印象。《西湖二集》频繁提及陈最良，通常情况也是意在讥讽，这可能与周楫潦倒、贫困的读书人身份有关，但有时，其讽世的态度则显得非常的尖锐，超出了《牡丹亭》的这一基调。如第十九卷《侠女散财殉节》中这么一段文字：

> 那些医人并无天理之心，见那个医人医好了几分，这个人走将来，便说那个医人许多用药不是之处，要自己一鼓而擒之，都将来塞在荷包里；见那个人用暖药，他偏用寒药；见那个人用平药，他偏用虎狼药；不管病人死活，只要自己趁银子。伟兀氏原是大富乡宦之家，凡是医人，无不垂涎，见他家来接，不胜欣幸之至。初始一个姓赵的来医道：“我如今好造房子了。”又是一个姓钱的道：“我如今好婚男了。”又是一个姓孙的道：“我如今好嫁女了。”又是一个姓李的道：“我如今有棺材本了。”温凉寒燥湿的药一并并用，望闻问切一毫不知，君臣佐使全然不晓，王叔和的《脉诀》也不知是怎么样的，就是陈最良将《诗经》来按方用药，“既见君子，云胡不瘳”，“之子于归，言抹其马”等方也全然不解……这朵那女虽然聪明能事，却不曾读得女科《圣惠方》，勉强假充医人不得。

这里作者将“虎狼之医”和《牡丹亭·诊祟》一出中的陈最

良相提并论,从“忠实于”《牡丹亭》原作的角度看,颇有些突兀。“虎狼之医”毫无天理,眼里只有银子,全然不顾病人的死活,不会望闻问切,不会把脉,更不知如何用药,而《牡丹亭·诊祟》中的陈最良虽然闹了很多笑话,如按《诗经》开处方,看脉时错按丽娘手背等等,但他好歹还知道女科《圣惠方》,知道王叔和《脉诀》,知道望闻问切。再者,陈最良毕竟是读书人,还有学问,虽然陈腐,还守礼法,而《西湖二集》的这些“医人”所为之事完全失去了道德的底线。显然,周楫将自己对社会的观察和个人的感慨融入了“陈最良”这一形象之中,显示了周楫作为一个读者(接受者)对《牡丹亭》原作的相关内容作了带有“偏离性”的解读,并将这种解读运用于他的文学写作中。

陈最良只是《牡丹亭》中的次要人物,与其相关联的内容也往往并非《牡丹亭》的“核心关目”或重要情节;与杜丽娘、柳梦梅相关的“至情”内容,才是《牡丹亭》最受关注的部分,也往往被认为是最能体现《牡丹亭》“经典性”的部分。然而,综合周楫的相关“称引”来看,他对《牡丹亭》的接受与理解,显得颇为特殊——周楫似乎并不特别关注《牡丹亭》中向来受到读者关注和舞台重视的“情不知所起,一往而深;情之所至,生者可以死,死者可以生”的相关内容,而偏偏留意、重视那些游离于男欢女爱主线之外的沉重的社会批判。他不仅称引了《牡丹亭》的这些“讽世”内容,将自己的满腔怨愤灌注于《西湖二集》中,还努力希望借此来警醒世人。尽管总体而言,依然是一种调笑戏谑、劝善讥讽的基调,然而,“称引”之中却往往折射了作者的道义,笔锋所向则是现实社会的不合理。这种有倾向的、选择性的“称引”,或许偏离了《牡丹亭》的“至情”主题,然而我们又不能不说,在明末清初的曲学家们和读者(观众)们大都将《牡丹亭》

视为“风情”之作的那个年代,这是周楫的一个洞察,也是周楫作为下层文人对《牡丹亭》文本多重“意义空间”的一种直觉。藉此,不管是《牡丹亭》还是《西湖二集》,都获得类似传统诗文一样的批判性功能,《牡丹亭》作为一种戏曲文本,其社会性价值也得到了曲折的抬升。

事实上,《西湖二集》的素材来源非常广泛,很多故事、情节都有其渊源所自①。从一个角度看,这种无处不在的“掉书袋”式写法,体现了古代小说创作“世代累积”的基本特点,或许不足为奇;也正因为其渊源有自、无处不在,容易使人忽视周楫独具匠心的改写、提升。然而,从汤显祖《牡丹亭》到周楫《西湖二集》,从频繁的“称引”到有意识的“模仿”,再到这种“偏离性”的接受,其间可玩味之处甚多——这既体现了《牡丹亭》文本的复杂性、包容性,或者说,隐含着丰富的可供阐释的“意义空间”,证明它具有成为“经典”的诸多内在品质(所谓“经典性”),也说明了传播和接受作为一个文本彰显“经典性”的重要环节,同样具有复杂性、多样性。

这背后,其实还牵涉许多戏曲家都关注的“尊体”问题,即如何看待戏曲文学的价值与意义。对于戏曲而言,推尊其文体、肯定其价值,是“经典化”的前提和基石。曲体得不到尊崇,曲作的意义和价值就要受到质疑。《西湖二集》频繁出现“有《牡丹亭》曲为证”“《牡丹亭》说的好”“那《牡丹亭》上道”等说法,以及类似的“有董解元《弦索西厢》曲为证”“就像《西厢记》说的光景”“像《琵琶记》上道”“有《邯郸记》曲为证”等等,这些显

① 参见李鹏飞《〈西湖二集〉的题材来源丛考》,《中国典籍与文化》2011 年第 2 期;任明华《〈西湖二集〉素材来源考补》,《中国典籍与文化》2014 年第 4 期。

然是对戏曲文学的经典意义和价值的一种确认。而且,作者在大量使用"以曲为证"的同时,也保留了传统的"有诗为证",它们交替出现、并行不悖,这些做法有助于破除传统的文体尊卑观念。

有的地方,作者称引《牡丹亭》的同时,也在称引传统的诗文名篇,乃至儒家经典。如第十九卷《侠女散财殉节》有云:"免不得像《牡丹亭记》道:'鸡眼睛用嘴儿挑,马子儿随鼻儿倒'",在随后的内容中,又征引了一首刘禹锡的《消失婢》、苏东坡的《咏婢》,以及《世说新语》中郑玄两个丫鬟用《诗经》问答的故事。又如第四卷《愚郡守玉殿生春》有云:"若是举子命运不好,就是孔夫子打个草稿,子游、子夏修饰词华,屈原把笔,司马相如磨墨,扬雄捧纸,李斯写字,做成一篇锦绣文字,献与试官,那试官把头连摇几摇,也不过与'上大人,孔乙己'字儿一样。若是举子命运好,且不要说《牡丹亭记》上道……"这里,与《牡丹亭》的虚构人物同时出现的,是被写入史书的往圣先贤,这既反映了明末民众(包括作者)对《牡丹亭》的热好,从"经典化"的角度看,则是对《牡丹亭》权威性、经典性的一种确认。戏曲文体的价值,于此多少也获得了与传统经史子集并立的可能。

只有尽可能地推尊曲体,原本被视为"小道末技"的戏曲文学才有可能和传统诗文一样,得到足够的尊重和认可。推尊曲体有多种方式,更有不同的途径,周楫的"称引"是有选择性,更是有倾向性的,他往往重视发掘戏曲的议论("载道""言志")功能,这其实是对"风骚"传统的一种继承和发扬。而这种发掘与发扬,或许会偏离作者和文本"原有的"(如果存在的话)的意旨,但对于《牡丹亭》的经典化而言,却具有重要的意义。

因为长期居于文体价值序列的底端,戏曲文学的"经典化"

机制相对于正统诗文而言,或许要复杂得多。有学者甚至认为,戏曲的“经典性”是清末民初以来我国文学观念“现代转型”的产物,这种看法值得斟酌,因为传统曲学其实早已预埋了五四之后《西厢记》《牡丹亭》等戏曲经典相关论说的某些伏笔[①]。而通过考察《西湖二集》与《牡丹亭》之间的关联,我们认为,明清文学创作中的“称引”也是古代戏曲文学“经典化”历史进程中的重要环节,“称引”(征引文辞、援引故事)和“传述”(评点、批评)都可以视为戏曲经典的“次生层”[②]。文学史上类似现象还有很多,《牡丹亭》并非个例[③],其意义和作用值得进一步发掘。

(原刊《戏曲研究》第97辑,与博士生李越合写)

---

① 参看程芸《明代曲学复古与元曲的经典化》,《文艺理论研究》2014年第1期。

② 关于“次生层”,可参看詹福瑞《论经典》第六章,人民文学出版社2015年版,第153页。

③ 陈皆平《〈西湖二集〉与〈牡丹亭〉》(见《浙江大学学报》1993年第1期)较早对这一事例做了探讨,然作者的结论是“中国进步的文学传统自有它的发展继承关系”,似有不足。

四　明代曲学复古与元曲的经典化

明代曲家推尊正音、崇尚本色、宗法元人，又试图以北曲之宫调、韵律为参照系来重整南曲体制，体现出明显的复古倾向。“曲学复古”结合着种种社会历史条件，为“元曲经典化”营造出普泛性的文化空间。这里“元曲经典化”，包括元曲作品的经典化与元曲文体的经典化①，兼指散曲和剧曲，涵盖北曲与南曲。“文学经典化”被视为文学各种内外要素于“他律”与“自律”之间的一种历史建构②，从这个角度看，明代曲学复古正是“元曲经典化”进程的一个关键环节，它揭示了元曲美学层面的内在体性、特质，呈现出元曲经典建构的内在理路，也为晚近以来的某些元曲经典论说埋置了伏笔。

---

① 文体经典化论题的提出，值得学界特别关注，参看吴承学《“中国文体学专题”主持人语》，贾奋然《经典文体与文体的经典化》，《文艺理论研究》2013年第1期。

② 童庆炳《文学经典建构诸因素及其关系》，见童庆炳、陶东风主编《文学经典的建构、解构与重构》，第80页，北京大学出版社2007年版。

一、尊体:“正音”与“新声”

南北曲文学通常居于古代文体价值序列的最低端①,因此“推尊曲体”成为元曲经典建构的一个逻辑前提。明代曲学的“尊体”大略而言,以推尊北曲为先导,然后波及南曲;或者说,南曲的功能与意义是在与北曲(尤其是元代北曲)的比较中得以确立的。

抬升北曲地位的努力元代后期已经很明显了,如周德清《中原音韵》“有文章者谓之乐府”“无文饰者谓之俚歌”之说,接续了北散曲与文人诗歌之间的关联,而曾任奎章阁侍书学士的虞集为《中原音韵》作序时,又将其标榜为继承“雅乐”传统的“正声”。明人对于北曲的“尊体”,其论说方式往往如出一辙:一方面将元曲的源头追溯为上古歌谣或两汉乐府,从诗歌史的角度建立元曲与前代音乐文学之间一脉相承的谱系;另一方面,则是从礼乐传承的角度论定北曲乃先代雅乐之遗脉,视其为“正音”或“正声”。明代以复古为导向的朝廷“雅乐”重建活动,及其与包括北曲(“胡乐”)在内的“俗乐”难以切割的千丝万缕联系,对于抬升北曲在古代文体价值序列中的地位,发挥了关键作用。

明初太祖重建礼乐系统时极力反对元代音乐的渗入,据宋濂《洪武圣政记》“新旧俗第七”记载,朱元璋曾有云:“元时古乐

---

① 有研究者指出:“从中国古代文体产生和发展的历史来看,文体自身早就形成了一个与礼仪制度、意识形态密切相关的价值序列,并因其不同的社会功用而分列于不同的位置,自然形成了尊卑高下的价值等级。”参看王长华、郗文倩《中国古代文体的价值序列》,《文学遗产》2007年第2期。

俱废,惟淫词艳曲更唱迭和,又使边塞之声与正音相杂,甚者,以古先帝王祀典神祇饰为队舞,谐戏殿廷,殊非所以道中和崇治体也。今所制乐章,颇协音律,有和平广大之意。自今一切流俗喧侥淫亵之乐,悉屏去之。"①只是"古乐"("雅乐""礼乐")的重建并不能回避今乐("俗乐")的存在,洪武二年八月诏修、洪武三年九月成书的《大明集礼》"乐三"中将"俗乐"与"钟律""雅乐"分列,即为明证。事实上,明代前中期上层社会和文人士大夫依然延续元人喜爱北曲的风尚。据《明史》卷六十一《志第三十七·乐一》记载,明太祖保留了隶属礼部的教坊司,大朝贺、大宴飨之时皆须设"中和《韶乐》",而"殿中《韶乐》,其词出于教坊俳优,多乖雅道",以至于"十二月乐歌,按月律以奏,及进膳、迎膳等曲,皆用乐府、小令、杂剧为娱戏。流俗喧侥,淫哇不逞。太祖所欲屏者,顾反设之殿陛间不为怪也。"故明太祖虽"锐志雅乐",但在后人看来,其实不切实际,所谓"掌故阔略,欲还古音,其道无由"。

又据《南词叙录》记载,朱元璋非常喜欢《琵琶记》,"日令优人进演。寻患其不可入弦索,命教坊奉銮史忠计之。色长刘杲者,遂撰腔以献,南曲北调,可于筝琶被之;然终柔缓散戾,不若北之铿锵入耳也。""弦索"在明初只专用于北曲,这次不成功的改革表明,明初南北曲的差异不仅仅意味着音乐曲调、风格特色的分野,更体现了二者在整个社会文化系统中品位的距离。又据都穆撰、陆采编次《都公谭纂》记载,南戏在英宗天顺年间曾进入北京,"吴优有为南戏于京师者,门达锦衣奏其以男装女,

① 宋濂《洪武圣政记》,《丛书集成新编》第119册,第532页,台北新文丰出版公司1985年版。这里"边塞之声",清同治光绪年间永康胡氏退补斋刻《金华丛书》本之《洪武圣政记》作"胡虏之声",或更准确。

惑乱风俗。英宗亲逮问之,优具陈劝化风俗状,上命解缚,面令演之。一优前云:‘国正天心顺,官清民自安’云云。上大悦,曰:‘此格言也,奈何罪之?’遂籍群优于教坊,群优耻之。驾崩,遁归于吴。”“耻之”“遁归”云云既凸显了吴地南戏艺人的自尊,细究之似也表明:俚俗的南曲戏文要在以擅演北曲的宫廷教坊长久立足,仅仅依靠最高统治者的个人偏向尚不能奏效,还需等待整个社会审美风尚的改变。

就在与朝堂礼乐文化的互动、互渗中①,北曲的地位也发生着微妙变化。朱权《太和正音谱》只论北曲,本无关乎国家制度层面的礼乐,却被视为延续“雅乐”传统的著作(又名《北雅》),然而嘉靖年间重议大礼时,北曲再次被重建礼乐的复古者当作一大障碍。如黄佐、虞道南《殿阁词林记》卷二十二就有感于“新声代变,俗乐杂乎雅,胡乐杂乎俗,而怗懘噍杀之音、沈溺怪幻之伎作矣”,主张“革去胡乐之部,凡淫哇之声有乱乎正音者,斥之不使复用”,北曲独尊的地位再次面临质疑。事实上,此时北曲不但在社会上层遭遇以“正音”相标榜的雅乐重定者的激烈反对,在民间还要面对另一种“新声”的巨大冲击,即南曲的崛起。

在嘉靖时期人张羽看来,方兴未艾的南曲之于北曲的冲荡无疑是曲坛厄运,其《西厢挡弹词序》有云:“国初词人,仍尚北曲,累朝习用无所改。更至正德之间特盛。毅皇帝御制乐府,率皆北调,京师长老,尚能咏歌之。近时吴越间人,乃弃古格,改新声,若《南西厢记》及公余漫兴等作,鄙俚特甚,而作者之意微

① 关于明代礼乐重建与戏曲观念的嬗变,相关研究可参看李舜华的《礼乐与明前中期演剧》(上海古籍出版社2006年版),论述极为周详、严密。

矣，悲乎！”[①]这里“新声”，一是《南西厢记》这样可供舞台演出的文人传奇，二是用于清唱的文人散曲。《西厢挡弹词序》作于嘉靖丁巳年(1557)，但其实民间戏曲格局的这种南北隆衰的变动早在成化、弘治年间就露出苗头，正德、嘉靖以后则为大势所趋，这就是为陆容《菽园杂记》所记载，后又被祝允明《猥谈》、杨慎《丹铅摘录》、王骥德《曲律》等一再确认的南戏诸声腔的分化与流播，尤其是海盐腔、昆腔的相继崛起。

南曲诸声腔的勃兴，固然也带来了对北曲传统地位的质疑，如《南词叙录》就有明言，“北曲岂诚唐、宋名家之遗？不过出于边鄙裔夷之伪造耳”，但《南词叙录》在明清时期仅以抄本秘藏着，直至民国六年(1917)为董康《读曲丛刊》刊行后才广为人知，这种以贬抑北曲为途径来推尊南曲的看法是否在明代具有代表性，大可存疑。事实上，更多的文人依然留恋北曲尤其是北散曲的光彩。如刘良臣《西郊野唱引》有云：“正德以来，南词盛行，遍及边塞，北曲几泯，识者谓世变之一机……世顾以为胡乐而鄙之，岂其然哉！……夫大河南北，泰华东西，实古中原之地，圣帝明王之所经营疆理，以立人极者也，岂金元氏所得而私之！……盖是曲得天地之正气，为中原之正声。”[②]这里刘氏“中原正声”之论，既折射出元人虞集、罗宗信《中原音韵序》的痕迹，也可追溯到朱权《太和正音谱》的影响。而到了王世贞《曲藻》那里，南曲则被定性为北曲“复变”之后的产物，有云：“东南之士未尽顾曲之周郎，逢掖之间，又稀辨挝之王应。稍稍复变新

① 蔡毅《中国古典戏曲序跋汇编》(二)，第257页，齐鲁书社1989年版。

② 俞为民、孙蓉蓉《历代曲话汇编：新编中国古典戏曲论著集成：明代编》(第一集)，第249页，黄山书社2009年版。

体，号为‘南曲’。”嘉靖、隆庆年间以来，随着昆曲新声“水磨调”的崛起及其与文人传奇的结合，从儒家礼乐传统、“乐教”思想和“正音”观念中寻求戏曲活动的价值依托从而抬升曲体地位的声音更为普遍了①。这种从文人北曲那里寻绎“正音”传统的努力，与在南戏诸变体声腔系统内将新兴昆腔定位为“正声”遗脉的论说，其实相互呼应，进一步促进了明代曲学“尊体”意识的凸显。

曲体的地位若不能抬升，曲作的美学价值就得不到充分发掘，反之，曲体的社会意义和功能也就难以被认可。明代曲学以复古为导向的“尊体”意识，在元曲经典的历史建构过程中具有至关重要的作用。它意味着“元曲”作为背负“卑俗”之名的一种文体，因其为主流意识形态所延纳而获得了一定的合法性，并由此有可能转化为主流文学思想可以认同的典范性文学传统的一部分。

二、辨体：“本色”与“当行”

“本色”“当行”之说在明代曲学中引人瞩目，其论说争辩之频繁、牵涉曲家曲作之集中，从一个角度说明了元曲经典化历程的复杂性。如研究者所指出的，“历史上关于文学‘经典’的定义大多持程度不等的普遍主义和本质主义立场，即认为经典之所以为经典必定具有自己内在的本质规定，虽然在经验的层面谁也不否认存在由所谓‘外力’（不管是政治的力量、经济的力

① 关于古代曲学的“尊体”问题，还可参看程华平《试论推尊曲体与古代戏曲的文体建构》，《文艺理论研究》2009 年第 6 期。

量、种族的力量或媒介的力量)宰制经典的现象,但是他们还是坚持这种情况不足以得出经典完全没有自己内在规定性的相对主义结论"①,因此人们通常不会否认,经典之所以成其为经典,必有其内在的规定性;作为一种历史建构的"元曲经典化"亦可作如是观,它也是对元曲内在体性、审美特质的揭示。"本色""当行"之说不但揭示出元曲美学层面的诸多内在规定性,也因为涉及具体作家作品高下、优劣的估衡,而在客观上为晚近以来的元曲经典论说提供了一个可资参考的谱系。

文学思想层面的"本色"之说,可追溯到刘勰《文心雕龙》"通变"篇,有云:"今才颖之士,刻意学文,多略汉篇,师范宋集,虽古今备阅,然近附而远疏矣。夫青生于蓝,绛生于蒨,虽逾本色,不能复化。……故练青濯绛,必归蓝蒨;矫讹翻浅,还宗经诰。斯斟酌乎质文之间,而隐栝乎雅俗之际,可与言通变矣。"②这里以蓝、蒨"本色"(本来颜色)与青、绛的关系来比拟"汉篇"与后出之"宋集"的关系,从思维方式看,显示出经验主义式的连类、比附的特点。另一方面,刘勰又从"宗经""通变"的高度,提出文学创作应折冲于质与文、雅与俗之间的主张,这就为"本色"这样一个原本平淡直白的中性词汇,贯注了幽微难言、言人人殊的审美评判,乃至带有先验主义意味的伦理评判和历史评判。黄侃先生的《文心雕龙札记》曾精辟指出:"彦和此篇,既以通变为旨,而章内乃历举古人转相因袭之文,可知通变之道,惟在师古。"③可见,"本色"一词最初用于文学批评时,其表层的

① 童庆炳、陶东风主编《文学经典的建构、解构与重构》,第1—2页,北京大学出版社2007年版。

② 黄霖编著《文心雕龙汇评》,第103页,上海古籍出版社2005年版。

③ 黄侃《文心雕龙札记》,第88页,上海古籍出版社2000年版。

指向似乎是审美判断,但其深层的依据却是"宗经"的伦理判断和"师古"的历史判断,并由此为后人以复古为导向的文学经典论说预设了一条内在的逻辑理路。

明人的"当行""本色"说特别关注曲体之于诗体、词体的异同,究其理路,宋代诗学与词论才是明代曲学这一流行话题更为切近的思想资源。宋代因表演艺术的发达,特别是宋词演唱艺术的流行,"本色"之说又与"当行"之说联系起来,成为诗论与词论中引人注目的一种文学观念。代表性言论,如陈师道《后山诗话》有云:"退之以文为诗,子瞻以诗为词,如教坊雷大使之舞,虽极天下之工,要非本色。"赵令畤《侯鲭录》卷八有云:"黄鲁直间为小词,固高妙,然不是当行家语,乃著腔子唱好诗。"严羽《沧浪诗话·诗辨》有云:"大抵禅道惟在妙悟,诗道亦在妙悟。且孟襄阳学力下韩退之远甚,而其诗独出退之之上者,一味妙悟而已。惟悟乃为当行,乃为本色。"影响最大的是陈师道,尽管他这里也隐约透露出刘勰式的先验主义倾向,特别是伦理判断、历史判断与审美判断的混溶不分①,但并不妨碍明人对其更为显豁的"辨体"意图的认同和发挥。如嘉靖时期人李开先的《西野春游词序》有云:"词与诗,意同而体异,诗宜悠远而有余味,词宜明白而不难知。以词为诗,诗斯劣矣;以诗为词,词斯乖矣。……用本色者为词人之词,否则文人之词矣。"②这里所

① 王昆吾指出,历代词论中的"本色""雅正"之说"往往同道学风尚相关。词史研究总是摆脱不了这两种理论的影响,因而总是把关于文学的历史形式的判断混同于关于文学内容的伦理判断和审美判断。"参看王昆吾《隋唐五代燕乐杂言歌辞研究》,第 2 页,中华书局 1996 年版。

② 俞为民、孙蓉蓉《历代曲话汇编:新编中国古典戏曲论著集成:明代编》(第一集),第 249 页,黄山书社 2009 年版。

谓“词”,其实是文人散曲;而《西野春游词》的作者袁崇冕与李开先都是山东章丘人,联系李开先不擅南曲,甚至因不谙吴音而受到王世贞的讥讽,此处以“本色”论曲,主要是对北曲审美特质的一种概括。

就现有文献来看,明人曲学中的“当行”“本色”论集中于嘉靖年间以后,其“辨体”的重心往往专注于曲体的语言风格。如何良俊《曲论》有云“《西厢》全带脂粉,《琵琶》专弄学问,其本色语少”,徐渭《题〈昆仑奴〉杂剧后》所云“语入要紧处,不可着一毫脂粉,越俗,越家常,越警醒,此才是好水碓,不杂一毫糠衣,真本色”,吕天成《曲品》所云“当行兼论作法,本色只指填词”,凌濛初《谭曲杂札》所云“曲始于胡元,大略贵当行不贵藻丽。其当行者曰‘本色’。盖自有此一番材料,其修饰词章,填塞学问,了无干涉也”,等等,主要关乎曲体文学写作的语言表达问题。明人不但非常敏感曲体与诗体、词体语言风格的差异,还往往将这种敏感上升为一种美学价值维度上的高低、优劣判断。而且,我们还注意到,明人使用“乐府”概念时往往淡化散曲与剧曲的区别,但却详于南、北曲不同传统的分疏,且都推许元人、古曲,尤其是元人北曲,这些或许可以说明,明代曲学的“辨体”与“尊体”其实是同一个问题在两个向度的逻辑展开。

于是,能否体现元代曲体文学的基本特质,成为他们立论的一个主要标尺。如万历年间的吴中曲坛领袖沈璟在《答王骥德》中曾感慨,“作北词者难于南词几倍,而谱北词又难于南词几十倍。北词去今益远,渐失其真。而当时方言及本色语,至今多不可解。”而他的《南九宫十三调曲谱》卷四中甚至直以“大有元人北曲遗意,可爱”来称赏早期南戏《王焕》中的〔蔷薇花〕一曲。尽管明人也留下了一些针对曲体类别的差异性的论说,如在选本中有意识区别“时曲”与“戏曲”，在不同场合使用“杂剧”与“传奇”，强调叙事之于“剧戏之道”的重要，“结构”“主脑”等观念的初露，等等，但这些观念的表达在明代鲜有引起回应或发生争论的，而是往往呈现出“自话自说”的状态，与“本色”“当行”的频繁辩争形成了明显反差。

另一方面，联系正德年间以来，尤其是嘉靖、隆庆年间以来，北曲“正音”光芒的消逝、南曲“新声”魅力的展现这一不可挽回的“曲运隆衰”大趋势，明人之所以不断辩争“本色”“当行”话题，其实指向了一个更为紧迫的现实问题：应该如何从曲体文学的传统中去确立、总结曲体文学自身的典范性美学特征，以回应当下文本实践与舞台实践的挑战？

所谓“宋元之旧”（见徐渭《南词叙录》）、“元人遗意”（见沈璟《南九宫十三调曲谱》）等等，其实微妙难言，而明人对“当行”“本色”的理解也是众说纷纭，或析言之、或合论之，或以当行言本色、或以本色论当行，或重在“音律”、或重在“剧戏”①，虽不能达成共识，却又推尊着同一个具有类群性质的对象——“元人旧曲”。其原因就在于，明人的“本色”“当行”之说并非仅仅是一种“眼光向后”的基于阅读经验的感性描述，而是包含着诸多的当下意识、现实关怀。从这个角度看，“元人旧曲”既作为一种文体学意义上的“文学典范”，也作为一种表演学意义上的“戏剧典范”，成了明代曲学建构中经典意识赖以张扬的重要参照系。这就表明，明代曲学“辨体”意识的聚焦处，并不在于深究曲体文学作为一个大的文体系统其内部的差异性，而在于塑造作为整体的曲体文学其统一的美学规范，并试图建构起曲体

① 可参看解玉峰《明代曲论中的当行论》，《学术月刊》1999 年第 9 期。

文学不同于诗词传统的经典谱系。

维护“元人旧曲”的“当行”“本色”传统,既是明人对元曲经典的一种历史建构,也是在试图规范当下“今曲”的典范性美学特征。因此,这种从“本色”“当行”观念中折射出来的以推赏“元人旧曲”为导向的复古式“辨体”思维,在论定具体作品的价值时虽然也时常引发歧见,但种种争议的存在,其实也正是相关文本“不断地被征引和传述”的一个经典化过程①,《西厢记》《琵琶记》《拜月亭》《牡丹亭》等南北曲的经典地位由此得以确立。

三、创体:“宫调”与“曲韵”

明嘉靖以后,南杂剧的出现和传奇体制的规范化相互依托,进一步颠覆了曲体文学领域内北曲独尊的主导性地位。戏曲史家周贻白先生曾有云:“明代传奇不妨说是参合南戏和元剧而产生出来的另一种形式,其和南戏不同的地方,也许竟和元剧有关,不必皆为明人的创体。”②此说极为精当。明中叶以后文人传奇的体制化、规范化,特别是“新传奇”体制的确立,相当程度上是以北曲为参照标准的,这主要体现为:其一,确立南曲宫调系统的严整和统一;其二,确立南曲用韵标准的规范性。而前者又具有更根本的意义,因为在传统曲学看来,只有明确了曲调的宫调归属这一“乐体”文体,才有可能进一步去深究用韵、句式、

① 王中江指出:“儒家典籍的经典化过程,是一个不断被征引和传述的过程。”参看《经典的条件:以早期儒家经典的形成为例》,《中国哲学史》2002年第2期。

② 周贻白《中国戏剧史》,第356页,中华书局1963年版。

平仄等“文体”的问题，这就是《闲情偶寄》“词曲部·音律第三”所强调的：“从来词曲之旨，首严宫调，次及声音，次及字格。”自周德清《中原音韵》、朱权《太和正音谱》以来，北曲曲调向来被认为有较明确的宫调归属，北曲联套又大都体现了宫调的主导性，而据现有文献，未见有明人对北曲宫调说持异议的。至于南曲有无宫调系统、联套有无通则，明代曲家可谓各执己见。

如祝允明《猥谈》批评南戏“略无音律腔调”，其所谓“调”即“旧八十四调，后十七宫调，今十一调，正宫不可为中吕之类”。徐渭《南词叙录》则认为，南戏“本无宫调，亦罕节奏，徒取其畸农、市女顺口可歌而已”，明确否认了南曲宫调系统的存在；又云：“南曲固无宫调，然曲之次第，须用声相邻以为一套，其间亦自有类辈，不可乱也，如〔黄莺儿〕则继之以〔簇御林〕，〔画眉序〕则继之以〔滴流子〕之类，自有一定之序，作者观于旧曲而遵之可也”，这里“曲之次第”是以“故无宫调”为前提的，不能等同于北曲的联套。王骥德则认为北曲宫调严整、南曲宫调散乱自有其表演上的原因，《重校〈题红记〉例目》有云：“北词取被弦索，每出各宫调自为始终，南词第取按拍，自《琵琶》《拜月》以来，类多互用。”故其《题红记》每出北曲只是用一种宫调，而南曲则间杂使用。此外，他还在《曲律》中专门讨论了南曲的“过搭之法”即联套的可能性与必要性。而沈璟编纂《南九宫十三调曲谱》时，一项主要工作就是重整南曲宫调系统，还以“尾声总论”形式对南曲联套做了认可和强调。尽管沈璟对南曲的“分厘宫调”并非始创，依据了嘉靖时人蒋孝的《南九宫十三调词谱》，而蒋谱又另有其更早的依据，但这不能排除沈璟从北曲的理论传统和实践传统那里汲取了灵感的可能性。稍后的沈德符就认为沈璟“每制曲,必遵《中原音韵》《太和正音》诸书,欲与金、元名家争长”。而清康熙年间人王正祥《新定十二律京腔谱凡例》更是直斥说:“词隐九宫,茫无定见,乃窃取北曲宫调,强为列次,又且舛错不伦。殊不知北曲宫调,已属效法乖谬。既定《南曲全谱》,岂可袭其陋习?”

金元以来的南北曲“宫调”与传统雅乐、隋唐燕乐之“宫调”的关系,古今学者向来聚讼纷纭、并无定论,南曲宫调之本来面目本文亦不能深究,但“宫调”之所以成为明代曲学(尤其是曲谱编纂)的一个焦点,正是为了回应文人士大夫大量参与之后南曲(尤其是剧曲)所面临的雅俗嬗变问题。万历后期吕天成撰《曲品》时,有意识地区分“旧传奇”与“新传奇”,我们注意到,其所谓“新传奇”,固然体现为时间的限制,即主要针对嘉靖前期至万历中后期的作品而言,但另一方面,判别“新”“旧”的依据,又并非只是时间的先后。如万历时期人王錂的《春芜记》著录于“新传奇”,其《采楼记》则著录于“旧传奇”;“旧传奇”李开先《宝剑记》完成于嘉靖二十六年(1547),而“新传奇”《明珠记》据徐朔方先生研究,或陆采先作于正德十年(1515),后陆粲“助成”于嘉靖十三年(1534)。事实上,吕天成有其明确的“辨体”的意图,如其《自叙》所明言:“不入格者,摈不录。”显然,“新”“旧”传奇之分疏,特别是“新传奇”的命名,折射出晚明文人一种自觉的“新文体”意识①。

与宫调问题一样,晚明关于南曲用韵标准的争议层出不穷,其核心问题则是如何看待以周德清《中原音韵》为代表的所谓

① 另有研究者指出:“南散曲之发生本是文人之事,南散套从其发生之日起,其性质便不在音乐,而主要是文学之一体。”参看李昌集《中国古代散曲史》,第94页,华东师范大学出版社1991年版。

"北韵"的作用。

《中原音韵》诞生于元泰定年间，刊刻时间或已在至正元年(1341)①，其时元杂剧的高峰期早已过去，文人散曲也呈衰颓态势，是否对元代北曲发生过明显作用已可存疑，然而，它却成为晚明曲学论争的一个主要对象。据沈宠绥《度曲须知》"宗韵商疑"载，沈璟曾断言"作南词者，从来俱借押北韵"，这一论断完全背离了南曲史的本来面目，沈璟自己也并不能在写作中切实地贯彻。其实，如果以《中原音韵》为检韵标准，为《六十种曲》所入选的"新传奇"鲜有不出韵的。因此，也有曲家如王骥德倾向于南曲用韵应该取法于体现南方语音特点、保留入声字的《洪武正韵》。尽管王骥德《曲律》对周德清作了尖锐的批评，诸如分合未当、"以方言变乱雅言"、"率多土音，去中原甚远"，但事实上，他同样主张南曲应该如北曲一样有其统一的用韵规范，故曾别创《南词正韵》。

据宋濂《洪武正韵序》(作于洪武八年)和《太祖实录》(洪武八年三月)，明初学者编纂《洪武正韵》时是以"中原雅音"相标榜的。后世对"洪武韵"评价不一，其所谓"中原雅音"与周德清"中原之音"的关系如何，是否对应着现实中的完整语音系统，皆尚待进一步论说，但《洪武正韵》的初衷显然并不为曲体文学而设，更不能预想它和后世曲学理论、曲体实践之间的复杂关系。传统曲学的"北遵《中原》，南遵《洪武》"之说，至少不符合晚明曲学的实际，如试图调和沈璟与王骥德分歧的沈宠绥就在《度曲须知》"宗韵商疑"中主张："凡南北词韵脚，当共押周韵；若句中字面，则南曲以《正韵》为宗。"但对于这种既不能否

① 相关研究可参看宁继福《中原音韵表稿》，吉林文史出版社1985年版。

定“北韵”之于南曲文本写作的重要意义，又必须顾及南曲演出实际的调和，沈宠绥也颇有疑虑，故又云：“《正韵》、‘周韵’，何适何从，谚云‘两头蛮’者，正此之谓。予不敏，未敢遽出画一之论，以约时趋，于后之执牛耳者，不能无望焉。”因此，尽管晚明曲韵之争并没有为“新传奇”确立一种普遍认可的用韵规范，然而，这种徘徊于“返古”与“从今”之间的争议却以“隔空对话”的方式，提升了北曲（尤其是元人北曲）之于“新传奇”的文体建构而言的示范效应。

在明中叶以来文人传奇的雅俗嬗变进程中，或者说，在“新传奇”文体的创生和稳定过程中，北曲不仅因其相对严整的宫调系统，也因其相对统一的用韵规范，而呈现出一种文体学意义上的“典范美”色彩。

四、余　论

曲学从来不是一个孤立的知识系统，诗学、文论有时甚至引领曲学理论建构的主要议程或问题导向。重建古典美学典范的明代诗文复古运动反馈于曲坛，也促进了曲学“经典意识”的高扬。然而，文学的经典化作为一种文学相互关系的梳理、确立，必然体现出价值观念的解构与重构，因此，元曲的经典化绝非一蹴而就。《四库全书总目提要》卷一百九十八“集部五十一词曲类”有云：“词曲二体在文章、技艺之间，厥品颇卑，作者弗贵，特才华之士以绮语相高耳。”①王国维《宋元戏曲史·自序》则指

① 永瑢、纪昀《四库全书总目提要》，第1807页，中华书局1965年版。

出元曲“两朝史志与《四库》集部均不著于录，后世硕儒，皆鄙弃不复道”，“遂使一代文献，郁堙沈晦者且数百年”。[①] 于是今人容易认为，元曲的经典化是古今文学观念“现代转型”的结果。其实，尽管曲体的经典化与诗文的经典化隐藏着不同机制，然而，这是否意味着美学或文化观念上的断裂乃至“传统的”与“现代的”对峙[②]，却是一个值得深入探讨的问题。

明代曲学上承宋元曲学之门径，下启清代曲学的堂庑，并延续为近现代曲学家的知识结构。面对“元曲经典化”论题，既不能忽视古代文学观念的多样性、复杂性，也有必要关注元曲经典化历程与“五四”前后新兴文学观念、文化观念之间的某些契合。而那种种契合，既是若隐若现的“草蛇灰线”，也有其待开掘的“内在理路”。

---

① 王国维撰、叶长海导读《宋元戏曲史》，第1页，上海古籍出版社1998年版。

② 有研究者认为：“今天，被置于文学史或文学选本中的经典文本，它们之所以被经典化，可能来源于完全不同的历史的社会的以至文学的语境条件。例如，大量的古典诗文，比如屈原、曹植、元好问的诗，庄子、柳宗元、张岱的散文可能是根据传统的美学或文化的标准被经典化的；但另一些古典的文学经典，例如词曲小说，则是根据现代的美学或文化的标准被经典化的，例如关汉卿、曹雪芹或吴敬梓的作品，他们的文类不仅获得承认，而且在现代文学社会还成为最重要的文类。”参看朱国华《文学经典化的可能性》，见童庆炳、陶东风主编《文学经典的建构、解构与重构》，第107页。

参考文献

一、基本文献类（按书名音序排列）

B

《白榆集》〔明〕屠隆　伟文图书出版有限公司1977年影印本

《板桥杂记》〔明〕余怀　海南国际新闻出版中心1996年版(《传世藏书》本)

C

《沧浪诗话校释》〔宋〕严羽著,郭绍虞校释　人民文学出版社1983年版

《朝野新声太平乐府》〔元〕杨朝英选、隋树森校订　中华书局1958年版

《处实堂集》〔明〕张凤翼　上海古籍出版社2002年版(《续修四库全书》本)

《春秋左传正义》〔唐〕孔颖达　北京大学出版社1999年版

《词话丛编》　唐圭璋编　中华书局1986年新点校本

《词林摘艳》〔明〕张禄选辑　文学古籍刊行社1955年影印本

《词乐曲唱》　洛地　人民音乐出版社1995年版

《从腔调说到昆剧》　曾永义　“国家出版社”2002年版

D

《丹铅余录·续录·摘录·总录》〔明〕杨慎　上海古籍出版社1987年影印《文渊阁四库全书》本

《丹铅摘录》〔明〕杨慎　明嘉靖年间刊本

《澹园集》〔明〕焦竑著、李剑雄点校　中华书局1999年版

《都公谈纂》〔明〕都穆撰、陆采编次　《丛书集成初编》本，民国年间商务印书馆版

《对山集》〔明〕康海　伟文图书出版有限公司1977年影印本

《殿阁词林记》〔明〕黄佐、廖道南　《丛书集成续编》本，台北新文丰出版公司1988年版

E

《遏云阁曲谱》〔清〕王锡纯编　上海古籍出版社2002年版（《续修四库全书》本）

《二程集》〔宋〕程颢、程颐　中华书局1981年版

F

《方志著录元明清曲家传略》　赵景深、张增元编　中华书局1987年版

《焚书·续焚书》〔明〕李贽　中华书局1975年版

《风月锦囊笺校》　孙崇涛、黄仕忠笺校　中华书局2000年版

《冯梦龙全集》〔明〕冯梦龙著、魏同贤主编　上海古籍出版社1993年版

《负苞堂文选》〔明〕臧懋循　上海古籍出版社2002年版（《续修四库全书》本）

G

《高子遗书》〔明〕高攀龙　上海古籍出版社1987年影印《文渊阁四库全书》本

《格正牡丹亭还魂记词调》〔明〕钮少雅　民国年间《暖红室汇刻传剧》本

《古本戏曲丛刊初集》　古本戏曲丛刊委员会编　上海商务印书馆1954年影印本

《古本戏曲丛刊二集》　古本戏曲丛刊委员会编　上海商务印书馆1955年影印本

《古本戏曲丛刊三集》　古本戏曲丛刊委员会编　文学古籍刊行社1957年影印本

《古本戏曲丛刊四集》　古本戏曲丛刊委员会编　上海商务印书馆1958年影印本

《古本戏曲丛刊五集》　古本戏曲丛刊委员会编　上海商务印书馆1986年影印本

《古本戏曲丛刊九集》　古本戏曲丛刊委员会编　上海商务印书馆1964年影印本

《国榷》〔明〕谈迁　中华书局1958年版

H

《海浮山堂词稿》〔明〕冯惟敏　上海古籍出版社 1981 年版

《海外晚明孤本戏剧选集三种》　李福清、李平编　上海古籍出版社 1993 年版

《憨山大师梦游全集》　憨山德清　文殊文化有限公司 1988 年影印版(《禅宗全书》本)

《翰林记》〔明〕黄佐　中华书局 1985 年版

《洪武圣政记》　宋濂　《丛书集成新编》本　台北新文丰出版公司 1985 年版

《后山诗话》〔宋〕陈师道　《景印文渊阁四库全书》第 1478 册　台北商务印书馆 1983 年版

《黄梨洲文集》〔清〕黄宗羲撰、陈乃乾编　中华书局 1959 年版

J

《集成曲谱》　王季烈、刘富梁编　商务印书馆 1925 年石印本

《见只编》〔明〕姚士粦　《丛书集成初编》本,民国年间商务印书馆版

《江城名迹记》〔明〕陈宏绪　上海古籍出版社 1987 年影印《文渊阁四库全书》本

《金瓶梅词话》　文学古籍刊行社 1957 年影印本

《(新刻绣像批评原本)金瓶梅》　天一出版社 1985 年影印本

《近溪罗子全集》〔明〕罗汝芳　明万历年间刊本

《静志居诗话》〔清〕朱彝尊　人民文学出版社 1990 年版

《九宫谱定》〔清〕东山钓史、鸳湖散人辑　清初金阊绿荫堂刻本

《鞠通乐府》〔清〕沈自晋撰　上海古籍出版社 2002 年版(《续修四库全书》本)

K

《珂雪斋集》〔明〕袁中道著、钱伯城笺注　上海古籍出版社 1989 年版

《客座赘语》〔明〕顾起元　中华书局 1987 年版

《空同先生集》〔明〕李梦阳　伟文图书出版有限公司 1977 年影印本

L

《乐郊私语》〔元〕姚桐寿　上海古籍出版社 1987 年影印《文渊阁四库全书》本

《冷赏》〔明〕郑仲夔　《丛书集成初编》本,民国年间商务印书馆版

《李开先集》〔明〕李开先著、路工辑　中华书局上海编辑所 1959 年版

《李贽研究参考资料》　厦门大学历史系编　福建人民出版社 1975 年、1976 年版

《历代诗话》〔清〕何文焕　中华书局 1981 年版

《梁辰鱼集》〔明〕梁辰鱼撰、吴书荫编集校点　上海古籍出版社 1998 年版

《刘大司成文集》〔明〕刘应秋　明末刻本

《六十种曲》〔明〕毛晋编　中华书局1959年版

《列朝诗集小传》〔清〕钱谦益　上海古籍出版社1983年新一版

《鹿裘石室集》〔明〕梅鼎祚　上海古籍出版社2002年版(《续修四库全书》本)

《露书》〔明〕姚旅　上海古籍出版社2002年版(《续修四库全书》本)

M

《梅花草堂笔谈》〔明〕张大复　上海古籍出版社1986年影印本

《明代徽调戏曲散出辑佚》　王古鲁辑　古典文学出版社1956年版

《明清传奇综录》　郭英德编著　河北教育出版社1997年版

《明儒王心斋先生遗集》〔明〕王艮著　1917年排印本

《明清戏曲珍本辑选》　孟繁树、周传家编校　中国戏剧出版社1985年版

《明儒学案》〔清〕黄宗羲　中华书局1985年版

《明实录》　台北“中央”研究院史语所1967年影印本

《明史》　中华书局1974年标点本

《明史》〔明〕万斯同　上海古籍出版社2002年版(《续修四库全书》本)

《牡丹亭》　徐朔方、杨笑梅校注　人民文学出版社1963年版

《牡丹亭》 吴书荫校点 辽宁教育出版社 1997 年版(《新世纪万有文库》本)

《牡丹亭研究资料考释》 徐扶明编著 上海古籍出版社 1987 年版

《木天禁语》〔元〕范梈 《丛书集成初编》本,民国年间商务印书馆版

N

《纳书楹曲谱》〔清〕叶堂编 清乾隆年间刻本

《南北词广韵选》〔明〕徐复祚 上海古籍出版社 2002 年版(《续修四库全书》本)

《南词新谱》〔清〕沈自晋重定 中国书店 1985 年影印本

《南村辍耕录》〔元〕陶宗仪 中华书局 1959 年版

《南九宫十三调曲谱》〔明〕沈璟著 民国间北京大学石印本

《南九宫十三调曲谱》〔明〕程允昌重订 明末刊本

《南柯梦记》 钱南扬校注 人民文学出版社 1981 年版

《南曲九宫正始》〔明〕徐于室辑、钮少雅订 1936 年戏曲文献流通会影印本

《南音三籁》〔明〕凌濛初 上海古籍出版社 2002 年版(《续修四库全书》本)

《暖红室汇刻传奇》 刘世珩编刊 1919 年贵池刘氏暖红室刊本

Q

《祁忠敏公日记》〔明〕祁彪佳 书目文献出版社 1988 年

版(《北京图书馆古籍珍本丛刊》本)

《钱牧斋全集》〔清〕钱谦益著、钱仲联标校　上海古籍出版社 2003 年版

《曲波园传奇二种》〔清〕徐沁　清康熙年间刻本

《曲品校注》〔明〕吕天成撰、吴书荫校注　中华书局 1990 年版

《曲谱》佚名　中国书店 1980 年影印本

《全明杂剧》杨家洛主编　鼎文书局 1979 年版

《群英类选》〔明〕胡文焕编　中华书局 1980 年影印本

R

《容台文集》〔明〕董其昌　明末刻本

《阮大铖戏曲四种》阮大铖撰,徐凌云、胡金望点校　黄山书社 1993 年版

S

《善本戏曲丛刊》(1—6 辑)　王秋桂主编　学生书局 1984—1987 年影印版

《升庵集》〔明〕杨慎　上海古籍出版社 1987 年影印《文渊阁四库全书》本

《沈璟集》徐朔方辑校　上海古籍出版社 1991 年版

《盛世新声》〔明〕臧贤选辑　文学古籍刊行社 1955 年影印本

《石仓文稿》〔明〕曹学佺　上海古籍出版社 2002 年版(《续修四库全书》本)

《识小录》〔明〕徐树丕　《涵芬楼秘芨》(第一集)本,北

京图书馆出版社 2000 年版

《菽园杂记》〔明〕陆容　中华书局 1985 年版

《书影》(十卷本)〔清〕周亮工　中华书局 1958 年版

《四库全书总目提要》〔清〕永瑢、纪昀　中华书局 1965 年版

《四溟诗话》〔明〕谢榛　人民文学出版社 1961 年版

《(宋元人注)四书五经》　中国书店 1985 年第 2 版

《四友斋丛说》〔明〕何良俊　中华书局 1959 年版

《水云村稿》〔宋〕刘埙　上海古籍出版社 1987 年影印《文渊阁四库全书》本

《睡庵稿》〔明〕汤宾尹　明万历间刻本

《宋濂全集》〔明〕宋濂著、罗月霞主编　浙江古籍出版社 1999 年版

《宋元四大戏文读本》　俞为民　江苏古籍出版社 1988 年版

《琐闻录》〔明〕宋徵舆　《明季史料丛书》本，圣泽园 1934 年影印

T

《太函集》〔明〕汪道昆　上海古籍出版社 2002 年版(《续修四库全书》本)

《太平清话》〔明〕陈继儒　《丛书集成初编》本，民国年间商务印书馆版

《汤显祖全集》　徐朔方笺校　北京古籍出版社 1999 年版

《汤显祖诗文集》　徐朔方笺校　上海古籍出版社 1982 年版

《汤显祖戏曲集》 钱南扬校点 上海古籍出版社 1978 年版

《汤显祖研究文献目录》 陈美学编 学生书局 1996 年版

《汤显祖研究资料汇编》 毛效同编 上海古籍出版社 1986 年版

《调象庵稿》〔明〕邹迪光 明万历间刻本

W

《万历邸钞》“国立中央”图书馆 1982 年影印版

《万历野获编》〔明〕沈德符 中华书局 1959 年版

《王阳明全集》〔明〕王守仁撰,吴光等编校 上海古籍出版社 1992 年版

《文心雕龙汇评》 黄霖编著 上海古籍出版社 2005 年版

X

《西湖二集》〔明〕周楫 《古本小说集成》本 上海古籍出版社 1990 年版

《西堂全集》〔清〕尤侗 民国年间上海文瑞楼石印本

《历代曲话汇编:新编中国古典戏曲论著集成》 俞为民、孙蓉蓉 黄山书社 2009 年版

《新校注古本西厢记》〔明〕王骥德校注 上海古籍出版社 2002 年版(《续修四库全书》本)

《新曲苑》 任讷编 中华书局 1940 年版

《性命圭旨》《道藏精华录》第七集,民国年间无锡丁氏排印本

《盱坛直诠》〔明〕罗汝芳 明万历年间刊本

《徐渭集》〔明〕徐渭　中华书局 1983 年版

Y

《颜钧集》〔明〕颜钧著，黄宣民点校　中国社会科学出版社 1996 年版

《吟香堂曲谱》〔清〕冯起凤、叶堂编　清乾隆年间刻本

《雍熙乐府》〔明〕郭勋选辑　《四部丛刊续编》本，上海商务印书馆 1934 年影印

《永乐大典戏文三种校注》　钱南扬校注　中华书局 1979 年版

《由拳集》〔明〕屠隆　伟文图书出版有限公司 1977 年影印

《虞初新志》〔清〕张潮　上海古籍出版社 1994 年版(《古本小说集成》本)

《玉茗堂四种曲》〔明〕臧懋循改定　清乾隆二十六年(1761)书业堂重修本

《玉茗堂四种曲》〔明〕独深居士点定　明崇祯年间刊本

《元本琵琶记校注》　钱南扬　上海古籍出版社 1980 年版

《元曲选》〔明〕臧懋循编，隋树森校　中华书局 1979 年版

《元史》　中华书局 1976 年标点本

《袁宏道集笺校》〔明〕袁宏道著、钱伯城笺校　上海古籍出版社 1981 年版

《袁宗道集笺校》〔明〕袁宗道著、孟祥荣笺校　湖北人民出版社 2003 年版

《远山堂明曲品剧品校录》〔明〕祁彪佳著、黄裳校录　古

典文学出版社 1957 年版

《愿学集》〔明〕邹元标　上海古籍出版社 1987 年影印《文渊阁四库全书》本

《云间据目钞》〔明〕范濂　新兴书局 1977 年版(《笔记小说大观》本)

《韵学骊珠》〔清〕沈乘麐编　清嘉庆年间刻本

Z

《在园曲志》〔清〕刘廷玑　《新曲苑》本

《藏园九种曲》〔清〕蒋士铨撰　清乾隆年间刻本

《张太岳集》〔明〕张居正　上海古籍出版社 1984 年影印本

《至正直记》〔元〕孔齐　清同治年间《粤雅堂丛书》本

《中国古典戏曲论著集成》　中国戏曲研究院编　中国戏剧出版社 1959 年版

《中国古典戏曲序跋汇编》　蔡毅编著　齐鲁书社 1989 年版

《诸子集成》　上海书店 1986 年影印本

《紫柏老人集》〔明〕达观真可　文殊文化有限公司 1988 年影印版(《禅宗全书》本)

《紫桃轩杂缀》〔明〕李日华　民国年间排印本(《国学珍本文库》第一辑)

《朱子语类》〔宋〕朱熹　中华书局 1986 年版

《朱文公文集》〔宋〕朱熹　《四部丛刊初编》本,上海商务印书馆 1934 年影印

《朱子全书》〔宋〕朱熹著,朱傑人等主编　上海古籍出版

社、安徽教育出版社 2002 年版

《庄子集释》〔清〕郭庆藩　中华书局 1961 年版

二、研究著作类(按书名音序排列)

B

《白川集》　傅芸子　(东京)文求堂书店 1943 年发行

C

《程颢程颐理学思想研究》　潘富恩、徐余庆　复旦大学出版社 1988 年版

《从陆象山到刘蕺山》　牟宗三　上海古籍出版社 2001 年版

D

《读曲小记》　赵景深　中华书局 1959 年版

E

《二十世纪的古汉语研究》　严修　书海出版社 2001 年版

《二十世纪的近代汉语研究》　袁宾等　书海出版社 2001 年版

F

《风月锦囊考释》　孙崇涛　中华书局 2000 年版

《冯梦龙研究》　陆树仑　复旦大学出版社 1987 年版

《佛教与晚明文学思潮》 黄卓越 东方出版社 1997 年版

G

《古典戏曲存目汇考》 庄一拂编著 上海古籍出版社 1982 年版

H

《汉上宧文存》 钱南扬 上海文艺出版社 1980 年版

J

《近代汉语研究概况》 蒋绍愚 北京大学出版社 1994 年版

《近四百年来中国文学思潮史》 陈伯海 东方出版中心 1997 年版

《江西戏曲文化史》 龚国光 江西人民出版社 2003 年版

K

《昆剧发展史》 胡忌、刘致中 中国戏剧出版社 1989 年版

《昆剧演出史稿》 陆萼庭 上海文艺出版社 1980 年版

《昆曲格律》 王守泰 江苏人民出版社 1982 年版

L

《浪漫情感与宗教精神——晚明文学与文学思潮》 王岗 西南师范大学出版社 1995 年版

《礼乐与明前中期演剧》 李舜华 上海古籍出版社 2006

年版
《李贽年谱》 容肇祖编 三联书店 1957 年版
《李贽与晚明文学思潮》 左东岭 天津人民出版社 1997 年版
《理学的演变——从朱熹到王夫之戴震》 蒙培元 福建人民出版社 1998 年版
《理学范畴系统》 蒙培元 人民出版社 1989 年版
《理学文艺史纲》 许总 江苏教育出版社 2001 年版
《陆王心学研究》 刘宗贤 山东人民出版社 1997 年版
《论金瓶梅的成书及其它》 徐朔方 齐鲁出版社 1988 年版
《论经典》 詹福瑞 人民文学出版社 2015 年版
《论说戏曲》 曾永义 联经出版事业公司 1997 年版
《论汤显祖及其他》 徐朔方 上海古籍出版社 1983 年版
《论汤显祖剧作四种》 侯外庐 中国戏剧出版社 1962 年版
《论中原音韵》 周维培 中国戏剧出版社 1990 年版
《罗汝芳(近溪)诗文事迹编年》 程玉瑛 广文书局有限公司 1995 年版

M

《美学》(第三卷下册) [德]黑格尔著、朱光潜译 商务印书馆 1981 年版
《明代城市与市民文学》 方志远 中华书局 2004 年版
《明传奇排场三要素发展历程之研究》 许子汉 台湾大学出版委员会 1999 年版

《明代传奇全目》 傅惜华 人民文学出版社 1959 年版

《明清传奇与地方声腔关系考论》 黄振林 上海人民出版社 2014 年版

《明代传奇之剧场及其艺术》 王安祈 学生书局 1986 年版

《明代剧作家考略》 罗锦堂 龙门书局 1966 年版

《明代剧作家研究》 [日]八木泽元著，罗锦堂译 中新书局 1977 年版

《明代隆庆万历年间文学思潮转变研究》 饶龙隼 西南师范大学出版社 1995 年版

《明代文学“复古与革新”研讨会论文集》 张伟保主编 香港新亚研究所 2001 年版

《明代文学复古运动研究》 廖可斌 上海古籍出版社 1994 年版

《明代心学与诗学》 左东岭 学苑出版社 1997 年版

《明代文学批评史》 袁震宇、刘明今 上海古籍出版社 1991 年版

《明代戏剧研究概述》 宁宗一等 天津教育出版社 1992 年版

《明代戏曲评点研究》 朱万曙 安徽教育出版社 2002 年版

《明代戏曲五论》 王安祈 大安出版社 1990 年版

《明代杂剧全目》 傅惜华 作家出版社 1958 年版

《明代哲学史》 张学智 北京大学出版社 2000 年版

《明代知识界讲学活动系年：1522—1602》 吴震 学林出版社 2003 年版

《明清传奇导论》 张敬 华正书局 1986 年版

《明清传奇结构研究》 许建中 中州古籍出版社 1999 年版

《明清传奇考论》 俞为民 华正书局 1993 年版

《明清传奇戏曲文体研究》 郭英德 商务印书馆 2004 年版

《明清佛教》 郭朋 福建人民出版社 1982 年版

《明清启蒙学术流变》 萧萐父、许苏民 辽宁教育出版社 1995 年版

《明清曲谈》 赵景深 古典文学出版社 1957 年版

《明清文人传奇研究》 郭英德 北京师范大学出版社 1992 年版

《明清戏曲文学与文献探考》 郑志良 中华书局 2014 年版

《明清戏曲国际研讨会论文集》 华玮、王瑷玲主编 达雯印刷有限公司 1998 年版

《明杂剧概论》 曾永义 学海出版社 1979 年版

《明杂剧史》 徐子方 中华书局 2003 年版

N

《南戏论集》 福建省戏曲研究所等编 中国戏剧出版社 1988 年版

《南戏国际学术研讨会论文集》 温州市文化局编 中华书局 2001 年版

《南戏新证》 刘念兹 中华书局 1986 年版

《南戏论丛》 孙崇涛 中华书局 2001 年版

P

《〈琵琶记〉版本流变研究》 [韩]金英淑 中华书局 2003 年版

《〈琵琶记〉研究》 黄仕忠 广东高等教育出版社 1996 年版

Q

《清代戏曲家丛考》 陆萼庭 学林出版社 1995 年版

《曲论初探》 赵景深 上海文艺出版社 1980 年版

《曲律易知》 许之衡撰、吴梅核定 民国年间饮流斋刻本

《曲谱研究》 周维培 江苏古籍出版社 1997 年版

S

《沈璟评传》 朱万曙 中国戏剧出版社 1992 年版

《诗歌与戏曲》 曾永义 台湾大学出版委员会 1999 年版

《宋明理学》 陈来 辽宁教育出版社 1991 年版

《宋明理学史》 侯外庐、邱汉生、张岂之主编 人民出版社 1997 年版

《宋元南戏考论》 俞为民 台北商务印书馆 1994 年版

《宋元南戏考论续编》 俞为民 中华书局 2004 年版

《宋元戏曲史》 王国维 上海古籍出版社 1998 年版(《蓬莱阁丛书》本)

《俗文学概论》 曾永义 三民书局股份有限公司 2003 年版

《隋唐五代燕乐杂言歌辞研究》 王昆吾 中华书局 1996

年版

T

《泰州学派》 杨天石 中华书局1980年版

《汤显祖编年评传》 黄芝冈 中国戏剧出版社1992年版

《汤显祖大传》(修订版) 龚重谟 上海人民出版社2015年版

《汤显祖的情与梦》 邹元江 南京出版社1998年版

《汤显祖论稿》 周育德 文化艺术出版社1991年版

《汤显祖论稿》(增订本) 周育德 上海人民出版社2015年版

《汤显祖年谱》 徐朔方 中华书局上海编辑所1958年版

《汤显祖年谱》(修订本) 徐朔方 上海古籍出版社1980年版

《汤显祖新论》 周育德、邹元江主编 中国戏剧出版社2004年版

《汤显祖研究论集》 江巨荣 上海人民出版社2015年版

《汤显祖研究论文集》 江西省文学艺术研究所编 中国戏剧出版社1984年版

《汤显祖评传》 徐朔方 南京大学出版社1993年版

《汤显祖:戏梦人生与文化求索》 郑培凯 上海人民出版社2016年版

《汤显祖与晚明文化》 郑培凯 允晨文化实业股份有限公司1995年版

《汤显祖传》 黄文锡、吴凤雏 中国戏剧出版社1986年版

《汤学刍议》 叶长海 上海人民出版社 2015 年版

W

《晚明曲家年谱》 徐朔方 浙江古籍出版社 1993 年版

《晚明史》 樊树志 复旦大学出版社 2004 年版

《晚明士人心态研究》 周明初 东方出版社 1997 年版

《晚明思潮》 龚鹏程 里仁书局 1993 年版

《晚明思想史论》 嵇文甫 东方出版社 1996 年版

《晚明文学思潮研究》 吴承学、李光摩编 湖北教育出版社 2002 年版

《晚明戏曲剧种和声腔剧种研究》 林鹤宜 学海出版社 1994 年版

《万历官修本朝正史研究》 李小林 南开大学出版社 1999 年版

《万斯同与〈明史〉修纂纪年》 朱端强 中华书局 2004 年版

《王学与中晚明士人心态》 左东岭 人民文学出版社 2000 年版

《王骥德〈曲律〉》 陈多、叶长海注释 湖南人民出版社 1983 年版

《文心雕龙札记》 黄侃 上海古籍出版社 2000 年版

《文学经典的建构、解构与重构》 童庆炳、陶东风主编 北京大学出版社 2007 年版

《吴梅全集》 吴梅著，王卫民编校 河北教育出版社 2000 年版

《吴梅戏曲论文集》 吴梅著，王卫民编 中国戏剧出版社

1983 年版

X

《西方形式美学——关于形式的美学研究》 赵宪章主编 上海人民出版社 1996 年版

《戏曲声腔剧种研究》 余从 人民音乐出版社 1990 年版

《戏曲小说丛考》 叶德均 中华书局 1979 年版

《戏曲音乐散论》 何为 人民音乐出版社 1980 年版

《戏文概论》 钱南扬 上海古籍出版社 1981 年版

《心学与美学》 赵士林 中国社会科学出版社 1992 年版

《心学之思》 杨国荣 三联书店 1997 年版

Y

《阳明学的形成与发展》 钱明 江苏古籍出版社 2002 年版

《阳明学士人社群——历史、思想与实践》 吕妙芬 “中央研究院”近代史所 2003 年版

《阳明学研究》 吴光主编 上海古籍出版社 2000 年版

《英语世界的汤显祖研究论著选译》 徐永明、[新加坡]陈靝沅主编 浙江古籍出版社 2013 年版

Z

《照隅室古典文学论集》 郭绍虞 上海古籍出版社 1983 年版

《真理与方法——哲学诠释学的基本特征》 [德]汉斯-格奥尔格·加达默尔著、洪汉鼎译 上海译文出版社 1999 年版

《真趣与性灵——三袁与公安派研究》 孟祥荣 中国文联出版社 2000 年版

《郑振铎文集》(第六卷) 郑振铎 人民文学出版社 1988 年版

《中国禅学思想史》 [日]忽滑谷快天著 上海古籍出版社 1994 年版

《中国近世戏曲史》 [日]青木正儿原著、王古鲁译著 作家出版社 1958 年版

《中国古代剧作学史》 陈竹 武汉出版社 1999 年版

《中国古代曲学史》 李昌集 华东师范大学出版社 1997 年版

《中国古代散曲史》 李昌集 华东师范大学出版社 1991 年版

《中国古代思想史论》 李泽厚 安徽文艺出版社 1994 年版

《中国古代音乐史稿》 杨荫浏 人民音乐出版社 1981 年版

《中国古典戏剧理论史》 谭帆、陆炜 中国社会科学出版社 1993 年版

《中国古典戏剧论集》 曾永义 联经出版社 1975 年版

《中国江浙地区十四至十七世纪社会意识与文学》 陈建华 学林出版社 1992 年版

《中国美学史》(第一卷) 李泽厚、刘纲纪 中国社会科学出版社 1984 年版

《中国明代哲学》 李书增等 河南人民出版社 2002 年版

《中国前近代思想之曲折与展开》 [日]沟口雄三著,陈耀

文译　上海人民出版社 1997 年版

《中国人性论史》(先秦篇)　徐复观　上海三联书店 2001 年版

《中国思想史》(第一卷、第二卷)　葛兆光　复旦大学出版社 1998 年、2000 年版

《中国文学理论史》　蔡钟祥、黄保真、成复旺　北京出版社 1987 年版

《中国文学研究》　郑振铎　人民文学出版社 2000 年版

《中国戏剧史》　周贻白　中华书局 1953 年版

《中国戏剧史长编》　周贻白　人民文学出版社 1960 年版

《中国戏剧学通论》　赵山林　安徽教育出版社 1995 年版

《中国戏曲初考》　赵景深　中州古籍社 1983 年版

《中国戏曲发展史》　廖奔、刘彦君　山西教育出版社 2000 年版

《中国戏曲发展史纲要》　周贻白　上海古籍出版社 1979 年版

《中国戏曲观众学》　赵山林　华东师范大学出版社 1990 年版

《中国戏曲声腔源流史》　廖奔　贯雅文化事业有限公司 1992 年版

《中国戏曲史钩沉》　蒋星煜　中州书画社 1982 年版

《中国戏曲史论》　吴新雷　江苏教育出版社 1996 年版

《中国戏曲史探微》　蒋星煜　齐鲁书社 1985 年版

《中国音乐史纲》　杨荫浏　音乐出版社 1955 年版

《中国音乐文学史》　朱谦之　北京大学出版社 1989 年版

《中国早期启蒙思想史》　侯外庐　人民出版社 1956 年版

《中国哲学大纲》 张岱年 中国社会科学出版社 1982 年版

《中国哲学史》 冯友兰 中华书局 1961 年版

《中原音韵研究》 赵荫棠 商务印书馆 1956 年版

《中原音韵音系》 杨耐思 中国社会科学出版社 1981 年版

《〈中原音韵〉音系研究》 李新魁 中州书画社 1983 年版

《朱熹哲学研究》 陈来 中国社会科学出版社 1988 年版

《朱子新学案》 钱穆 巴蜀书社 1986 年版

《走近汤显祖》 华玮 上海人民出版社 2015 年版

《作词十法疏证》 任讷 中华书局 1924 年版

三、专题论文类(按作者音序排列)

C

陈皆平:《〈西湖二集〉与〈牡丹亭〉》,《浙江大学学报》1993 年第 1 期

程华平:《试论推尊曲体与古代戏曲的文体建构》,《文艺理论研究》2009 年第 6 期

崔洛明:《汤显祖的江西意识及其与吴文人的矛盾》,《戏剧艺术》2001 年第 1 期

D

戴不凡:《论迷失了的余姚腔》,《戏曲研究》(第 1 辑),吉林人民出版社 1980 年版

邓绍基:《说元杂剧〈货郎旦〉》,《国学研究》第六卷,北京大学出版社 1999 年版

杜桂萍:《从“临川四梦”到〈临川梦〉——汤显祖与蒋士铨的精神映照和戏曲追求》《文学遗产》2016 年第 4 期

G

高宇:《我国导演学的拓荒人汤显祖》,《戏剧艺术》1979 年第 1 期

郭英德、王丽娟:《〈词林一枝〉、〈八能奏锦〉编纂年代考》,《文艺研究》2006 年第 8 期

H

寒声:《中国曲牌体音乐的形成与“传”、“变”规律之管见》,《中国音乐》2004 年第 1 期

胡忌、洛地:《一条极珍贵资料的发现——“戏曲”和“永嘉戏曲”的首见》,浙江省艺术研究所《艺术研究》第 11 辑

黄霖:《〈金瓶梅〉作者屠隆考》,《复旦大学学报》1983 年第 3 期

黄仕忠:《明代戏曲的发展和汤沈之争》,《文学遗产》1989 年第 6 期

黄仕忠:《凡文以意趣神色为主——再谈“汤沈之争”的戏曲史意义》,《文学遗产》2016 年第 4 期

黄天骥:《戏曲史上的“汤沈之争”》,《学术研究》1980 年第 5、6 期

J

[日]磯部祐子:《汤显祖戏曲研究在日本》,《文学遗产》2016 年第 3 期

贾奋然:《经典文体与文体的经典化》,《文艺理论研究》2013 年第 1 期

蒋星煜:《〈六十种曲〉的文献学研究》,《戏剧艺术》1999 年第 1 期

金宁芬:《我国戏曲史上的“吴江派”与“临川派”》,《文史知识》1986 年第 3 期

L

李晓:《南戏曲韵研究》,《南京大学学报》(哲学社会科学版)1984 年第 3 期

李真瑜:《沈璟戏曲创作的再认识》,《文学遗产》1985 年第 4 期

廖可斌:《汤显祖的文学史观与文体选择》,《文学遗产》2016 年第 3 期

林锋雄:《李开先与元杂剧——兼论明代嘉靖隆庆年间元杂剧之演唱与流传》,台北《汉学研究》1988 年 6 月第 6 卷第 1 期

流沙:《海盐腔源流辨正》,《戏曲研究》第 3 辑,吉林人民出版社 1980 年版

流沙:《海盐腔流入江西始末》,《江西戏曲论坛》1981 年第 2 期

流沙:《从南戏到弋阳腔》,《中国古典小说戏曲论文集》第

2 辑,上海古籍出版社 1987 年版

流沙:《宜黄腔源流考》,《戏剧学习》1983 年第 4 期

刘勋宁:《中原官话与北方官话的区别及〈中原音韵〉的语言基础》,《中国语文》1998 年第 6 期

刘宗鹤:《〈牡丹亭〉作于遂昌证说》,《戏曲艺术》1997 年第 4 期

路应昆:《中国剧史上的曲、腔演进》,《文艺研究》2003 年第 1 期

鲁国尧:《明代官话及其基础方言问题》,《南京大学学报》(哲学社会科学版)1985 年第 4 期

洛地:《"腔"、"调"辨说》,《中国音乐》1998 年第 4 期、1999 年第 1 辑

骆玉明、董如龙:《〈南词叙录〉非徐渭作》,《复旦学报》1987 年第 6 期

M

毛德富:《明中后期市民文学中的价值变异与消费观念》,《文艺研究》1998 年第 2 期

Q

权容浩:《浅谈南戏曲韵研究中的韵书问题》,《艺术百家》2000 年第 3 期

S

邵曾祺:《论吴江派和汤沈之争》,《中华文史论丛》1979 年第 2 辑

史延:《明代戏曲史上的一场儒法斗争》,《文艺研究》1976年第1期

孙崇涛:《明人改本戏文通论》,《文学遗产》1998年第5期

W

王长华、郗文倩:《中国古代文体的价值序列》,《文学遗产》2007年第2期

王芷章:《中国戏曲声腔丛考》《腔调考原》,见《中国京剧编年史》,中国戏剧出版社2003年版

王中江:《经典的条件:以早期儒家经典的形成为例》,《中国哲学史》2002年第2期

吴书荫:《〈浣纱记〉的创作年代及版本》,见《明清戏曲国际研讨会论文集》

吴书荫:《汤显祖的交游和诗文创作年代考略》,《中华文史论丛》,上海古籍出版社2004年版

吴新雷:《论戏曲史上临川派与吴江派之争》,《江海学刊》1962年第12期

吴新雷:《〈牡丹亭〉台本〈道场〉和〈魂游〉的探究》,《东南大学学报》2012年第1期

X

徐朔方:《〈南词叙录〉的作者问题》,《戏曲研究》第28辑,文化艺术出版社1988年版

徐朔方:《从早期传本论证南戏的创作和成书》,《社会科学战线》1988年第2、第3期

徐朔方:《〈牡丹亭〉和昆腔》,《文艺研究》2000年第3期

徐永明:《汤显祖戏曲在英语世界的译介、演出及其研究》,《文学遗产》2016 年第 4 期

薛若琳:《明代戏曲音乐革新的创举》,《文艺研究》1989 年第 4 期

Y

严凤:《燕南芝庵〈唱论〉新释》,《音乐研究》2006 年 6 月第 2 期

杨忠:《汤显祖心目中的情与理——汤氏“以情抗理”说辩正》,《中国典籍与文化》1993 年第 3 期

叶长海:《沈璟曲学辩争录》,《文学遗产》1981 年第 3 期

叶长海:《汤显祖和海盐腔》,《戏剧艺术》1981 年第 2 期

叶晔:《汤显祖评点〈花间集〉辨伪》,《文献》2016 年第 4 期

雍繁星:《20 世纪以来汤显祖研究的回顾与反思》《文学遗产》2016 年第 3 期

俞为民:《重评汤沈之争》,《学术月刊》1983 年第 12 期

俞为民:《也谈汤显祖剧作的腔调问题——与徐朔方先生商榷》,《江苏戏剧》1983 年第 4 期

俞为民:《明代戏曲文人化的两个方面——重评汤沈之争》,《东南大学学报》2004 年 1 月第 6 卷第 1 期

俞为民:《南曲曲韵的沿革与流变》,《文史》2001 年第 3 辑(总第 56 辑)

Z

詹慕陶:《关于汤显祖的导演活动和剧作腔调》,《戏剧艺术》1980 年第 1 期

张庚:《北杂剧声腔的形成与衰落》,《戏曲研究》第 1 辑,吉林人民出版社 1980 年版

张新建:《关于弋阳腔问题》,《戏曲研究》第 14 辑,文化艺术出版社 1985 年版

赵景深:《临川派与吴江派戏曲理论的斗争》,收录于《曲论初探》

周维培:《沈璟曲谱及其裔派创作》,《文学遗产》1994 年第 4 期

周育德:《也谈戏曲史上的"汤沈之争"》,《学术研究》1981 年第 3 期

周育德:《汤显祖研究若干问题之我见》,收录于《明清戏曲国际研讨会论文集》

朱万曙:《沈璟三考》,《戏曲研究》第 21 辑,文化艺术出版社 1986 年版

郑志良:《汤显祖著作的新发现:〈玉茗堂书经讲意〉》,《文学遗产》2016 年第 3 期

后　记(一)

这本小书是以博士学位论文为基础增补而成的,它见证了我一段求知岁月,也凝聚着师友的关心和期待。从确立选题到交付出版,中间经历了八年之久,虽然自己也还算勤勉,每有所思,即着手涂改,但始终觉得材料多有不足、论述亦欠圆通,并不想让它以如此粗陋的面貌公之于众。

这是一个人所熟知的研究对象,甚至已有“过度阐释”之嫌。当初并没有过多去考虑新旧、难易等问题,也不可能预料可能的毁誉。回想起来,那时对现代学术史上的种种笔墨官司颇有兴趣,与三五同好常聚一起,发些既无损前贤亦无关宏旨的议论,恰好又在自己的研究方向内发现有这样一个“公案”,于是就想到要深入下去。年少轻狂,心又有所惑,难免就跃跃欲试了。放在今日,北游时的意气早已销磨殆尽,断不会涉足这一领域。之所以又没有放弃,只是因为一直记着契诃夫一个极诙谐的比喻。他说:愿学术讨论好比群犬狂吠,大狗叫小狗跟着叫;小狗不要因为大狗叫得响亮就噤声,大狗也不要因为小狗声音稚嫩就不让它叫。而我总在想,自己既然已经跟着叫了,就叫得更认真一些吧。

传统戏曲的研究者其实好比两栖动物,免不了要在文学与艺术、文本与舞台两个领地都左顾右盼、伸展手脚。每念及此,不免惶恐,因为以自己的智识、才情,实在不适合做这种“跨越”。在我初涉此途时,长于反思、批判的“学术史”之风,已经猛烈地刮了起来,治戏曲史者也纷纷响应,起来探讨“范式”问题,或呼吁“破学科”,或标举“非主流”,或高倡“去文学化”。后进者濡染其中,可谓有利更有弊:其利是强化了“问题意识”,有一种豁然开朗般的幸运感;其弊是“悬搁”了一大堆不证自明的所谓“前见”之后,思索的“平台”随即也塌陷下去,以至找不准主攻方向。我习惯于作一个心热、手凉的眼馋者,在“以新材料研求新问题”重新成为最具人气的学术话语之时,却沉浸于一个似乎已无价值的“旧矿”内去耙梳、搜罗,这实在算不得明智。

本书选择传统意义上的“名家”为研究对象,自然未能“预流”。但是,我也并不想故作姿态去贬低它,就算是“敝帚自珍”吧。著述者的自我期待是大有不同的,或藏之名山,或干预生活,或操练思维,而我宁愿把它看作求知岁月的一次小结,也自信今后能有所旁通。况且,文学史与戏曲史领域内的“新材料”与“新问题”虽不常见,但也并非遥不可及,有时“新材料”与“新问题”的获得,其关键只在于“视阈”,并不一定要倚待所谓“出土”、所谓“边缘”。至于本书所论述的问题,其切实的推进必有赖于新的理论预设和新的文献材料,我虽然勉力而行,却不得不“适可而止”,更希望能“抛砖引玉”。

大学时我在郑传寅先生的指导下,做了一次戏曲现状的调查,从此被引领入门。那时,我不通世务,却颇有一些旧文人式的达济情怀。先生屡屡告诫我:人要有所选择,懂得放弃。如果我将来能侥幸有所得,那首先要感谢郑师的教诲。1996 年至 1999 年,我又投到邓绍基先生门下,才真正明白“坚持”的意义。北游期间,我几乎每星期二去文学所,或拜请教益,或胡乱翻书,有时听听讲演、道声问候，有时仅仅是为了感受那种独特的氛围。有一段时间，我像那个可怜的哈姆雷特一样，整天被一个自设的僵局困扰着——"'旧学'，还是'新知'，这是一个问题"。论文几乎是伴随着"胡思乱想"以"涂鸦"的方式进行下去的，先生却从不试图"纠偏"我的思路，他只是默默地听，细致地看，然后点拨、批改，并时常提醒我要"言之有据""言之成理"。那种种仁厚、温润与睿智，早已溶入我的生命，是足以让我追摹一生的——文学所 773 室，我永远的回忆！

而回想起在研究生院的日子，也总能为一些细节所陶醉。小院内"人口"并不多，常住者尤少，年龄、身份、专业、志向、情趣等等都有极大的不同。高明者多独断之论，沉潜者擅笃实之文；有人欲搏击社会，有人好杯中之物，有人作专门之学，有人发济世之言；或高视阔步，或如履薄冰，或襟怀坦荡，或虚与委蛇……年长者不嫌弃我的稚嫩，才高博学者愿引我为友朋，甚至名满天下者亦时时屈尊赐教，于是，砥砺摩挲、如切如磋之后，便养成了一种"尊重差异"的心态，同时，也强化了自己的某些原则。

本稿从写作、修订到成书，石昌渝、吕薇芬、王卫民、么书仪、刘扬忠、李伊白、李玫、吴书荫、段启明、周育德、郭英德、王安葵、薛若琳、傅谨、刘祯、徐朔方、袁世硕、黄天骥、刘绍瑾、曾永义、华玮、陈文新、邹元江等先生曾给予了诸多关爱。他们或评审论文，或参加答辩，或点拨赐教，或惠寄材料，或商量补益，或热情鼓励，于后生小子而言，皆是需要感念一生的恩德。

感谢吾亲吾妻的理解与支持。故纸堆里的生活，虽无避席之畏，却不能不作稻粱谋，有时就难免很有些气短了。他们以最大的爱心包容着我，没有任何额外的期待，只希望我永远快乐、健康。

本书出版得到了武汉大学艺术学系的资助,感谢彭国亮、彭万荣两位领导多年来的厚爱。中华书局的顾青、李聪慧、张进三位老师付出了大量的精力,使拙论得以附时贤俊彦之骥尾,一并致以最诚挚的谢意。

程芸

2006 年 3 月 31 日于三板居

后　记(二)

二十多年前,凭借一种不知天高地厚的意气,我试图进入汤显祖、晚明戏曲乃至作为整体的思想文化的“晚明”,也试图与前辈、时贤对话,于是留下了一些今日依然“不以为非”的思考痕迹,也留下了一些今日才恍然大悟的疏忽、错误。学术史上常常能看到“悔其少作”的案例,这大抵人之常情吧,我也是懂得遮丑、藏拙的,既然有机会修订,就该让“少作”变得更完美才是。然而,此次再版,除增补四篇相关论文之外,只是修改了若干处文字,虽或融入了一些新想法,主要是为了让表述更明晰、流畅,但无论从写作思路、论述框架到文献材料、论断结论,都没有明显的改变。

经典研究的黄金时期已经过去了,某些传统的热门领域也已不再闹热,今人常言,“一代有一代之学术”,而我相信,经典作家、经典作品具有永恒的魅力,其阐释空间绝不会随时间的推延而萎缩,相反,却将呈现出更多可能性。“晚明”又是五四以后学界极为重视的一个时段,或可言之,不管哪个领域、哪个方向,若能一头扎入,持之以恒,必能掘出一片富矿。由“晚明”而延伸到“明清”“近世”“pre-modern”,由“戏曲”而拓展为“文学”“文史”“文化”,其实也是治学的一条正途。因此,近年来我常常羡慕几位正道直行、硕果累累的学友,也对自己学术兴趣的游移颇有一些悔意。

本书第一版问世于2006年8月,有幸列入中华书局的《中华文史新刊》丛书,更有幸得到学界一些师长、朋友的关注,郑传寅、郭英德、刘祯三位先生还曾写了书评。回顾往事,感激之情难以言表,愧疚之心则油然而生;如此云云,虽早已俗滥,却也是心里话。

2006年8月,我去杭州参加明代文学与文化国际学术研讨会,第一次也是唯一一次拜望了徐朔方先生,徐先生已深度昏迷,却将我手抓得紧紧的,喉咙也呼呼作响,似乎极力地想要说些什么。2013年3月,恩师邓绍基先生以短信招我至病榻,谈及他的几部书稿,也问及我的学术规划,约两周之后,先生即驾鹤西去。征得师母的同意后,我没有去北京参加追悼会,也没有参加次年文学所的追思会,因为无以言说的害怕,不想回忆,不想追述。然而,近年来那些越是拒绝回忆的场景,越是经常地从脑海深处跳了出来,清清楚楚,犹在眼前。

2009年我转入武汉大学文学院古代文学学科,由于工作岗位的调整,以及一些机缘巧合,学术兴趣、致思方式、视野心态等等都有或多或少的改变。这些改变,有难有易,有得有失,有主动,有被动,有时候自认为乃人生之幸事,有时候却也不免心生感慨。

借这本小书增订出版的机会,我要感谢文院历届领导和诸多同事的关心、鼓励,感谢爱妻和孩子们的理解、宽容,也感谢人民文学出版社周绚隆、徐文凯两位老师的付出。

程芸

2019年2月15日